Das Buch

Leicht fällt es Anne Brink nicht, Hamburg den Rücken zu kehren und ihren Status als gefragte Strafverteidigerin aufzugeben. Aber sie erträgt es nicht mehr, jeden Tag mit ihrem Versagen konfrontiert zu werden. Denn bei ihrem letzten großen Fall erlag sie einem tödlichen Irrtum: Sie kämpfte erfolgreich für einen Mandanten, der, kaum freigesprochen, einen neuerlichen Mord beging. Traumatisiert von dieser Erfahrung schwor sich Anne, in Zukunft die Finger von Mordsachen zu lassen. Und das, vermutet sie, wird in einer Wald- und Wiesenkanzlei in Arnsberg kein Problem sein. Doch dann häufen sich binnen kurzer Zeit einige mysteriöse »Todesfälle« und die Rechtsanwältin lässt sich überreden, den Ehemann einer ermordeten Lehrerin zu verteidigen. Erneut ist sie überzeugt von der Unschuld ihres Mandanten …

Die Autorin

Sybille Schrödter ist Juristin, Kabarettistin, Sängerin und Autorin u. a. von Romanen und Drehbüchern. Die »facettenreiche Entertainerin mit der Topstimme« (Hannoversche Allgemeine Zeitung) lebt in Hamburg-Ottensen. Hier schreibt sie derzeit an Anne Brinks zweitem Fall.

Die wichtigsten Personen

Anne Brink – Hamburger Rechtsanwältin, übernimmt im Hochsauerland die Kanzlei ihres alten Freundes Martin und gerät wider Willen in einen komplizierten Mordfall

Martin Kleiber – wird Richter am Familiengericht und liegt für seine Kanzleinachfolgerin Anne nicht nur rein freundschaftliche Gefühle

Miriam Beyer – Annes dreizehnjährige Tochter; ist todunglücklich über diesen Umzug und lässt sich einiges einfallen, ihre Mutter das spüren zu lassen

Thea Cassini – Annes neue Anwaltsgehilfin, kennt jeden und weiß alles, muss sich an ihre neue Chefin, das Nordlicht aus der Großstadt, erst einmal gewöhnen

Peter Cordes – Thea Cassinis Bruder und seit zwanzig Jahren Kommissar auf der Hauptwache, hat schon viel gesehen, aber die neuesten, sich häufenden unnatürlichen Todesfälle in Arnsberg machen ihm schwer zu schaffen

Klaus Köppen – Apotheker, wird verdächtigt, seine Frau Christine, von der er schon lange getrennt lebt, umgebracht zu haben – und ist immer für Überraschungen gut

Christine Keller-Köppen – Miriams neue, bei den Schülern sehr beliebte Klassenlehrerin, wird ermordet

Robert Faltis – für den Hausmeister der Schule und Freund der Lehrerin ein schwerer Schlag

Günter Wagner – einarmiger Metzger, nimmt es unter Alkohol mit dem Gesetz und der Moral alles andere als genau

Nadja Wagner – seine suizidgefährdete jüngere Tochter, wird im Arnsberger Wald tot aufgefunden

Klara Wagner – die ältere Schwester der Ermordeten, schwört Rache, falls sie den Täter in die Finger kriegen sollte

Stefan Winter – ermittelnder Staatsanwalt, stößt im Fall Nadja auf eine grausame Parallele zum Tod der jungen Türkin Hülya, den man eigentlich für einen Selbstmord gehalten hatte

Leonie Kretschmer – Auszubildende in der Kanzlei Brink, ist bereit, für ihren Freund Ahmet alles zu tun

Ahmet Omür – Bruder von Hülya, verachtet die westliche Moral und hat so einiges auf dem Kerbholz

Ida Regner – eine Zeugin, der keiner glaubt, außer Anne

Emil Hertel – ihr Neffe, dem die Aussage seiner Tante peinlich ist

1.

Ankommen

Die Einkaufsstraße war um diese Zeit wie ausgestorben. Unten in den Häusern befanden sich Geschäfte, in den ersten Etagen überwiegend Büros und Wohnungen. Aus einigen Fenstern drang durch die vorgezogenen Gardinen bläuliches Flimmern. Nur hinter dem hell erleuchteten Fenster über der Drogerie lief kein Fernseher und vor diesem einen Fenster hingen auch keine Gardinen. Wenn Anne Brink etwas hasste, dann waren es Gardinen.

Sie saß auf dem Boden ihrer neuen Kanzlei inmitten von Umzugskartons und wusste nicht, welchen sie zuerst auspacken sollte. Nun rächte es sich, dass sie in Hamburg alles unsortiert aus Schubladen und Regalen gezogen und wahllos in die Kisten gestopft hatte. Ratlos blickte sie von einem Karton zum anderen und drehte sich erst einmal eine Zigarette. Das Ritual des Drehens wirkte beruhigend auf sie. Geschickt wickelte sie den Tabak in die Hülle, ohne dass auch nur ein einziger Krümel danebenfiel. Genüsslich zündete sie sich die Zigarette an, nahm einen tiefen Zug und seufzte bei dem Gedanken, dass sie das Rauchen aufgeben würde, sobald der Tabak alle wäre. Das hatte sie ihrer Tochter versprechen müssen. Als Gegenleistung dafür war Miriam mit ihr nach Arnsberg gezogen.

Anne dachte mit Grauen daran, dass Miriam wohl bei ihrem Vater in Hamburg geblieben wäre, wenn es nicht dessen neue Ehefrau Lena gäbe. *Dann komme ich doch lieber mit dir,* hatte Miriam gesagt. *Aber nur, wenn du mit dem blöden Qualmen aufhörst, ich endlich ein großes Zimmer bekomme und du mir einen Hund kaufst.* Bei dem Gedanken an die heftigen Streitereien mit Jonas, der mit allen Mitteln hatte verhindern wollen, dass Anne ihre gemeinsame Tochter mit nach Arnsberg nahm, sog sie kräftig an ihrer Zigarette. Sie spürte den Rauch bis tief in die Spitzen ihrer Lungenflügel und atmete ihn gekonnt in gleichmäßigen Kringeln wieder aus. Für Jonas war das Ganze ein Machtspiel gewesen. Ihm ging es ausschließlich um sein Ego. Da war sich Anne sicher.

Erst als sie bis auf einen heißen Rest nichts mehr zwischen ihren Fingern spürte, drückte sie die Kippe aus und zwang sich, nicht mehr an die zermürbenden Auseinandersetzungen mit ihrem Exmann zu denken.

Am Montag würde sie ihre Arbeit aufnehmen und dazu brauchte sie ein repräsentatives Büro, in dem die Mandanten nicht über Umzugskisten stolperten. Die Erste, die sie öffnete, war bis obenhin mit roten Akten gefüllt. Sie hatte ihre alten Mordfälle eigentlich schon in Hamburg entsorgen wollen, aber es einfach nicht über sich gebracht. Es fiel ihr verdammt schwer, sich davon zu trennen. »Jetzt aber«, sprach sich Anne gut zu und griff entschlossen in den Karton der Hamburger Umzugsfirma.

Mordsache Schweigert, las Anne und begann augenblicklich zu schwitzen. Sie meinte sich zu erinnern, diese allerletzte Akte ihrer Hamburger Karriere längst vernichtet zu haben. Ohne dass sie etwas dagegen tun konnte, spürte sie, wie Hitze in ihr aufflammte und Ekel ihren ganzen Körper erfasste. Ihr war, als grinste der Kerl sie triumphierend an, als würde er sagen: Du wirst mich nicht los!

»Scheiße!«, zischte Anne, während sie die Akte auf den Boden schleuderte. Sie wollte diesen Mistkerl schnellstens vernichten, zumindest symbolisch, aber in welcher der

Kisten war die Maschine, die das Papier fraß, ihr *Personal Schredder* mit dem viel versprechenden Namen *shredcat*? Anne hatte keine Ahnung, aber so konnte sie jedenfalls nicht weiterarbeiten.

Hastig sprang sie auf und rannte in das winzige Bad am Ende des Flurs. Dort ließ sie sich eiskaltes Wasser über die Innenseiten ihrer Unterarme laufen. Das half – jedenfalls gegen das Schwitzen. Der Ekel blieb. Der gute Martin, dachte sie, als sie sich das unbenutzte Stück Seife griff, das in einer Schale auf dem Rand des blitzblanken Waschbeckens lag. Auch wenn er bestimmt nicht selbst putzte, hatte Martin doch dafür gesorgt, dass alles für ihren ersten Arbeitstag am Montag vorbereitet war. Anne bearbeitete ihre Hände so lange, bis sie das Gefühl hatte, den Dreck, der an der Akte klebte, vollständig abgewaschen zu haben.

Sie kehrte zurück in ihr Zimmer und stapelte eilig die Mordakten zu einem Riesenberg auf. Schweigert lag zuunterst. So musste sie ihn wenigstens nicht mehr sehen.

Ich überlasse dir eine phantastisch laufende Wald- und Wiesenkanzlei mit viel Familienrecht, hatte ihr Martin versprochen und hinzugefügt: »Und die Mandanten hier zahlen sogar.« Ein Seitenhieb darauf, dass Anne in Hamburg viele Sachen zum Nulltarif erledigt hatte und mit ihrer Kanzlei finanziell nie so ganz auf den grünen Zweig gekommen war.

Und du schwörst, kein Mord? Martin hatte geschworen.

Hauptkommissar Peter Cordes wollte an diesem Samstagabend nur noch abschalten. Nichts hören, nichts sehen und vor allem nicht über das sprechen, was ihn wirklich bewegte. Mit einem Pils in der Hand saß er vor dem Fernsehapparat und protestierte nicht einmal, als seine Frau Renate eine Volksmusiksendung einschaltete. Dabei konnte er derlei zur Schau gestellte, aufgesetzte Fröhlichkeit partout nicht leiden. Heute war es ihm völlig egal, was für ein Programm da vorne lief. Es hätte auch einer dieser öden Nachmittagstalks sein können – er hätte es nicht einmal gemerkt. Cordes arbeitete seit über zwanzig Jahren auf der Hauptwache in Hüsten und hatte schon so manchen Toten gesehen, aber das mit den beiden Jugendlichen war etwas völlig anderes. Cordes' Blick war starr auf die gute Laune verbreitenden Sänger im Fernsehen gerichtet, aber er sah ganz andere Bilder. Dieses gesichtslose Mädchen. So jung, so unschuldig, so endgültig. Ihr Freund hatte sie erschossen und sich anschließend von der Brücke in die Tiefe gestürzt. Der Junge war nicht der Erste, der sich diesen Platz zum Sterben ausgesucht hatte. Die A 46 hatte für mehrere Stunden gesperrt werden müssen. Das mit dem Jungen war schon schlimm, sehr schlimm sogar, aber den Anblick des Mädchens, den konnte Cordes beim besten Willen nicht abschütteln. Der verfolgte ihn bis in seine Träume. Ein tragischer und äußerst brutaler Doppelselbstmord – darin war er sich mit den Kollegen von der Mordkommission einig, aber für die Herren aus Dortmund war das Ganze nur ein Fall unter vielen. Cordes aber hatte den Jungen gekannt. Nur flüchtig, aber immerhin gut genug, um sich ein Bild von ihm zu machen. Ein stiller, unauffälliger Siebzehnjähriger.

Warum sind sie nicht gemeinsam in den Tod gesprungen, warum hat er das Mädchen vorher erschossen? Und dann auf diese furchtbare Weise? Seit er am Tatort gewesen war, quälten ihn diese Fragen und er hatte noch immer keine befriedigenden Antworten gefunden.

»Noch ein Pils?«, hörte er die Stimme seiner Frau wie von ferne sagen.

Cordes nickte und stieß einen tiefen Seufzer aus. Er würde auch noch eins trinken und noch eins, aber wie viele Pils er auch an seinem freien Abend in sich hineinschüttete, sie würden wohl kaum ausreichen, um ihn die junge Türkin vergessen zu lassen.

Knapp ein Drittel der Sachen hatte Anne bereits aus den Kisten geräumt. Büromaterial, Gesetzesbücher, die einschlägigen Kommentare lagen nun vor ihr auf dem Boden. Dabei agierte sie fast mechanisch, denn ihre Gedanken kreisten unaufhörlich um diese verdammte Schweigert-Geschichte, die sie ins Sauerland getrieben hatte. Annes Wut war so stark, dass sie, um sich Luft zu machen, aufstand und mit voller Wucht gegen einen der Umzugkartons trat. Sie hörte das Geräusch von zerberstendem Glas und wusste sofort, dass es die schöne Art-déco-Lampe war, ein Geschenk ihres Vaters zum zweiten Examen. Behandele sie vorsichtig, hatte Georg Brink seine Tochter gebeten, es ist eine Antiquität.

Selbst der traurige Anblick des kaputten Lampenschirms lenkte Anne nur für einen flüchtigen Moment von dieser verdammten Geschichte ab. Wieder und wieder sah sie ihn vor dem Gerichtsgebäude stehen. *Triumphierend im Blitzlichtgewitter. Er zeigt auf sie und sagt in die Kamera: Das habe ich alles dieser Frau zu verdanken. Meiner Anwältin!* Um die Bilder abzuschütteln, die ihr immer noch so präsent waren wie an jenem Tag, griff Anne hektisch nach ihrem Tabak. Mit einem prüfenden Blick in die Packung rechnete sie sich aus, dass er noch für höchstens drei Zigaretten reichen würde. Also nahm sie zum Drehen weniger Tabak als sonst, dann blieb vielleicht noch ein Rest für eine vierte, eine letzte Zigarette. Ganz plötzlich schlug ihre Wut in Selbstmitleid um. Schuld daran war Maria Callas. Sie sang gerade voller Leidenschaft *La Mamma Morta*. Die Bose-Anlage war das Erste, was Anne in ihrem neuen Büro installiert hatte. Wenn sie allein war, hörte sie meistens Musik. Immer passend zu ihren Stimmungen. Die Callas eignete sich in der

Regel sehr gut als Hintergrundmusik, wenn es ihr schlecht ging. Heute aber war diese Arie zu viel für sie. Anne nahm die CD hastig aus dem Rekorder und griff sich *DIVA*, einen Sampler mit Peggy Lee, Julie London, Nina Simone und anderen. Anne kannte jeden Song auswendig. *There must be fifty ways to leave your lover,* sang sie nun mit Rosemary Clooney lauthals gegen die Erinnerungen an ihren letzten Strafrechtsfall an.

Du brauchst professionelle Hilfe, hatte ihr Peter, der Psychologe, nach der Sache mit Schweigert geraten. *Wenn das so einfach wäre,* hatte sie ihm geantwortet und die Sache mit Peter kurz und schmerzlos beendet. Wie sie es nach ihrer Scheidung grundsätzlich machte, sobald ihr jemand zu nahe kam.

Renate Cordes schreckte zusammen, als ihr Mann laut zu schnarchen begann. Kein Wunder, nach den sechs Pils, die er binnen einer Stunde hinuntergekippt hat, dachte sie. Sie wollte ihn schon unwirsch anstoßen und aufwecken, doch als ihr Blick auf sein müdes, unrasiertes Gesicht fiel, tat er ihr nur noch leid. Was für ein furchtbarer Beruf!, dachte sie. Und wie wohl die Mutter den Tod des Jungen verkraften wird? Seit dem Vorfall kaufte Renate ihr Brot woanders. Sie hätte nicht gewusst, wie sie der Bäckersfrau gegenübertreten sollte. Der Junge war doch ihr ganzer Stolz gewesen. Aber Einzelheiten über das grausame Ende der beiden Jugendlichen wollte Renate Cordes trotzdem nicht erfahren. Sie konnte ja nicht einmal einen Krimi im Fernsehen entspannt angucken, sobald das erste Blut floss.

Daran merkt man, dass du nicht von hier weg bist, pflegte ihre Schwägerin zu sagen. Thea hatte Recht. In Neheim sprach man zurzeit jedenfalls von nichts anderem, manchmal gepaart mit einem derben Humor, der Renate Cordes immer fremd bleiben würde. Und jeder ging wie selbstverständlich davon aus, dass sie, die Frau des Polizisten, über alle Details Bescheid wusste. Dabei würde sie am liebsten gar nichts davon hören. Es war schrecklich, einfach nur schrecklich. Mit einem Seufzer wandte sie sich wieder ihrer Volksmusiksendung zu.

Sonst half lautes Mitsingen eigentlich immer, Anne auf andere Gedanken zu bringen, aber Schweigert war wie eine Zecke. Einmal hineingebohrt, dehnte sich der Gedanke an ihn aus und nahm beängstigende Ausmaße an. Anne drehte sich noch eine Zigarette, ging zum Fenster und öffnete es. Sie brauchte dringend frische Luft. Ihre Angewohnheit, am offenen Fenster zu rauchen, hatte Jonas stets zynisch mit den Worten: Entscheide dich, Krebs oder Luft, kommentiert.

Nach jedem tiefen Zug schwebten perfekte Kringel aus blauem Dunst in die dunkle Nacht hinein. Es war gespenstisch still dort draußen, obwohl das Fenster zur Straße hinausging. Samstagabend in der Kleinstadt. In Hamburg hatte Anne sogar vom hinteren Fenster aus zu jeder Tages- und Nachtzeit Großstadtgeräusche hören können. Irgendwie fehlten sie ihr jetzt. Wenn ihr jemand noch vor einem halben Jahr prophezeit hätte, sie würde Hamburg verlassen, um in Alt-Arnsberg neu anzufangen, sie hätte laut gelacht.

Schritte näherten sich. Sie sah auf ihre Armbanduhr. Kurz nach 23 Uhr. Wenigstens ein Mensch, der hier Samstagnacht auf der Straße ist, dachte sie beinahe erleichtert. Die Schritte verstummten direkt unter ihrem Fenster.

»Anne?«, hörte sie eine vertraute Stimme rufen.

»Martin!«, rief sie erfreut über den unerwarteten späten Besuch. Als ob er geahnt hätte, dass sie ein wenig Ablenkung gebrauchen konnte.

»Hast du Hunger?«, fragte er und deutete auf die zwei großen Pizzakartons auf seinem Arm.

»Hast du noch einen Schlüssel?«, erwiderte sie.

Martin Kleiber nickte. Wenig später begrüßte er seine Nachfolgerin mit den Worten »Hatte ich noch zu Hause. Für alle Fälle« und hielt ihr die Ersatzschlüssel hin.

»Hättest du ruhig behalten können«, sagte Anne und nahm ihm die beiden Pizzakartons ab.

»Ich lege sie auf deinen Schreibtisch. Schließlich hast du jetzt die alleinige Schlüsselgewalt über die Kanzlei. Und es ist immer gut, einen zweiten Schlüssel zu haben. Man kann nie wissen.«

Anne musste unwillkürlich schmunzeln. Typisch der alte Martin, dachte sie.

»Sieht doch schon ganz wohnlich aus, aber wir sollten lieber in der Küche essen«, bemerkte er, nachdem er einen flüchtigen Blick auf das Chaos in ihrem Zimmer geworfen hatte.

Anne folgte ihm in den winzigen Raum, in den gerade einmal ein Herd mit zwei Platten, eine Spüle, ein schmaler Kühlschrank, ein Hängeschrank und ein kleiner Tisch mit zwei Stühlen passten.

»Fühl dich ganz wie zu Hause«, ermunterte Anne ihren Vorgänger, der mit einem einzigen Griff zwei Teller und Besteck aus dem Schrank nahm. KPM Kurland, stellte Anne mit Kennerblick fest. Viel zu fein für Bürogeschirr, dachte sie, und viel zu teuer, denn sie kannte den Preis genau. Jonas hatte ein komplettes Service aus der Königlichen Porzellan-Manufaktur von seiner Mutter geerbt. Anne hatte es am Tag der Trennung Stück für Stück zerschlagen. Statt ihr endlich zu gestehen, dass er sie mit seiner Physiotherapeutin Lena betrog, hatte Jonas ihr genau vorgerechnet, was die Scherben dort auf dem Fußboden wert waren. Sie wollte Martin diese Geschichte gerade erzählen, als ihr im letzten Moment einfiel, dass er selbst auf die bloße Erwähnung von Jonas' Namen äußerst genervt reagieren konnte.

»Ich hatte heute noch gar keine Zeit zum Essen«, erklärte Anne den Riesenbissen, den sie sich nun aus der Pizza schnitt und gierig in den Mund schob.

»Habe ich mir fast gedacht. Schinken und Ananas. Ist doch richtig, oder?«

»Perfekt!«, antwortete Anne mit vollem Mund.

»Und, wie fühlst du dich in diesen heiligen Hallen?«, erkundigte sich Martin, während er seine Pizza sorgfältig in gleichgroße Stücke zerlegte.

»Super, einfach super. Wenn ich mir vorstelle, dass übermorgen früh die ersten Mandanten vor der Tür stehen und eine anständige Kanzlei erwarten.« Mit diesen Worten verschlang sie ein zweites großes Stück

»Wo ist das Problem? Die alten Akten brauchst du eh nicht mehr. Die laufenden Verfahren, die du von mir übernimmst, hängen geordnet bei der guten Cassini im Zimmer. Und den Rest, den kriegen wir auch noch hin.«

»Soll das ein Angebot sein, mir zu helfen? Das nehme ich glatt an, aber ich warne dich, ich habe alles nur in die Kisten gestopft ...«

»... und sie nicht beschriftet. Ich weiß. Schließlich kennen wir uns nicht erst seit gestern.«

»Okay, okay, ich werde es dir nie vergessen, dass du die Zettel mit meinem Abireferat noch rechtzeitig in der Schublade unter meinen Babyfotos entdeckt hast.«

»Tja, da waren wir noch jung und verliebt«, seufzte Martin Kleiber und sah Anne verträumt an. Für ihn würde sie immer *seine Dänin* bleiben. Mit ihren langen, weizenblonden Haaren, ihren hellen, blauen Augen ... Die Falte zwischen ihren Augenbrauen ist tiefer geworden, stellte Martin fest, aber es passt zu ihr. In seinen Augen hatte sie nichts von ihrer herben, nordischen Schönheit eingebüßt. Wie lange kennen wir uns jetzt eigentlich schon, versuchte er sich zu erinnern.

»Dreiundzwanzig Jahre«, kam ihm Anne lächelnd zuvor. Auch daran hatte sich nichts geändert. Diese Frau konnte seine Gedanken lesen. Martin erinnerte sich noch genau an den Tag, an dem sie in seine Klasse gekommen war, besonders an ihre ersten Worte, als er ihr, fasziniert von der hoch gewachsenen neuen Mitschülerin, die Raucherecke gezeigt hatte: *Du bist doch mindestens eins neunzig, oder?*

»Ist zufällig etwas zu trinken in deinem Kühlschrank?«, unterbrach Anne Martins Gedanken.

»Ja, ich habe dir in deinen Kühlschrank zur Begrüßung einen Champus gestellt. Für den Feierabendschluck nach dem ersten Arbeitstag.«

»Ich glaube, ich brauche ihn heute schon.«

Martin aber hörte ihr gar nicht mehr zu, sondern starrte auf ihr geblümtes Kleid. Keine Frage, es war dasselbe. Der Anblick irritierte ihn. Unwillkürlich kehrte die Erinnerung an den Tag zurück, an dem er sie verloren hatte. Im Hörsaal der Universität Hamburg. In diesem Sommerkleid war sie nach vorne gestürmt, nachdem die Klausuren verteilt worden waren. *Acht Punkte nur? Der spinnt wohl!,* hatte sie empört gerufen, sich kämpferisch vor Strafrechtsprofessor Jonas Beyer aufgebaut und gleichermaßen wild gestikulierend wie artikulierend eine Diskussion mit ihm begonnen. Martin erinnerte sich auch noch ganz genau an sein ungutes Gefühl beim Anblick seiner Freundin mit dem attraktiven, eloquenten Mann. *Mindestens eins neunzig,* hatte er gedacht. Und, dass der vor Charme sprühende Professor keine Skrupel haben würde, ihm, dem Jurastudenten, die Freundin auszuspannen.

»Willst du nicht mit mir anstoßen?« Anne hielt ihm fordernd ihr gefülltes Glas entgegen.

»Auf dein Wohl«, erwiderte Martin und versuchte zu lächeln, als die edlen Sektgläser mit einem wohlklingenden

Geräusch aneinander stießen. Sie sahen sich in die Augen. Erst jetzt bemerkte Anne, dass Martin eine neue Brille trug, eine, die ihn noch seriöser erscheinen ließ, und Anne spürte, dass Martin etwas an ihr nicht passte – sie wusste auch sofort, was es war.

»Ziehe ich nur zum Putzen und Aufräumen an. Weiß Gott, keine romantische Erinnerung! Komm, wir packen jetzt das Elend an!«, sagte sie entschuldigend und zog ihn vom Stuhl.

Martin hockte sich allerdings nicht neben seine barfüßige Freundin auf den Boden, sondern griff sich eine der kleineren Kisten, stellte sie auf den Schreibtisch und sah sich erst einmal in aller Ruhe in seinem ehemaligen Büro um. Sein Blick blieb an einem Berg roter Akten hängen.

»Was hast du denn damit vor?«, fragte er ein wenig strenger als beabsichtigt.

»Schredder!«, antwortete Anne Brink, ohne aufzusehen.

»Schredder? Moment mal! Die sind doch noch keine zehn Jahre alt. So lange besteht bekanntlich eine Aufbewahrungspflicht. Dafür habe ich im Keller extra ein Regal. Ich bringe die eben nach unten.«

»Nein. Ich sagte vernichten! Und ich meine in der Regel, was ich sage. Weg damit! Ab in den Schredder. Der muss in irgendeiner der Kisten sein!«, erwiderte sie scharf und vertiefte sich in ein altes Dokument, das sie gerade gefunden hatte.

»Die müssen zehn Jahre aufbewahrt werden. Die kannst du nicht so einfach wegwerfen …«, versuchte er sie an ihre anwaltlichen Pflichten zu erinnern.

»Mensch, Martin, wir sind hier nicht im Diskussionsforum für Anwälte, sondern du bist hier, um mir zu helfen, und ich sage: Ich will die Dinger nicht mehr sehen! Ist das denn so schwer zu verstehen? In einer der Kisten findest du das Teil schon.«

Martin Kleiber seufzte. Widerspruch zwecklos. Er sah es ein. Anne würde sich durch nichts davon abbringen lassen.

»Ich habe meinen Aktenvernichter, den Kopierer und das ganze technische Zeug sowieso hier gelassen. Im Gericht brauche ich das nicht. Ich bringe die Akten jetzt zu Frau Cassini ins Zimmer, und die erledigt das am Montag.«

Ohne aufzusehen, sagte Anne genervt: »Die sollen weg. Und zwar sofort!«

Martin Kleiber stöhnte laut auf. »Frau Cassini mag es aber nicht, wenn ein anderer an die technischen Geräte geht als sie«.

»Dann wird deine Frau Cassini wohl bei mir umlernen müssen«, entgegnete Anne süffisant, während sie unablässig auf die Zeilen starrte, die vor ihren Augen langsam zu verschwimmen drohten. *Urteil im Namen des Volkes.*

»Viel Spaß, aber dazu solltest du deine künftige Bürovorsteherin vielleicht erst einmal kennen lernen. Jede Wette, sie bringt sie hinunter in den Keller. Von wegen der zehn Jahre«, konterte Martin grimmig, griff sich den Haufen roter Akten und verließ damit das Zimmer.

Anne nahm nichts davon wahr. Zu vertieft war sie in das vergilbte Urteil des Amtsgerichts Kiel, das sie nun in ihren Händen hielt. Sie beschloss, das Schriftstück zu behalten. Vielleicht würde ihr Vater eines Tages doch noch mit ihr über den schrecklichen Unfall sprechen und – über ihre Mutter.

»Sag mal, dieser Schweigert, wie viel Zeit lag eigentlich zwischen seinem Freispruch und dem nächsten Mord?«, hörte sie Martin fragen. Anne zuckte bei seinen Worten unwillkürlich zusammen.

»Wie kommst du denn darauf?« Ihre Stimme klang genervt.

»Die Akten sind mir im Flur runtergefallen. Da habe ich

kurz einen Blick hineingeworfen. Ich kenne den Fall ja nur aus deinen Andeutungen.«

»Hast du sie endlich zerschreddert?«, fragte sie in gereiztem Ton.

Martin nickte. Er traute sich nicht, sie über das wahre Schicksal der Akten aufzuklären. Er hatte sie nämlich in Frau Cassinis Zimmer abgelegt mit dem Vermerk *»Sofort vernichten!«* – in der stillen Hoffnung, die gute Cassini würde sie entgegen dieser Anordnung in den Keller tragen. Martin wusste, dass es nur eine Formalie war, aber ihm drehte sich der Magen um bei der Vorstellung, dass Anne grundsätzlich solche Richtlinien zu ignorieren pflegte.

»Du hast meine Frage noch nicht beantwortet«, insistierte Martin. »Wann hat er die Tat begangen und stimmt das eigentlich, dass er eine Kamera am Tatort hat liegen lassen und deshalb überführt wurde?«

Anne funkelte Martin wütend an.

»Ich will dich nicht nerven, aber wäre es nicht besser für dich, wenn du endlich mal darüber sprichst?«, beharrte er.

»Bist du unter die Seelenklempner gegangen, oder was?«, platzte es bissig aus ihr heraus, und sie fügte trotzig hinzu: »Ich habe Hamburg nicht hinter mir gelassen, um mich wieder und wieder verteidigen zu müssen!«

Martin trat auf sie zu, hockte sich neben sie auf den Fußboden und legte versöhnlich den Arm um ihre Schultern. Anne ließ ihn gewähren. Es fühlte sich gut an, gab ihr ein Gefühl von Geborgenheit, und trotzdem verspürte sie den Impuls, sich aus dieser Umarmung zu befreien. Sie befürchtete, dass Martin die körperliche Nähe missverstehen könnte.

»Du hast keinen Fehler gemacht. Du musst dich nicht verteidigen«, sagte er schließlich mit sanfter Stimme.

»Das lass bitte meine Sorge sein!«, entgegnete Anne, während sie ein Stück von ihm abrückte.

»Anne. Du bist und bleibst eine hervorragende Anwältin. Das hätte jedem von uns passieren können!«

»Das glaube ich kaum!«, fauchte sie zurück. »Nenne mir einen einzigen Kollegen, der stolz darauf wäre, einem Mörder gratis die Freifahrkarte zur nächsten Tat besorgt zu haben.«

»Aber du hast doch nur deinen Job gemacht«, versuchte Martin die Wogen zu glätten.

»Einen saumiserablen Job. Was ist das für eine Strafverteidigerin, die jeden Schwachsinn glaubt, den ihr der Mandant verkauft? Eine Anwältin, die nicht merkt, dass sie es mit einem psychopathischen und hochintelligenten Serienkiller zu tun hat? Die vor Ehrgeiz platzt, weil sie den Oberstaatsanwalt ins Schwitzen bringt und den sauberen Indizienprozess wie ein Kartenhaus zusammenfallen lässt? Verdammt, ich hätte ihn durchschauen müssen!«

»Hör doch bitte endlich auf, dir die Schuld zu geben. Du bist Anwältin, keine Psychologin. Deine Aufgabe ist es, deine Mandanten zu verteidigen und nicht ihre Seele auszuloten«, sagte Martin mit Nachdruck.

»Nein, nein, so einfach ist das nicht. Ich habe ihm blind geglaubt, weil ich ihm glauben wollte. Wenn ich mich nicht zu dem Werkzeug dieses Irren gemacht hätte, könnte das Mädchen heute noch leben!«

»Aber genau das ist dein Beruf. Du musst kämpfen. Du bist keine Sozialarbeiterin, du bist Strafverteidigerin!«

»Ich war Strafverteidigerin!«

Martin stöhnte auf. »Ja, und eine der besten! Du bist nicht Schuld am Tod dieses Mädchens. Der Staatsanwalt, die Richter, alle haben ihm schließlich geglaubt. Warum bist du so streng mit dir?«

»Weil ich vorher nicht darüber nachgedacht habe, was wäre, wenn er doch ein Mörder ist. Weil mir nur eins wichtig war: zu gewinnen! Weil ich mir eingebildet habe, zu wissen, wann mich jemand belügt und wann er mir die Wahrheit sagt. Dabei habe ich null Menschenkenntnis, und das ist zu wenig, wenn man es mit potentiellen Mördern zu tun hat. Irren ist in diesem Job nicht menschlich, sondern tödlich!«

Mit diesen Worten sprang Anne auf und begann, demonstrativ ihre Gesetzesbücher in das Regal zu sortieren.

Martin kehrte seufzend an den Schreibtisch zurück. Schade, dass Anne in Zukunft keine Oberstaatsanwälte mehr ins Schwitzen bringt, dachte er, aber eigentlich profitierte er ja von ihrer Entscheidung, sich in Zukunft von Mördern fernzuhalten und Hamburg den Rücken zu kehren. Wem außer ihr hätte er seine Kanzlei sonst mit gutem Gewissen übergeben können, nachdem er die Seiten gewechselt hatte und Richter geworden war?

2.

Fremde, neue Welt

Miriam Beyer konnte nicht einschlafen. Immer wieder weinte sie still in sich hinein und schreckte, wenn sie einmal kurz eingenickt war, so heftig hoch, dass schließlich auch Tanja wach wurde.

»Was ist denn?«, fragte ihre Freundin verschlafen.

»Nichts«, entgegnete Miriam, tastete nach der Nachttischlampe und machte das Licht an.

Tanja setzte sich senkrecht im Bett auf.

»Was ist los?«

»Kannst du nicht einfach hier bleiben?«

Tanja rieb sich die Augen, blickte in das verheulte Gesicht der Freundin und nahm sie tröstend in den Arm. »Du weißt doch, dass ich morgen zurückfahren muss. Montag beginnt die Schule wieder. Meine Eltern würden mir was erzählen – aber ich verspreche es dir, ich komme in jeden Ferien oder du kommst zu uns!«

Miriam schmiegte sich wie ein kleines Kind in den Arm ihrer besten Freundin. Der Abschied von Tanja war das Schlimmste von allem. Die beiden Mädchen kannten sich schon aus dem Kindergarten und waren seit damals unzertrennlich.

»Kann ich nicht bei euch wohnen?!«, fragte Miriam sichtlich verzweifelt.

Tanja drückte ihre Freundin noch fester an sich.

»Deine Mutter erlaubt das nicht, und das kann ich auch irgendwo verstehen. Ich meine, sie will dich natürlich bei sich haben«, entgegnete sie und kämpfte gegen die Tränen an. »Oder kannst du nicht doch zu deinem Vater ziehen?«, fügte sie hoffnungsvoll hinzu, kannte aber Miriams Antwort, bevor sie den Satz überhaupt zu Ende gesprochen hatte.

»Bevor ich mit seiner Dummtusse zusammenziehe, springe ich eher von der Brücke! Ich hasse sie. Sie hat alles kaputtgemacht. Ohne sie wären meine Eltern noch zusammen«, brach es verzweifelt aus Miriam heraus.

Den ganzen Tag über hatten die beiden Mädchen vermieden, über den bevorstehenden Abschied zu sprechen. Stattdessen hatten sie sich mit Feuereifer daran gemacht, die Küche und Miriams neues Zimmer einzurichten, das viel größer und schöner war, als die zehn Quadratmeter, die sie in Hamburg hatte zurücklassen müssen. Nun saßen die beiden Freundinnen auf Miriams großem Himmelbett und klammerten sich wie zwei Ertrinkende aneinander.

»Wir mailen uns jeden Tag und …« Tanja stockte, sprang vom Bett auf und holte etwas aus ihrem Koffer. Mit den Worten »Schenk ich dir« drückte sie Miriam ein Buddha-Armband aus rosafarbenen Perlen in die Hand.

»Ich werde es immer tragen«, versprach Miriam gerührt, doch ihre weiteren Worte gingen in lautem Schluchzen unter. Sie versicherten einander, sich niemals aus den Augen zu verlieren, und schliefen schließlich erschöpft ein.

Anne spürte eine bleierne Müdigkeit, als sie gegen drei Uhr morgens die Tür zu ihrem neuen Zuhause oben in Schreppenberg aufschloss. Martin hatte sie hergefahren. Anne drehte sich noch einmal um und winkte ihm zu. Da saß er in seinem Wagen und wartete. Der Anblick rührte Anne. Er würde bestimmt erst wegfahren, wenn er sie sicher im Haus wusste, in einer weißgetünchten Doppelhaushälfte direkt am Hang. Die Entscheidung, es zu mieten, war ihr nicht schwer gefallen: der Blick aus dem Wohnzimmer über ganz Arnsberg und das Tal war gigantisch. Und die Größe. In Hamburg-Ottensen hatten Miriam und sie in einer viel zu kleinen Altbauwohnung gewohnt – immer in der Hoffnung, etwas Größeres zu finden. Einerseits überschaubar, anderseits großstädtisch wie kaum ein anderer Stadtteil, war ihnen Ottensen, dieses liebenswerte Dorf mitten in der Stadt, sehr ans Herz gewachsen. Als Anne an die schöne, geräumige Fabriketage denken musste, die sie kurz vor der Sache mit Schweigert dort endlich gefunden und nie bezogen hatten, überkam sie das Heimweh mit einer Heftigkeit, die ihr Tränen in die Augen trieb.

Hier kennt mich keiner, hier spricht mich keiner auf Schweigert an – und hier bedroht mich keiner, rief sie sich zur Vernunft, während sie in den leeren Flur trat.

Ich muss schnellstens diese dämlichen Kisten auspacken, sonst flüchte ich ins Hotel, dachte Anne seufzend, als sie einen Blick in das geräumige Wohnzimmer warf. Das Licht der bloßen Glühbirne tauchte den kahlen Raum in eine gespenstische Kälte. Als ihr jedoch die in den Wohnraum integrierte Küchenzeile, die der Vermieter nach ihren Wünschen extra hatte einbauen lassen, ins Auge fiel, blieb sie überrascht stehen. Anstelle des erwarteten Chaos aus unausgepackten Kartons und diversen Utensilien erblickte sie himmlische Ordnung: Kaffeemaschine, Brotkasten, Toaster, alles befand sich an seinem Platz. Beim Anblick dessen, was die Mädchen da geleistet hatten, musste sie kräftig schlucken. Das grenzte an Zauberei. Sogar eine Flasche Weißwein hatten sie im Eisschrank verstaut. Ein Glas wollte sich Anne genehmigen, doch sie musste enttäuscht feststellen, dass der Wein noch lauwarm war. Dann eben nur eine Zigarette, beschloss sie, aber den Tabak hatte sie auf ihrem Schreibtisch im Büro liegen gelassen.

Keine gute Idee, sich bei diesem Stress das Rauchen abzugewöhnen, dachte sie, während sie die Treppen hinaufschlich, um nach den Kindern zu sehen. Da noch keine Jalousien vor den Fenstern waren, leuchtete der Vollmond in das Zimmer und sein helles Licht schien direkt auf die eng aneinander gekuschelten Mädchen. Das Gesicht der schlafenden Miriam im Mondlicht wirkte so friedlich und entspannt, wie Anne es lange nicht mehr gesehen hatte. Die letzten Wochen waren die Hölle für ihre Beziehung gewesen. Vorwürfe, Unterstellungen, Beschimpfungen. *Das kannst du mir nicht antun. Das werde ich dir nie verzeihen. Aber ich habe keine andere Wahl. Hast du wohl. Warum ziehen wir nicht wenigstens in die Nähe? Du denkst nur an dich! Du bist egoistisch!* Anne gab ihrer schlafenden Tochter einen flüchtigen Kuss auf die Stirn und verließ das Zimmer auf Zehenspitzen.

Widerwillig betrat sie ihr neues Schlafzimmer, in dem sie schon in der vergangenen Nacht kein Auge zugetan hatte. Hier sah es immer noch aus, als hätte eine Bombe eingeschlagen. Trotzdem fiel sie, kaum dass sie sich in ihr Bettzeug gerollt hatte, in einen tiefen traumlosen Schlaf.

Anne erwachte von lautem Vogelgezwitscher, das durch das weit geöffnete Fenster aus dem Garten drang. Ich brauche unbedingt Ohropax, war ihr erster Gedanke. Sonst stehe ich hier jeden Morgen um fünf auf. Ein Blick auf ihre Armbanduhr zeigte ihr allerdings, dass es bereits weit nach zehn Uhr war. Erschrocken fuhr sie hoch, warf sich hektisch ihren Bademantel über und hetzte die Treppen hinunter, um schnell das Frühstück zu machen, doch als sie die Wohnzimmertür öffnete, saßen Miriam und Tanja bereits frisch geduscht an einem gedeckten Tisch.

»Warum habt ihr mich nicht früher geweckt?«, fragte Anne leicht gereizt und goss sich hastig einen Becher Kaffee ein.

»Haben wir ja versucht, aber du hast geschlafen wie

eine Tote«, erwiderte Miriam mit einem peinlich berührten Blick auf ihre völlig zerzauste und vom Schlaf zerknitterte Mutter in dem alten, abgewetzten Frotteemantel.

»Ich musste das Büro noch fertig einräumen, Montag um neun kommen die ersten Mandanten«, versuchte Anne ihr langes Schlafen zu entschuldigen. Schließlich hatte sie den Mädchen gestern noch einen Vortrag darüber gehalten, warum sie heute nicht ausschlafen konnten. *Wir stehen um acht auf und bringen das Haus in Schuss!*

»Klar, erst die Arbeit, dann das Privatleben. Das, meine Damen und Herren, ist das Lebensmotto einer Staranwältin. Dafür haben wir doch alle Verständnis!«, antwortete Miriam, die aufgesprungen war und einen Becher zu einem imaginären Mikrofon umfunktioniert hatte. Den hielt sie ihrer Mutter nun fordernd vor die Nase.

»Und was unsere Zuschauer noch brennend interessiert: Haben Sie Kinder? Und was sagen die zu Ihrer Entscheidung, Karriere im Sauerland zu machen?«

Anne atmete tief durch. Sie war absolut nicht in der Stimmung, sich mit ihrer Tochter anzulegen.

Miriam fuhr ungerührt fort: »Keine Antwort ist auch eine Antwort. Aber Ihre Tochter war nicht untätig. Sie hat sich mit ihrer neuen Heimat umfassend beschäftigt. Arnsberg war schon immer Gerichtsort. Bereits im Mittelalter hieß es: Wir gehen auf Arnsberg. Heute immer noch Sitz diverser Gerichte, ein lukrativer Ort für Anwälte. War es das, was Sie hierher verschlagen hat? Kohle?«

Anne schluckte trocken. Wie gern würde sie ihrer Tochter die ganze Wahrheit ins Gesicht schleudern, aber sie konnte sich beherrschen. So ließ sie Miriam lieber in dem Glauben, dass sie den Umzug tatsächlich in Kauf genommen hatte, um in Arnsberg besser zu verdienen. Niemals würde sie ihre Tochter mit der Schweigert-Sache und den Folgen belasten. Und schon gar nicht mit diesem anonymen Brief, den man ihr kurz nach Schweigerts Festnahme in die Hamburger Kanzlei geschickt hatte. Niemandem hatte Anne von diesem Drohbrief erzählt, nicht einmal der Polizei.

»Wir warten gespannt auf Ihre Antwort!« Miriam fuchtelte mit dem Becher vor Annes Gesicht herum.

»Nicht, bitte«, brachte Anne schwach hervor.

»Okay.« Miriam stellte den Becher wieder auf den Tisch zurück und wandte sich abrupt an Tanja: »Vielleicht zieh ich doch zu Papa und seiner Schnalle!«

Die Worte ihrer Tochter trafen Anne mitten ins Herz. Bei dem Gedanken, dass Miriam bei der fünfundzwanzigjährigen Lena aufwuchs, deren Lieblingsbeschäftigung darin bestand, mit Jonas' Kreditkarte einkaufen zu gehen, wurde ihr augenblicklich schlecht. Eines stand für Anne fest: Der viel beschäftigte Jonas konnte die Erziehung ihrer Tochter nicht übernehmen! Das hatte bei der Scheidung sogar der Familienrichter erkannt. *Herr Professor Beyer, sind Sie sicher, dass Sie mit diesem Antrag auf das alleinige Sorgerecht nicht vielmehr Ihre Frau treffen wollen?* Anne hätte den Richter küssen können, als er Jonas' Antrag abschmetterte.

Miriam guckte triumphierend von einem fassungslosen Gesicht ins andere und fügte breit grinsend hinzu: »War ein Witz, Leute!«

»Was soll der Scheiß? Warum machst du das mit deiner Mutter?«, rief Tanja entgeistert. Hatte Miriam nicht gerade erst heute Nacht gesagt, dass sie sich lieber umbringen würde, als mit ihrer Stiefmutter unter einem Dach zu leben?

»Geht dich gar nichts an!«, fauchte Miriam zurück. »Dich zwingt ja keiner, von zu Hause wegzugehen.«

Die Mädchen standen einander kampflustig gegenüber. Anne wollte sich gerade einmischen, da sprang Tanja mit den Worten »Deswegen brauchst ja nicht so rumzuzicken. Als ob du die Einzige wärst, für die das ätzend ist!« vom Tisch auf und rannte in den Flur.

»Komm, lauf hinterher. Vertragt euch! Tanja fährt doch nachher. Nicht dass ihr im Streit auseinander geht, nur weil ihr beide traurig seid …«, versuchte Anne ihrer Tochter gut zuzureden, aber Miriam musterte sie nur mit einem vernichtenden Blick und zischte: »Es ist alles nur deine Schuld!«

Dann verließ sie den Raum und die Tür flog mit einem lauten Knall hinter ihr zu.

Anne blieb einen Augenblick lang wie betäubt sitzen. Mit Wehmut dachte sie daran, wie gut sie sich einmal verstanden hatten. *Lass sie bloß erst in die Pubertät kommen, dann werden aus sanften Mädchen Hyänen,* hatte ihre Freundin Ines, Mutter von zwei halbwüchsigen Töchtern, oft gescherzt. Es war in der Tat kein guter Zeitpunkt, das Kind zu entwurzeln, aber hätte sie sich deshalb diese einmalige Chance entgehen lassen sollen? Alles hinter sich lassen zu können und dabei weich zu fallen? Jetzt eine Zigarette, dachte Anne schmachtend, bevor sie, ohne etwas gegessen zu haben, den Frühstückstisch abräumte. Ihr Magen weigerte sich, Nahrung aufzunehmen. Miriams Drohung zeigte eine nachhaltige Wirkung.

Anne entschied sich, die Mädchen für den Rest ihrer noch verbleibenden gemeinsamen Stunden in Ruhe zu lassen. Als sie nach dem Duschen ganz automatisch nach dem alten Sommerkleid griff, zögerte sie und nahm sich stattdessen Jeans und ein T-Shirt aus dem Schrank. Das Kleid knüllte sie energisch zusammen und warf es in den Müll.

Zuerst baute Anne die Musikanlage auf und packte den Umzugskarton mit den CDs aus. Während sie das Bücherregal aufstellte, sang Edith Piaf bereits ihre *Hymne à l'amour.* Anne summte leise mit. Miriam fand es ultrapeinlich, wenn ihre Mutter mitgrölte, wie sie es nannte. Normalerweise nahm Anne keine Rücksicht darauf und sang extra laut, aber heute wollte sie nichts tun, was einen neuerlichen Streit heraufbeschwören könnte. Diese CD mit den *100 plus belles Chansons d'amour* war etwas ganz Besonderes. Jonas hatte sie ihr auf der ersten gemeinsamen Paris-Reise geschenkt. Ganze zwei Jahre hatte sie nach der Trennung gebraucht, um diese Musik wieder hören zu können, ohne mit einer gewissen Sehnsucht an die schönen Stunden mit ihm zu denken. Jetzt aber dachte sie an Martin. Hatte er ihr das Angebot, nach Arnsberg zu kommen, tatsächlich ohne jeglichen Hintergedanken gemacht?

Miriam sprach kein Wort, als sie vom Bahnhof zurückkehrten. Eisig schweigend saßen Mutter und Tochter nebeneinander in dem alten Jeep, den Anne kurz vor dem Umzug gebraucht erstanden hatte. Seit ihrem Ausbruch am Frühstückstisch hatte Miriam überhaupt nicht mehr mit ihr geredet. Vielleicht sollte ich sie zum Italiener einladen, dachte Anne, doch da fiel ihr ein, dass sie sich um achtzehn Uhr mit Frau Cassini im Büro verabredet hatte. Die Frau hatte am Telefon trotz Annes Entschuldigung wegen des ungewöhnlichen Termins am Sonntagabend äußerst genervt geklungen. Jetzt konnte sie ihr natürlich nicht wieder absagen, auch wenn sie Miriam ungern allein ließ.

»Schatz, wollen wir später was essen gehen?«

»Kein Hunger!«

»Aber vielleicht in einer Stunde, weil ich vorher noch mal kurz ins Büro muss.«

»Mir egal!«

Anne warf ihrer Tochter einen verstohlenen Seitenblick zu. Sie sah ihr so verdammt ähnlich, aber vom Wesen her hatte sie mehr von Jonas, als Anne es manchmal wahrhaben wollte. Diese Sturheit. Er hatte sie bei Missstimmungen auch stets mit eisernem Schweigen gestraft.

»Ein hübsches neues Armband hast du da«, versuchte Anne erneut, die Mauer zwischen ihnen zu durchbrechen. Vergebens. Miriam zeigte keine Reaktion.

»Ich hole dich dann zum Essen ab. In Ordnung?«

»Kein Bock!«

Jetzt fiel Anne auch nichts mehr ein, womit sie ihre Tochter zum Sprechen bringen konnte. Schweigend hielt sie vor der Doppelhaushälfte, um Miriam aussteigen zu lassen.

»Bis gleich!«, rief sie ihr hinterher.

Thea Cassini wartete bereits seit über zehn Minuten auf ihre neue Chefin. Der Doktor war immer pünktlich, dachte die Bürovorsteherin mit einem prüfenden Blick auf ihre Armbanduhr. Dann entdeckte sie den Berg roter Akten mit dem Vermerk »Sofort vernichten!«. Bevor sie hier wartend herumsaß, würde sie sich lieber nützlich machen. Aber was war das? Keine von den Akten war mehr als zehn Jahre alt. Also gehörten sie ordnungsgemäß in das Kellerregal. Und was hatte die Neue eigentlich so für Fälle zu erledigen? Interessiert klappte Frau Cassini den Aktendeckel auf und begann zu lesen. Das war ganz nach ihrem Geschmack: Ab und zu so ein fetter Mordfall, das wäre nicht zu verachten. Der würde Thea für all das entschädigen, was sich von nun an in der Kanzlei ändern würde. Für so ein bisschen Nervenkitzel würde Thea Cassini der Neuen auch die Verspätung, das Chaos im Zimmer des Doktors und sogar die Tatsache, dass man sie an einem Sonntag herbestellt hatte, verzeihen. Sie war dermaßen fasziniert von ihrer Lektüre, dass sie selbst das Öffnen der Tür überhörte.

Anne Brink hatte bereits eine ganze Weile stumm im Türrahmen gestanden, bis die Bürovorsteherin sie endlich wahrnahm – allerdings nur, weil Anne sich demonstrativ geräuspert hatte.

Frau Cassini schreckte hoch und fragte sichtlich verärgert: »Können Sie nicht klingeln?«

Anne gab keine Antwort, sondern nahm ihr, statt sie zu begrüßen, die Akte aus der Hand und schob schweigend

Blatt für Blatt eigenhändig in den Reißwolf. Gierig fraß der Automat den *Mordfall Schweigert* in sich hinein und machte dabei ein brutales Geräusch.

»Na, hören Sie mal, ich mag es ganz und gar nicht, wenn Sie meine Geräte anfassen!«, protestierte Thea Cassini, nachdem sie sich von ihrem ersten Schrecken erholt hatte. »Und außerdem dürfen Sie die nicht einfach vernichten!«

»Ich denke, was ich mit meinen alten Fällen mache, entscheide immer noch ich«, antwortete Anne kühl, während sie die nächste Akte aus dem Deckel nahm und Blatt für Blatt im Schredder verschwinden ließ.

Frau Cassini sah ihr sprachlos zu. Doch nicht lange, da verkündete sie in spitzem Ton: »Frau Brink, ich glaube, der Doktor hat versäumt, Sie über gewisse Regeln aufzuklären. Wir halten uns hier an Vorschriften!«

Anne legte eine Pause ein und musterte ihre neue, streitsüchtige Mitarbeiterin skeptisch. Cassini? Was war das überhaupt für ein Name? Wie eine Italienerin sah sie jedenfalls nicht aus. Im Gegenteil. Frau Cassini wirkte ausgesprochen deutsch. Nach Annes Schätzung war sie um die fünfzig. Sie trug ein unförmiges sackähnliches Kleid, das zweifelsohne ihr Übergewicht kaschieren sollte, hatte eine blond gefärbte Dauerwelle und fixierte ihre zukünftige Chefin nun angriffslustig aus kleinen mausgrauen Augen. Das kann ja heiter werden, stöhnte Anne innerlich auf. So hatte sie sich ihre Mitarbeiterin auf jeden Fall nicht vorgestellt. Aber ich werde bestimmt nicht nach ihrer Pfeife tanzen, beschloss Anne grimmig und erwiderte nicht minder spitz: »Diese Akten kommen in den Schredder, und zwar sofort. Und was die Order angeht, Ihre technischen Geräte nicht anzufassen, werde ich das, soweit es in meiner Macht steht, gern berücksichtigen. Aber wo wir gerade bei Regeln sind: Ich wünsche nicht, dass in meinen Akten herumgestöbert wird!«

Die Bürovorsteherin lief puterrot an und schnaubte: »Das muss ich mir nicht sagen lassen. Das nicht. Ich habe gleich zum Doktor gesagt, dass ich nicht bleiben werde, wenn er weggeht. Ich kündige!«

Anne merkte sofort, dass sie zu weit gegangen war. Sie hatte die Frau nicht beleidigen wollen, aber dass sie ihre Nase ausgerechnet in die Akte Schweigert stecken musste! Frau Cassini zog sich nun demonstrativ ihren Mantel an. Anne holte tief Luft.

»Entschuldigen Sie bitte, das war nicht so gemeint. Ich bin etwas gereizt, weil ich die Akten blöderweise überhaupt mit hierher geschleppt habe. Vernichten Sie sie bitte morgen. Regel Nummer eins: keine Mordfälle!«

Mit zusammengekniffenen Lippen erwiderte Frau Cassini: »Ich werde mir das überlegen, das mit der Kündigung, aber es hängt ganz von Ihnen ab. Ob Sie meine Regeln akzeptieren oder nicht. Also, erstens, wir begrüßen uns hier …«

»Aber Sie waren doch völlig versunken in das Aktenstudium«, konterte Anne bissig, aber dann streckte sie Frau Cassini versöhnlich die Hand entgegen.

»Guten Tag, ich bin Anne Brink!«

»Cassini!«, entgegnete Thea trocken, während sie die Hand ihrer neuen Chefin ergriff und kräftig schüttelte. Anne war überrascht. Die Dame hatte einen ungewöhnlich männlichen Händedruck.

»Zweitens, das hier ist mein Reich«, fuhr Frau Cassini fort. »Ich bin für alles zuständig außer für die Diktate, die erledigt vorwiegend die Auszubildende Leonie. Post öffne ich und lege sie Ihnen vor. Drittens, Schriftsätze bitte deutlich diktieren. Der Doktor hat immer ganze Sätze formuliert und in einwandfreiem Deutsch gesprochen. Leonie ist keine Hellseherin, sondern angehende Rechtsanwaltsgehilfin …«

Anne musste wider Willen schmunzeln. Sie kannte das Problem nur allzu gut. Über nichts hatte sich ihre einstige rechte Hand Jeanette so aufregen können wie über kryptische Wortfetzen, aus denen sie anständige, juristisch korrekte Sätze formen musste.

»Viertens, holen Sie mich nie wieder an einem Sonntag ins Büro.«

»Bitte?« Anne sah Frau Cassini verwundert an.

»Ich arbeite sonntags nicht!«

»Aber ich habe mich doch mehrfach bei Ihnen entschuldigt. Das kommt natürlich nie wieder vor. Sonntags komme ich schon allein zurecht.«

»Sie arbeiten also auch sonntags, woll?«, fragte Thea Cassini in strengem Ton und musterte Anne kritisch.

»Ich glaube, das ist meine Sache«, gab Anne höflich, aber bestimmt zurück.

»Vielleicht in Hamburg, aber nicht hier. Sie wissen wahrscheinlich nicht einmal, wozu der Herr den siebenten Tag schuf?«

»Wollen Sie mich verschaukeln?«

»Habe ich mir es doch gedacht. Sie sind gar nicht in der Kirche!«, rief Frau Cassini triumphierend aus. Anne war so verblüfft, dass sie ihrer Bürovorsteherin eine Antwort schuldig blieb.

»Na ja, geht mich ja auch nichts an, aber der Doktor hätte niemals am Sonntag gearbeitet. Der wusste, was sich gehört. Ja, der ging sogar öfter sonntags und an Weihnachten in die Kirche, nur um mich singen zu hören.«

Anne atmete tief durch. Ganz ruhig bleiben, sprach sie sich gut zu, denn sie hatte nicht üble Lust, der übergriffigen Dame die Meinung zu sagen. Die muss ja fachlich wirklich eine Granate sein. Sonst hätte Martin sie bestimmt schon längst rausgeschmissen, mutmaßte sie. Mit Jeanette war die Zusammenarbeit auch nicht immer harmonisch gewesen, aber das hier ging eindeutig zu weit. Die Cassini verhielt sich ja geradezu so, als ob sie hier der Boss wäre. Wie hatte Martin das bloß ausgehalten? Es wurde höchste Zeit, dass jemand dieser Frau ihre Grenzen zeigte.

»Wissen Sie was? Mein Glaube gehört nicht ins Büro. Der ist allein meine Privatsache! Und ich würde es begrüßen, wenn Sie das in Zukunft respektieren.«

Thea Cassini zuckte verächtlich mit den Achseln. »Wie Sie meinen!«

Anne hielt das für eine weise Einsicht der Dame, doch sie hatte sich geirrt. Wieder griff die Anwaltsgehilfin energisch nach ihrem Mantel und wollte offenkundig gehen. Wo bin ich hier nur hineingeraten, fragte sich Anne und wusste nicht so recht, was sie tun sollte. Ziehen lassen durfte sie die Bürovorsteherin auf keinen Fall. Allein war Anne völlig aufgeschmissen. Sie wusste ja nicht einmal, wie die Telefonanlage funktionierte, geschweige denn die Bürocomputer. All das sollte ihr diese Frau jetzt erklären. Nur zu diesem Zweck hatte sie Frau Cassini doch herbestellt. Anderseits widerstrebte es Anne, dass diese Fremde ihr dermaßen nahe trat – aber sie hatte in diesem Augenblick keine andere Wahl. Sie musste ausnahmsweise einmal diplomatisch sein.

»Sie singen im Kirchenchor?«, säuselte sie nun.

»Ja, seit meiner Scheidung bin ich mich wieder in Neheim am engagieren, mit Cassini habe ich in Oeventrop gewohnt.«

Anne verkniff sich die Frage, wie sich eine Scheidung mit dem Moralkodex dieser strenggläubigen Dame vertrug. Und unter gar keinen Umständen würde sie dieser Frau erzählen, dass sie selbst auch einmal im Chor gesungen hatte: während der Schulzeit. Bachkantaten. Bach-Werke-Verzeichnis 147. *Herz und Mund und Tat und Leben*. Mein Gott, war das lange her!

»Sind Sie verheiratet?«, hörte sie Frau Cassini neugierig fragen.

»Nein«, antwortete Anne energisch. Sie dachte nicht daran, mit der Bürovorsteherin Scheidungserlebnisse auszutauschen.

»Ihre Tochter ist also unehelich, woll?«, hakte Frau Cassini gnadenlos nach.

»Wer sagt Ihnen denn, dass ich eine Tochter habe?«, gab Anne unwirsch zurück.

»Der Doktor!«

»Auch, wenn es Sie eigentlich nichts angeht«, erwiderte Anne genervt, »ja, ich war mal verheiratet, aber ob Sie jetzt so freundlich wären, mir die Telefonanlage und den Computer zu erklären?«

»Natürlich!«, fauchte Frau Cassini in beleidigtem Ton und ging eilig voran in Annes Büro. Das halte ich nicht aus, dachte Anne und folgte ihr seufzend. In knappen Worten erklärte ihr die Anwaltsgehilfin, wie man Anlage und Computer bediente. Dabei zog sie ein langes Gesicht.

»Sie müssen entschuldigen, aber ich spreche ungern über mein Privatleben, wenn ich jemanden nicht kenne«, versuchte Anne die angespannte Atmosphäre ein wenig aufzulockern. Bevor sie den Satz überhaupt vollendet hatte, war ihr sonnenklar, dass dies die streitbare Frau Cassini nur noch mehr gegen sie aufbringen würde.

»Typisch für Großstädter. Die leben anonym vor sich hin und kriegen nicht mal mit, wenn einer in der Nachbarwohnung seit Monaten tot ist und vor sich hin stinkt. Das liest man ja immer wieder in der Zeitung. Bei uns hier, da kümmert man sich noch um seine Mitmenschen!«

Anne konnte sich gerade noch die Bemerkung verkneifen, dass sie aber gar keinen gesteigerten Wert darauf legte, wenn irgendein Mitmensch seine Nase in ihre Angelegenheiten steckte. Stattdessen erwiderte sie mit leicht ironischem Unterton: »Vielleicht können Sie mir die örtlichen Gepflogenheiten in Zukunft ein wenig näher bringen.«

Frau Cassini stutzte. Wollte sich die Anwältin etwa über sie lustig machen? Dann aber siegte ihre Mitteilsamkeit über ihren Stolz.

»Arbeiten Sie sonntags in Zukunft lieber zu Hause. Es macht sonst keinen guten Eindruck. Die Wände haben hier Ohren – und Augen! Ganz wichtig auch: Interessieren Sie sich für das, was um Sie herum vor sich geht. Die Leute mögen keine arroganten Zugereisten. Sehen Sie, der Doktor, der hat sich eingefügt, auch wenn er von auswärts kam – aber die Kanzlei hat ja vorher seinem Onkel gehört, und der war von hier weg. Der Doktor, der ist beliebt, aber, wenn die Leute Sie nicht mögen, kommen Sie nicht zu Ihnen.«

Frau Cassini legte eine kleine Pause ein. Dann fragte sie unvermittelt: »Was sagen Sie eigentlich zu der Sache mit dem Jungen?«

Anne schaute Frau Cassini verwundert an. »Welche Sache? Welcher Junge?«

»Ach, hat Ihnen das der Doktor noch nicht erzählt? Hier wird doch seit Tagen von nichts anderem gesprochen. Der Kevin Krämer. Seine Mutter ist die Bäcker-Uschi, die singt auch im Chor. Ihr einziges Kind, woll? Hör mal, da kann man mir erzählen, was man will, aber so einer erschießt doch nicht einfach seine Freundin, diese kleine Türkin, und springt dann von der Brücke. Doppelselbstmord, so ein Kappes! Was sagen Sie dazu? Ich meine, als Fachmann sozusagen?«

»Wie Fachmann?«

»Na, Sie kennen sich doch aus mit Mordsachen! Hat mir der Doktor jedenfalls gesteckt. Frau Cassini, hat er gesagt, Sie mit Ihrem Faible für Thriller werden sie schon mögen. Die Kollegin Brink ist nämlich nicht nur eine erstklassige Familienrechtlerin, sondern auch eine hervorragende Strafverteidigerin. Na ja, und ... und was ich da eben gelesen habe. Das ist ja nicht von schlechten Eltern. Der ist ja so wat wie ein Massenmörder …«

Ich bringe sie um, schoss es Anne wütend durch den Kopf. Erst Martin, dann die Cassini! Sie hörte ihrer neuen Angestellten gar nicht mehr zu, bis diese eine Pause einlegte, sie fragend ansah und voller Empörung hinzufügte: »Also, sagen Sie mal. Sie als ausgebuffte Strafrechtlerin. Da stimmt doch was nicht, woll?«

Anne bemühte sich, so gut sie nur konnte, höflich zu bleiben – dabei hätte sie am liebsten laut geschrien. »Ich muss Sie leider enttäuschen. Ich kann nichts zu dem Fall sagen, da ich ihn erstens nicht kenne …«

»Also«, unterbrach die Bürovorsteherin sie ungeduldig, »wenn Sie mich fragen, sind die Gerüchte gar nicht von der Hand zu weisen. Dass diese türkischen Brüder von Kevins kleiner Freundin ihre Hände im Spiel haben. Die Familie wollte ja partout nicht, dass sie mit einem deutschen Jungen verkehrt. Und das steht ja auch in allen Zeitungen, dass es bei ganz verbohrten Moslems eine Heldentat ist, wenn die eigenen Brüder die Schwester …«

»Frau Cassini! Jetzt reicht es aber. Gut, es hat solche Fälle gegeben, leider, und leider ist die Dunkelziffer hoch, aber dass jetzt jeder türkische Jugendliche verdächtigt wird, Ehrenmorde zu begehen, ist absurd. Solche Vorurteile behalten Sie in Zukunft bitte für sich, ja?«

»Nein, nein, Frau Brink, kommen Sie mir nicht so! Ich habe gar nichts gegen Türken. Im Gegenteil, ich kenne ein paar sehr nette, mein Gemüse kaufe ich nur beim Ali am Markt, aber die Brüder von der Hülya sollen sich mit dem Kevin vor der Realschule, wo der Junge ging, geprügelt haben! Was sagen Sie nun?«

Anne kämpfte mit sich. Am liebsten hätte sie sofort gekontert und eine saftige Diskussion begonnen. Natürlich beschäftigte sie sich als Anwältin mit diesem Thema. Einen

Täter, der einen so genannten Ehrenmord begangen hatte, würde sie aus Prinzip nicht verteidigen. Anne fehlte das Verständnis für diese Art der Parallelgesellschaften. Sie hätte gar nicht gewusst, was sie in einem derartigen Fall zur Verteidigung ihres Mandanten vorbringen sollte. Es war in ihren Augen mehr als gefährlich, ein Delikt wie dieses herunterzuspielen, vor allem, wenn es mitten in diesem Land geschah. Trotzdem durfte man auf keinen Fall pauschalisieren und in jedem jungen Türken den potentiellen Vollstrecker einer Fatwa sehen. Anne lag genau das auf der Zunge, aber sie wollte sich nicht schon wieder mit der streitbaren Anwaltsgehilfin anlegen. Nicht, bevor sie sich eingearbeitet hatte, aber dann würde sie eine Anzeige aufgeben. *Junge Anwaltsgehilfin gesucht.*

»Wir sehen uns morgen!«, verabschiedete sich Anne knapp und verließ eilig die Kanzlei.

3.

Ruhe in Frieden

»Du musst nicht mitkommen!« Miriam versuchte mit aller Kraft ihre Mutter davon zu überzeugen, sie allein in die neue Schule gehen zu lassen.

»Deine Lehrerin erwartet aber, dass ich dich hinbringe. Sie hat gerade eben noch mal angerufen und wollte sich versichern, ob ich auch wirklich mitkomme. Das ist hier wohl so üblich. Ich stelle mich nur kurz vor, dann verschwinde ich gleich wieder«, entgegnete Anne und deutete auf das Müsli, das unberührt vor ihrer Tochter stand.

»Iss wenigstens ein paar Löffel. Bitte!«

Widerwillig nahm Miriam den Löffel in die Hand.

Anne ahnte, was ihre Tochter quälte. »Ich kenne das doch, Miri. Opa ist ja damals nach dem Tod meiner Mutter auch von einem Tag zum anderen mit mir von Kiel nach Hamburg gezogen. Erst war es wirklich schrecklich, aber du wirst sehen, das gibt sich ganz schnell. Wenn du erst neue Freunde findest, dann sieht das Leben wieder ganz anders aus! Glaub es mir.« Mit diesen Worten nahm Anne ihre Tochter zärtlich in den Arm.

Zu ihrer großen Überraschung ließ Miriam sich diese Berührung gefallen. Zärtlich strich Anne ihrem großen Mädchen über das dichte blonde Haar und murmelte: »Es wird alles wieder gut. Glaub mir.«

Das Wedinghausen-Gymnasium lag im Eichholzviertel, ganz in der Nähe des Friedhofs hinter dem Gebäude der

Kreisverwaltung. Miriam sagte kein Wort, während sie den langen Flur entlanggingen und vor der Tür mit der Nummer achtzehn stehen blieben. Sie hielt den Blick gesenkt und starrte auf die Spitzen ihrer neuen Turnschuhe. Anne traute sich nicht, Miriam jetzt Trost zuzusprechen oder sie gar in den Arm zu nehmen. Das wäre sicher das Peinlichste, was sie ihrer Tochter hätte antun können. In diesem Augenblick ertönte lautes Stimmengewirr. Die Spannung war schier unerträglich, als einige der in die Klasse strömenden Mädchen die Neue unverhohlen von Kopf bis Fuß musterten. Sie ist bestimmt wieder die Längste, mutmaßte Anne – Miriam war mit ihren dreizehn Jahren bereits einssechsundsiebzig. Auch dieses Problem war Anne wohl bekannt. Wie sehr hatte sie sich als Jugendliche gewünscht, zum Club der zierlichen kleinen Elfen zu gehören. Anne spürte, dass Miriam beim Anblick einer Viererclique zart gebauter Mädchen, die jetzt tuschelnd das Klassenzimmer betrat, das Gleiche dachte. Nach und nach kamen auch ein paar Jungen in Richtung Klassenzimmer geschlendert, aber keiner von ihnen beachtete das hoch aufgeschossene blonde Mädchen – bis auf einen. Ein großer Dunkelhaariger warf Miriam aus seinen melancholischen braunen Augen einen flüchtigen Blick zu. Ob sie das überhaupt registriert, fragte sich Anne, doch als sie die verräterisch geröteten Wangen ihrer Tochter sah, hatte sie ihre Antwort. Auf einmal wurde es auf dem Flur ganz still, denn jemand hatte die Klassentür hinter sich geschlossen.

»Geh doch«, drängte Miriam, doch bevor Anne antworten konnte, stand eine zierliche, brünette Frau vor ihnen und sah sie wissend an.

»Frau Brink? Miriam?« Mutter und Tochter nickten synchron.

»Christine Keller! Ich bin deine Klassenlehrerin, Miriam. Du darfst schon einmal in die Klasse gehen. Dein Platz ist in der zweiten Reihe neben Anselm, der einzig freie Platz, kannst du gar nicht verfehlen. Ich stelle dich den anderen gleich vor, aber ich möchte gern noch zwei Worte mit deiner Mutter wechseln.«

»Tschüss«, murmelte Miriam und verschwand eilig im Klassenzimmer. Die Lehrerin, die Anne auf Ende dreißig schätzte, war ihr vom ersten Augenblick an sympathisch. Sie hatte ein hübsches, offenes Gesicht und lächelte Anne gewinnend an.

»Wissen Sie, Frau Brink, diese Klasse ist nicht ganz ohne. Gerade die Mädchen untereinander. Aber nach ein paar Wochen Fremdeln läuft es dann prima. Im letzten Jahr kam eine neue türkische Mitschülerin in die Klasse, Manolia, die mittlerweile einige wirklich gute Freundinnen gefunden hat …« Sie stockte und ihr Lächeln verschwand ganz plötzlich. »Und das kann sie im Moment verdammt gut gebrauchen«, sagte sie, mehr zu sich selber. Anne sah die Lehrerin fragend an.

»Entschuldigen Sie, aber das wühlt uns momentan alle sehr auf. Manolias ältere Schwester Hülya, auch eine meiner Schülerinnen, die, die …« Wieder stockte die Lehrerin und begann, nervös mit den Fingern zu knacken, etwas, was Anne verrückt machte und was zu dieser Frau ganz und gar nicht passen wollte.

»Sie wurde von ihrem …« Christine Keller schluckte trocken, bevor sie weiterredete, »… ihrem Freund umgebracht!«

»Meine Anwaltsgehilfin erzählte mir davon. Entsetzliche Geschichte, aber es soll wohl ein Selbstmord gewesen sein. Kannten Sie denn auch den Jungen?«, erkundigte sich Anne sichtlich interessiert.

Ohne darauf einzugehen, so als hätte sie das überhaupt nicht gehört, wechselte Christine Keller das Thema. Sie klang gehetzt.

»Frau Brink, ich freue mich sehr, Sie kennen zu lernen, und ich würde gern, äh, darf ich Sie vielleicht etwas Berufliches fragen?«

»Natürlich!« Anne spürte sofort, dass mit dieser Frau etwas nicht stimmte. Sie wirkte sprunghaft und übernervös. Anne brauchte sich nur den Hals der Lehrerin anzusehen. Christine Keller trug einen Pullover mit einem kleinen Ausschnitt, der den Blick auf mehrere hektische Flecken freigab.

»Der Anwalt, der meine Scheidung macht, dem kann ich das nicht sagen, aber ich muss unbedingt mit jemandem darüber reden. Und da dachte ich, weil Sie doch die Nachfolgerin von Herrn Kleiber sind …«

Anne nickte der Lehrerin aufmunternd zu. Christine Keller seufzte tief, bevor sie zögerlich fortfuhr: »Also, wenn jemand den Verdacht hat, dass ein anderer etwas Ungesetzliches tut, ihn aber nicht anschwärzen will, weil es ja nur ein Verdacht ist, der vielleicht gar nicht begründet ist … und wenn man auch nicht zur Polizei gehen will, weil man ja keinen in Schwierigkeiten bringen möchte und auch nicht weiß, wie der andere reagiert, was kann man da tun?«

Bei ihren letzten, atemlos herausgepressten Worten begannen Christine Kellers Lider nervös zu flattern. Die Frau schien wirklich ein massives Problem zu haben, denn dass sie von sich selbst sprach, daran zweifelte Anne keine Sekunde.

»Tja, da gibt es mehrere Möglichkeiten. Wenn ich Sie richtig verstehe, will dieser Jemand keine Anzeige erstatten.«

»Möglichst nicht!«, flüsterte Christine Keller kaum hörbar.

»Okay. Also, wenn beispielsweise Sie verhindern, dass jemand bestraft wird, der eine Straftat begangen hat, fällt das unter Strafvereitelung, die allerdings straffrei ist, wenn es sich um Angehörige handelt. Zeigen Sie eine geplante Straftat nicht an, würden Sie sich ebenfalls strafbar machen. Sie können jemanden im Übrigen auch anonym anzeigen.«

»Ja, das wäre vielleicht eine Möglichkeit«, flüsterte Christine Keller und sah sich plötzlich erschrocken um – so als könnte sie jemand belauschen. Anne beobachtete jetzt, wie die Lehrerin ihre Hände ineinander verschränkte, um zu verbergen, dass sie heftig zitterten. Ihre Fingerknöchel traten weiß hervor.

»Frau Keller, was auch immer passiert ist, ich kann Ihnen helfen«, sagte Anne mitfühlend und fügte sachlich hinzu: »Ich mache Ihnen einen Vorschlag: Sie besuchen mich in meiner Kanzlei. Ich kann Ihnen ja nur einen professionellen Rat geben, wenn Sie mir den Fall ausführlich schildern. Ich gebe Ihnen mal meine Karte.« Anne holte aus ihrer Brieftasche eine frisch gedruckte Visitenkarte hervor und überreichte sie der Lehrerin.

»Sie haben Recht, Frau Brink. Könnten Sie dann vielleicht auch meine Scheidung übernehmen? Es hängt nämlich alles irgendwie zusammen. Wie wäre es gleich morgen?«

»Nach der Schule? Um fünfzehn Uhr? Aber sprechen Sie bitte vorher mit Ihrem Anwalt.«

»Mache ich, ich glaube, er versteht, dass ich lieber zu einer Frau möchte. Und entschuldigen Sie bitte, dass ich Sie so überfallen habe, aber ich wusste nicht mehr ein noch aus.«

»Das ist völlig in Ordnung, Frau Keller«, entgegnete Anne freundlich. Die Lehrerin reichte der Anwältin zum Abschied die Hand und versuchte zu lächeln.

Nachdem Frau Keller im Klassenzimmer verschwunden war, schlenderte Anne gedankenverloren den Flur entlang. Sie war es gewohnt, dass Menschen, die wussten, dass sie

Anwältin war, sie in den unmöglichsten Situationen um einen Rechtsrat baten, aber sie wurde das Gefühl nicht los, dass die Lehrerin völlig neben sich gestanden hatte. Sie bemerkte gar nicht, dass sie die falsche Richtung eingeschlagen hatte, bis sie sich schließlich in einem der modernen Anbauten der Schule wiederfand. Anne blieb stehen und überlegte. Woher war sie gekommen? Wenn sie wenigstens immer geradeaus gegangen wäre, aber ein paar Mal war sie bestimmt abgebogen. Sie verfügte über keinen besonders ausgeprägten Orientierungssinn und stellte mit einem Blick auf ihre Armbanduhr fest, dass ihr nicht mehr viel Zeit blieb, den Weg aus diesem Labyrinth heraus zu finden, wenn sie pünktlich im Büro sein wollte. Sie lief zurück bis zur letzten Ecke und sah prüfend zu beiden Seiten. Links ein langer Flur, rechts ein langer Flur. Ratlos blickte sie von einer in die andere Richtung.

»Kann ich Ihnen vielleicht helfen?«, hörte Anne plötzlich eine angenehm klingende Männerstimme hinter sich fragen. Sie war einigermaßen überrascht, als sie sich zu ihm umdrehte. *Passt genau in dein Beuteschema,* hörte sie ihre Freundin Ines sagen. Er war groß, dunkelhaarig, hatte breite Schultern und war auch sonst kräftig gebaut. Ein außerordentlich gut aussehender Mann, der diesen etwas merkwürdig anmutenden, grauen Overall trug, als wäre es ein Designerkleidungsstück. Seine ganze Ausstrahlung war sehr männlich, und doch hatte er sich im Gesicht etwas Jungenhaftes bewahrt. Anne schätzte ihn auf Mitte vierzig, aber dann nahm sie sich zusammen; ihr stand der Sinn ganz bestimmt nicht nach Flirten. Betont sachlich fragte sie ihn nach dem Ausgang.

»Ich muss auch nach draußen. Kommen Sie doch einfach mit«, bot ihr der attraktive Mann an.

»Mache ich«, erwiderte Anne knapp.

Schweigend gingen sie nebeneinanderher. Über diverse

lange Flure gelangten sie zurück ins Hauptgebäude. Schließlich wusste Anne auch wieder, wo sie sich befand.

»Vielen Dank!«, verabschiedete sie sich mit einem flüchtigen Blick auf den Fremden, den sie wegen des komischen Einteilers und seiner lockigen, für ihren Geschmack etwas zu langen Haare für einen Kunstlehrer hielt, und rannte ohne ein weiteres Wort in Richtung Parkplatz. Völlig außer Atem sprang Anne in ihren Jeep, brauste los und irrte eine Viertelstunde kreuz und quer durch Arnsberg. Einen Blick in den Stadtplan hatte sie sich gespart – die Schule lag nur ein paar Straßen von der Kanzlei entfernt. Schließlich erreichte sie laut fluchend die Tiefgarage unter dem Neumarkt. Hastig eilte sie über den Platz mit den klassizistischen Gebäuden, die sie bei ihrem ersten Besuch in Arnsberg an Potsdam erinnert hatten, in Richtung Steinstraße.

Schon im Hausflur hörte sie laute, erregte Stimmen aus den Kanzleiräumen dringen. Sie konnte nicht verstehen, was dort drinnen gebrüllt wurde, aber es war unschwer zu erkennen, dass es sich um ein Streitgespräch handelte. Noch immer völlig außer Atem – ich sollte mal wieder Sport machen, dachte sie noch –, schloss sie die Tür auf und sah Frau Cassini: Mit energisch in die Hüften gestützten Armen stand ihre Anwaltsgehilfin einem dunkelhaarigen jungen Mann, offensichtlich einem Türken, gegenüber. Ein wenig abseits lehnte ein junges Mädchen an der Wand und beobachtete das Ganze. Leonie, die Auszubildende, vermutete Anne. Schemenhaft nahm sie noch einen zweiten Mann wahr, der auf einem der Besucherstühle saß.

»Zum letzten Mal, Herr Omür, der Doktor ist nicht mehr hier!«, erklärte Thea Cassini nachdrücklich und wenig freundlich.

»Okay, okay, dann gehe ich eben zu dieser Tante!«, antwortete der Türke, nicht minder ungehalten.

»Nein, das können Sie nicht, denn die Frau Anwältin

nimmt solche Fälle nicht an. Keine Strafsachen, Sie verstehen – Strafsachen!«

«Cassini, das kannst du nicht machen. Er braucht dringend einen Anwalt!«, mischte sich nun Leonie ein.

»Was ist denn hier los?« Anne sah fragend von einem zum anderen.

»Ich will ein Auto verkaufen und jetzt will dieser Blödmann von Käufer mich wegen Betrugs anzeigen, wenn ich ihm nicht dreihundert Euro Kaufpreis nachlasse, und dabei ist alles voll korrekt, das ist doch Erpressung, oder?«

»Und ich sagte ihm, dass Sie kein Strafrecht machen!« Mit diesen Worten warf Frau Cassini ihrer neuen Chefin einen durchdringenden Blick zu.

»›Kein Strafrecht‹ habe ich nie behauptet«, stellte Anne richtig und fügte scherzhaft hinzu: »Es geht ja schließlich nicht um Mord, oder?«

»Wer weiß?«, zischte Frau Cassini und funkelte den jungen Mann wütend an. Der trat nun bedrohlich auf sie zu und brüllte: »Ein Wort noch, und ich verklage dich wegen Verleumdung, du, du …!«

»Ahmet, lass das, bitte! Mach dich nicht unglücklich«, mischte sich nun Leonie ein und legte ihm beschwichtigend die Hand auf den Arm. Die beiden scheinen sich näher zu kennen, schloss Anne aus dieser zärtlichen Geste und räusperte sich laut.

»Schluss jetzt!«, befahl sie energisch und fügte mit einem strengen Blick auf den jungen Herrn Omür hinzu: »Sie nehmen da vorne Platz und warten, bis Sie dran sind!«

Der Auszubildenden rief sie freundlich zu: »Ich bin übrigens Ihre neue Chefin. Sie kommen am besten nachher mal zu mir und dann lernen wir uns ein wenig kennen!« Frau Cassini bat sie höflich, aber bestimmt in ihr Büro.

»Was sollte das denn werden?«, fuhr Anne ihre Bürovorsteherin an, kaum dass sie die Tür hinter sich geschlossen hatten. Mit diesen Worten griff sie sich die fast leere Tabakpackung, die auf dem Schreibtisch lag, was Frau Cassini, wie Anne nicht anders erwartete, mit einem abschätzenden Blick zur Kenntnis nahm.

»Ich weiß«, kam Anne ihrer Bürovorsteherin zuvor. »Der Doktor hat nicht geraucht und überhaupt, Rauchen gehört sich nicht. Und das hier ist ein Nichtraucherbüro!« Mit diesen Worten drehte Anne sich aus den letzten Krümeln eine äußerst schlanke Zigarette, zündete sie an und nahm genüsslich einen tiefen Zug.

»Leider nicht!«, konterte Thea Cassini spitz. »Die Auszubildende raucht auch!«

»Oh, das Mädchen war mir gleich sympathisch!«

»... aber nicht überall im Büro«, beeilte sich Frau Cassini zu ergänzen. »Nur in der Küche bei offenem Fenster!«

»Da habe ich ja Glück. Ich rauche nämlich gar nicht mehr.« Mit diesen Worten drückte Anne die Zigarette einfach aus. Sie hätte sich gewünscht, ihre allerletzte Zigarette sinnlich zu zelebrieren, was unter den Augen ihrer Bürovorsteherin allerdings schwerlich möglich war.

»So, und jetzt sagen Sie mir bitte, warum Sie den jungen Mann wegschicken wollten. Ihnen wird ja wohl bekannt sein, dass das Strafrecht ein weites Feld und Mord nur einer von über dreihundert Tatbeständen des Strafgesetzbuches ist.«

»Wissen Sie denn gar nicht, wer das ist?«, erwiderte Frau Cassini.

»Nein, Sie müssen entschuldigen, ich bin erst seit drei Tagen hier und kenne weder alle Straßennamen noch sämtliche Einwohner dieser Stadt!«, konterte Anne.

»Dieser junge Mann ist Ahmet Omür. Seine Schwester ist das tote Mädchen, die Freundin vom Kevin.«

»Die junge Selbstmörderin?«

»Ja, wenn Sie so wollen. Die! Aber solange das nicht

endgültig geklärt ist, dass es wirklich der Kevin war, wollen Sie den Omür doch nicht vertreten, oder?«

»Doch, liebe Frau Cassini, er ist nämlich wegen eines Gebrauchtwagens hier! Und jetzt schicken Sie mir bitte Herrn Omür rein.«

»Vor ihm ist aber noch der Ärmel dran!«, widersprach Frau Cassini bissig.

»Okay, dann eben erst diesen Herrn Ärmel.«

»Nein, Wagner. Metzger Wagner. Wir nennen den hier nur Ärmel, weil er bei einem Jagdunfall den rechten Arm verloren hat. Und er will sich partout keine Prothese machen lassen.«

Mit diesen Worten erhob sich Thea Cassini von ihrem Stuhl, blieb aber unschlüssig vor dem Schreibtisch stehen.

»Ist noch was?«, fragte Anne, die es vorzog, den »Ärmel« unkommentiert zu lassen.

»Ist vielleicht nicht ganz korrekt, dass ich mich so auf den Omür eingeschossen habe. Schon wegen Leonie. Das Mädchen ist ja ganz verschossen in den, auch wenn der sie schlecht behandelt und ständig nach anderen schielt. Ich denk nur, einer muss es doch gewesen sein, weil der Kevin, glauben Sie mir, der hätte das nicht über sich gebracht. Der hat das Mädchen doch geliebt. Wissen Sie, als sein Vater noch lebte, sollte der Junge mit in den Schützenverein. Das war ein Theater. Verstehen Sie? Der hatte Angst vorm bloßen Knall, nackte Angst.«

»Schon gut!«, murmelte Anne.

Frau Cassini machte aber immer noch keine Anstalten, Annes Büro zu verlassen, und raunte nun vertraulich: »Und der Ärmel, also, lassen Sie sich nichts von dem vormachen. Der ist unverbesserlich. Der kann nicht anders. Er hatte den Führerschein gerade erst wiederbekommen, aber das wird er Ihnen mit Sicherheit verschweigen. Nur dass Sie wissen, woran Sie bei ihm sind!«

»Danke für den Tipp«, erwiderte Anne knapp. Frau Cassini schien wirklich über jeden Bescheid zu wissen; und es bestätigte sich, dass sie in diesem Fall sogar Recht hatte. Schon als der rotgesichtige, grobschlächtige Mann Annes Büro betrat, schlug ihr eine heftige Fahne entgegen. Günter Wagner aber behauptete steif und fest, überhaupt nur einmal in seinem Leben Alkohol getrunken zu haben, und zwar in der Nacht, als er vom Schützenfest aus Sundern zurückgekehrt und mit 1,9 Promille am Steuer erwischt worden war. Anne führte ihm in deutlichen Worten vor Augen, dass er als Wiederholungstäter weit mehr zu befürchten hatte als nur den Verlust seines Führerscheins. Metzger Wagner wurde angesichts der klaren Worte seiner Anwältin immer kleinlauter und beichtete ihr schließlich wahrheitsgemäß, wie oft man ihn bereits betrunken erwischt hatte. Er schloss seinen Vortrag mit dem vollmundigen Versprechen: »Ich werde kein Pils mehr anrühren, Frau Anwältin. Großes Ehrenwort!«

»Herr Wagner, das müssen Sie nicht mir erzählen. Ich verlange nur eines: Zum Prozess kommen Sie bitte nüchtern – so eine Fahne trägt nicht gerade zu Ihrer Glaubwürdigkeit bei!«

»War doch nur ein Pils!«

»Vor Gericht sollten Sie selbst Cognacbohnen meiden!«

»Jawoll!«, antwortete er im Kasernenton und Anne befürchtete, er könnte auch noch die Hacken zusammenknallen. Zum Abschied sagte Wagner: »Das Kind werden wir schon schaukeln!«

Kaum dass ihr erster Mandant in Arnsberg das Zimmer verlassen hatte, riss Anne ihr Fenster weit auf, um den Gestank seiner Pilsfahne in die gute Arnsberger Luft hinauszujagen.

Dann bat sie Ahmet Omür in ihr Büro. Der beschwor lautstark und mit theatralischen Gesten, dass der Wagen, den er verkaufen wollte, wirklich nur dreißigtausend Kilometer in fünf Jahren gefahren worden war, wie es auf dem Tacho stand. Anne aber riet ihm dringend, dem Käufer schnellstens die geforderten dreihundert nachzulassen und es auf keinen Prozess ankommen zu lassen, weil im vorliegenden Fall jedes Gericht eine Manipulation des Tachos für wahrscheinlich halten würde. Ahmet Omür stimmte seiner Anwältin schließlich zerknirscht zu, betonte aber, niemals selbst am Tacho gedreht zu haben. Bei seiner Ehre. Plötzlich musste Anne an die Worte ihrer Bürovorsteherin denken und musterte ihn eindringlich. Gefährlich sah er nicht gerade aus. Ahmet mit den sanften braunen Augen, dieser gut aussehender Junge, der gerade einmal zwanzig war und dabei wie siebzehn wirkte. Anne hielt ihn zweifelsohne für ein ausgekochtes Schlitzohr, aber niemals für einen brutalen Killer. Frau Cassini sieht Gespenster, dachte Anne, dieser Junge tut keiner Fliege etwas zuleide. Doch dann fiel ihr schmerzlich ein, dass sie das schon einmal von einem Mörder geglaubt hatte …

Als Ahmet Omür gegangen war, spürte Anne ein kräftiges Verlangen nach einer Zigarette. Das war stets ihre schönste Zigarette gewesen, die zwischen zwei Mandantengesprächen. Seufzend rief sie bei Frau Cassini an, um zu erfragen, ob im Flur weitere Mandanten auf sie warteten.

»Ja, und zwar Pille, entschuldigen Sie, ich meine den Apotheker Köppen aus Hüsten«, hörte sie die Anwaltsgehilfin verschwörerisch in den Hörer wispern. »Seine Frau wird auf keinen Fall zu ihm zurückkommen, auch wenn er das glaubt! Sie hat doch längst einen anderen! Bitte bringen Sie ihm das möglichst schonend bei. Er will es einfach nicht wahrhaben.«

»Sie sind unmöglich!«, stöhnte Anne, aber in ihrem Ton schwang eine gewisse Bewunderung mit.

»Ich wollte ja nur, dass Sie Bescheid wissen. Wenn Sie

das nicht wollen, dann kann ich in Zukunft auch meinen Mund halten«, erwiderte Frau Cassini schnippisch.

»Nein, nein, ich beginne langsam, Gefallen daran zu finden, dass Sie mich im Vorwege über meine Mandanten aufklären.«

»Dann schicke ich Ihnen jetzt Herrn Köppen«, murmelte Frau Cassini leicht irritiert.

Klaus Köppen war ein kleiner, schmächtiger Mann, dessen Alter Anne schwer schätzen konnte. Er mochte Mitte vierzig sein oder auch Mitte fünfzig. Vielleicht lag es an seinem schütteren Haar und seinem verzweifelten Versuch, diesen Umstand unbedingt kaschieren zu wollen. Der Mann hatte sich das verbleibende Haar auf einer Seite wachsen lassen, um es über die Vorderglatze von einer Seite zur anderen zu kämmen. Er trug eine ausgeleierte Breitcordhose, ein kariertes Jackett mit Lederflicken an den Ellenbogen und eine altmodische Hornbrille. Seine ganze Erscheinung wirkt ein wenig gestrig, dachte Anne, und dabei auch irgendwie anrührend.

Wortlos zog Köppen einen Schriftsatz aus der Innentasche seiner Jacke und reichte ihn Anne. Mit einem einzigen Blick erfasste sie den Sachverhalt: Frau Köppen hatte die Scheidung eingereicht.

»Haben Sie gemeinsame Kinder?«, fragte Anne.

Der Apotheker schüttelte den Kopf.

»Haben Sie eine Scheidungsfolgenvereinbarung abgeschlossen?«

Wieder antwortete Klaus Köppen mit Kopfschütteln.

»Ist Ihnen bekannt, dass Sie sich bei der Scheidung auch von einem gemeinsamen Anwalt vertreten lassen können, wenn Sie sich in allen Dingen einig sind?«

»Ich will keine Scheidung! Auf keinen Fall! Nur über meine Leiche!«, erwiderte der Apotheker trotzig und stierte Anne aus seinen riesig wirkenden Augen an. Er war offensichtlich weitsichtig – seine Brillengläser vergrößerten seine Augen merklich. Armer Kerl, dachte Anne und war froh, dass Frau Cassini sie bereits vorgewarnt hatte. Der Mann weigerte sich in der Tat, der Wahrheit ins Auge zu blicken.

»In dem Schriftsatz steht, dass Sie bereits über ein Jahr getrennt leben. Dann können Sie eigentlich kaum etwas dagegen tun.«

»Drei Jahre. Sie ist vor drei Jahren ausgezogen!«

»Unter diesen Umständen wird Ihre Ehe geschieden, ob Sie es wollen oder nicht.«

»Ich will aber nicht. Wir müssen doch eine Chance bekommen, uns wieder zu versöhnen. Ich bin mir sicher, dass meine Frau das auch will. Das ist doch alles Blödsinn, dass sie die Scheidung will. Das sagt sie doch nur. Wahrscheinlich hat er sie dazu gezwungen«, brach es aus dem Apotheker heraus. Dann verfiel er wieder in abwartendes Schweigen.

»Herr Köppen, es tut mir wirklich leid, Ihnen das sagen zu müssen, aber dieser Schriftsatz hier«, Anne deutete auf den Scheidungsantrag von Frau Köppen, »der spricht eine andere Sprache.«

Anne nahm das Papier zur Hand und ergänzte: »Hier steht es schwarz auf weiß. Frau Christine Keller-Köppen, geborene Keller …«

Anne geriet ins Stocken. Christine Keller? Sie überlegte kurz, ob Sie ihn fragen sollte, entschied sich aber dagegen. »Wenn Sie mich einmal kurz entschuldigen wollen …«

Hastig verließ die Anwältin das Zimmer und suchte Frau Cassini auf. Anne warf einen verstohlenen Blick auf die Ablage. Die roten Akten waren verschwunden. Geht doch, dachte Anne befriedigt, bevor sie ihre Frage loswurde.

»Sagen Sie, Frau Cassini, ist die Frau von Herrn Köppen zufällig Lehrerin am Wedinghausen-Gymnasium?«

Die Bürovorsteherin weidete sich sichtlich daran, dass ihre Chefin zum ersten Mal von sich aus um Informationen bat.

»Ja, Christine Keller-Köppen ist Deutschlehrerin dort …«, antwortete sie gedehnt, »und es war ein ziemlicher Skandal, als herauskam, dass sie eine Affäre mit dem Hausmeister hat.«

Anne bedankte sich knapp und kehrte in ihr Büro zurück. Unter diesen Umständen konnte sie diesen leicht verrückten Apotheker, der sich hartnäckig dagegen sträubte, die Fakten anzuerkennen, natürlich nicht vertreten. Das versuchte sie dem Mann möglichst schonend beizubringen.

»Es tut mir wirklich leid, Herr Köppen, aber Ihre Frau hat mich bereits gebeten, das Mandat zu übernehmen. Ich habe das nicht sofort begriffen, weil ich Ihre Ehefrau, äh, Nochehefrau, nur als Frau Keller kenne. Sie müssen sich dann wohl leider an einen Kollegen wenden!«

Anne hatte mit allem gerechnet, aber nicht damit, dass der Mann unvermittelt zu schluchzen anfangen würde.

»Bitte, richten Sie ihr aus, dass ich sie liebe und dass ich sie niemals gehen lasse. Hören Sie? Niemals!« Mit diesen Worten stand er auf und stürzte aus Annes Büro. Kaum war er aus der Tür, klingelte Annes Telefon.

»Was Sie vielleicht noch wissen sollten: Man sagt, Pille stellt seiner Frau nach. Soll nachts vor ihrem Haus stehen, schickt ihr Blumen und so was! Völlig harmlos, aber sie soll deshalb ziemlich sauer sein.«

»Interessant«, murmelte Anne. Jetzt konnte sie sich einen Reim auf Frau Kellers Worte machen. Die Lehrerin hatte wahrscheinlich von Klaus Köppen gesprochen. Sie fühlte sich von ihm belästigt und verfolgt. Verständlich, dass sie Bedenken hatte, ihren eigenen Mann anzuzeigen.

»Schreiben Sie doch bitte in meinen Kalender. Morgen

fünfzehn Uhr, Frau Keller-Köppen. Ich werde sie vertreten, nicht ihn.«

»Wie Sie wollen«, schnaubte die Anwaltsgehilfin in den Hörer und fügte versöhnlich hinzu: »Aber vielleicht sollten Sie noch wissen, dass der Ärmel die Keller hasst wie die Pest.«

»Wozu? Ich wollte sie nicht verkuppeln, sondern vor Gericht vertreten.«

Frau Cassini ignorierte die Antwort ihrer Chefin ungerührt und ging zu einem Flüsterton über: »Auf keinen Fall sollten sich die beiden persönlich in der Kanzlei begegnen. Wenn er sie sieht, rastet er aus.«

Anne stöhnte laut auf: »Frau Cassini, bitte!«

Aber das hielt die Anwaltsgehilfin nicht davon ab, ihrer Chefin mitzuteilen, was sie unbedingt wissen sollte. »Ich war selber Zeugin«, raunte sie, »als er ihr neulich im Supermarkt gedroht hat. Ich bringe Sie um, wenn Sie das noch einmal behaupten, Sie …! Also das Wort sag ich jetzt nicht …«

»Okay, okay«, unterbrach Anne ihre Anwaltsgehilfin unwirsch. Sie beschloss, sich keinen weiteren Spekulationen hinzugeben, ob die Lehrerin nun den Apotheker oder den Metzger anzeigen wollte. Das Rätsel würde sich ja spätestens morgen lösen. Anne wunderte sich nur ein wenig darüber, dass eine so hübsche und freundliche Person wie die Lehrerin so viel Ärger mit ihren Mitmenschen hatte.

Miriam verließ den Schulhof nach Unterrichtsschluss allein. Mit hängenden Schultern schlenderte sie durch das Hirschtor in Richtung Bushaltestelle. Ihre Mutter wollte, dass sie nach der Schule in die Kanzlei kam, aber Miriam würde in das neue Büro keinen Fuß setzen. Sie hasste es. Wegen dieser blöden Kanzlei waren sie hierher gezogen! Aber auch die Vorstellung, jetzt allein in dieses ätzende, tote

Haus zu kommen, besserte ihre Laune nicht. In Hamburg hatte wenigstens Nelly auf sie gewartet. Ihre Mutter hatte ein neues Kindermädchen engagieren wollen, doch Miriam hatte keine Lust auf eine Fremde. Und vor allem war sie alt genug, sie brauchte keine Aufpasserin mehr.

Vor sich sah sie die Unzertrennlichen gehen – vier Mädchen, die sogar zusammen aufs Klo gingen. Die Anführerin drehte sich mehrmals zu Miriam um und sagte etwas, woraufhin die vier laut unisono kicherten. Zicken, dachte Miriam. Auch alle anderen waren in Gruppen oder zumindest zu zweit unterwegs. Selbst Miriams Sitznachbar Anselm verließ die Schule in einem Pulk von lärmenden Jungen. Er hatte als Einziger überhaupt ein Wort mit ihr gewechselt. Die Mädchen hingegen hatten sie völlig ignoriert. Verstohlene Blicke in ihre Richtung, Tuscheln und Lachen waren nicht dazu angetan, Miriam den ersten Schultag angenehmer zu machen.

»Hallo, Miriam!«

Erschrocken blickte sie auf und sah in das freundliche Gesicht ihrer Klassenlehrerin.

»Na, wie war der erste Schultag?«

»Ehrlich?« Miriam zögerte kurz, aber sie fand die Lehrerin wirklich nett und sie wollte sich den Kummer von der Seele reden: »Die können mich alle nicht leiden, aber ich sie auch nicht!«

»Ach, das gibt sich. Ich wette um ein großes Eis, in ein paar Wochen sieht die Welt wieder anders aus!«, versuchte Christine Keller ihre neue Schülerin aufzuheitern und schenkte ihr ein warmherziges Lächeln. Dann bog die Lehrerin in die Eichholzstraße Richtung Friedhof ab und ihr Lächeln gefror zur Maske.

Je weiter sich Christine Keller dem Grab näherte, desto stärker wurde ihre Angst. War es wirklich richtig, was sie tat? Hätte sie nicht doch vorher mit der Anwältin sprechen sollen? Oder hätten sie sich nicht lieber an einem anderen Ort treffen sollen? Normalerweise liebte sie es, über den schönen alten Friedhof zum Grab ihrer Großmutter zu spazieren. Immer wenn sie Sorgen hatte, sprach sie mit der alten Dame, bei der sie aufgewachsen war. *Ruhe in Frieden,* war in den Marmor direkt über den wachenden Engel gemeißelt. Heute war Christine die Stille um diesen am unteren Rand des Friedhofs gelegenen Grabstein herum eher unheimlich, obwohl alles so friedlich wie immer wirkte. Die intensive Herbstsonne verwandelte die alte Gräberanlage in eine Palette aller nur erdenklichen Braun-, Gelb- und Goldtöne. Sie zog ihren Mantel aus, so warm war es. Heute verspürte sie den Wunsch, einem Menschen zu begegnen, aber der Friedhof war um die Mittagszeit wie ausgestorben. Hatte es hier sonst auch so penetrant nach Buchsbaum, Erde und Vergänglichkeit gerochen? *Ruhe in Frieden.*

»Bitte gib mir die Kraft, das zu überstehen«!, flüsterte Christine Keller, entfernte hastig die verblühte Rose aus der Grabvase und ersetzte sie durch die frische, eine selten schöne blutrote. Dann fasste sie in ihre Manteltasche, um zu fühlen, ob das Handy noch da war …

4.

Tod einer Lehrerin

Wie jeden Montagabend spielte Thea Cassini mit ihrem Bruder Peter Cordes und dem Leiter des Kirchenchors, Pater Emanuel, Skat, aber heute Abend dümpelte das Spiel lustlos vor sich hin. Keiner mochte sich so recht auf Contra und Re konzentrieren. Schließlich warf Kommissar Cordes seine Karten mitten im Spiel auf den Tisch und murmelte: »Hab schon viel gesehen, aber ich werde dieses Bild nicht los. Und was sie alles für unseren Tim getan hat. Wenn sie nicht gewesen wäre, der hätte heute noch kein Abitur. Warum das immer die Falschen treffen muss …«

»Und? Habt ihr die Tatwaffe schon gefunden?«, unterbrach Thea ihren Bruder neugierig.

»Eben nicht. Ich bin ganz sicher, dass der Täter den Sockel von der Grablampe benutzt hat, aber die Klugscheißer aus Dortmund stellen ja erst einmal alles, was wir vermuten, in Frage. Als wären wir Dorftrottel zu blöd, einen Mord aufzuklären!« Cordes aber würde weitersuchen und ihnen die Tatwaffe präsentieren. Er war überzeugt, dass die Grablampe, die bei ihrem Eintreffen am Tatort neben der Toten umgekippt auf dem Grab lag, vorher auf einem Sockel gestanden hatte. So ein Marmorklotz, der besaß ein ganz schönes Gewicht. Damit konnte man durchaus jemandem den Schädel einschlagen. Und diesen Klotz galt es jetzt zu finden.

»Die arme Frau. Das hat sie nicht verdient. So viel, wie die für ihre Schüler getan hat. Zu ihr sind sie ja fast lieber zum Beichten gegangen als in die Kirche«, seufzte Pater Emanuel und fügte hastig hinzu: »Auch wenn ich ihren Lebenswandel in letzter Zeit gar nicht gut heißen konnte. Aber das gibt ihm kein Recht, sie dafür zu bestrafen. Dass er sich so versündigen würde, hätte ich ihm nicht zugetraut. Wo er doch fast jeden Sonntag in der Kirche war.«

»Ich glaube nicht, dass er es war«, widersprach Thea Cassini den Spekulationen des Pfarrers heftig.

»Aber Thea, man hat Pille vom Friedhof rennen sehen, als sei der Teufel hinter ihm her. Nach Zeugenaussagen hatte er einen Leinenbeutel bei sich. Da war die Tatwaffe drin. Jede Wette. Sonst war um die Zeit weit und breit kein anderer Mensch dort. Ich meine, wer geht schon mittags auf den Friedhof? Da essen die alten Damen zu Mittag. Bis auf die Verrückte, die die Tote gefunden hat. Und dass er ein Motiv hat, das wissen wir doch alle!«, wies ihr Bruder sie tadelnd zurecht.

»Ich glaube nicht, dass er zu so was fähig ist. Du sagst doch selbst, dass ihre Tasche durchwühlt war und jemand wohl das Geld aus der Brieftasche genommen hat. Vielleicht war es doch ein simpler Raubmord. Jetzt mal ganz unter uns. Wer kann sich Pille dabei vorstellen, wie er jemandem den Schädel einschlägt? Und auch noch der Frau, die er abgöttisch liebt? Hör mal, und dann ihre Tasche durchwühlt und den Sockel von einer Grablampe mitnimmt, um Spuren zu verwischen? Wer soll so einen Mist glauben?«

»Die Jungens vom ZKB Meschede, die Besserwisser von der Mordkommission Dortmund, die Herren von der Staatsanwaltschaft Arnsberg und ich, Schwesterchen.«

»Aber sie hat ihn doch bereits vor drei Jahren verlassen. Was für ein Motiv sollte er haben, sie erst jetzt umzubringen?«

»Christine Köppen war schwanger«, entgegnete der Kommissar ungerührt.

Anne stand mit hochrotem Kopf und wild zusammengebundenen Haaren in ihrer neuen Küche und versuchte ein Pastagericht zu zaubern, das beiden schmecken sollte: Miriam und Martin. Kochbücher waren ihr ein Gräuel. Alles, was sie kochte, war Original Brink. Heute mit viel, viel Hack. Die Idee zu einem gemeinsamen Abendessen war ihr gekommen, als ihr der Metzgergeselle drei Pfund Hackfleisch in die Kanzlei geliefert hatte. Kleine Aufmerksamkeit, hatte Wagner ihr ausrichten lassen. Anne wollte dieses Präsent erst gar nicht annehmen. Nicht dass der Mann glaubte, in Naturalien zahlen zu können. Aber Frau Cassini hatte ihr dringend geraten, das Geschenk nicht zurückzuweisen. Damit würde sie Wagner zutiefst beleidigen. Das wäre überheblich und würde sich schnell herumsprechen.

Also hatte Anne kurzerhand Martin eingeladen – ein genialer Einfall, wie sie fand. Familiär und garantiert unromantisch. So konnte sie sich bei Martin für seine Hilfe beim Einzug bedanken.

Miriam würde so eine Abwechslung auch gut tun, hatte Anne gehofft, aber ihre Tochter war alles andere als begeistert von der Aussicht gewesen, den Menschen kennen zu lernen, der ihr das alles hier eingebrockt hatte. Lad ihn wieder aus, hatte Miriam wie ein Kleinkind gefordert, aber Anne war heute Abend ganz und gar nicht in der Stimmung, mit ihrer schlecht gelaunten Tochter allein zu bleiben. Schließlich hatte auch sie einiges zu verarbeiten: den Hackfleischlieferanten, Ahmet Omür, den Apotheker und vor allem – Frau Cassini!

»Gehst du mal, Schatz«, bat sie ihre Tochter, die am Küchentisch Schularbeiten machte, als die Türglocke läutete.

»Immer ich«, kam prompt die maulige Antwort, doch dann stand Miriam betont langsam auf und öffnete Martin die Tür. Bis auf die Größe gar nicht Mamas Typ, stellte sie bissig fest, während sie sich artig für das Mitbringsel bedankte. Eine DVD. Harry Potter. Für wie kindlich hielt er sie eigentlich?

»Ist die neuste. Ich hoffe, du kennst sie noch nicht«, sagte Martin freundlich, aber als sie nicht antwortete, erstarb sein Lächeln.

Das Gespräch am Esstisch, den der üppige Strauß rosa Rosen schmückte, den Martin seiner Gastgeberin mitgebracht hatte, verlief mehr als schleppend. Zumindest, was Miriams Beteiligung betraf. Sie antwortete schnippisch, wenn sie etwas gefragt wurde, blieb aber ansonsten stumm.

»Na, und wie gefällt dir die gute Cassini?«, fragte Martin und füllte sich noch einmal von dem Hackbraten auf.

»Ich würde sagen, gewöhnungsbedürftig. Erst habe ich mit dem Gedanken gespielt, sie schnellstens loszuwerden, aber vielleicht ist sie ganz nützlich. Sie ist jedenfalls ein wandelndes Lexikon. Oder sind alle Arnsberger so?«

»Oh, oh, da muss ich dich leider korrigieren. Das würde ihr gar nicht gefallen. Sie begreift sich nämlich als Neheimerin.«

»Ich denke, das gehört zu Arnsberg?«

»Nein, so einfach ist das nicht. Da hat man in den Siebzigern einfach zwei Städte zusammengelegt, aber das ändert die Fakten nicht: Der Neheimer bleibt Neheimer und der Alt-Arnsberger eben Arnsberger.«

»Dann würde ich sagen, die Frau ist ein Phänomen: Sie kennt als Neheimerin die Biografien jedes Neheimers und jedes Arnsbergers!« Wie aus einem Munde fingen die beiden Erwachsenen an zu lachen.

Miriam rollte mit den Augen. Sie fühlte sich ausgeschlossen und hing ihren eigenen Gedanken nach. In Hamburg waren die meisten Jungen in ihrer Klasse ziemlich kindisch gewesen, aber dieser Anselm, der war irgendwie anders. So einem ernsten und netten Jungen war sie vorher eigentlich noch nie begegnet. Wahrscheinlich ist er älter als die anderen, vermutete Miriam, denn er machte einen wesentlich reiferen Eindruck als die Jungen, die sie heute im Unterricht von hinten mit Papierkugeln beschossen hatten.

Erst als die Erwachsenen den Namen Hülya erwähnten, wurde Miriam hellhörig. Sie hatte heute auf dem Schulhof nur Bruchstücke verstehen können, aber immerhin so viele, um zu folgern, dass sich die ältere Schwester ihrer Mitschülerin Manolia zusammen mit ihrem deutschen Freund umgebracht hatte.

»Deine Frau Cassini behauptet, es könne kein Doppelselbstmord gewesen sein. Angeblich verdächtigt man Ahmet Omür, seine Schwester umgebracht zu haben.«

»Das ist dummer Klatsch. Er steht nicht unter Tatverdacht. Das Gerücht grassiert vielleicht auf dem Neheimer Wochenmarkt, aber nicht in der Staatsanwaltschaft. Ahmet traue ich alles zu – Betrug, Unterschlagung, Meineid –, aber keinen Mord«, antwortete Martin.

»Du glaubst also nicht, dass da was dran ist? Es ist doch in der Tat höchst merkwürdig, dass die jungen Leute nicht einträchtig Hand in Hand gesprungen sind, sondern er sie vorher erschossen hat.«

»Vielleicht hatte sie Höhenangst und wollte das so. Es gibt kaum einen Zweifel daran, dass es sich um einen Selbstmord handelt. Die Staatsanwaltschaft will den Fall abschließen. Das Mädchen hat einen Abschiedsbrief hinterlassen; darin kündigt sie ihren Freitod für den Fall an, dass ihre Eltern sie zu Verwandten in die Türkei schicken würden. Und genau das hatten sie vor.«

»Woher weißt du das?«

»Von Stefan Winter, einem guten Freund von mir. Der ist in dieser Sache der ermittelnde Staatsanwalt. Um die Akte zu schließen, hätte er gern die Tatwaffe, aber die hat man immer noch nicht gefunden.«

Anne stellte mit einem prüfenden Seitenblick auf Miriam fest, dass diese dem Gespräch aufmerksam lauschte. Das missfiel Anne außerordentlich, denn sie wollte nicht, dass Miriam mit diesen Dingen konfrontiert wurde. Anne wusste, dass es absurd war – gerade sie, die sich jahrelang beruflich mit nichts anderem beschäftigt hatte, versuchte ihre Tochter möglichst davon fernzuhalten. Wenn sie ehrlich war, wünschte sie sich, dass sich ihr Kind später nicht mit Jura beschäftigen würde.

Anne machte Martin ein Zeichen, dass sie lieber später über die Sache reden sollten. Martin verstand sofort, was Anne ihm über Miriams Kopf hinweg anzudeuten versuchte, und wechselte etwas plump das Thema: »Was haltet ihr beiden davon, wenn wir eine Runde spielen. Karten, *Mensch ärgere dich nicht*?« Um seinen Vorschlag zu unterstreichen, legte er seine Hand auf Annes Hand und tätschelte sie. »Hamburg-Monopoly«, schlug Miriam tonlos vor, während sie demonstrativ auf die Hände der Erwachsenen starrte, um ihrer Mutter schließlich einen abschätzigen Blick zuzuwerfen. Anne wusste gleich, worauf Miriam anspielte, und zog ihre Hand hastig weg.

»Übrigens könnt ihr ruhig weiterreden«, fügte Miriam hinzu, »denn ich weiß Bescheid. Die ganze Klasse spricht über nichts anderes!«

Anne und Martin sahen sich verlegen an.

»Natürlich, du bist ja kein Kind mehr. Und du kannst natürlich auch Fragen dazu stellen, wenn du mit uns darüber reden möchtest«, antwortete Anne gestelzt und ärgerte sich maßlos über diesen Betroffenheitston, der ihr normalerweise nicht über die Lippen kommen würde.

»Wer hat denn gesagt, dass ich darüber reden will? Ich dachte, wir wollen eine Runde spielen«, entgegnete Miriam schnippisch, während sie aufstand, um das Spiel aus ihrem Zimmer zu holen.

»Manchmal habe ich das Gefühl, ich bin ein Alien«, seufzte Anne, kaum dass Miriam aus der Tür war. »Jedenfalls als Mutter. Ich habe kein Gefühl mehr dafür, was richtig und falsch ist. Hin und wieder wünsche ich mir sogar, sie wäre wieder fünf und absolut berechenbar. Ich war noch nie so unsicher wie jetzt.«

»Ist doch klar, sie ist in der Pubertät, und dann die Umstellung – neue Umgebung. Mach dir doch keinen Kopf.«

»Na, du bist lustig. Woher willst du das denn wissen? Du hast ja auch so viele Kinder großgezogen …« Erschrocken über ihre eigene Aggressivität stockte Anne. Das ist das blödeste Argument, das man gegen Nichtväter vorbringen kann, dachte sie und wollte sich gerade entschuldigen, doch da hörte sie Martin bereits sagen: »Evis Tochter ist dreizehn!«

»Evi?«

»Evi Hübner, meine Bekannte aus Meschede, aber das hast du wahrscheinlich vergessen. Du warst in den letzten Wochen eben sehr mit dir beschäftigt!«

Hörte Anne da einen leisen Vorwurf? Jetzt dämmerte ihr etwas. Sie erinnerte sich dunkel daran, dass bei ihrem letzten Treffen von so einer Frau die Rede gewesen war. Und sie erinnerte sich auch daran, dass sie ein bisschen eifersüchtig gewesen war, aber das würde sie Martin nicht verraten. Daraus konnte er nur die falschen Schlüsse ziehen.

»Ach, diese Frau, die du auf der Skipiste kennen gelernt hast? Da spielst du also den Ersatzpapi?« Kaum dass sie ausgesprochen hatte, ärgerte sich Anne über die Art, wie sie sich ausgedrückt hatte. Es klang spitz und abwertend.

Martin zögerte einen Augenblick. Dann sagte er kurz und knapp: »Nicht mehr – sie hat sich von mir getrennt.«

Anne wollte gerade nachfragen, aber in diesem Moment

trat Miriam mit dem Spiel unter dem Arm ins Zimmer. Das Gespräch über Martins Privatleben war damit beendet.

»Sorry, dass ich in letzter Zeit so ignorant war«, raunte Anne ihm versöhnlich zu.

»Schon gut«, murmelte Martin.

Am nächsten Morgen betrat Anne ihre Kanzlei pünktlich um neun Uhr. Leonie und Frau Cassini standen im Flur, steckten die Köpfe zusammen und waren offensichtlich in ein angeregtes Gespräch vertieft. Als sie ihre Chefin bemerkten, verstummten sie.

»Guten Morgen«, grüßte Anne gut gelaunt. Sie hatte dank diverser Gläser Chianti Classico, die Martin und sie während des Monopoly-Spiels – und vor allem danach – getrunken hatten, hervorragend geschlafen. Und Miriam war beim Frühstück kein bisschen zickig gewesen. Kein Wunder, sie hatte gestern ja auch haushoch gewonnen.

Annes Mitarbeiterinnen schienen ihre gute Stimmung nicht im Geringsten zu teilen. Mit versteinerten Mienen starrten sie ihre Chefin an.

»Ist was?«, fragte Anne.

»Frau Brink, es ist etwas Furchtbares geschehen! Christine Köppen ist tot!«, platzte Frau Cassini mit der Neuigkeit heraus.

»Die Lehrerin?«

»Sie wurde ermordet!«

Annes erster Gedanke galt Miriam. Sie hatte heute Morgen gleich zwei Stunden bei Frau Keller. »Weiß man Näheres? Wie ist es passiert?«

»Man sagt, sie sei erschlagen worden«, antwortete Frau Cassini.

Man sagt? Für einen winzigen Augenblick schöpfte Anne Hoffnung. Vielleicht war es nicht mehr als ein bloßes Gerücht. Vielleicht war der alten Klatschtante von Cassini die

Phantasie durch gegangen. Vielleicht stand Frau Keller just in diesem Augenblick munter vor ihrer Klasse!

»Frau Cassini, woher wollen Sie das eigentlich wissen? In der Zeitung hat es heute Morgen jedenfalls nicht gestanden«, fragte Anne in scharfem Ton.

»Mein Bruder ist Kommissar auf der Hauptwache in Hüsten. Sie waren als Erste am Ort.«

Das überzeugte die Anwältin.

»Und hat man schon einen Verdächtigen?« Eigentlich wollte Anne das gar nicht fragen, aber es war der alte Automatismus. Es fehlte nur, dass sie nachhakte: Und? Hat er schon einen Anwalt?

»Man verdächtigt Klaus Köppen.«

»Das ist doch Unsinn«, entfuhr es Anne spontan und sie fügte hastig hinzu: »Der Mann ist eine ganz arme Sau. Vielleicht ein bisschen gaga, was seine Ehefrau angeht, aber erschlagen? Ich glaub es nicht.«

»Meine Rede«, pflichtete Frau Cassini ihr eifrig bei. »Der Mann braucht nur einen anständigen Verteidiger!«

Es war unschwer zu erkennen, an wessen Adresse das ging. Diese Frau ist unmöglich, dachte Anne, den Gefallen werde ich ihr nicht tun, und außerdem hat Köppen mich auch gar nicht darum gebeten, seine Verteidigung zu übernehmen. *Du bist süchtig nach Erfolg, Du wirst es nicht schaffen, damit aufzuhören,* hörte sie Jonas spotten.

Das Schicksal der Lehrerin ging Anne verdammt nahe. Was hatte Martin gesagt? Keine Morde in Arnsberg? Sie war noch nicht einmal eine Woche in dieser Stadt, und nun das! Sie durfte jetzt nicht paranoid werden und sich einbilden, dass sie durch ihre bloße Nähe Todesfälle dieser speziellen Art geradezu anzog. Trotzdem, sie wurde den Verdacht nicht los, dass der gewaltsame Tod dieser Frau mit dem Mandantengespräch zusammenhing, das heute um fünfzehn Uhr hätte stattfinden sollen.

Anne holte Miriam an diesem Tag von der Schule ab. Sie war ein wenig zu früh und wartete eine Weile vor dem Haupteingang. Miriam schien sichtlich verstört, als sie ihre Mutter erblickte. Sie plapperte sofort los. So viel hatte Miriam lange nicht mehr von sich gegeben. Atemlos schilderte sie ihrer Mutter, was geschehen war. Anne hatte Schwierigkeiten, ihrem Tempo zu folgen.

»Erst kam der Direktor. Hat gesagt, Frau Keller ist krank. Dann waren da aber jede Menge Polizisten in der Schule. Dann hieß es, wir sollen alle in die Aula kommen. Der Direktor hat so komisch geredet. *Wunderbare Kollegin, verabscheuungswürdige Tat, bitterer Verlust.* Wir haben nichts kapiert, bis er gesagt hat, was los ist …«

Miriam hielt erschöpft inne. Sie schämte sich ein wenig bei dem Gedanken, dass der heutige Tag für sie nicht nur schrecklich gewesen war. Im Gegenteil. Keiner hatte sie ausgegrenzt, einige Mädchen hatten sogar ganz normal mit ihr geredet. Die Jungen hatten sie nicht mit Papierkugeln beschossen – und Anselm hatte sich in der Aula neben sie gesetzt, obwohl noch viele andere Plätze frei waren. Aber das würde sie ihrer Mutter nicht anvertrauen.

»Und ich habe Frau Keller noch gesehen!«, sagte Miriam stattdessen.

»Wann hast du sie gesehen? Und wo genau?« Anne konnte nichts dagegen tun. Diese Art zu fragen würde sie in diesem Leben nicht mehr ablegen. Einmal Anwältin, immer Anwältin.

»Nach der Schule gestern. Auf der Straße. Sie hat mich angesprochen und dann bog sie in Richtung Friedhof ab.«

»Ist dir etwas an ihr aufgefallen? War sie irgendwie merkwürdig?«

»Sie hat mit mir um ein Eis gewettet, dass ich mich bald eingewöhnen werde.« Miriams Augen füllten sich mit Tränen. Frau Keller war die erste Tote in ihrem Leben.

Paps' Eltern waren lange vor ihrer Geburt gestorben. Auch Großmutter Solveigh. Nur Opa Georg, der lebte noch. Den liebte sie über alles, und als ihre Mutter sie jetzt in den Arm nahm, wünschte sie sich plötzlich, dass er es wäre.

Der Mord an der Lehrerin war überall das Gesprächsthema Nummer eins. Im Supermarkt, in dem Anne sich mit einem Vorrat an Pasta eindeckte, ließen sich die Kassiererinnen über die Köpfe der Kunden hinweg empört über die schlimme Tat aus. Auf der Einkaufsstraße standen die Menschen in Grüppchen herum und diskutierten stundenlang über den gewaltsamen Tod von Pilles Frau. Und sogar beim Metzger Wagner in Hüsten, bei dem sich Anne für das Hack bedankte und der ihr gleich zwei Riesensteaks aufnötigte – für umsonst natürlich! –, gab sich der Chef höchstpersönlich lautstark seinen Spekulationen hin. Wagner verkündete im Brustton der Überzeugung, dass der Apotheker seine Frau umgebracht hatte, und erklärte, er hätte das ja kommen sehen, dass Pille seine Frau eines Tages aus verschmähter Liebe umbringen würde.

Mord aus Liebe? Anne glaubte nicht an so ein Motiv. Aus Prinzip nicht. Wer jemanden wirklich liebte, brachte ihn nicht um. Aus Eifersucht, ja, aus Rache, aus Hass – aber niemals aus Liebe!

Dem weitsichtigen, linkischen Mann mit der dicken Brille traute Anne jedenfalls keinen Mord zu. Sagten ihr der Bauch, das Gefühl und die Menschenkenntnis, aber hatten diese Ratgeber sie nicht schon einmal im Stich gelassen? Doch wenn sie ganz ehrlich war, hatte sie bei Schweigert anfangs so ein leises Grummeln verspürt, bei Köppen hingegen grummelte nichts.

Kommissar Cordes ließ nicht locker. Er war fest davon überzeugt, dass Köppen den Sockel der Grablampe irgendwo in seinem Haus oder auf seinem Grundstück versteckt haben musste. Kommissar Albers von der Mordkommission Dortmund gab seinem Drängen schließlich nach und beantragte eine Hausdurchsuchung bei dem Apotheker. Er glaubte zwar nach wie vor daran, dass der Täter sein Opfer mit einem Stein erschlagen hatte, aber sollte der Mann doch seinen Willen bekommen. Dann nervte er wenigstens nicht länger.

Noch am selben Tag stand Albers, begleitet von seinen Kollegen mit einem Durchsuchungsbefehl, vor Köppens Haustür. Cordes hatte darum gebeten, bei dieser Aktion dabei sein zu dürfen. Als Klaus Köppen öffnete und die Beamten durch seine dicke Brille verwirrt und ängstlich anstarrte, tat ihm der Mann fast ein wenig leid. Köppen machte einen völlig verstörten Eindruck und Cordes hoffte darauf, er würde freiwillig ein Geständnis ablegen. Einer polizeilichen Vernehmung war der Apotheker bestimmt nicht gewachsen. Es schien zu stimmen, was Thea behauptet hatte: *Köppen ist krank. Sehr krank sogar!*

»Machen Sie es sich doch nicht unnötig schwer, Herr Köppen«, versuchte Cordes ihn zum Reden zu bringen.

Klaus Köppen aber schwieg eisern und sah am ganzen Körper zitternd und starr vor Entsetzen zu, wie die Beamten Schubladen aufrissen, Schränke ausräumten und sogar den Spülkasten im Klo demontierten. Ohne Erfolg, aber Cordes glaubte immer noch ganz fest daran, dass der Sockel in greifbarer Nähe war. Er versuchte noch ein weiteres Mal, Köppens Mauer des Schweigens zu durchbrechen, aber der Mann sah ihn nur mit glasigen Augen an und sagte kein Wort. Erst als einer der Beamten triumphierend mit einer Plastiktüte, in der sich eine rechteckige Marmorplatte befand, aus dem Garten zurückkehrte und sie Albers mit den Worten: »Die Tatwaffe!« hinhielt, machte Köppen den Mund auf. Sein markerschütternder Schrei ließ selbst die hart gesottensten Spurensucher im Team zusammenzucken.

Kommissar Cordes konnte sich nach diesem Erlebnis nicht mehr so recht über seinen Erfolg freuen, obwohl Albers ihm wohlwollend auf die Schulter klopfte und ihn vor allen Anwesenden jovial als »Altes Trüffelschwein« lobte.

Anne erfuhr von Köppens Verhaftung noch am selben Tag durch Frau Cassini. Außer sich vor Empörung schimpfte die Anwaltsgehilfin über ihren Bruder, weil der den armen Kerl ans Messer geliefert hatte. Anne verspürte zwar Mitleid mit dem Köppen, aber vielmehr beschäftigte sie der Gedanke, dass sie sich böse in ihm geirrt hatte. Von wegen Bauchgefühl … Dass man die Mordwaffe im Haus des Apothekers gefunden hatte, war für Anne ein Beweis, dass es mit ihrer Menschenkenntnis wirklich nicht weit her war. »Sie finden das also völlig in Ordnung, was mein Bruder da abzieht?«, fragte Frau Cassini ungläubig, als sie merkte, dass ihre Chefin offensichtlich nicht auf ihrer Seite war.

Anne zuckte mit den Achseln. »Sagen wir mal so: Ich kann es nicht ändern. Und vieles spricht dafür, dass er seine Frau tatsächlich umgebracht hat. Motiv, Verhalten nach der Tat, Tatwaffe im Haus …«

»Nicht im Haus. Man hat den Sockel aus einem kleinen Bach, der hinten durch seinen Garten führt, gefischt«, widersprach Frau Cassini entschieden.

»Aus einem Bach?« Anne war wie elektrisiert. Dann hatte der Marmorblock im Wasser gelegen. Möglicherweise waren eindeutige Spuren längst abgewaschen. Das wäre ein Anhaltspunkt für die Verteidigung. Hier musste man einhaken …

»Haben Sie eine Idee? Können Sie ihm helfen?«, hakte Frau Cassini voller Ungeduld nach.

»Nein«, erwiderte Anne lakonisch, und doch klammerte auch sie sich an die Hoffnung, dass er nicht der Täter war. Immerhin bestand die Möglichkeit, dass jemand anders die Tatwaffe absichtlich dort abgelegt hatte, um den Verdacht auf Köppen zu lenken ... Bei Anne ging es allerdings weniger um den armen Mann selbst, als vielmehr um die existenzielle Frage, inwieweit sie ihren Wahrnehmungen überhaupt noch trauen konnte.

5.

Die Akte Köppen

Thea Cassini öffnete und sortierte wie jeden Mittag die Kanzlei-Post. Es war der übliche Eingang, der im Büroalltag einer Kanzlei so anfiel. Jede Menge gegnerischer Schriftsätze. Reine Routine, bis auf einen handgeschriebenen Brief aus dem Untersuchungsgefängnis Hamm. Dieses Schreiben war wichtiger als alles andere. Jedenfalls für Frau Cassini. Mit diesem Brief musste sich ihre Chefin beschäftigen, ob die nun wollte oder nicht! Frau Cassini sah ungeduldig auf ihre Armbanduhr. Es war kurz nach dreizehn Uhr. Frau Brink war heute beim Amtsgericht. Eine Schadensersatzklage, eine Nachbarschaftsstreitigkeit und eine komplizierte Scheidung. Eigentlich müsste sie schon längst zurück sein.

Sie arbeiteten jetzt über eine Woche zusammen. Thea Cassinis erster Eindruck von der Brink hatte sich zwar etwas relativiert – sie war umgänglicher, als anfangs erwartet –, aber man musste sehen, wie sich die Sache entwickelte. Es würde ihr nämlich nicht leicht fallen, der Anwältin den Zettel, den sie gestern zufällig auf deren Schreibtisch gefunden hatte, zu verzeihen. *Junge Anwaltsgehilfin gesucht.* Das sprach Bände und bedurfte keinerlei Übersetzungshilfen. Wenn sie Pille hilft, dann bleibe ich, beschloss Thea Cassini, während sie den letzten Brief aus seinem Umschlag nahm.

Schon die Anrede war äußerst befremdlich. *Schweigert-Freundin Brink,* doch was sie dann im Text lesen musste, trieb Thea Cassini die Zornesröte ins Gesicht.

Ich weiß, wo du bist. Gott straft alle Sünden. Du hast Schuld auf dich geladen. Auge um Auge. Zahn um Zahn. Der Herr sieht alles … Sie ließ den Brief erschrocken sinken. Mehr konnte sie nicht ertragen. Da hatte sich einer schamlos der Heiligen Schrift bedient. Die Buchstaben waren aus Zeitungen ausgeschnitten. Ein anonymer Brief. So etwas hatte der Doktor niemals bekommen. Sie atmete tief durch und nahm sich fest vor, ihre brennende Neugier, was diesen Wisch betraf, vor ihrer Chefin zu verbergen. Frau Brink hasste es, wenn man sich in ihre privaten Angelegenheiten mischte. Daran hatte sie sich zu halten. Wenn die Anwältin jemanden brauchte, dem sie sich anvertrauen wollte, würde sie von sich aus kommen müssen.

Anne war bester Stimmung: Soeben hatte sie zwei ihrer Prozesse gewonnen; nun saß sie im Pontevecchio schräg gegenüber ihrer Kanzlei und aß mit Martin zu Mittag. Sie zog ihn sehr zu ihrem Vergnügen mit seiner neuen Rolle als Familienrichter auf.

»Tut mir leid, dass ich so grinsen musste, aber du wirkst so seriös hinter deinem Richtertisch.«

»Ich bin seriös. Und ich wäre noch seriöser geblieben, wenn die Frau Anwältin nicht dermaßen aus der Rolle gefallen wäre.«

»Na hör mal. Ich habe für die Frau nur alles rausgeholt, was möglich war. Und dass ich diesen Gangster von Ehemann charmant aufgefordert habe, seine Bilanzen offen zu legen, und zwar alle, ich meine, das ist mein Job!«

»Nur konnte ich dann nicht mehr mit einem Vergleich kommen.«

Anne sah ihn gespielt vorwurfsvoll an. »Ich sage doch, der Staatsdienst verbiegt den Charakter. Wetten, du hättest dich nicht mit einem Vergleich abspeisen lassen, wenn du noch ihr Anwalt wärst?«

»Darf man sich dazusetzen?«, unterbrach eine tiefe, durchdringende Stimme das Geplänkel der beiden.

»Klar doch. Setz dich«, sagte Martin einladend und ohne aufzusehen. Er kannte die Stimme seines Freundes. Aber der blieb trotzdem stehen. Er sah Anne, die ihn ihrerseits interessiert musterte, lächelnd an. Sie lächelte zurück.

»Warum setzt du dich denn nicht?«, fragte Martin leicht säuerlich, denn es war schwerlich zu übersehen, dass sein Freund Stefan Winter versuchte, mit Anne zu flirten. Das ist so typisch für ihn, dachte Martin, kaum dass eine schöne Frau nur in der Nähe ist, setzt ein Pawlowscher Reflex ein … Sonst amüsierte Martin das Verhalten seines Freundes eher, aber bei Anne war das etwas völlig anderes.

»Mir fehlt noch die Erlaubnis der Dame«, erklärte Winter übertrieben förmlich. Anne sah geradewegs in seine strahlend blauen Augen, und konnte sich nicht helfen. Der dunkelblonde Hüne mit dem kantigen Gesicht und den Sommersprossen auf der Nase wirkte wie ein großer Junge, der gerade einen Streich ausheckte. Nicht unsympathisch.

»Wollen Sie es schriftlich oder reicht die mündliche Zustimmung?«, gab Anne ebenso übertrieben höflich zurück.

»Angenommen!«, erwiderte der Mann prompt und quetschte sich auf die Bank neben Anne, obwohl noch drei Stühle am Tisch frei waren. Mit den Worten: »Winter, Stefan Winter«, streckte er ihr die Hand entgegen. Er hat einen angenehmen Händedruck, stellte Anne fest. Nicht zu lasch, aber auch nicht so fest, dass man Angst um seine Knochen haben muss. Aber er ist sehr von sich überzeugt. Nach ihrem Geschmack ein bisschen zu sehr.

»Der Staatsanwalt«, ergänzte Martin trocken.

Mit gespielter Empörung entzog Anne Winter ihre Hand. »Das hätten Sie vorher sagen müssen. Mit Staatsanwälten isst man nicht. Ich kenne wenige nette Ankläger, um genau zu sein, keinen wirklich charmanten Kollegen von Ihnen.«

»Ich bin die Ausnahme von der Regel«, erwiderte Winter lächelnd und ganz ohne falsche Bescheidenheit. »Und dann sind Sie bestimmt die geniale und wunderbare Strafverteidigerin aus Hamburg? Mein Freund hat schon viel von Ihnen erzählt. Da muss man sich als Staatsanwalt wohl warm anziehen ...«

»Da hättest du ja gleich in ganz Arnsberg Reklametafeln aufstellen können!«, entfuhr es Anne in scharfem Ton, während sie Martin wütend anfunkelte. »Man kann es auch übertreiben«, fauchte er zurück. Stefan Winter guckte entgeistert von einem zum anderen. Sein Dauerlächeln war verschwunden.

»Habe ich jetzt was Falsches gesagt?«, fragte er verunsichert.

Anne blieb ihm eine Antwort schuldig, stand stattdessen auf, griff sich ihren Mantel und erklärte säuerlich: »Herr Doktor Kleiber wird Ihnen das sicher gern erklären. Ich gehe dann mal zahlen. Die Kanzlei ruft.«

»Tolle Frau«, murmelte Stefan Winter, sah Anne bewundernd hinterher. »Ist die immer so kratzbürstig?«

»Kannst du nicht einmal deine Klappe halten?«, entgegnete Martin Kleiber schroff. Sollte er aufspringen? Ihr nachrennen? Sich entschuldigen? Nein, dieses Mal war sie zu weit gegangen. Nicht in diesem Ton, dachte er wütend. Wenn sie allein waren, konnte er damit umgehen, aber nicht, wenn Stefan Winter daneben saß und sich eins feixte.

Als Anne Brink zur Tür hereinkam, bemerkte Thea Cassini die schlechte Laune ihrer Chefin auf den ersten Blick. Sie vermutete, Anne habe einen ihrer Prozesse verloren. Jetzt bekam sie doch ein wenig Skrupel, ihrer Chefin die Postmappe völlig kommentarlos in die Hand zu drücken, doch da hatte die Brink sie schon an sich genommen und sich auf dem Absatz umgedreht. Vielleicht hätte sie die Anwältin doch auf den anonymen Brief vorbereiten sollen. Jetzt war es zu spät.

Als Anne sich an ihren Schreibtisch setzte, überkam sie mit Macht das Bedürfnis nach einer Zigarette. Sie ärgerte sich maßlos darüber, dass sie eben dermaßen überreagiert hatte. Es war ungerecht von ihr. Wo Martin so viel für sie getan hatte. Sie würde sich wohl bei ihm entschuldigen müssen. Vorerst aber musste eine Zigarette her, um ihre Nerven ein bisschen zu beruhigen. Eine Woche lang hatte sie es geschafft, ihre Sucht in den Griff zu bekommen, aber jetzt wollte es partout nicht mehr klappen. Da fiel ihr das Nikotinkaugummi ein, das sie sich für alle Fälle besorgt und in ihrer Schreibtischschublade deponiert hatte. Kaum hatte sie sich eines davon in den Mund gesteckt, spukte sie es in hohem Bogen auf ihren Schreibtisch. Igitt! Das war mit Sicherheit keine Lösung. Dann musste sie eben leiden. Sie würde sich jetzt nicht die Blöße geben und zum nächsten Automaten rennen.

Lustlos öffnete sie die Mappe, las Schriftstück für Schriftstück durch und überlegte, wie sie die Argumente der gegnerischen Anwälte am besten würde widerlegen können.

Als sie den Brief mit den aneinander geklebten Zeitungsbuchstaben sah, wurde ihr augenblicklich schlecht. Dasselbe Muster wie beim ersten Mal. Keine Frage, derselbe Absender.

»Scheiße«, murmelte sie. »Verdammte Scheiße.« Obwohl ihr beim Überfliegen der biblischen Drohungen zunehmend schlechter wurde, weigerte sie sich, das Schreiben ernst zu nehmen. Sie klammerte sich an die vage Hoffnung, der Verfasser war vielleicht ein harmloser Irrer oder ein Angehöriger der ermordeten jungen Frau, der verzweifelt versuchte, sich Luft zu machen. Der Unbekannte schien allerdings mehr über sie zu wissen, als ihr lieb war. Sie hatte doch nicht alles hinter sich gelassen, um auf diese Weise von ihrer Vergangenheit eingeholt zu werden. Es gab nur eine Möglichkeit: den anonymen Brief ignorieren. Wenn sie sich erst mit ihm beschäftigte, wuchs seine Bedeutung nur. Dann wären der Angst Tor und Tür geöffnet. Und genau das war mit Sicherheit, was der feige Schreiberling mit seinen Drohungen bezweckte. Es gibt dort draußen keinen, der mir ernsthaft nach dem Leben trachtet, beschloss Anne, zerknüllte den Brief und warf ihn in den Papierkorb. Dann stand sie abrupt auf, verließ ihr Zimmer und steuerte zielstrebig auf Leonies Platz zu.

»Ob Sie mir wohl eine Zigarette geben könnten?«, bat sie die Auszubildende, die ihr bereitwillig die Packung Light-Zigaretten samt Feuerzeug hinhielt. Anne bedankte sich und betrat mit der brennenden Zigarette in der Hand Frau Cassinis Reich.

»Danke, dass Sie mich nicht auf den anonymen Brief angesprochen haben. Das Ganze ist nur ein harmloser Scherz. Nicht der Rede wert.«

»Frau Brink, wenn Sie wollen, können Sie das Schreiben gern meinem Bruder zeigen ...«

»Warum soll ich ihn mit so einem Mist belasten?«, unterbrach Anne sie hastig. »Der hat im Moment bestimmt Wichtigeres zu tun. Wenn Herr Köppen nämlich seine Frau nicht umgebracht hat, dann läuft der Mörder noch irgendwo da draußen herum.«

»Heißt das, dass Sie es machen?«

»Was machen?«

»Seine Verteidigung übernehmen!«

»Bitte, Frau Cassini, fangen Sie nicht schon wieder damit an. Außerdem hat mich Herr Köppen nicht darum gebeten.«

»Haben Sie denn seinen Brief noch nicht gelesen? Er hat Ihnen geschrieben. Bitte lesen Sie das und dann geben Sie Ihrem Herzen einen Stoß. Er wird mit keinem Menschen reden, bevor Sie ihn nicht in Hamm besucht haben.«

»Das ist Erpressung.«

»Nein, Verzweiflung!«

»Ich kann nicht.«

»Glauben Sie, dass er es war?«

»Es ist egal, was ich glaube. Fakt ist, dass ich mich irren kann.«

»Und wenn ich Ihnen sage, dass er sehr, sehr krank ist und dass es nicht fair ist, wenn er sein restliches Leben im Knast verbringen muss?«

»Ist das ein Trick?«

»Nein, die Wahrheit, aber mehr sage ich nicht. Fragen Sie ihn doch selbst.«

Anne stieß einen tiefen Seufzer aus.

»Frau Cassini, eine Gegenfrage: Warum legen Sie sich für den Apotheker eigentlich dermaßen ins Zeug?«

»Pille war der Einzige, der damals ein Fünkchen Mitgefühl gezeigt hat, als Carlos Cassini mich mit dieser Schlampe betrogen und die Scheidung eingereicht hat. Ich war am Boden zerstört. Und dann die Leute. Das können Sie sich nicht vorstellen. Der Italienerin ist der Mann weg, haben sie gesagt. Mit den Fingern auf mich gezeigt. Ich konnte nicht mehr schlafen, hatte Angst, verrückt zu werden. Der Arzt wollte mir nichts verschreiben. Da muss man durch, Frau Cassini! Und dann habe ich in meiner Not Pille angefleht, mir was für die Nerven zu geben, und er hat es getan. Ohne Rezept. Und ich wurde langsam wieder ich selber. Ich habe gedroht, jeden, der mich noch einmal ›die Italienerin‹ nennt, sofort zu verklagen. So habe ich die Scheidung überlebt. Das vergesse ich ihm nie, woll!«

Anne schwieg.

Frau Cassini aber verschwand wortlos und kehrte mit einem Aschenbecher zurück. Zu spät, denn Anne hatte die Zigarette in ihrer Hand völlig vergessen. Gerade fiel die Asche auf das Eichenparkett, aber Frau Cassini verzog keine Miene. Anne stieß einen tiefen Seufzer aus.

»Okay, ich werde hinfahren und ihn davon überzeugen, dass er sich an einen fähigen Kollegen wenden soll«, sagte sie, während sie energisch die Kippe ausdrückte.

Als ihre Chefin das Zimmer verlassen hatte, nahm Frau Cassini einen der frisch gelieferten roten Aktendeckel aus dem Schrank und beschriftete ihn gut leserlich und in Druckbuchstaben mit *Mordsache Köppen*. Wenn diese Akte sich mit Leben füllte, würde sie bleiben, wenn nicht, würde sie das Angebot der Konkurrenz annehmen. Dass man sie schon länger abzuwerben versuchte, davon hatte sie nicht einmal dem Doktor etwas erzählt.

6.

Nur ein Job

In Untersuchungsgefängnissen riecht es doch überall gleich, dachte Anne, während sie in der Besucherzelle auf Klaus Köppen wartete, immer dieser Gestank nach Essen!

Als der Apotheker von einem Vollzugsbeamten in den engen Raum geführt wurde, erkannte sie ihn kaum wieder. Er war völlig abgemagert. In seinem schmalen Gesicht, das grau, fahl und unrasiert war, wirkte seine Brille noch viel riesiger als sonst. Er sah aus wie eine Karikatur seiner selbst.

Anne ließ sich ihr Erschrecken nicht anmerken und streckte ihm die Hand entgegen. Sein Händedruck war schlaff, wie überhaupt der ganze Mann kaum noch Kraft zu haben schien.

Anne musste an Frau Cassinis Worte denken: *Der Mann ist krank, sehr krank sogar.*

»Danke, dass Sie gekommen sind«, begrüßte Köppen sie mit heiserer Stimme.

Anne wollte die Sache schnellstens hinter sich bringen, aber sie traute sich nicht, gleich mit der Tür ins Haus zu fallen.

»Wie geht es Ihnen?«, fragte sie stattdessen, um Zeit zu gewinnen.

»Ich bin so froh, dass Sie da sind«, stieß der Apotheker weinerlich hervor.

Sie wusste vor lauter Verlegenheit nicht, wohin sie gucken sollte. O Gott, wie oft in ihrem Leben hatte sie vergleichbare Situationen erlebt. Der erste Besuch. Das Gegenüber kein Monster, sondern ein von Selbstmitleid gebeuteltes Häufchen Elend. Die Anwältin als letzte Hoffnung. Doch dieses Mal würde sie den Untersuchungsgefangenen enttäuschen müssen.

»Ich war es nicht. Sie müssen mir glauben«, hörte sie den Apotheker nun flüstern.

Jetzt oder nie! Anne nahm all ihrer Mut zusammen und sagte mit fester Stimme: »Herr Köppen. Ich bin nicht hergekommen, um Ihren Fall selber zu übernehmen. Ich …«

Es war noch schwerer, als sie es sich vorgestellt hatte. Sie wich seinem starren Blick aus, holte einen Zettel aus ihrer Aktentasche und reichte ihn über den Tisch.

»Das ist eine Liste mit fähigen Kollegen …«

Köppen verschränkte die Arme vor der Brust und weigerte sich, das Blatt Papier in die Hand zu nehmen.

»Ich will keine Kollegen. Ich will Sie!«, presste er trotzig und gequält hervor.

»Es tut mir schrecklich leid, aber ich übernehme solche Fälle nicht.«

»Sie halten mich für den Mörder meiner Frau. Geben Sie es ruhig zu«, erwiderte er und starrte sie aus seinen riesigen Augen verzweifelt an.

Anne seufzte und senkte den Blick. Sie konnte es nicht mehr ertragen. Dieses Bitten, dieses Flehen in seinen Augen. Er machte es ihr verdammt schwer. Der Mann war ein einziger Schrei nach Hilfe. Durfte sie ihn wirklich so knallhart abblitzen lassen? Ja, und noch einmal ja, sie durfte, und mehr noch, sie musste sogar. Sie war dem nicht mehr gewachsen. Sie würde ihm keinen Gefallen tun. Würde ständig an ihm zweifeln. In der Angst leben, sich zu irren. Sie sah plötzlich die Lehrerin vor sich. Die zitternden Hände, die flatternden Lider. Es war nicht fair, dass diese Frau hatte sterben müssen. Sie würde nicht dabei helfen, ihrem Mörder das Ticket in die Freiheit zu verschaffen. Sie nicht!

»Bitte«, hörte sie ihn leise flehen.

Anne spürte einen dicken Kloß im Hals. Entweder sprang sie jetzt sofort auf und verschwand auf Nimmerwiedersehen oder … Lange konnte sie das jedenfalls nicht mehr durchhalten. Noch ein Wort und sie würde womöglich in Tränen ausbrechen. Scheiße, verdammte Scheiße. Warum hatte sie sich bloß in diese beschissene Lage gebracht? Sie hätte niemals herkommen dürfen. *Du bist süchtig nach Erfolg, du wirst es nicht schaffen,* hörte sie Jonas sticheln. Nein, Professor Besserwisser, es ist etwas ganz anderes. Etwas, das du nie begreifen wirst, du Sesselfurzer!, schrie es in ihrem Inneren, während sie gegen die Tränen ankämpfte und sich gleichzeitig dafür hasste, dass sie sich so gehen ließ. Sie war hier, um zu helfen, und nicht, um in Selbstmitleid zu zerfließen. Es war ihre Berufung, Menschen vor Gericht zu verteidigen, und die konnte man nicht wie einen Handschuh abstreifen. Anne atmete noch einmal tief durch, hob den Kopf und sah ihr Gegenüber durchdringend an.

»Herr Köppen, was ist auf dem Friedhof geschehen?«

Hallo? Das wollte sie doch gar nicht fragen, es war gegen ihre Vorsätze, es war falsch. Eine innere Stimme rief: Lass es, hau ab! Aber es kamen ganz andere Worte aus ihrem Mund: »Was haben Sie zur Tatzeit auf dem Friedhof getan?«

Anne sah Köppen dabei direkt in die Augen und sie wusste, dass es kein Zurück mehr gab. Der Apotheker stieß einen tiefen Seufzer der Erleichterung aus. Zögernd begann er zu reden.

»Ich habe sie vor der Schule abgepasst. Wollte nur mit ihr reden, aber sie ist einfach an mir vorbeigegangen, als sei ich Luft. Ich bin ihr dann bis zum Friedhof nach. Am Eingang habe ich auf sie gewartet, aber sie kam nicht zurück. Eine Viertelstunde habe ich da gestanden. Also bin ich zum Grab ihrer Großmutter gegangen und da sah ich sie in ihrem Blut liegen. Es war entsetzlich! Ich ... ich habe mich umgedreht und bin gerannt, nur noch gerannt ...«

»Woher wussten Sie, dass sie tot war?«

»Das wusste ich, ich wusste es einfach, da war doch überall Blut. Und sie lag ganz verrenkt da und ... ich wusste es, aber ich habe Angst bekommen ...«

»Angst davor, dass man Sie für den Mörder halten würde?«

»Ja – nein, ich habe eigentlich nichts gedacht, ich bin einfach nur gelaufen.«

»Ist Ihnen jemand begegnet?«

»Ich weiß es doch nicht, ich habe nichts mehr gesehen, ich wollte nur noch weg ...«

»Sie sagen, Sie hätten Ihre Frau vor der Schule abgepasst, sind hinter ihr hergegangen? Haben Sie das vorher schon einmal getan? Ihre Frau verfolgt?«

»Nein, sie war doch meine Frau«, raunte Klaus Köppen.

Anne sah ihren neuen Mandanten durchdringend an. »Herr Köppen, wenn ich Ihre Verteidigerin werden soll, müssen Sie mir die Wahrheit sagen. Verstehen Sie?«

Er nickte und fing an, nervös auf seiner Unterlippe herumzukauen.

»Ich habe vorher ein paar Mal vor ihrer Wohnung auf sie gewartet, aber doch nur, um mit ihr zu reden. Gut, ich habe auch mal vor der Schule gestanden und ihr Blumen vor die Haustür gelegt, aber nur ein einziges Mal – oder zweimal. Ich schwöre es. Sie hat mir gedroht, zur Polizei zu gehen, wenn ich mich dem Haus überhaupt nähere. Ich habe mich daran gehalten. Großes Ehrenwort! Bitte helfen Sie mir, damit ich hier rauskomme. Ich will das Schwein finden. Verstehen Sie?«

Anne ignorierte seine letzten Worte. »Sie sollen einen Beutel bei sich getragen haben, als Sie den Friedhof verlassen haben. Was war da drin?«

»Eine große Schachtel mit einem … Muss ich das wirklich sagen?

»Sie müssen nicht, aber ich würde es Ihnen dringend raten«, entgegnete Anne bestimmt.

Köppen lief rot an und stotterte: »Ein Spitzennachthemd.«

»Nachthemd? Erzählen Sie mir keinen Quatsch!«, wies sie Köppen scharf zurecht.

»Spitzennachthemden liebte sie doch so. Und sie hat mir immer vorgeworfen, dass ich ihr so was nie geschenkt habe. Und da dachte ich, ich sollte es endlich mal tun«, entgegnete Klaus Köppen entschieden.

Der Mann ist verrückter, als ich dachte, schoss es Anne durch den Kopf.

»Und wie erklären Sie sich, dass die Mordwaffe in Ihrem Garten gefunden wurde?«

»Ich weiß es nicht, verdammt noch mal, ich weiß es doch nicht!«, schrie er verzweifelt auf und fügte leise hinzu: »Sie glauben mir nicht, oder?«

Anne holte tief Luft, bevor sie sagte: »Ich halte Sie eigentlich nicht für einen Mörder, sagen wir mal so.«

Mit diesen Worten holte sie ein Formular aus ihrer Tasche, hielt ihm einen Kugelschreiber hin und bat ihn, die Vollmacht zu unterschreiben.

»Werden Sie mich hier rausholen?«, fragte Köppen, als er ihr die unterzeichnete Vollmacht zurückgab.

»Das kann ich Ihnen nicht versprechen, aber ich werde alles tun, was in meiner Macht steht«, sagte Anne, erhob sich von dem wackeligen Holzstuhl und reichte ihm zum Abschied die Hand. Sein Griff war ein wenig fester geworden.

Draußen schien die Sonne. Es war ein warmer Herbsttag, der dem viel zitierten »goldenen Oktober« alle Ehre machte, und Anne atmete auf dem Weg zum Parkplatz tief durch.

»Schön, Sie wiederzusehen!«, hörte sie plötzlich eine unverkennbare dunkle Stimme hinter sich. Stefan Winter schien sich ehrlich über diese zufällige Begegnung zu freuen, denn er strahlte über das ganze Gesicht.

»Tag, Herr Staatsanwalt«, begrüßte sie ihn freundlich.

»Was machen Sie an einem so schönen Tag hier im Reich der Finsternis?«, erkundigte er sich und musterte sie interessiert von oben bis unten. »Steht Ihnen gut, dieses strenge Kostüm.«

Anne war hin- und hergerissen. Einerseits hielt sie Stefan Winters Art der Kontaktaufnahme für reichlich plump, andererseits tat es ihr auch gut. Es war lange her, dass ein attraktiver Mann sie so ungeniert angeflirtet hatte. Zu lange. Anne lächelte.

»Schön, dass Ihnen meine Verkleidung gefällt. Bedanken Sie sich bei Ihrem Freund Kleiber. Anne, hat er gesagt, das mag ja in der Großstadt durchgehen, aber in Arnsberg solltest du nicht in Jeans und Pullover vor Gericht erscheinen.«

»Wow. Sie bevorzugen Jeans und Pullover? Das ideale Outfit für einen Ausflug ins schöne herbstliche Hochsauerland. Sie wissen, dass es hunderte von Wanderwegen gibt, oder? Einer schöner als der andere. Die müssen Sie unbedingt kennen lernen. Oder wir fahren zur Wetterstation auf den Kahlen Asten, essen in einem Ausflugslokal was Deftiges und trinken ein Pils drüben bei mir zu Hause, in Werl …«

»Ich mag kein Bier!«, unterbrach ihn Anne mitleidslos.

»Vielleicht noch nicht, werte Frau Anwältin. Aber dann wird es höchste Zeit, Sie für unser Nationalgetränk zu erwärmen. Sonst sind Sie hier völlig out. Wie wäre es mit Sonntag?«

Anne musste über das rasante Tempo, das der Staatsanwalt vorlegte, wider Willen lachen. Der Mann geht ganz schön ran, dachte sie amüsiert. Und sie konnte sich einen schlechteren Fremdenführer als ihn vorstellen.

»Gern, wenn Sie auch *zwei* Ladies mitnehmen.«

»Wenn die andere Dame auch so hübsch ist wie Sie …«

»Ich würde sagen: hübscher, weil jünger. Ansonsten frappante Ähnlichkeit. Miriam ist meine Tochter. Sie ist dreizehn.«

»Wenn das der einzige Weg ist, Sie besser kennen zu lernen, dann nehme ich den Familienausflug in Kauf«, entgegnete er mit einem verschmitzten Grinsen und fügte hinzu: »Ich hole Sie am Sonntag gegen zehn Uhr zu Hause ab. Dann müsste ich nur noch wissen, wo.«

Anne schrieb ihm ihre Privatadresse auf die Rückseite ihrer Visitenkarte und streckte ihm die Hand entgegen. Winter hielt sie länger fest, als es für einen Händedruck zum Abschied nötig gewesen wäre.

»Sie haben mir noch gar nicht verraten, was Sie hierher getrieben hat«, fragte er und sah ihr dabei direkt in die Augen.

»Ich habe einen Mandanten besucht. Klaus Köppen.«

Abrupt ließ der Staatsanwalt ihre Hand los.

»Sie vertreten den Apotheker? Tja, dann muss ich Ihnen wohl gestehen, dass ich Ihr Gegner bin. Ich meine natürlich, rein beruflich. Können wir das trennen?«

»Ich weiß nicht, ob Sie das können«, erwiderte Anne blitzschnell und fügte grinsend hinzu: »Ich werde den Fall am Sonntag jedenfalls nicht erwähnen.«

Thea Cassini erwartete ihre Chefin voller Ungeduld. Als Anne scheinbar gut gelaunt in die Kanzlei zurückkehrte, hielt sie das eher für ein schlechtes Zeichen in Sachen Köppen. Sie übernimmt den Fall nicht und ist froh, dass sie die Sache hinter sich gebracht hat, vermutete die Bürovorsteherin resigniert.

Anne sagte laut »Hallo!« und verschwand sofort in ihrem Zimmer. Dort ließ sie das Gespräch mit Köppen noch einmal Revue passieren. Je intensiver sie darüber nachdachte, desto mehr sank ihre Stimmung. Irgendetwas stimmte an der Geschichte ihres Mandanten nicht. Natürlich war Anne nicht entgangen, dass Frau Cassini nur darauf lauerte zu erfahren, wie ihr Besuch im Untersuchungsgefängnis verlaufen war. Es wäre unfair, sie weiter auf die Folter zu spannen. Also bat sie ihre Anwaltsgehilfin über das Haustelefon, eine Akte Köppen anzulegen und sie ihr zu bringen. Sie wunderte sich allerdings sehr, dass ihre Anwaltsgehilfin nur ein paar Sekunden später mit geröteten Wangen und der Akte in der Hand das Zimmer betrat.

»Können Sie zaubern?«, fragte Anne ehrlich erstaunt.

»Nein, ich … ich, also ich hatte die schon mal prophylaktisch angelegt«, stotterte Thea Cassini verlegen.

»So? Prophylaktisch?«, erwiderte Anne gedehnt und musterte ihre Bürovorsteherin, die sich offensichtlich ertappt fühlte, streng. Dann reichte Anne ihr ohne weitere Erklärung Köppens Vollmacht und bat Frau Cassini, umgehend Akteneinsicht in die Ermittlungsakten bei der Staatsanwaltschaft Arnsberg zu beantragen.

»Ich hab's gewusst. Sie haben ein Herz!«, entfuhr es der Anwaltsgehilfin erleichtert.

»Frau Cassini, das ist weniger eine Sache des Herzens, das ist einfach mein Job«, beeilte sich Anne klarzustellen. Sie war selbst erstaunt, wie leicht ihr das über die Lippen ging.

Bevor sich Anne an den Berg Akten machte, der nun auf ihrem Schreibtisch wartete, wollte sie endlich erledigen, was sie bereits Tage vor sich herschob: Martin! Seit dem Mittagessen vor drei Tagen hatte er sich nicht mehr bei ihr gemeldet. Offensichtlich wartete er auf ihre Entschuldigung. Entschlossen wählte sie seine Büronummer.

Seine Stimme klang fremd und sehr sachlich, als er sich meldete.

»Ich bin's, Anne.« Schweigen.

»Tut mir leid, dass ich mich so blöd benommen habe.«

»Schon gut«, knurrte Martin in einem Ton, der besagte, dass gar nichts gut war. Das wiederum machte Anne wütend. Er war wirklich ein guter Freund, aber er konnte so schrecklich beleidigt sein. Was verlangte er? Dass sie mit Rosen vor seiner Tür stand?

»Ich habe gesagt, es tut mir leid, dass ich dich so angegiftet habe.«

»Glaubst du, ich bin taub?«

Das war die Art, die sie an ihm nicht ausstehen konnte. So einen Ton schlug Martin eigentlich nur an, wenn sie über sein Reizthema Jonas diskutierten.

»Ich habe mich saublöd benommen und dafür möchte ich mich entschuldigen«, wiederholte sie.

»Musstest du mich unbedingt in seiner Gegenwart so anranzen?«, kam die prompte Gegenfrage.

»Ach, das ist der Grund, warum du so sauer bist? Dir ist wichtig, was der Herr Staatsanwalt denkt?«

»Quatsch. Stefan soll denken, was er will. Ihn hat das übrigens nicht abgeschreckt. Er hat mich nach deiner Telefonnummer gefragt.« Das klang bissig.

»Und? Hast du sie ihm gegeben?«

»Nein! Bin ich die Auskunft?«

»Gut, können wir jetzt vielleicht über uns reden? Willst du meine Entschuldigung nun annehmen oder willst du es mir bis an mein Lebensende nachtragen?«

»Nein, ich kann dich ja sogar ein bisschen verstehen.

Dass es dich alles so mitgenommen hat und du nicht mehr daran erinnert werden möchtest.« Martins Stimme klang jetzt wesentlich versöhnlicher. »Aber die ganze Tragweite der Geschichte ist mir doch erst klar geworden, als wir an dem Abend im Büro darüber geredet haben«, erklärte er beinahe entschuldigend. »Ich konnte doch nicht ahnen, wie empfindlich du in dem Punkt bist. Jetzt habe ich es endgültig kapiert. Ich werde niemals mehr von Anne Brink, der Starverteidigerin, schwärmen.«

»Ich habe den Fall übernommen.«

»Welchen Fall?«

»Den Fall Pille, um mit Frau Cassinis Worten zu sprechen.«

»Du verteidigst den Apotheker?« Wider Willen musste Martin Kleiber lachen. »Was? Und wie kam es zu diesem Sinneswandel?«

»Meine Dämonen haben gekämpft bis zur letzten Sekunde. Ich wollte es nicht tun. Auf keinen Fall, aber dann saß ich ihm gegenüber, und da ist es einfach passiert.«

»Herzlichen Glückwunsch. Du bist und bleibst eben ein Vollprofi.«

»Na hoffentlich. Im Moment ist auch alles okay. Ich glaube, ich tue das Richtige, aber was ist, wenn die Zweifel wiederkommen? Was soll ich dann tun? Ich kann dem Köppen doch nicht bei jedem Zweifel an seiner Unschuld und bei jeder sonstigen seelischen Blähung das Mandat kündigen, oder?«

»Richtig, das geht nicht, aber du kannst mit mir sprechen. Sobald sich die Panik anschleicht, rede mit mir. Ich bin doch dein Freund!«

»Du bist ein Schatz«, seufzte Anne und bereute es bereits im selben Augenblick. Das durfte sie nicht so dahersagen. Und wenn ihr das Herz noch so überging. Nicht ihm gegenüber.

»Ich möchte dich gerne sehen. Heute Abend?«, fragte er sofort.

Natürlich hat er es falsch verstanden, dachte Anne traurig. Kein Wunder.

»Diese Woche ist schlecht. Du hast mir zu viel Arbeit hinterlassen«, versuchte sie zu scherzen.

»Wie wäre es mit Sonntag? Wir könnten einen kleinen Ausflug machen.«

»Am Sonntag habe ich bereits eine Verabredung«, entfuhr es ihr spontan. Mist! Das hätte sie nicht sagen sollen.

»Mit wem?«

Das klang betont freundschaftlich-interessiert. Anne stieß einen tiefen Seufzer aus. »Mit Winter, aber weißt du was, es wäre doch lustig, wenn wir zu viert einen Ausflug machen würden. Miriam, Winter, du und ich.«

Martin sagte nichts.

»Komm, er ist doch dein Freund. Wenn ich dich schön bitte, uns zu begleiten? Den Wunsch kannst du mir doch nicht abschlagen!«

»Wann und wo?«, erkundigte sich Martin.

»Um zehn bei mir.«

»Nur, wenn du morgen Mittag mit mir essen gehst! Alleine.«

»Ich schau mal nach«, erwiderte Anne leicht genervt. Er muss endlich lernen, dass er kein Recht mehr hat, eifersüchtig zu sein, dachte sie, doch da fiel ihr die Frau aus Meschede ein. Reagierte sie nicht selber immer noch auf Martins Frauenbekanntschaften, als wären sie völlig bedeutungslos im Leben ihres Exfreundes?

Anne erschrak, als ihr Blick auf das morgige Datum fiel: *13 Uhr Aula Wedinghausen-Gymnasium.*

»Sorry«, sagte sie. »Beinahe hätte ich die Trauerfeier für Frau Keller-Köppen vergessen. Die Beerdigung hat zwar bereits in aller Stille stattgefunden, aber die Schule lädt zu einer offiziellen Gedenkfeier ein. Die Eltern wurden ausdrücklich gebeten, ihre Kinder zu begleiten. Du kannst dir wahrscheinlich vorstellen, mit was für einem Gefühl im Magen ich da jetzt hingehe. Als Anwältin des Mörders.«

»Gut, dann sehen wir uns am Sonntag«, antwortete Martin und fügte hastig hinzu: »Aber damit das gleich klar ist: Ich fahre. Stefan rast wie eine gesengte Sau. Ich warte nur auf den Tag, an dem er gegen sich selbst ermitteln muss. Und Anne, Das schaffst du schon. Morgen, meine ich!«

»Klar schaffe ich das«, echote Anne.

7.

Lauter Lügen

Es war kurz nach dreizehn Uhr, als Anne am nächsten Tag völlig außer Atem die Treppe zur Aula hinaufeilte, aber die Tür war noch nicht einmal geöffnet. Dunkel gekleidete Eltern und Schüler standen mit betroffenen Gesichtern in Scharen auf dem Flur, man unterhielt sich leise und dezent. Anne versuchte, ihre Tochter in dem Gewühl auszumachen, aber nirgendwo war ein hellblonder Schopf zu sehen, der alle anderen überragte. Anne nutzte die Gelegenheit, vor dem Beginn der Trauerfeier die Waschräume aufzusuchen, um sich noch ein wenig zu erfrischen. Sie war den ganzen Weg vom Auto hierher gerannt. Das machte sich jetzt bemerkbar. Der Waschraum war so unfreundlich und kalt wie die meisten Örtlichkeiten in Schulen.

»Meine Eltern wollen mich von der Schule nehmen«, hörte Anne eine Mädchenstimme mit eindeutig türkischem Einschlag hinter einer der Toilettentüren sagen, während sie sich an einem der Waschbecken eiskaltes Wasser über die Innenseiten ihrer Unterarme laufen ließ.

»Aber Manolia, das können die doch nicht machen!«, antwortete eine andere Stimme entsetzt.

»Doch. Ahmet hat ihnen eingeredet, dass ich sonst genauso enden werde wie Hülya, weil ich auch schon von Frau Kellers Freizügigkeit infiziert bin, wie er das nennt!«

»Dein Bruder soll bloß die Klappe halten. Der hasst die Keller doch bloß so, weil er von der Schule geflogen ist.

Und auch sonst hat er gar nichts zu sagen. Steht auf kleine Mädchen, der Arsch!«

Vor lauter Anspannung vergaß Anne, den Wasserhahn abzudrehen. Im Spiegel beobachtete sie, wie Manolia Omür und ihre deutsche Freundin fast zeitgleich aus den Toilettenräumen traten. Sie tat so, als hätte sie nichts von dem mitbekommen, was die beiden geredet hatten. Trotzdem musterten die Mädchen sie skeptisch.

»Hallo!«, grüßte Anne betont freundlich, aber sie bekam keine Antwort.

Auf dem Rückweg von den Waschräumen sah sie in einer Nische plötzlich den blonden Schopf ihrer Tochter neben einem dunkelgelockten Kopf auftauchen. Miriam hockte auf einer Fensterbank, baumelte mit den langen Beinen und war in ein angeregtes Gespräch mit einem Mann vertieft, dessen Gesicht Anne nicht erkennen konnte, weil er mit dem Rücken zu ihr saß. Dass es sich um keinen Schüler handelte, schloss Anne aus den grauen Strähnen, die das ansonsten dunkle, dichte Haar durchzogen. Als Anne näher kam, erkannte sie den hilfsbereiten Lehrer, der sie neulich zum Ausgang begleitet hatte. Sie blieb stehen und räusperte sich.

Miriam unterbrach sich mitten im Satz und murmelte grimmig: »Meine Mutter.«

Der Mann, den Anne für den Kunstlehrer hielt und der in seinem dunklen Anzug ein wenig biederer wirkte als beim letzten Mal, sprang sofort von der Fensterbank und begrüßte Anne höflich mit Handschlag.

»Robert Faltis.«

»Anne Brink.«

Er war beim Friseur, stellte Anne fest, steht ihm gut.

»Sie sind bestimmt der Kunstlehrer meiner Tochter?«, erkundigte sie sich höflich.

»Nein«, entgegnete Faltis. »Ich bin der Hausmeister.«

Miriam warf ihr einen genervten Blick zu. Anne konnte gar nichts dagegen tun, aber ihr höfliches Lächeln erstarb augenblicklich. Erstens sah er so gar nicht aus wie ein Hausmeister und zweitens, was hatte Miriam so Dringendes mit ihm zu besprechen? Das Ganze hatte einen sehr vertraulichen Eindruck gemacht. Fast zu vertraulich.

»Wir müssen«, sagte Anne kurz angebunden und zog ihre Tochter am Ärmel mit sich, woraufhin Miriam »Lass das!« zischte und wütend nachsetzte: »Musst du dich immer in alles einmischen?«

»Ich habe nur gefragt, was er unterrichtet. Das wird ja wohl noch erlaubt sein.«

»Du bist total peinlich. Außerdem bist du mal wieder zu spät. Genau wie bei der Aufführung. Wer ist die Allerletzte? Na klar, meine Mutter. *Kind, ich hatte noch einen Mandanten!*«

Angesichts dieser Vorwürfe ihrer Tochter lief Anne knallrot an. Miriam hatte zwar Recht. Zu Miriams Musical war sie erst zur Pause erschienen. Anne erinnerte sich noch genau. Das war der Tag gewesen, an dem Schweigert noch einmal gemordet hatte. Diese Verspätung hatte Miriam ihr bereits hundertfach vorgeworfen. Einmal musste Schluss damit sein.

»Wie oft willst du mir das eigentlich noch um die Ohren hauen? Und was hast du überhaupt mit dem Hausmeister geredet, wenn ich mal fragen darf?«

»Darfst du nicht!«, erwiderte Miriam knapp. Sie waren inzwischen vor der Aula angelangt, und gerade in diesem Augenblick wurde die Tür geöffnet. Jetzt galt es, einen Platz zu bekommen, denn offenbar wollten mehr Menschen von der Lehrerin Abschied nehmen, als Stühle vorhanden waren.

»Tag, Frau Anwältin«, hörte Anne eine dröhnende Stimme neben sich, kaum dass sie sich gesetzt hatten. Der Metzger.

»Traurige Geschichte, wunderbare Frau, ein Verlust für uns alle, woll?«, versuchte Wagner Anne in ein Gespräch zu verwickeln. Er hatte eine nicht zu überriechende Fahne, doch das interessierte Anne in diesem Augenblick herzlich wenig. Sie musste vielmehr an Frau Cassinis Worte denken: *Ärmel hasst die Keller!* Wenn das stimmte, trug der Metzger sein Mitgefühl für die Ermordete ein bisschen sehr dick auf. Verstohlen versuchte Anne einen Blick auf das Mädchen zu erhaschen, das neben ihm saß und leise weinte. Offensichtlich seine Tochter. Hübsches, blondes Ding, dachte Anne und wurde Zeugin, wie Wagner nun seine Hand auf das Knie des Mädchens legte. Anne zuckte zusammen. Wie er das machte, das irritierte sie. Nicht tröstend, sondern auf eine unangenehme Art übergriffig. Das Mädchen schien es ähnlich zu empfinden. Eine schlanke Mädchenhand, ein Ring an jedem Finger, wobei der silberne Totenkopf am Mittelfinger so gar nicht zu den anderen passte, schob die väterliche Hand entschieden beiseite. Er aber ließ sich dadurch nicht abschrecken und machte es noch einmal. Anne wandte ihren Blick angewidert ab. Es kostete sie sehr viel Selbstbeherrschung, ihn nicht anzufahren, er sollte seine Pranke vom Knie seiner Tochter nehmen, aber was wusste sie schon? Vielleicht war es doch nichts als eine väterliche Geste.

Die Musik erklang. Der Schulchor sang *Ave Maria.* Dann folgten die Reden. Anne konnte sich kaum auf das Geschehen konzentrieren. Ihre Gedanken drehten sich um den Mörder jener Frau, um deren Nachruf es hier ging. Ein Motiv hatten offensichtlich mehrere. Weshalb hatte Wagner ihr angedroht, sie umzubringen? Oder war es vielleicht doch ein Raubmörder gewesen? Ein lautes Schluchzen schreckte Anne auf. Der Direktor sagte gerade: *Sie war für die Schüler mehr als nur eine Lehrerin, für viele war sie die wichtigste Bezugsperson im Leben.*

Das Schluchzen kam aus der ersten Reihe.

Sie verstand es wie keine andere, Trost zu spenden. Für viele von euch war sie keine bloße Lehrkraft. Sie hatte immer ein offenes Ohr für all eure Sorgen …

Ein schwarzer Lockenkopf mit grauen Strähnen dazwischen.

Für viele war sie sogar eine gute Freundin. Denken wir nur an Hülya …

Der Hausmeister! Der schluchzende Mann dort vorne war der Hausmeister. Und plötzlich fiel es Anne wieder ein. Ein Skandal! Die Lehrerin und der Hausmeister. Das war also der Mann, für den Christine Keller-Köppen den Apotheker verlassen hatte. Ich kann sie verstehen, sehr gut sogar, schoss es Anne durch den Kopf und sie schämte sich sogleich für diesen Gedanken.

Als die Feier zu Ende war, drängte sich alles zum Ausgang, denn es herrschte eine extrem schlechte Luft in der Aula. Es wurde geschubst und gestoßen. Mitten im Gedränge hörte Anne jemanden neben sich laut und vernehmlich sagen.

»Guck mal, das ist die Anwältin vom Pille. Die Blonde da!«

Eine andere, nicht minder schrille Stimme antwortete: »Also, ich würde so einen nicht verteidigen. Er soll es zugeben, und Ende. So was gehört bestraft. Ich meine, eine schwangere Frau umzubringen, dazu gehört schon was!«

Anne wich augenblicklich sämtliche Farbe aus dem Gesicht. Wenn das stimmte, warum hatte ihr Klaus Köppen nichts davon erzählt? Und woher wussten diese Frauen eigentlich schon, was sie selbst noch gestern Morgen für völlig ausgeschlossen gehalten hatte? Dass sie diesen Mann verteidigen würde? Annes Verdacht fiel sofort auf Frau Cassini. So wie Anne die Geschwindigkeit einschätzte, mit der sich hier Nachrichten verbreiteten, würde es bald die ganze

Stadt wissen. Schwanger? Nicht auszudenken! Bei dem Gedanken daran wurden ihre Hände feucht, sie begann zu schwitzen, ihr wurde übel. Sie streckte die Hand nach Miriam aus, aber die war nicht mehr neben ihr. Die Hand, die Anne stattdessen berührte, war eiskalt und groß – eine Männerhand. Erschrocken blickte Anne in das vor Kummer verzerrte Gesicht von Robert Faltis. Der schien die flüchtige Berührung nicht einmal bemerkt zu haben.

»Entschuldigen Sie«, brachte Anne kaum hörbar hervor und hoffte, sie würde noch durchhalten, bis sie an die frische Luft kam. Ihr war so schlecht. Noch ein paar Meter ... Kaum hatte man Anne aus der Tür geschoben, begann sie auch schon zu laufen und blieb erst stehen, als sie auf den Schulhof trat. Sie atmete tief durch. Das half sofort. Die ätzende Übelkeit verschwand. Aus den Augenwinkeln beobachtete sie, wie Robert Faltis, ebenfalls nach Luft schnappend, die Tür zum Hof öffnete und zögernd auf sie zukam.

»Ihnen ist auch nicht gut, oder?«

Anne brachte gerade noch »Mein Beileid« heraus, bevor ihr schwarz vor Augen wurde. Robert Faltis konnte sie noch im letzten Augenblick auffangen. Es dauerte nur Bruchteile von Sekunden, bis Anne wieder zu Bewusstsein kam. Sie befreite sich hastig aus seinem helfenden Griff. Es war ihr unangenehm, dass sie sich so wenig unter Kontrolle hatte. Was war bloß los mit ihr? Dass Stress ihr gleichsam auf den Magen und den Kreislauf schlug, wusste sie, aber gleich umkippen? Das war was für zart besaitete Elfen und nichts für sie – ihr war das bislang nur einmal im Leben passiert: Als sie in der Zeitung über die Schlagzeile *›Lizenz zum Töten. Aus Mangel an Beweisen freigesprochener Serienkiller mordet wieder‹* gestolpert war.

»Stört es Sie, wenn ich rauche?«, fragte Robert Faltis mit einem besorgten Blick auf ihr blasses Gesicht.

»Nein«, antwortete Anne. Sie verspürte einerseits einen Schmachter bei dem Gedanken an eine Zigarette und andererseits ein ekeliges Gefühl im Magen.

»Darf ich eine?«, fragte sie zögerlich. Robert Faltis hielt ihr stirnrunzelnd die Packung hin und gab ihr Feuer.

Anne lehnte sich erschöpft an die Mauer und nahm einen tiefen Zug. Jetzt stellte auch ihr Magen den Protest gegen das Rauchen ein. Es tat gut, verdammt gut. Nur ihr Kreislauf, der war noch nicht ganz auf der Höhe. Ihr wurde wieder ein bisschen schwindlig, aber das gab sich beim dritten Zug.

»Sie haben eine reizende Tochter«, hörte Anne Faltis sagen.

»Ja, sie ist ein prima Mädchen«, entgegnete Anne tonlos.

»Machen Sie sich keine Sorgen. Das wird schon.«

»Was? Was meinen Sie?« Anne sah Faltis fragend an. Sie hatte sich schnell wieder gefangen. Nur ein kleiner Schwächeanfall. Die Hitze in der Aula. Was wusste dieser Mann über Miriam, was sie nicht wusste?

»Ach, ich habe sie gestern erst kennen gelernt. Sie saß dort hinten auf der Mauer und weinte.«

Anne schluckte trocken. Es war ja nett, dass er es ihr erzählte, aber warum, verdammt noch mal, hatte ihr Miriam nichts davon gesagt?

»Ich weiß jetzt gar nicht, ob das okay ist, wenn ich darüber spreche, aber ich habe den Eindruck, Sie ahnen nichts davon.«

»Nein!«, erwiderte Anne knapp.

»Bitte sagen Sie ihr nicht, dass ich Sie davon in Kenntnis gesetzt habe, aber ich habe das Gefühl, Sie sollten das erfahren.« Robert Faltis legte eine Pause ein und musterte Anne Brink durchdringend.

Sie fragte sich gerade, woher dieser Mann wohl kam. Er

sprach hochdeutsch ohne die Spur einer Mundartfärbung. Außerdem drückte er sich nach Annes Geschmack etwas zu gewählt aus für einen Hausmeister.

»Ihre Tochter ist aus dem Sportunterricht weggelaufen.«

»Was? Das ist doch eines ihrer Lieblingsfächer«, entfuhr es Anne entgeistert.

»Zwei Mitschülerinnen durften für ein Basketballspiel die Spieler für ihre Mannschaften wählen. Es wurden alle ausgewählt, nur Ihre Tochter nicht. Die blieb übrig. Die Lehrerin hat sie wohl gebeten, sich erst einmal auf die Ersatzbank zu setzen, und da ist sie davongelaufen.«

»Das kann ich verstehen«, murmelte Anne. »Sie ist ein Ass im Basketball. Sie war in Hamburg sogar im Verein.«

»Ich war gerade dabei, den Hof zu fegen, als ich sie weinend dort hinten auf der Mauer sitzen sah. Da habe ich sie gefragt, was los ist, und sie hat mir die ganze Geschichte erzählt.«

»Schön für Sie«, ätzte Anne und entschuldigte sich augenblicklich für ihren ironischen Unterton. »Tut mir leid, ich bin nur so traurig, dass sie kein Vertrauen mehr zu mir hat.«

»Wird schon wieder. Wenn sie sich erst eingelebt hat«, versuchte der Hausmeister sie aufzumuntern.

»Woher wissen Sie, dass Miriam neu hier ist?«

Robert Faltis sah sie erstaunt an.

»Chrissie, pardon, meine Lebensgefährtin Christine Keller, hatte es mir erzählt. Dass ein Mädchen aus Hamburg in die Klasse gekommen ist, und da ich Ihre Tochter noch nie zuvor hier gesehen habe, war mir klar, dass sie die Neue sein muss.« Er schaute plötzlich über Anne hinweg in die Ferne.

»Sie sind seine Anwältin, oder?«

Anne nickte schwach. Kein Zweifel, es hatte sich bereits herumgesprochen.

»Dann habe ich was für Sie.«

Anne sah ihn erstaunt an. »Was können Sie schon für mich haben?«

»Einen Brief«, antwortete Faltis lakonisch.

»Was für einen Brief?« Anne versuchte, ihre Ungeduld zu verbergen.

»Er kam eine Woche vor ihrem Tod. Und glauben Sie mir, er wirft kein gutes Licht auf Klaus Köppen.«

»Dann geben Sie ihn doch der Staatsanwaltschaft und nicht mir«, antwortete Anne ganz gegen ihre Überzeugung. Natürlich würde sie den Brief gern in die Hände bekommen, bevor die Staatsanwaltschaft ihn lesen konnte.

»Nein«, widersprach Faltis entschieden. »Ich kann den Kerl zwar nicht besonders leiden, aber ich glaube nicht, dass er Chrissie umgebracht hat. Dazu fehlen ihm die cojones, verstehen Sie?«

»Ja. So weit reichen meine Spanischkenntnisse. Sie meinen also, er hätte nicht den Mumm oder, um mit ihren Worten zu sprechen, er ist nicht Manns genug, so eine Tat zu begehen?«

»Genau. Was jetzt nicht heißen soll, dass ich ihm nicht diverse Male gern in seine getreten hätte, z. B. wenn ich ihn kauernd in meinem Vorgarten erwischt habe. Oder als er Chrissie vor ihrem Haus im Dunkeln aufgelauert und sie zu Tode erschreckt hat.«

Anne machte eine abwehrende Bewegung. Sie hatte genug gehört. Sie wollte gar nicht wissen, was für ein ausgekochter Stalker ihr Mandant war.

»Sie sollten den Brief wirklich lesen. Er droht ihr an, dass sie eine Zukunft mit einem anderen Mann nicht erleben wird. Die Staatsanwaltschaft wird diese Drohung mit Sicherheit falsch verstehen. Noch ein Minuspunkt für den armen Morphinisten.«

Anne weigerte sich zu glauben, was sie da hörte. Morphinist? Das war schlimmer als alles, was sie jemals befürchtet hatte.

»Bitte noch eine Zigarette!« Anne war froh, dass sie bereits an der Schulmauer lehnte.

»Wussten Sie etwa nicht, dass Ihr Mandant seit Jahren unter undefinierbaren Kopfschmerzen leidet und gegen die Schmerzen Morphium nimmt? Immer mehr und mehr. Das war doch der Grund, warum sich Christine von ihm getrennt hatte. Ich trat erst später in ihr Leben, aber das wollte die weinerliche Memme ja nicht wahrhaben …«

Robert Faltis reichte ihr die Packung, gab ihr Feuer und ließ seinen Blick wieder in die Ferne schweifen. Nach einer halben Ewigkeit flüsterte er: »Wir wollten heiraten. Gleich nach ihrer Scheidung.«

»Und sie war wirklich schwanger?«, murmelte Anne mehr zu sich selbst.

»Hören Sie auf damit. Hören Sie bitte auf! Ich will nicht daran denken. Verstehen Sie – nie mehr!«, schrie Robert Faltis auf. Sein Gesicht war schmerzverzerrt, und er begann, mit beiden Fäusten auf die Mauer einzutrommeln. Jetzt erst bemerkte Anne, dass er an der rechten Hand bereits einen Verband trug.

Anne schwieg entsetzt und zog kräftig an ihrer Zigarette. Faltis' Trommeln wurde schwächer, bis er schließlich von der Wand abließ. Die Knöchel seiner linken Hand hatten Abschürfungen erlitten, ein Finger blutete. Wahrscheinlich hat er sich auf diese Weise auch an der rechten Hand verletzt, vermutete Anne.

»Entschuldigen Sie, aber das kann ich nicht ertragen«, brach es schließlich verzweifelt aus ihm heraus. »Ich möchte verdammt noch mal, dass man den richtigen Mörder fasst. Ich vermute, es war ein völlig Fremder, ein Drogenabhängiger, der Kohle brauchte oder so was. Ich bringe Ihnen den Brief in Ihrer Kanzlei vorbei, okay?«

»Okay«, erwiderte Anne schwach.

Faltis ging ohne ein weiteres Wort weg und verschwand hinter einer Ecke. Anne stöhnte laut auf. Das durfte doch nicht wahr sein. Das war ein Alptraum: Klaus Köppen ein Morphinist, der seiner Frau eine Morddrohung zukommen lässt und der durchdreht, als er von der Schwangerschaft erfährt. Ja, so konnte es gewesen sein, so würde es der Staatsanwalt sehen, und so würde selbst sie es sehen, wenn da nicht ihr diffuses Bauchgefühl wäre … Anne kam es plötzlich absurd vor, dass ausgerechnet Robert Faltis an Köppens Schuld zweifelte, die doch offenbar auf der Hand lag. Motiv, Tatwaffe, alles fein säuberlich auf dem Präsentierteller. Das gefundene Fressen für Winter. Welcher Staatsanwalt würde da nein sagen und weitersuchen? War ein Morphinist überhaupt zurechnungsfähig? Vielleicht war das die vordringliche Frage, mit der sie sich als seine Anwältin beschäftigen sollte. Aber nicht, ohne Köppen vorher die Hölle heiß zu machen. Eine Lüge noch, und sie würde das Mandat niederlegen. Aus gutem Grund. Gestörtes Vertrauensverhältnis. Und dann würde sie kein noch so flehender Blick mehr davon abbringen, ihn seinem Schicksal zu überlassen.

Noch war ein Rest in der Zigarette, den sie genussvoll inhalierte. Da sah sie Miriam kommen. Zu spät, um die Kippe auf den Boden zu werfen. Wenn Blicke töten könnten.

»Was hast du immer gepredigt? Was man verspricht, muss man halten. Scheint ja für dich nicht zu gelten. Und wo bist du überhaupt abgeblieben? Habe dich überall gesucht.« Die Stimme ihrer Tochter überschlug sich vor lauter Empörung. Miriam hatte Recht. Sie hatte ihre Mutter eiskalt dabei erwischt, wie sie ihr Versprechen, die Finger von den Kippen zu lassen, brach. Kein gutes Vorbild, verdammt noch mal, dachte Anne, aber ihr fiel nichts Passendes ein, was sie zu ihrer Verteidigung hätte vorbringen können.

Schweigend liefen die beiden nebeneinanderher zum Wagen. Anne sehnte sich mit einem Mal nach ihrer Freundin Ines. Sie brauchte dringend jemanden, mit dem sie sich aussprechen konnte, aber per Telefon? Nein, sie wünschte sich eine Freundin vor Ort, um bei einem Glas Wein oder auch zwei, über alles zu reden, was sie bewegte – aber wo sollte sie die hernehmen? Sie war eine Fremde, die überdies bis zum Hals in Arbeit steckte und eine verstockte Tochter erziehen musste.

Zu Hause zog sich Miriam wortlos in ihr Zimmer zurück, setzte sich voller Ungeduld an ihren Computer und checkte ihre Mails. Keine Nachrichten. Enttäuscht starrte sie auf den Bildschirm. Tanja hatte sich seit Tagen nicht mehr gemeldet. Auch auf dem Handy ihrer Freundin lief nur die Mailbox. Es war wie verhext. Dabei wollte sie ihr doch sagen, dass sie bald nach Hamburg käme. Sie würde es hier nicht mehr lange aushalten. Die Schule war der blanke Horror und die Mitschülerinnen das reinste Grauen. Sie grenzten Miriam aus, als hätte sie eine ansteckende Krankheit. Der Einzige, der hin und wieder mit ihr sprach, war Anselm, aber in den Pausen stellte er sich auch lieber zu den anderen. In ihrer Verzweiflung wählte Miriam die Nummer von Tanjas Eltern. Tanjas Mutter meldete sich, erfreut, ihre Stimme zu hören.

»Wie geht es dir denn in der neuen Schule?«, fragte sie interessiert.

»Gut«, erwiderte Miriam knapp und verlangte nach Tanja.

»Die ist doch auf Klassenreise, Schätzchen«, kam die prompte Antwort. »Aber erzähl doch mal, wie ist das Wetter da unten? Bei uns regnet es in einer Tour.«

Miriam stöhnte laut auf. Tanjas Mutter konnte wahnsinnig neugierig sein und plauderte am liebsten über Wetter,

Haushalt und Kinder. Ihr durfte Miriam auf keinen Fall anvertrauen, was sie vorhatte. Diese Frau bekam es fertig und rief sofort bei ihrer Mutter an. Wortlos legte Miriam auf. Vielleicht sollte sie erst einmal ihren Vater einweihen. Wie Miriam ihn kannte, würde er hoch erfreut über ihren Sinneswandel sein und es als persönlichen Sieg verbuchen, wenn sie zu ihm zog. Auch wenn sie ihre Entscheidung getroffen hatte, ganz wohl war ihr nicht dabei, ihre Mutter so zu hintergehen. Ich habe keine Wahl, redete sie sich gut zu, und doch zitterten ihre Hände ein wenig, als sie die Hamburger Festnetznummer eintippte.

»Lena Beyer«, erklang eine ihr gleichsam wohlbekannte und verhasste Stimme am anderen Ende. Wie eine Barbie auf Speed, schoss es Miriam durch den Kopf. Wie soll ich das bloß rund um die Uhr ertragen?

»Ist mein Vater da?«, fragte Miriam, ohne ihre Stiefmutter zu begrüßen oder sich mit sonstigen Höflichkeitsfloskeln aufzuhalten.

»Miriam?«

»Nein, der Grinch«, erwiderte Miriam frech.

»Jonas ist doch auf dieser Vortragsreise in den Staaten. Am Freitag kommt er zurück. Er wollte dich sowieso anrufen, aber wo du gerade dran bist, kann ich es dir auch jetzt sagen. Stell dir vor, du bekommst ein Brüderchen oder ein Schwesterchen. Ist das nicht toll?«

Miriam wurde augenblicklich weiß wie eine Wand. Ohne sich zu verabschieden, beendete sie das Gespräch, ließ ihren Kopf auf die Schreibtischplatte sacken und fing laut an zu schluchzen. Hatte sich denn die ganze Welt gegen sie verschworen? Die Erwachsenen waren so beschissen. Allesamt! Damit konnte sie ihren schönen Plan endgültig vergessen! In Paps Wohnung würde sie keinen Fuß mehr setzen.

Als Anne sie am frühen Abend zum Essen holen wollte, schrie Miriam ihre Mutter durch die verschlossene Tür hindurch an. »Lass mich in Ruhe! Verdammt, lasst mich doch alle in Ruhe! Verpisst euch!«

So saß Anne am Abend allein vor den Hähnchenschenkeln, die sie Miriam zuliebe aufwendig zubereitet hatte, aber sie bekam keinen Bissen herunter. So konnte es nicht weitergehen. Ich brauche eigentlich professionelle Hilfe, sagte ihr Verstand. Aber bevor sie Dritten gegenüber zugeben würde, dass sie am Ende ihrer erzieherischen Fähigkeiten angelangt war, würde eher die Hölle zufrieren. Anne hätte sich am liebsten sofort in ihren Jeep geschwungen, um zum nächsten Zigarettenautomaten zu fahren, aber die Gefahr, dass Miriam doch noch aus ihrem Zimmer kommen und sie auf frischer Tat ertappen würde, war zu groß.

Um auf andere Gedanken zu kommen, versuchte Anne, sich auf ihre Akten zu konzentrieren; aber es gelang ihr nicht, zumal sie bereits eine halbe Flasche Rotwein auf nüchternen Magen getrunken hatte. Sie goss sich noch einmal nach und hatte mit einem Mal das Gefühl, die juristische Sprache nicht mehr zu verstehen. Was war das eigentlich für ein Deutsch, mit dem die Kollegen Anwälte sie traktierten? Sie war so in Gedanken versunken, dass sie eine ungeschickte Bewegung machte und das Weinglas umstieß. Anne musste dabei zusehen, wie der Chianti Classico über die Akte Günter Wagner schwappte. Sie sprang sofort auf und holte sich eine Rolle Papier. In diesem Augenblick hörte sie Miriam die Treppe hinunterstolpern. Mit einem einzigen Satz war sie im Flur. Natürlich bemerkte sie sofort, dass Miriam geweint hatte, und trotzdem, darauf konnte sie jetzt keine Rücksicht nehmen. Sie mussten ernsthaft miteinander sprechen, und zwar sofort.

»Wie lange soll das noch so weitergehen?«, fragte Anne in scharfem Ton.

Miriam versuchte sich an ihrer Mutter vorbeizudrücken, aber Anne versperrte ihr den Weg.

»Wie lange willst du mich noch dafür bestrafen, dass wir aus Hamburg wegziehen mussten?«

»Mussten? Ich glaube, du tickst nicht richtig. Das war ganz allein deine Entscheidung, und jetzt lass mich in Ruhe. Ich will nicht mit dir reden. Du nervst!«

»Miri, so geht das nicht. So können wir nicht weitermachen. Wir müssen doch zusammenhalten ...«

»Kotz. Jetzt sag bloß noch, wir ziehen an einem Strang. Das wüsste ich aber. Du bist doch happy hier. Kommst keinen Abend vor acht aus dem Büro. Ich höre dich noch: *Miriam, in Arnsberg werde ich ein wenig kürzer treten ...*«

»Aber Süße, ich habe mir doch extra Akten mit nach Hause genommen. Und natürlich habe ich viel zu tun, aber ich verspreche dir, wenn der Fall mit dem Apotheker erledigt ist ...«

Miriam sah Anne an, als wäre sie ein ekliges Insekt. »Du vertrittst den Mörder meiner Lehrerin? Das ist ja so widerlich. Kein Wunder, dass mich in der Klasse kein Arsch anguckt. Die haben die Frau sehr gemocht!«

»Jetzt sei nicht so ungerecht. Ich habe mir das hier auch nicht ausgesucht. Ich hatte keine andere Wahl, als Martins Kanzlei zu übernehmen. Das musst du mir glauben. Irgendwann, wenn du älter bist, erkläre ich dir das alles.«

»Ach, so ist das. Habe ich mir doch gleich gedacht. Du fickst mit dem Typen ...«

Die Ohrfeige kam wie eine Rakete angeschossen. Es war mehr ein Reflex ihrer rechten Hand, aber als Anne bewusst wurde, was sie da getan hatte, hörte sie ihre Tochter nur noch: »Ich hasse dich!« schreien. Dann rannte Miriam die Treppe hinauf. Anne stand wie gelähmt da. Als sie sich endlich bewegte, war es zu spät. Laute Bässe dröhnten bis herunter. Miriam hatte sich in ihrem Zimmer eingeschlossen. Annes Gedanken fuhren Karussell, ihr Kopf schmerzte. Da half nur eines: Musik. Intuitiv griff Anne zur Piaf. Auch wenn *Je ne regrette rien* bestimmt nicht der Text war, hinter dem sie in diesem Augenblick stand, so entsprach das Pathos und die Schwere dieser Musik exakt ihrer Gemütslage. Ihr Leben war völlig aus dem Gleis geraten und sie hatte im Augenblick keine Ahnung, wie sich das wieder einrenken sollte. Daran änderte auch eine zweite Flasche Wein nichts. Mit ihrem vollen Glas in der Hand trat Anne zur Terrassentür und sah nachdenklich in die Nacht hinaus. Die Lichter der Stadt unten funkelten wie tausend Sterne in der Dunkelheit zu ihr herauf. Plötzlich meinte sie, weiter unten im Garten, bei der großen Tanne, einen Schatten huschen zu sehen. Vor Schreck ließ sie beinahe das Glas fallen. Mit klopfendem Herzen starrte sie minutenlang auf die Stelle. Jetzt war alles ruhig. Nichts rührte sich. Ich sehe schon Gespenster. Sollte nicht mehr so viel trinken, dachte Anne und goss den Inhalt des letzten Glases in ihre Yucca-Palme. Es würde überdies keinen guten Eindruck machen, wenn sie Günter Wagner morgen mit einem Kater verteidigte.

8.

Reue und Rache

Mit ihrer Robe unter dem Arm verließ Anne Brink eilig den Sitzungssaal. Wagner hatte seine Anwältin zum Dank noch zu einem Mittagessen einladen wollen, aber Anne hatte höflich, aber bestimmt abgelehnt. Ihr stand der Sinn nicht danach, mit ihrem Mandanten privaten Umgang zu pflegen. Der feiste schwitzende Mann war Anne zuwider, besonders seit sie beobachtet hatte, wie er seine Tochter so merkwürdig antatschte. Auch sein Angebot, ihr zusätzlich zu dem Honorar ein paar saftige Steaks zukommen zu lassen, hatte sie mit der Begründung, sie wäre inzwischen Vegetarierin geworden, entschieden abgelehnt. Der Staatsanwalt hatte Wagner eine Freiheitsstrafe ohne Pardon aufbrummen wollen, aber Anne hatte eine Bewährung herausholen können. Seinen Führerschein war der Metzger aber bis auf Weiteres los. Vielleicht würde er ihn niemals wiederbekommen, denn dass Wagner ein positives Ergebnis bei der medizinisch-psychologischen Fahreignungsuntersuchung erzielen würde, bezweifelte Anne stark. Wahrscheinlich kam ihm zugute, dass er heute keine Fahne hatte, überlegte Anne, die ihre eigene an diesem Morgen nur mit einer entsprechenden Dosis scharfer Pfefferminzbonbons in den Griff bekommen hatte.

»Halt, Frau Doktor Brink!«, hörte Anne ihn jetzt rufen, begleitet von Schnaufen und Stöhnen. Genervt blieb sie stehen und drehte sich zu dem schnaufenden Metzger um. Wie oft hatte sie ihm schon gesagt, dass sie nicht promoviert hatte?

»Ich hätte da noch eine Kleinigkeit«, keuchte er. »Wenn Sie mal schauen wollen. Sie müssen mich vertreten, wenn die blöde Kuh ihre Drohung wahr macht.« Mit diesen Worten reichte Günter Wagner Anne einen völlig zerknitterten handgeschriebenen Brief, den Anne, ohne die Miene zu verziehen, überflog und mit einem klaren »Nein!« zurückgab.

»Was heißt nein?«, fragte Wagner erstaunt.

»Das heißt, dass ich Sie nicht vertreten werde, falls Klara Sie wirklich anzeigt.«

»Aber meine Frau würde das nicht ertragen. Sie ist krank. Hat nicht mehr lange zu leben. Das bringt sie um.«

»Das hätten Sie sich vorher überlegen sollen. Was Ihre Klara Ihnen hier vorwirft, ist kein Kavaliersdelikt. Da wenden Sie sich doch bitte an einen Kollegen. Ich mache das nicht.«

»Ach, jetzt habe ich wohl Schuld? Da sollten Sie meine Töchter mal kennen lernen. Eine schlimmer als die andere. Klara, die Misthure, und auch die Kleine, die Nadja, die haben es faustdick hinter den Ohren. Die lügen, wenn sie nur den Mund aufmachen. Frau Brink, Sie haben doch keine Ahnung, was sich Kinder so alles einfallen lassen, um ihre Eltern fertig zu machen!«

Und ob ich das weiß, dachte Anne und erwiderte mit scharfer Stimme: »Ich kann nichts mehr für Sie tun, Herr Wagner! Suchen sie sich bitte einen anderen Anwalt!«

Mit offenem Mund stand Günter Wagner vor seiner ehemaligen Rechtsanwältin und suchte nach den passenden Worten, aber sie hatte bereits auf dem Absatz kehrtgemacht.

Anne rannte den ganzen Weg bis in das Büro hinunter. Ihr ging die Sache nicht in den Kopf. Am schlimmsten war die Tatsache, dass die Väter versuchten, ihren Töchtern die Schuld in die Schuhe zu schieben. Ekelhaft!

Im Büro wartete der tägliche Aktenberg auf sie. Zielsicher griff sich Anne die Ermittlungsakte Köppen aus dem Haufen heraus. Sie hoffte, dass bei dieser Lektüre nicht noch mehr unangenehme Überraschungen auf sie zukommen würden, aber im Grunde genommen konnte es doch gar nicht mehr schlimmer werden. Das zumindest vermutete Anne, bis zu dem Augenblick, in dem sie das Ergebnis der Spurensicherung in den Händen hielt. *Die Tatwaffe: Sockel einer Grablampe, Marmorplatte, rechteckig, Breite: 25 × 25 cm, Höhe: 5 cm. Erkennbare Fingerabdrücke von einer Person.* Anne las den Namen der Person immer und immer wieder. Sie wollte es einfach nicht glauben.

Mit zitternden Fingern klappte sie die Akte zu, steckte sie in ihre Tasche und verließ eilig die Kanzlei.

Klaus Köppen sah wesentlich besser aus als bei ihrem letzten Besuch. Anscheinend hatte er den Entzug bereits hinter sich. Er konnte sich zur Begrüßung sogar zu einem Lächeln durchringen, das Anne aber völlig ignorierte.

»Kommen wir gleich zur Sache.« Sie holte ohne Umschweife die Ermittlungsakte hervor, schlug sie auf und reichte sie ihrem Mandanten.

»Wie können Sie sich das erklären?«, fragte sie in scharfem Ton. Köppen weigerte sich zunächst, einen Blick auf den Bericht der Spurenermittler zu richten. Als wüsste er bereits, was seine Anwältin inzwischen herausgefunden hatte. Schließlich nahm er die Akte in die Hand und starrte ausdruckslos hinein. Anne lehnte sich auf ihrem Stuhl zurück und beobachtete ihren Mandanten unverholen. Nach einer halben Ewigkeit hob er den Kopf. Er war leichenblass geworden, noch blasser, als er ohnehin schon war, aber das konnte seine Anwältin nicht beeindrucken. Sie konnte ihre Wut nur mühsam unterdrücken.

»Also, wie kommen Ihre Fingerabdrücke auf die Tatwaffe?«

»Frau Brink, Sie müssen mir glauben …«, brachte Köppen heiser hervor.

»Wie?«, unterbrach Anne ihn.

»Ich kann es Ihnen nicht sagen«, stöhnte der Apotheker auf und fuhr verzweifelt fort: »Sie werden mich dann genauso verurteilen wie all die anderen!«

Mit einem Mal wurde Anne ganz ruhig. Was auch immer der Mann getan hatte, es war zwecklos, ihn zum Reden zu bringen. Sie hatte keine andere Wahl.

»Herr Köppen, hören Sie mir mal gut zu. Sie haben mich belogen. Ich kann Sie nur verteidigen, wenn Sie mir vertrauen. Das ist offensichtlich nicht der Fall. Da Sie sich weigern, mir die Wahrheit zu sagen, habe ich keine andere Wahl, als das Mandat niederzulegen.« Mit diesen Worten nahm Anne die Akte vom Tisch, steckte sie zurück in ihre Tasche und stand auf.

Köppen sah sie aus seinen riesig vergrößerten Augen fassungslos an. »Geben Sie mir noch eine letzte Chance. Bitte!«, flehte er sie heiser an.

»Und wie soll die aussehen?«

»Ich will Ihnen ja alles erklären, aber ich kann nicht. Es tut so weh. Ich bringe es nicht über die Lippen. Ich schreibe es auf. Ich schreibe Ihnen alles auf, was auf dem Friedhof geschehen ist. In den nächsten Tagen haben Sie Post von mir. Ich verspreche es. Bitte, vertrauen Sie mir.«

»Okay, machen Sie das«, entgegnete Anne schwach.

»Und dann bleiben Sie meine Anwältin?«

»Noch bin ich Ihre Anwältin«, erwiderte Anne ausweichend. Sie wusste in diesem Augenblick selbst nicht mehr, was sie glauben sollte. Nur so viel: Sie wollte abwarten, bis Köppen sich offenbarte. Immerhin war es möglich, dass er ein umfassendes Geständnis ablegte. Dann würde es nur noch um das Strafmaß für den Apotheker gehen, und sie musste sich das Hirn nicht mehr mit der Frage zermartern: schuldig oder nicht schuldig. Das würde ihr eine Menge Gewissensqualen ersparen.

Als Anne das Untersuchungsgefängnis verließ, war sie heilfroh, dass morgen Samstag war. Sie hatte beschlossen, das Wochenende allein mit Miriam zu verbringen. Es schien ihr kein geeigneter Zeitpunkt, einen Ausflug zu viert zu unternehmen; ihren potentiellen Begleitern hatte sie bereits abgesagt. Winter war offensichtlich enttäuscht darüber gewesen, während Martin am Telefon eher erleichtert geklungen und sich mit ihr für nächste Woche verabredet hatte. Ohne Winter. Er hatte außerdem besorgt gefragt, ob alles in Ordnung war, worauf Anne die häuslichen Probleme heruntergespielt hatte und ihm verschwieg, dass sie ihrer Tochter eine Ohrfeige versetzt hatte. Seit diesem Vorfall hatte Miriam trotz Annes wiederholter Entschuldigungen kein Wort mehr mit ihr gesprochen.

Auf dem Rückweg vom Untersuchungsgefängnis Hamm zermarterte sich Anne das Hirn, wie sie ihre Tochter wieder zum Sprechen bringen konnte, und plötzlich kam ihr die zündende Idee: Sie würde Miriam mit einem Hund überraschen! Und zwar noch heute!

An diesem Freitagnachmittag war Anne mit Leonie allein im Büro. Frau Cassini hatte ihren freien Nachmittag, aber als Anne die Kanzlei betrat, hörte sie aus dem Zimmer ihrer Bürovorsteherin erregte Stimmen dringen. Leonies erkannte sie sofort, obwohl sie vor lauter Schluchzen ganz verzerrt klang. Immer wieder stammelte das Mädchen tränenerstickt: »Das kannst du nicht machen! Das kannst du nicht machen. Ich bin doch deine Freundin.«

Anne erstarrte, als sie die zweite Stimme identifizierte.

»Du bist kein Mädchen zum Heiraten, verstehst du?«, erklärte Ahmet Omür unbarmherzig. »Ich will ein deutsches Mädchen, wo ich der Erste bin, kapiert?«

»Aber Nadja ist doch noch ein Kind, verdammt noch mal!«

»Ich kann warten. Und bis dahin habe ich ja dich.«

Anne hatte genug gehört. Ohne zu zögern riss sie die Tür zu Frau Cassinis Zimmer auf.

»Was machen Sie hier in meinem Büro?«, fragte sie in eiskaltem Ton und zitterte dabei vor Wut über so viel Frauenverachtung.

»Ich besuche meine Freundin – ist das etwa verboten?« Mit diesen Worten legte der junge Türke Leonie demonstrativ den Arm um die Schultern. Sie ließ es sich gefallen.

»Hauen Sie ab«, zischte Anne, »Gehen Sie bitte!«

»Ja, Chef«, erwiderte Ahmet Omür feixend und verschwand ohne ein weiteres Wort.

Anne ignorierte seinen frechen Unterton und bat Leonie, ein Hundehalsband und eine Leine zu besorgen. Sie musste sehr an sich halten, ihrer Auszubildenden nicht zu raten, den Jungen in den Wind zu schießen, und zwar schnellstens, mit einem Tritt in den Hintern. Stattdessen rief sie im Tierheim an. Sie hatte Glück. Es schien ein Hund auf sie zu warten. Einer, der Miriams Herz würde erweichen können. Insgeheim fühlte sie sich nicht ganz wohl bei dem Gedanken, sich jetzt auch die Zuneigung ihrer Tochter zu erkaufen. So wie Jonas es immer machte. Aber ein Hund ist doch wohl etwas völlig anderes als ein nagelneuer Computer für eine Dreizehnjährige, sprach sie sich gut zu. Außerdem hatte sie es ihrer Tochter versprochen. Und schließlich ging es hier nicht um materielle Werte, sondern in erster Linie darum, Miriam zu beweisen, dass sie ihr verdammt wichtig war. Und es gab auch noch einen anderen Grund: Miriam würde sich nicht mehr so einsam fühlen.

Das Tierheim befand sich in Meschede, und wenn Anne Glück hatte, konnte sie die Promenadenmischung Benny gleich mitnehmen. Kurz vor der Autobahnauffahrt stellte sie mit einem Blick auf ihre Tankanzeige fest, dass sie bereits auf Reserve fuhr, und steuerte die nächste Tankstelle an. Sie war gerade aus ihrem Jeep geklettert, als ein Sportwagen heranraste, der an der Säule neben ihr im letzten Moment zum Stehen kam.

»Ticken Sie nicht ganz richtig?«, brüllte Anne zu dem leichtsinnigen Cabriofahrer hinüber, der sich bei näherem Hinsehen als Staatsanwalt Stefan Winter entpuppte. Er machte ein finsteres Gesicht und hatte so gar nichts von dem charmanten Strahlemann an sich, den Anne bislang kennen gelernt kannte. Er ignorierte ihren Spruch und sprang hastig aus dem Wagen. »Wie gut, dass ich Sie eben vor mir fahren sah«, keuchte er atemlos. »Ich habe gerade einen Anruf aus Hamm erhalten. Ihr Mandant Klaus Köppen hat versucht, sich umzubringen.«

»Scheiße!«, entfuhr es Anne.

»Das können Sie laut sagen. Man hat ihn sofort nach Fröndenberg ins Krankenhaus gebracht. Er ist noch nicht ansprechbar«, erklärte der Staatsanwalt sichtlich aufgeregt.

»O nein!«, stöhnte sie auf. War das womöglich ein Schuldeingeständnis? Aber sie würde ihre Zweifel bestimmt nicht ausgerechnet ihm, dem Ankläger, unter die Nase reiben; der würde den Selbstmordversuch mit Sicherheit gegen ihren Mandanten verwenden. »Ziehen Sie nur keine voreiligen Schlüsse daraus, Herr Winter«, setzte sie in spitzem Ton hinzu. »Ich halte ihn nach wie vor für unschuldig.«

»Ich glaube, wir sollten uns doch mal ganz unverbindlich über diesen Fall unterhalten«, schlug Winter vor und lächelte gewinnend. Jetzt war er fast wieder ganz der Alte.

»Gute Idee«, erwiderte Anne ebenfalls lächelnd.

Winter sah sie prüfend an. »Aber machen Sie sich keine allzu großen Hoffnungen. Das wird nur ein Gespräch über das mögliche Strafmaß werden, denn Sie glauben doch nicht allen Ernstes daran, was Sie da eben behauptet haben – Köppen, der Unschuldsengel? Oder?«

»Selbstverständlich glaube ich das.«

»Dann also heute Abend? Soll ich einen Tisch reservieren?«, fragte Stefan Winter hastig, eine weitere Diskussion im Keim erstickend.

Anne überlegte. Eigentlich hatte sie das ganze Wochenende für Miriam eingeplant, aber Klaus Köppen brauchte sie jetzt mehr denn je. Selbst wenn er wirklich der Täter war und er ein Geständnis ablegen sollte, seine Verzweiflungstat hatte alles verändert. Sie würde ihn jetzt nicht im Stich lassen.

»Könnten Sie nicht zu mir nach Hause kommen? Ich lasse meine Tochter im Moment ungern allein. Dann koche ich was und danach setzen wir uns bei einem Wein zusammen.«

Über Winters Gesicht huschte ein breites Grinsen, als er zustimmend nickte.

»Um acht?«

»Gern«, erwiderte der Staatsanwalt lächelnd.

Wenn das Martin erfährt, dachte Anne, während sie zügig auf die Autobahn Richtung Meschede fuhr.

Der Mischlingsrüde Benny, eine braunschwarze Kreuzung aus Berner Sennenhund und Schäferhund, war bereits ausgewachsen. Man hatte ihn zur Urlaubszeit auf einer Autobahnraststätte ausgesetzt. Als Anne sich in Begleitung des Tierheim-Mitarbeiters, Herrn Hertel, dem Käfig näherte, sprang der Hund freudig bellend am Gitter hoch. Als würde er wissen, dass man ihn jetzt abholte.

Zwischen Anne und Benny war es Liebe auf den ersten Blick. Kaum dass sie nahe genug an seinem Käfig war, streichelte und kraulte Anne ihn übermütig durch die Stäbe hindurch, doch ganz plötzlich kamen ihr Bedenken. Sie hatte noch nie zuvor einen Hund besessen. Wenn wir einmal einen Garten haben, hatte Anne Miriam stets vertröstet. Jetzt hatten sie einen, aber was, wenn Miriam diesen

Hund gar nicht haben wollte? In Annes Alltag passte kein Tier. Sie konnte es unmöglich mit in die Kanzlei nehmen und erst recht nicht zu Gerichtsterminen. Anne seufzte. Vielleicht war das alles ein bisschen zu spontan gewesen und sie sollte lieber Miriam die Entscheidung überlassen, ob und welchen Hund sie nahm.

»Na, da haben sich aber zwei gefunden«, freute sich der Mitarbeiter des Tierheims.

»Ich glaube, ich muss Sie enttäuschen«, erwiderte Anne sichtlich betreten. »Ich glaube, ich habe mir das nicht gut genug überlegt. Der Hund soll für meine Tochter sein, und wenn die ihn nun nicht mag? Ich kann mich leider nicht ausreichend um so ein Tier kümmern.«

»Dann muss unser Benny wohl noch ein bisschen bei uns bleiben.«

Während Hertel das sagte, legte der Hund seinen Kopf schief, als ob er zuhörte und seinen Namen verstand. Anne drehte sich abrupt um und beschloss, nicht noch einmal hinzusehen, aber dann tat sie es doch.

»Ich nehme ihn mit«, seufzte sie.

»Das tut mir leid. Das hätte ich Ihnen vielleicht gleich sagen sollen«, erklärte Herr Hertel mit einem Blick auf den Hund. Der wedelte freudig mit dem Schwanz. »Sie müssen ein-, zweimal wiederkommen, bevor ich Ihnen das Tier mitgebe. Ich muss doch wissen, ob die Chemie stimmt.«

»Tja, so viel Zeit habe ich im Moment leider nicht«, erwiderte Anne bedauernd.

Hertel sah prüfend von Anne zu dem Hund und murmelte schließlich: »Okay, ausnahmsweise. Nehmen Sie ihn sofort mit, aber auch nur, weil er Sie so mag – er ist nicht zu jedem so nett. Aber nicht weitersagen!« Als Anne im Büro ihre Personalien angab, stutzte Herr Hertel auf einmal.

»Anne Brink? Sind Sie die Anwältin, die den Apotheker vertritt?«

Wow. Dass es sich wie ein Lauffeuer in Arnsberg herumgesprochen hatte, wusste Anne, aber Meschede lag immerhin zweiundzwanzig Kilometer entfernt.

»Wie kommen Sie denn darauf?«, gab sie beiläufig zurück.

»Von einer Dame, die sich kürzlich eine Katze geholt hat. Die hatte so einen ausländischen Namen. Was Italienisches.«

»Die Dame heißt nicht zufällig Cassini?«

»Genau! Wir kamen so ins Reden. Und eben auch auf diese Mordsache, weil meine Tante doch die Tote auf dem Friedhof in Alt-Arnsberg gefunden hat. Und da hat die Frau Cassini dann Stein und Bein geschworen, dass es der Apotheker nicht war. Und behauptete im Brustton der Überzeugung, dass er eine brillante Anwältin hätte. Die beste überhaupt. Und dann nannte sie Ihren Namen. Ich wollte Sie schon die ganze Woche anrufen, bin aber nicht dazu gekommen. Zu viel Arbeit.«

»Und warum wollten Sie mich sprechen?«

»Also, meine Tante, die behauptet jetzt steif und fest, an dem Tag, an dem die Lehrerin ermordet worden ist, auf dem Friedhof einem fremden Mann begegnet zu sein, der verdächtig wirkte. Und sie ist sich sicher, dass es nicht der Apotheker war. Den kennt sie ja, weil sie früher mal bei ihm gekauft hat.«

»Und hat sie schon eine Aussage bei der Polizei gemacht?«

»Nein – doch, die eine. Als sie die Leiche gefunden hat.«

Anne erinnerte sich dunkel an die Aussage in der Akte, aber hatte die alte Dame da nicht versichert, keiner Menschenseele begegnet zu sein?

»Und warum hat sie das mit dem fremden Mann nicht zu Protokoll gegeben? Das ist doch verdammt wichtig!« Annes

Stimme war lauter als beabsichtigt. Wenn das stimmte, war das endlich ein Pluspunkt für ihren Mandanten.

Den Mitarbeiter des Tierheims schien der scharfe Ton der Anwältin zu verunsichern, denn er sah peinlich berührt auf den Boden.

»Meine Tante ist, wie soll ich das jetzt ausdrücken, die ist mit ihren dreiundneunzig Jahren zwar körperlich total fit, aber im Kopf geht es manchmal durcheinander. Erst hat sie ausgesagt, sie hat keinen gesehen, dann war es ihr Hausarzt, dann der Bäcker, jetzt meint sie, es war ein Fremder – also ich weiß nicht, ob Ihnen das wirklich weiterhilft.«

»Versuchen muss man es«, erklärte Anne entschieden. »Wo kann ich Ihre Tante finden?«

»Lassen Sie mal, ich komme mit ihr in die Kanzlei. Das wird das Beste sein.«

Anne holte eine Visitenkarte aus der Tasche und reichte sie Hertel.

»Hier können Sie einen Termin vereinbaren. Am besten gleich am Montag. Wahrscheinlich meldet sich meine Bürovorsteherin. Frau Cassini.«

Auf dem Weg zu ihrem Auto lächelte Anne versonnen in sich hinein. Dass ihre Anwaltsgehilfin so positiv von ihr sprach, hätte sie nie gedacht. Eher hatte sie vermutet, dass Frau Cassini sie nicht leiden konnte, zumal ihr gerade heute früh bei Gericht der schmierige Kollege Kerner gesteckt hatte, dass die Bürovorsteherin mit dem Gedanken spielte, in seine Kanzlei zu wechseln.

Der Hund hinten im Wagen ließ Anne wenig Gelegenheit, weiter darüber nachzudenken. Weder über Frau Cassini noch über die alte Dame. Es war merkwürdig. Jedes Mal, wenn sie in den Rückspiegel schaute, tauchte dort eine fremde, hechelnde Hundeschnauze auf.

»Platz!«, befahl Anne dem aufgeregtem Tier. Benny gehorchte. Je weiter sie sich Schreppenberg näherte, desto nervöser wurde Anne. Würde sich Miriam wirklich über diese Überraschung freuen? Bestimmt, redete sich Anne gut zu.

Mit klopfendem Herzen und Benny an der Leine betrat Anne schließlich das Haus. Alles war still, aber wahrscheinlich saß ihre Tochter wie üblich vor dem Computer. Vorsichtig drückte Anne die Türklinke hinunter und war froh, dass nicht abgeschlossen war. Aber Miriam war nicht da. Ihr Zimmer sah noch genauso aus, wie sie es am Morgen verlassen hatte. Das Bett war ungemacht, ihre Sachen lagen im ganzen Zimmer verstreut und ihre Schultasche stand nicht an ihrem Platz. Offenbar hat sie sich verabredet und einen Mitschüler nach Hause begleitet, überlegte Anne. Es war jetzt kurz nach achtzehn Uhr. Anne spürte ein merkwürdiges Grummeln im Magen. Keine Panik, es ist nichts los, murmelte sie vor sich hin und sah sich im Zimmer um. Ihr Blick fiel auf die Klassenliste, die an der Pinnwand hing. Erst bei näherem Hinsehen entdeckte Anne die kleinen Kreuze hinter den Namen. Als wären sie alle gestorben, bis auf einen: Anselm. Hinter seinem Namen war ein kleines rotes Herz gemalt. Was das bedeutete, konnte sich Anne so in etwa vorstellen, aber nicht die Kreuze. Sie fand es höchst befremdlich. Aber je mehr sie darüber nachdachte, desto mehr beunruhigte sie auch das kleine Herz. Vielleicht hatte ihre Tochter längst eine Freundschaft geschlossen, von der sie nichts erfahren sollte. Hat sie deshalb nicht angerufen? Damit ich nicht weiß, mit wem sie verabredet ist?, fragte sie sich, aber dann fiel ihr ein, dass sie fast den ganzen Tag unterwegs gewesen war.

Ein Zerren an der Leine erinnerte Anne an die Existenz des Hundes. Er musste wohl mal raus. Sie ließ ihn im Garten von der Leine. Benny tobte wie ein Verrückter über den Rasen. Er schien seine neue Freiheit zu genießen.

Anne wurde zunehmend unruhiger. Vielleicht hatte Miriam ihr eine SMS geschrieben oder eine Nachricht auf die Mailbox gesprochen. Anne fand ihr Handy schließlich ganz unten in ihrer Tasche. Und tatsächlich: Es zeigte eine Textnachricht an. Die war aber zu ihrer großen Enttäuschung nicht von Miriam, sondern von Stefan Winter.

Mögen Sie Champagner?

Anne stand jetzt partout nicht der Sinn danach, diese Frage zu beantworten. Im Gegenteil, sie überlegte, ob sie den Staatsanwalt nicht kurzerhand wieder ausladen sollte. Wenn Miriam erst gegen acht zurückkam, was dann? Dann würde ein fremder Mann am Esstisch sitzen, und wie sollte sie Miriam in seiner Gegenwart den Hund schenken? Eine ungünstige Konstellation. Andererseits wäre es mehr als unhöflich, Winter so kurzfristig abzusagen. Außerdem musste sie schnellstens erfahren, wie der Gegner in Sachen Köppen tickte.

Die Minuten des Wartens vergingen zäh. Dann konnte Anne sich nicht mehr bremsen. Wenn Miriam sie nicht anrief, musste sie ihrer Tochter eben hinterhertelefonieren. Kaum hatte sie die Nummer gewählt, teilte ihr eine Automatenstimme mit, dass der Teilnehmer vorübergehend nicht zu erreichen sei. Miriam hatte ihr Handy ausgestellt. Ein gutes oder ein schlechtes Zeichen?, fragte sich Anne.

Gegen neunzehn Uhr konnte sie das sinnlose Warten nicht mehr ertragen. Sie lief zielstrebig in Miriams Zimmer, um sich die Nummer des Jungen mit dem Herzen herauszusuchen. Miriam würde sie dafür hassen, aber sie konnte nicht länger tatenlos herumsitzen und rätseln, wo sich ihre Tochter aufhielt. Sie musste etwas unternehmen, und zwar sofort! Mit der Nummer in der Hand rannte Anne ins Wohnzimmer zurück und wählte hektisch.

Eine förmlich klingende Stimme meldete sich: »Bei Kampener. Guten Tag, was kann ich für Sie tun?«

»Mein Name ist Brink, Anne Brink, ich wollte fragen, ob zufällig meine Tochter Miriam bei Ihnen ist.«

»Nicht dass ich wüsste. Die Herrschaften sind zurzeit bei einem Golfturnier und der Junge sitzt vor seinem Computer. Allein, aber vielleicht dürfte ich Sie kurz verbinden …«

Anne wollte gerade »Nicht nötig!« erwidern und schnellstens auflegen, als sich eine Jungenstimme in gelangweiltem Ton mit »Anselm Kampener!« meldete. »Hallo, hier spricht Anne Brink, die Mutter von Miriam. Meine Tochter hat vergessen, mir einen Zettel hinzulegen, mit wem sie sich heute nach der Schule verabredet hat, und du sitzt doch neben ihr. Hast du vielleicht eine Idee, wo sie stecken könnte?«, versuchte Anne möglichst locker zu klingen.

»Nein«, kam die lakonische Antwort; dann fügte Anselm eilig hinzu: »Aber ich kann mir nicht vorstellen, dass sie heute mit jemandem aus unserer Klasse verabredet ist. Sie war doch gar nicht in der Schule.«

Anne presste gerade noch ein »Dankeschön« heraus, bevor sie hastig auflegte und tief durchatmete. Ein furchtbarer Gedanke überfiel sie. Ob Miriam etwa auf eigene Faust nach Hamburg gefahren war, um sich für die Ohrfeige zu rächen? Jonas würde sie sicher mit offenen Armen aufnehmen. *Wir schlagen unser Kind nicht*. Das hatten sie sich einst geschworen. Anne kämpfte mit sich. Wenn sie ihn anrief und Miriam gar nicht bei ihm war, wäre es das gefundene Fressen für Professor Jonas Beyer. Anne konnte sich seine überheblichen Worte in etwa ausmalen: *So? Du hast also die Hand gegen unsere Tochter erhoben?* Und sie würde sich wie eine gemeine Verbrecherin fühlen.

Anne hatte den Hörer bereits in der Hand, als ihr der Hausmeister einfiel. Offensichtlich hatte Miriam ja Vertrauen zu diesem Mann. Aber konnte sie wirklich bei ihm anrufen? Nach kurzem Überlegen schien ihr diese Alternative weitaus weniger schlimm als ein Anruf in Hamburg. Im Telefonbuch fand sie seine Nummer. Faltis, Robert. Bei ihm lief jedoch nur ein Band. Anne sprach keine Nachricht darauf. Sie kam sich auf einmal ziemlich dumm vor, dass sie es überhaupt versucht hatte.

Mittlerweile war es kurz vor halb acht. Noch versuchte Anne, die Panik, die langsam, aber sicher in ihr hochstieg, zu unterdrücken. Wenn ihr nun etwas passiert war? Ein Unfall? Ob sie alle Krankenhäuser im Umkreis anrufen sollte? Jetzt brauchte sie dringend eine Zigarette, aber sie hatte natürlich keine im Haus. Und solange Miriam nicht wieder zurück war, würde sie sich nicht einen Meter vom Grundstück entfernen. Benny wich die ganze Zeit nicht von ihrer Seite. Das gab ihr ein wenig Trost.

»Es ist ihr nichts passiert. Sie will mich bloß ärgern, oder?«, sprach sie auf den Hund ein, der brav vor ihr saß und ihr seine Pfote entgegenstreckte.

Anne verspürte nicht die geringste Lust, etwas zu kochen, aber vielleicht würde sie das ja ablenken. Wenn das Essen auf dem Tisch stand, würde Miriam bestimmt zur Tür hereinspazieren, als sei nichts gewesen. Aber dann würde Anne ihr die Meinung sagen. Egal, ob der Staatsanwalt zuhörte oder nicht. Sie so gemein zu bestrafen, das war nicht fair.

Anne öffnete eine Flasche Chianti Classico und schüttete das erste Glas fast in einem Zug herunter, aber auch das konnte ihre angeschlagenen Nerven nicht wirklich beruhigen. Nein, es half alles nichts. Sie musste Jonas anrufen. Automatisch tippte sie die Zahlen an. Sie kannte seine Nummer auswendig – schließlich war es auch einmal ihre Nummer gewesen.

Anne war fast ein bisschen erleichtert, dass sich nicht Lena meldete, sondern gleich ihr Exmann am Apparat war.

»Hier ist Anne …«

Bevor sie weitersprechen konnte, hatte Jonas sie bereits unterbrochen:

»Oh, was verschafft mir die Ehre?«, fragte er in süffisantem Ton. »Ich kann mich dunkel erinnern, dass du bei unserem letzten Telefonat sagtest, du würdest kein Wort mehr mit mir altem Arschloch reden.«

Anne versuchte, seinen arroganten Ton an sich abprallen zu lassen.

»Jonas, ich habe nur eine Frage: Ist Miriam bei dir?«

»Nein, unser Besuchswochenende ist erst in drei – oder waren es vier Wochen? Ich müsste mal im Kalender nachsehen. Aber sag mal, was ist denn los bei euch?«

Anne kämpfte mit sich, ob sie ihm die Wahrheit sagen sollte. Bei allen Differenzen, die sie miteinander hatten, war er schließlich Miriams Vater. Sie hoffte darauf, dass sie dieses eine Mal an einem Strang ziehen und sich nicht bekriegen würden.

»Sie hat heute die Schule geschwänzt und ist noch nicht zu Hause. Sie kennt hier doch noch keinen, und … und da mache ich mir entsetzliche Sorgen. Und da dachte ich, sie ist vielleicht zu dir gefahren …«

Anne hörte bereits an seinem empörten Schnaufen, dass er diese Information selbstverständlich gegen sie verwenden würde.

»Was heißt, Schule geschwänzt? Was heißt, sie ist nicht zu Hause? Es ist gleich acht. Und du weißt nicht, wo unsere Tochter ist? Tolle Leistung, meine Liebe.«

»Ich melde mich, wenn sie wieder hier ist«, entgegnete Anne schwach und legte kurzentschlossen auf. Sie blieb regungslos neben dem Apparat sitzen, bis ein lautes Klingeln sie zusammenzucken ließ. An der Nummer auf dem Display konnte sie gleich erkennen, dass es Jonas war. Sie rührte sich nicht.

In diesem Augenblick läutete es an der Tür. Benny stieß ein kurzes heiseres Bellen aus. Miriam!, hoffte Anne und sprang auf, doch dann fiel ihr ein, dass ihre Tochter einen Hausschlüssel besaß und niemals klingeln würde. Vor der Tür stand Stefan Winter – strahlend und in stilvoller Freizeitkleidung, in der einen Hand einen Riesenstrauß langstieliger rosa Rosen, in der anderen eine Flasche Champagner. Woher er wohl wusste, dass rosa Rosen ihre Lieblingsblumen waren? »Sie haben einen Hund? Das hätte ich Ihnen gar nicht zugetraut«, bemerkte er, während er in den Flur trat und das schwanzwedelnde Tier interessiert beäugte.

»Kommen Sie erst mal rein«, antwortete Anne und nahm mechanisch seine Mitbringsel entgegen.

»Gar nicht Pullover und Jeans?«, stellte er mit einem prüfenden Blick auf Annes Kostüm fest.

»Ich bin auf Ihren Besuch gar nicht vorbereitet. Ich habe auch nichts gekocht, denn meine Tochter ist verschwunden«, brachte Anne einigermaßen gefasst heraus.

»Was heißt, sie ist verschwunden?«

»Sie war heute nicht in der Schule und ist immer noch nicht zu Hause«, entgegnete Anne jetzt sichtlich besorgt.

»Aber Sie sagten doch, sie sei dreizehn. Da ist sie vielleicht bei Freunden«, versuchte der Staatsanwalt sie zu beruhigen. Dabei meinte Anne zu spüren, dass er sich ganz und gar nicht wohl in seiner Haut fühlte, aber das konnte sie jetzt nicht ändern.

»Sie hat keine Freunde hier«, erwiderte sie verzweifelt. »Es muss was passiert sein. Verstehen Sie? Das würde sie mir nicht antun.«

»Haben Sie die Polizei schon benachrichtigt?«

Anne sah ihn mit großen Augen an. »Ich habe doch gehofft, sie kommt jeden Augenblick nach Hause!«

»Hat sie ein Handy? Haben Sie versucht, sie zu anzurufen?«

»Ja, aber sie ist nicht zu erreichen«

»Dann versuchen Sie es noch einmal.«

Anne tat, was er sagte, aber wieder ertönte nur die automatische Ansage. Sie hielt Winter das Telefon hin, damit er sich selbst davon überzeugen konnte.

»Dann rufen wir jetzt die Polizei an.«

Mit diesen Worten steuerte Winter entschlossen auf ihr Telefon zu. »Es ist besser, wenn ich das mache. Sonst wimmelt man Sie nur ab mit der Begründung, es sei noch zu früh, eine Vermisstenanzeige aufzugeben«, erklärte er.

Mit knappen Worten schilderte Winter der Polizei, wer er war, dass ein dreizehnjähriges Mädchen vermisst wurde und dass man sich sofort darum kümmern solle.

»Wie sie aussieht? Was sie anhat? Moment!« Winter wandte sich an Anne, die stockend antwortete: »Sie ist blond, hat lange glatte Haare, ist relativ groß, trägt eine Jeans und ein rosafarbenes Kapuzenshirt mit einem dunkelblauen Aufdruck *Hamburg*.«

Winter wiederholte Annes Beschreibung laut und deutlich und fragte Sie nach ihrer Telefonnummer. Die gab Winter der Polizei durch und fügte hinzu: »Sie können aber auch mich auf meinem Handy erreichen. Ich bin bei der Mutter der vermissten Person.«

Bei dieser Formulierung zuckte Anne unwillkürlich zusammen.

»Nein, nein, das Mädchen ist nicht bei Freunden. Bitte kümmern Sie sich augenblicklich darum. Die Mutter macht sich große Sorgen!«, befahl er energisch. Dann legte er auf und wandte sich Anne zu.

»Haben Sie wirklich keine Idee mehr, bei wem Ihre Tochter sein könnte?«

Anne dachte nach. Sie konnte vor lauter Angst kaum mehr einen klaren Gedanken fassen, nur so viel: Bei Jonas in Hamburg war sie nicht. Plötzlich fiel ihr Tanja ein.

»Es gibt noch eine Möglichkeit. Sie könnte bei ihrer besten Freundin in Hamburg sein!« Dass sie darauf nicht gleich gekommen war.

Auf einmal war sie sicher, dass Miriam bei Tanja war. Der Gedanke beruhigte sie. Ja, ganz bestimmt würde sich gleich alles aufklären.

Am anderen Ende meldete sich Tanjas Mutter, die sofort wissen wollte, wie es Anne im fernen Arnsberg so ging, aber Anne unterbrach sie hastig. »Ich habe nur eine Frage. Ist Miriam bei Ihnen?«

»Miriam? Nein, Tanja ist doch heute erst von der Klassenreise zurückgekommen.«

»Würden Sie mir bitte sofort Bescheid geben, wenn sie sich bei Ihnen meldet?«, bat Anne mit letzter Kraft und verabschiedete sich knapp.

»Fehlanzeige!«, sagte sie gefasst und bemüht, Winter nicht zu zeigen, dass sie mit den Tränen kämpfte.

»Wenn ich Sie jetzt frage, ob ich den Champagner aufmachen darf, halten Sie mich bitte nicht für herzlos, aber ich habe den Eindruck, Sie brauchen jetzt einen Schluck«, schlug Winter vor.

Der Staatsanwalt bemühte sich rücksichtsvoll, den Champagner nicht mit einem großen Plopp zu öffnen. Anne stürzte das erste Glas hinunter, während sie verstohlen auf ihre Armbanduhr schielte. Die Hoffnung, dass Miriam gleich in der Tür stand, sank von Sekunde zu Sekunde.

Sie prosteten sich zu. Auf dass sich alles zum Guten wenden würde. Absurd, dachte Anne. In diesem Augenblick klingelte das Telefon und Anne schrie förmlich in den Hörer: »Miriam? Kind? Bist du es?«

»Ist sie etwa immer noch nicht zurück?«, drang Jonas' vor Zorn bebende Stimme an ihr Ohr.

»Nein, sie ist nicht da«, antwortete Anne tonlos.

»Ich wusste schon, warum ich dir die Erziehung für unser Kind nicht überlassen wollte«, kam es ätzend aus der Leitung. Anne warf Winter, der sie beobachtete, einen verzweifelten Blick zu, während sie ohne ein weiteres Wort auflegte.

»Für meinen Exmann hätte es nicht besser kommen können«, erklärte Anne bitter. »Er hält mich für eine beschissene Mutter.«

Stefan Winter versicherte ihr, dass er das für eine üble Unterstellung hielt, und goss ihr Champagner nach. Schweigend nippte sie an ihrem Glas.

»Gehen Sie ruhig. Ich bin eh nicht in der Lage, mich mit Ihnen zu unterhalten. Und Sie haben getan, was Sie konnten«, sagte Anne in die nervtötende Stille hinein. Trotz aller inneren Anspannungen registrierte sie genau, wie intensiv der Staatsanwalt sie musterte.

»Aber, wo denken Sie hin? Ich lasse Sie doch jetzt nicht allein«, protestierte der Staatsanwalt energisch. Anne widersprach nicht. Ihre Gedanken fuhren Achterbahn, aber nach außen wirkte sie gefasst, bis es mit einem Mal aus ihr herausplatzte: »Verdammt noch mal, ich muss doch was tun. Sie suchen oder …«

»Hören Sie, Ihre Tochter wird sich einen schönen Abend machen. Sie können nichts weiter tun, als auf einen Anruf zu warten«, versuchte Stefan Winter sie zu beruhigen.

»Sie haben ja Recht, trotzdem, Sie sollten jetzt wirklich gehen«, seufzte Anne. Einerseits war sie froh, dass sie nicht allein war, andererseits verspürte sie das Bedürfnis zu schreien oder zu weinen, was sie in seiner Gegenwart niemals tun würde. Er war ein Fremder und überdies ihr beruflicher Gegner.

»Nein«, erwiderte der Staatsanwalt entschieden und lächelte ihr aufmunternd zu.

Die Zeit verging schleichend. Inzwischen war es kurz vor Mitternacht.

Mit einem Mal sprang Anne mit den Worten »Ich rufe jetzt in den Krankenhäusern an!« vom Stuhl. Sie konnte keine Sekunde länger tatenlos herumsitzen und Champagner schlürfen. Sie riss das Telefonbuch aus dem Regal und wollte gerade die erste Nummer wählen, als Winters Handy klingelte. Anne hielt stumm den Hörer in der Hand und sah voller Hoffnung in seine Richtung.

Es ist nichts passiert, es kommt alles in Ordnung, schoss es ihr durch den Kopf, aber dann erstarrte sie bei seinem Anblick. Sie konnte zusehen, wie Stefan Winter von Sekunde zu Sekunde blasser wurde.

Der Staatsanwalt hingegen versuchte, sein Entsetzen vor ihr zu verbergen, und antwortete monoton mit »Ja, ja, ja.« Damit aber konnte er Anne Brink nicht täuschen.

»Haben sie meine Tochter gefunden?«, schrie sie auf, nachdem Winter sein Gespräch beendet hatte und nun verlegen versuchte, an ihr vorbeizugucken, wie es ihr schien. Das nützte ihm gar nichts. Anne war eine gute Beobachterin – sie nahm alles um sich herum bewusst wahr und fragte sich, was wohl dazu geführt haben mochte, dass Stefan Winter ganz plötzlich so mitgenommen aussah .

»Ich muss los«, presste er jetzt gequält hervor.

Aber Anne ließ sich nicht abwimmeln. »Was ist los?«, fragte sie mit zitternder Stimme.

»Ein Mädchen wurde gefunden«, antwortete Winter gequält.

»Blond?«

Winter nickte.

»Ich komme mit«, sagte Anne tonlos.

»Bitte, seien Sie doch vernünftig. Bleiben Sie hier. Ich mache das schon.«

»Ich komme mit!«, wiederholte Anne entschieden. Noch weigerte sich ihr Bewusstsein aufzunehmen, was das alles zu bedeuten haben könnte.

»Also gut, kommen Sie«, gab er leise nach, hakte sie unter und führte sie zu seinem Auto. Anne ließ es geschehen. Erst im Wagen stieg eine dunkle Ahnung in ihr auf. Doch sie schrie nicht, sie weinte nicht, sie murmelte nur fortwährend den Namen ihrer Tochter. Erst als sie vor dem Eingang des Krankenhauses hielten, hörte sie damit auf.

»Ist sie hier?«

»Nein, aber ich halte es für besser, wenn wir Sie jetzt in die Obhut eines Freundes von mir geben. Bei ihm sind Sie in guten Händen«, antwortete er zögernd.

»Fahren Sie! Bitte! Fahren Sie!«, raunte Anne. In diesem Augenblick schien Stefan Winter einzusehen, dass nichts auf der Welt Anne Brink davon abhalten würde, ihn zum Tatort zu begleiten.

9.

Das tote Mädchen

Der Tatort war bereits weiträumig abgesperrt, und obwohl er etwas außerhalb der Stadt im Arnsberger Wald lag, drängten sich bereits einige nächtliche Schaulustige an der Absperrung und verrenkten sich die Hälse. Im dem nur ein paar hundert Meter entfernten Hotel Drei Bänken fand zurzeit ein Kongress internationaler Kriminalschriftsteller statt. Der grausame Fund unten am Ende des Hotelparkplatzes, dort, wo der Weg wieder in den tiefen Wald hineinführte, hatte sich wie ein Lauffeuer herumgesprochen. Jeder, der noch wach war, wollte unbedingt aus der Nähe an einem echten Verbrechen schnuppern.

Stefan Winter flehte Anne an, im Wagen sitzen zu bleiben. Sie widersprach ihm nicht, sondern ließ ihn aussteigen. Fast apathisch kauerte sie auf dem Beifahrersitz und rührte sich nicht. Kälteschauer durchfuhren ihren Körper, und ihre Hände waren eiskalt. Und doch fühlte sie unter der Angst, die sich wie ein klirrender Frost über ihren ganzen Körper gelegt hatte, einen klitzekleinen Hoffnungsschimmer, dass es nicht ihre Tochter war, die man dort draußen gefunden hatte.

Obwohl die Tote kein Gesicht mehr besaß, hatte Kommissar Cordes das Gefühl, dass sie ihn anstarrte. Er musste sich abwenden, weil er den Anblick nicht länger ertrug.

»Das habe ich doch alles schon mal gesehen. Verdammt noch mal!«, murmelte er vor sich hin.

Er schreckte zusammen, als ihm jemand von hinten auf die Schulter tippte. Der Staatsanwalt. Schweigend betrachtete Stefan Winter die Tote, und auch er erkannte die Parallelen zu Hülya Omür sofort. »Selbstmord?«, fragte er.

»Nein«, erwiderte Cordes. »Wenn sie sich umgebracht hätte, müsste die Waffe hier irgendwo sein, aber wir haben bereits alles abgesucht. Nichts zu finden. Außerdem war sie nicht allein. Sie hat sich anscheinend gegen jemanden gewehrt. Sehen Sie hier!« Cordes deutete auf ein großes Hämatom am Unterarm des Mädchens.

»Was muss das für eine perverse Sau sein, die einem Kind einen Pistolenlauf in den Mund schiebt?«, entfuhr es Stefan Winter.

»Noch unklar, ob sie vorher vergewaltigt wurde, aber das wird alles noch gründlich gecheckt«, fügte Cordes hinzu und zündete sich eine Zigarette an.

Winter wollte sich gerade abwenden, als sein Blick an der Kleidung des Mädchens hängenblieb. Jeans und Kapuzenshirt. Er hatte bis zuletzt gehofft, dass es nicht die Tochter der Anwältin war, aber die Beschreibung traf zu. Blond, groß …

»Haben Sie schon einen Hinweis auf die Identität des Mädchens?«, fragte er zögernd.

Cordes schüttelte mit dem Kopf. »Nein, sie hatte nichts dabei. Keine Tasche, keinen Ausweis, gar nichts. Glauben Sie, dass es das vermisste Mädchen ist?«

»Ich befürchte es«, seufzte Stefan Winter und überlegte gerade, ob er seinen Freund bitten sollte, sofort aus dem Krankenhaus hierher zu kommen. Ohne Beruhigungsmittel würde das die Anwältin bestimmt nicht verkraften – wenn sie tatsächlich ihre Tochter identifizieren müsste.

In diesem Augenblick ertönte hinten an der Absperrung lautes Gebrüll. Erschrocken drehte er sich um. Zwei

Polizisten versuchten, Anne Brink daran zu hindern, zum Tatort zu gelangen. »Lassen Sie mich durch!«, hörte er sie schreien. »Ich will wissen, ob es mein Kind ist. Verdammt noch mal. Ich habe ein Recht darauf, die Wahrheit zu erfahren. Fassen Sie mich nicht an!«

Stefan Winter eilte auf die Beamten zu. »Alles ist in Ordnung!«, herrschte er die Polizisten an. Dann nahm er Anne sanft am Arm und führte sie zu dem toten Mädchen. Er erwartete einen Aufschrei oder irgendeine andere Entladung, aber Anne starrte nur stumm auf das tote Mädchen.

Dann machte sie sich von Winters Arm los, ging in die Hocke und fixierte starr das Handgelenk des jungen Mädchens. Ein rosafarbenes Buddha-Armband. Genau so eines, wie Miriam besaß. Das war ungewöhnlich, denn die waren längst wieder aus der Mode gekommen. Dann endlich konnte Anne weinen. Leise, ganz leise. Kommissar Cordes und Stefan Winter sahen einander hilflos an; die beiden Männer wussten nicht so recht, was sie tun sollten. Wäre es nicht besser, sie wegzuzerren, um ihr diesen entsetzlichen Anblick nicht länger zuzumuten? Cordes war so angespannt, dass er sich eine weitere Zigarette anzünden musste. Er hatte schon einigen Müttern schreckliche Nachrichten überbringen müssen, aber keine hatte so befremdlich reagiert wie diese Anwältin. Er sog kräftig an seiner filterlosen Zigarette und begann innerlich zu zählen. Er gab ihr noch zehn Sekunden. Dann würde sie ausrasten. Voller Anspannung starrte er Winter an. Auch der Staatsanwalt rechnete jede Sekunde mit ihrem Zusammenbruch.

»Verdammt, wer macht so was?«, murmelte Anne, bevor sie sich mit zitternden Knien erhob. Die beiden Männer aus rot geweinten Augen ansehend, bat sie Cordes um eine Zigarette und brachte tonlos heraus: »Es ist Nadja Wagner, die Tochter vom Metzger Wagner. Ich erkenne sie an ihren Ringen.«

»Ärmels Tochter?«, wiederholte Cordes erschrocken, während er ihr Feuer gab.

Anne nickte und nahm einige tiefe Züge, bevor sie die halb gerauchte Zigarette auf den Boden warf und sie austrat. Dann wandte sie sich dem Staatsanwalt zu.

»Ob Sie mir ein Taxi rufen könnten?«

»Nein, ich fahre Sie doch«, protestierte Stefan Winter heftig.

Als sie an der Absperrung mit den Schaulustigen vorbeigingen, spürte Anne plötzlich eine unendliche Dankbarkeit in sich aufsteigen. Es war Gott sei Dank nicht ihr Kind, das dort entstellt und leblos auf dem Waldfußboden unter einer Buche lag. Gleichzeitig ließ die Frage sie nicht los, was das für ein Mensch sein musste, der zu so einer Tat fähig war. Plötzlich fiel ihr der Streit ein, den sie in ihrem Büro belauscht hatte. Wenn Ahmet nun herausbekommen hatte, dass Nadja Wagner nicht mehr so unberührt war, wie er es geglaubt hatte?

»Haben Sie eigentlich jemals Ahmet Omür nach seinem Alibi gefragt?«, platzte sie nach einer Weile in die Stille hinein.

»Ja, als seine Schwester getötet wurde, war er mit Freunden unterwegs«, antwortete der Staatsanwalt.

»Die könnten lügen.«

»Wir haben es nicht überprüft, weil ich es für einen Selbstmord gehalten habe. Bis heute.«

»Und hat er ein Alibi für den Tatzeitpunkt, als Frau Keller umgebracht wurde?«

»Frau Brink, Sie wollen doch jetzt nicht behaupten, dass zwischen allen drei Fällen ein Zusammenhang bestehen könnte. Ich meine, ich kann das ja verstehen. Sie als Anwältin des Beschuldigten …«

»Wenn Sie so sicher sind, fragen Sie ihn doch einfach mal nach seinem Alibi für den Mord an Frau Keller und auch, wo er heute Abend zur Tatzeit war!«

Doch der Staatsanwalt seufzte nur ergeben und konzentrierte sich auf den Verkehr.

Kurz darauf stoppte er den Wagen vor ihrem Haus. Winter stieg mit ihr aus und begleitete Anne zur Tür.

Es war offensichtlich, dass er noch mit ihr ins Haus kommen wollte, aber sie reichte ihm demonstrativ die Hand zum Abschied. »Danke für alles, was Sie für mich getan haben.«

»Sind Sie sicher, dass Sie niemanden brauchen, der bei Ihnen ist, bis Sie wissen, wo Ihre Tochter sich aufhält?«

»Ganz sicher«, log Anne, ließ seine Hand los und verschwand im Haus.

Ihr erster Gang führte sie schnurstracks zum Telefon. Eigentlich sollte sie das nicht tun, aber sie konnte nicht anders. Er war der einzige Mensch, den sie jetzt in ihrer Nähe ertragen würde.

Martin Kleiber war gerade erst eingeschlafen, als sein Telefon klingelte. Er hatte entsetzliche Kopfschmerzen und sein Magen fuhr Achterbahn. Außerdem hatte er das Gefühl, seine Zunge nicht mehr unter Kontrolle zu haben.

»Hallo, wer ist denn da? Melden Sie sich!«, nuschelte er unwirsch in den Hörer.

»Anne. Hier ist Anne. Entschuldige die Störung, aber ...« Sie zögerte, aber dann brach es aus ihr heraus. Atemlos und abgehackt schilderte sie ihm in aller Kürze, was geschehen war.

Martin verstand nicht einmal die Hälfte von dem, was sie ihm sagen wollte – nur so viel: dass sie ihn jetzt brauchte.

»In zehn Minuten bin ich bei dir«, versprach er ihr und sprang mit einem Satz aus dem Bett. Er nahm sich nicht einmal die Zeit, den Schlafanzug auszuziehen, sondern schlüpfte so, wie er war, in seine graue Flanellhose, die er gestern Abend getragen hatte, warf hastig einen Pullover über, griff sich seine Brille vom Nachtisch und wählte die Nummer des Taxirufs, denn er hatte am Abend getrunken. Heftig getrunken. Ja, so heftig, dass ihm immer noch kotzübel war. Aber seit Annes Anruf war er stocknüchtern.

Allmählich fiel ihm auch bruchstückhaft wieder ein, wo und wie, und vor allem warum er sich so betrunken hatte.

Er sah sich in der Bar oben im Drei Bänken sitzen. Seit er letzte Weihnachten nach einem Nikolaschka-Kampftrinken mit ein paar Juristenkollegen im Arnsberger Gasthof Edelbroichs Tante sturzbetrunken am Tisch eingeschlafen war, trank er ungern in Kneipen, in denen man ihn kannte. Außerdem bestand in der Hotelbar die Chance, unverbindlich und anonym zu flirten. Seitdem Anne in Arnsberg war, hatte er das starke Bedürfnis, sich mit anderen Frauen abzulenken. Besonders heute Abend. Martin hatte Stefan gefragt, ob er mit ihm ausgehen würde. *Ein anderes Mal, ich bin bei der Frau Anwältin Brink eingeladen,* hatte sein Freund geantwortet. Daraufhin war Martin allein und voller Wut hoch zum Hotel gefahren und hatte in der Bar ordentlich zugelangt, bis eine attraktive, aufreizend angezogene junge Blondine – verführerisch hohe Stiefel, tiefes Dekollete – direkt auf ihn zusteuerte. Er hatte sie nicht gleich erkannt. Sonst hätte er sich niemals auf den heißen Flirt mit dieser jungen Frau eingelassen. Ja, er war sogar bereit gewesen, die Nacht mit ihr zu verbringen.

Das alles sah er jetzt ganz deutlich vor sich. Auch das wissende Zwinkern des Barkeepers.

Kommst du mit zu mir?, hatte die junge Frau ihn gefragt, um ihm wie zufällig einen noch tieferen Einblick in ihren Ausschnitt zu gewähren. Martin hatte gezögert.

Ich werde es auch keinem erzählen, hatte sie geschnurrt

und hinzugefügt: *Mit meinem Vater, dem Arsch, rede ich sowieso kein Wort.*

Den Augenblick des Erkennens, den Schrecken, der ihn durchzuckt hatte, den fühlte Martin jetzt noch in jeder Faser seines Körpers.

Nein, jetzt weiß ich, wer du bist, und deinen Vater kenne ich auch, das geht nicht, hörte er sich gequält lallen. Sie hatte kokett reagiert. Wie war noch gleich ihre Antwort gewesen? Es lag ihm auf der Zunge. *Wenn das alle Männer stören würde, hätte ich bald gar keine Kunden mehr!* Kunden? Hatte sie wirklich Kunden gesagt? Martin stöhnte laut auf. Ja, sie hatte. Er rannte ins Bad und übergab sich.

Eine Viertelstunde später stand Martin vor Annes Tür.

Er sieht rührend aus mit seinen verwuschelten Haaren, dachte sie. Das hatte sie früher so geliebt an ihm, aber irgendwann mussten seine Locken daran glauben. Seine zerzausten Haare und das Schlafanzugoberteil, das aus seinem Pullover blitzte, machten ihn wesentlich jünger, aber das würde Anne ihm lieber nicht sagen. Stattdessen fiel sie ihm einfach um den Hals und raunte ihm ins Ohr: »Danke, dass du gekommen bist. Danke!«

Georg Brink saß trotz der vorgerückten Stunde noch in seinem Arbeitszimmer und verfasste einen Schriftsatz. Er hatte die Juristerei von allen Seiten kennen gelernt. Erst als Richter in Kiel, dann in der Rechtsabteilung einer Hamburger Versicherung und im Alter als Anwalt in Köln. Hierher war er erst mit über sechzig gezogen, wegen Mona. Mona war Wirtin einer Köllsch-Kneipe, deshalb hatte sie nicht zu ihm in den Norden ziehen können.

Georg Brink konnte nicht ohne Arbeit leben. Nach seinem Ausscheiden aus der Versicherung war er immer mürrischer geworden, bis er schließlich eine kleine Kanzlei eröffnet hatte. Das war der pure Luxus. Er besaß eine gute Rente und außerdem hatte er das Vermögen, das er von seiner Frau geerbt hatte, niemals angetastet. Deshalb übernahm er längst nicht jedes Mandat. Nein, ihm ging es darum, gebraucht zu werden, und er empfand es als höchsten Genuss, sich die Mandate aussuchen zu können.

Mit einem Blick auf seine alte Wanduhr stellte Georg Brink fest, dass es bereits weit nach Mitternacht war. Er wollte die Akte gerade zuklappen, als es an der Haustür läutete. Erst glaubte er, sich verhört zu haben, denn wer sollte ihn noch so spät aufsuchen? Dann klingelte es noch einmal. Lange und ausdauernd. Mona, vermutete er, zog sich hastig seinen eleganten Morgenmantel über das Schlafzeug, das er bereits trug, eilte die Treppen hinunter und öffnete die Tür.

Der Schreck beim Anblick seiner Enkelin fuhr ihm durch alle Glieder. Es regnete in Strömen. Mit ihren feuchten Haaren und der nassen Kleidung sah sie aus wie eine streunende Katze. Sie zitterte am ganzen Körper.

»Kind, was ist passiert?«, rief der alte Brink aus, zog das nasse Bündel in den Hausflur und drückte es kräftig an sich. Dann befahl er dem Mädchen, sich sofort heiß zu duschen. Miriam versuchte die ganze Zeit, etwas zu entgegnen, aber Georg Brink erstickte jeden Widerspruch im Keim.

»Duschen. Trockene Sachen an. Und dann will ich wissen, was los ist!« Miriam gehorchte und stapfte ins Bad. Georg Brink fand zum Glück noch ein paar saubere Kleidungsstücke von Mona in seinem Schrank, die er seiner Enkelin vor die Badezimmertür legte. Als sie frisch geduscht und in Monas viel zu weitem Hippierock und der lilafarbenen Bolerobluse, in die das schlanke Mädchen zweimal passte, vor ihm stand, musste er unwillkürlich lächeln. Er reichte ihr eine heiße Milch mit Honig, die sie ohne zu murren trank.

»So? Und nun raus damit! Was ist passiert? Die Frage, ob

deine Mutter weiß, wo du bist, kann ich mir wahrscheinlich sparen, oder?«

Miriam senkte den Kopf. »Ich bin abgehauen. Sie hat mir eine runtergehauen!«

»Anne? Das kann ich kaum glauben! Entschuldige, aber ich kenne meine Tochter eigentlich ganz gut.«

»Kannst sie ja fragen«, entgegnete Miriam trotzig.

»Ich sag ja nicht, dass du lügst, aber ist Abhauen eine Lösung?«

»Ach, Opa …« Miriam sprang auf und warf sich ihrem Großvater in die Arme. Die Worte sprudelten mit einem Mal nur so aus ihr heraus.

»Mir tut das alles so leid. Ich habe mich nicht getraut, zu dir zu fahren, als ich in Köln angekommen bin. Ich habe stundenlang auf dem Bahnhof gesessen, bis zwei Polizisten auftauchten. Da bin ich weggelaufen. Zurück konnte ich auch nicht mehr …«

»Dann wird es höchste Zeit, dass du deine Mutter anrufst. Die kommt doch bestimmt um vor Angst um dich.«

»Kannst du das nicht für mich machen? Ich hab solchen Schiss.«

Georg Brink ließ sich von dem Flehen in ihren Augen nicht erweichen und entgegnete unmissverständlich: »Du hast dir die Suppe eingebrockt, und jetzt musst du sie auch wieder auslöffeln.«

Mit diesen Worten hielt er seiner Enkelin den Telefonhörer hin. Miriam zögerte.

»Was soll ich ihr denn sagen?«, fragte sie verzweifelt.

»Die Wahrheit!«

Miriam stöhnte laut auf.

Anne meldete sich sofort, aber Miriam brachte kein Wort heraus.

»Miriam? Bist du das?«

Statt einer Antwort schluchzte Miriam laut auf.

Anne sagte nichts. Ihr Kind lebte, wo immer es auch war. Und nur das zählte.

Nach einer halben Ewigkeit stammelte Miriam: »Es tut mir leid. Es tut mir so leid!«

Dann war ein Augenblick Stille am anderen Ende, bis eine ihr wohlbekannte Männerstimme ertönte: »Sie ist gerade hier angekommen. Ich bringe sie jetzt ins Bett und morgen Mittag zu dir nach Arnsberg.«

»Sie ist bei dir in Köln?«

»Ja, und ich hoffe, du hast dir nicht allzu schlimme Sorgen gemacht.«

»Ist egal. Jetzt ist ja alles gut!«, seufzte Anne. »Gib sie mir noch mal.«

»Ich hab dich lieb«, flüsterte Miriam in den Hörer.

»Ich dich auch«, erwiderte Anne mit einem Blick auf Benny, der sich auf Anhieb mit Martin angefreundet hatte. Jedenfalls saß er vor ihm und ließ sich ausgiebig kraulen.

»Es wartet übrigens noch jemand auf dich«, fügte Anne leise hinzu.

»Wer?«, fragte Miriam erschrocken. »Paps?«

»Kalt. Ganz kalt. Nein, er ist schwarzbraun, circa fünfundsiebzig Zentimeter hoch, wedelt mit dem Schwanz und ist gespannt auf sein neues Frauchen!«

»Können wir nicht gleich fahren? Bitte, Opa!«, hörte Anne Miriam aufgeregt betteln und ihren Vater streng befehlen: »Nach dem Telefonieren ab ins Bett!«

»Schlaf gut, mein Liebling«, hauchte Anne und legte auf. Mit zitternden Knien steuerte sie auf den Tisch zu: Dort stand eine ungeöffnete Flasche Rotwein. Anne hatte nichts mehr trinken wollen, bis sie wusste, wo ihre Tochter war. Wortlos deutete Martin auf die Flasche. Anne nickte.

»Ja bitte, ein großes Glas. Den nächsten Anruf überstehe ich nicht nüchtern.«

»Lass mich raten. J. B.?«

»Der Kandidat hat einhundert Punkte«, erwiderte Anne und ließ sich das Glas bis zum Rand voll schenken, bevor sie erneut zum Hörer griff.

Jonas war nach dem ersten Läuten dran. Wahrscheinlich hat er neben dem Telefon auf meinen Anruf gelauert, vermutete Anne. Er tat ihr fast ein bisschen leid. Natürlich liebte er Miriam auch. Auf seine Weise. Und sicherlich hatte auch er Ängste ausgestanden. Sie hoffte, dass ihn die gute Nachricht milde stimmen würde.

»Jonas, es ist alles in Ordnung. Miriam ist in Köln bei meinem Vater«, sagte sie mit sanfter Stimme.

»Sie ist wo?«, brüllte er zurück und fuhr schreiend fort: »Weißt du eigentlich, was du mir da gerade sagst? Dass deine Tochter von zu Hause abgehauen und alleine in der Weltgeschichte herumgegondelt ist!«

Er wurde immer lauter, so dass Anne den Hörer ein Stück vom Ohr weghalten musste. Seine Stimme dröhnte bis zu Martin hinüber, der nun jedes Wort mithören konnte.

»Ich habe es doch gewusst: Sie ist unglücklich bei dir. Kein Wunder, du denkst ja nur an dich und deine Karriere. Ich wusste schon genau, warum ich das nicht zulassen wollte, dass du sie mir entziehst. Es gefällt ihr nicht in diesem Kaff bei dir. Deshalb hat sie hier angerufen; deshalb war sie völlig durch den Wind und hat auch so merkwürdig reagiert, als Lena ihr von dem Baby erzählt hat ...«

»Baby?«, fragte Anne wie elektrisiert und ahnte doch bereits, wovon hier die Rede war.

»Lena hat Miriam gesagt, sie bekommt ein Geschwisterchen, und da hat unsere Tochter einfach aufgelegt ...«

Weiter kam er nicht, denn jetzt unterbrach Anne ihn aufgebracht. »Das hat die dumme Kuh Miriam am Telefon gesagt? Seid ihr denn völlig durchgeknallt? Du hättest es ihr schonend beibringen müssen. In Ruhe. Und persönlich. Rede *du* mir nicht von Verantwortung …«

»Das, meine Liebe, nenne ich Ablenkungstaktik«, überbrüllte Jonas sie. »Aber damit kommst du nicht durch. Wir sprechen uns. Ich werde umgehend das alleinige Sorgerecht beantragen. Und dieses Mal werde ich es auch bekommen. Worauf du dich verlassen kannst!« Dann hängte er auf.

Anne ließ sich wie betäubt neben Martin auf das Sofa fallen, schenkte sich ein weiteres Glas ein und nahm einen kräftigen Schluck. Nicht nur seine Drohung irritierte sie, sondern auch die Tatsache, dass er mit einer anderen Frau ein Kind bekam. Sie empfand zwar keine glühende Eifersucht, aber ganz kalt ließ es sie auch nicht.

»Wenn ich das eben richtig verstanden habe, hast du zurzeit das alleinige Sorgerecht für deine Tochter?«, fragte Martin in betont professionellem Ton. Das Baby erwähnte er mit keinem Wort.

»Natürlich!«, erwiderte Anne, während sie den Chianti auf Ex trank.

»Das ist ja eigentlich die Ausnahme«, sagte er nachdenklich und fügte hastig hinzu: »Aber das muss ich dir als Expertin ja nicht sagen.«

Anne stöhnte laut auf. »Geteiltes Sorgerecht ist eine wunderbare Sache, wenn Eltern die geistige Reife besitzen, damit verantwortungsvoll umzugehen. Zum Wohl des Kindes. Herr Großkotz aber würde es ausschließlich dazu nutzen, seinen Senf bei jeder Entscheidung dazuzugeben. Der Mann ist dominant und egoman.«

Martin zuckte mit den Achseln. »Mein Reden«, sagte er trocken. »Aber du wolltest diesen aufgeblähten Kerl ja unbedingt haben. Du musstest ja damals unbedingt bei Nacht und Nebel deine Sachen packen und mich allein zurücklassen, nur, weil der große Meister gerufen hat.«

Anne stöhnte genervt auf. Es war definitiv nicht der richtige Zeitpunkt, mit Martin über ihre gescheiterte Beziehung zu diskutieren. Es gab Wichtigeres. Zum Beispiel dieses arme Mädchen, das nie mehr nach Hause zurückkehrte und das vielleicht schon irgendwo in einem Kühlfach darauf wartete, dass ihr Vater sie identifizieren würde. Diesen Anblick gönnte Anne nicht einmal ihrem ärgsten Feind.

»Tja, es ist schon komisch«, sinnierte Martin. »Gerade bei Menschen, von denen man meinen sollte, dass sie genügend Grips haben, nimmt so eine Scheidung irre Ausmaße an. Und gern auf dem Rücken der Kinder.«

»Sprichst du von mir?«

»Nein, ich sprach von Herrn Professor Ich-bin-der-begehrteste-Mann-unter-der-Sonne-und-mich-verlässt-man-nicht!«

Wider Willen musste Anne über diese zutreffende Charakterisierung ihres Ex lachen, aber dann wurde sie sofort wieder ernst. Das tote Mädchen aus dem Arnsberger Wald ging ihr nicht aus dem Kopf.

»Sag mal, du kennst den Metzger Wagner doch schon länger. Hast du auch seine Töchter mal gesehen?«

Martin Kleiber zuckte bei ihren Worten unwillkürlich zusammen. »Ja, die haben ihn mal begleitet, als er in der Kanzlei war. Er hatte ja des Öfteren keinen Führerschein, und da musste ihn Klara, die ältere, hin und wieder chauffieren. Der Mann war ja quasi Dauerkunde. Aber wie kommst du ausgerechnet jetzt auf die Wagner-Schwestern?«

Anne schaute ihn verwundert an. Dann fiel ihr ein, dass sie ihm noch gar nicht gesagt hatte, wer das tote Mädchen am Waldrand war.

»Die Ermordete ist Nadja Wagner!«

Beinahe hätte Martin den Wein, den er gerade im Mund hatte, über den Tisch gespuckt. Es war der Schock, und mit ihm kamen augenblicklich noch weitere Erinnerungen zurück – eine Szene nach der anderen tauchte dunkel vor seinem inneren Auge auf. Klara, die Anschuldigungen, seine übereilte Flucht.

»Hältst du es für möglich, dass Wagner seine Töchter missbraucht hat?«, hörte er Annes Stimme wie durch einen Filter.

Ich zeige meinen Vater an, und wenn meine kleine Schwester tausendmal Angst vor ihm hat. Es ist doch auch strafbar, wenn es nicht zum Geschlechtsverkehr kommt, oder? Das hat sich die alte Sau nie getraut, aber weißt du, wie das ist? Die Blicke, das Anfassen, ihn anfassen müssen, es ist so ekelhaft. Die Kleine hat Angst vor ihm. Er hat sie bedroht. Ich brauche eine Anwältin, die sie ermutigt, auszusagen, hörte Martin Klara sagen. *Anne Brink. Wenden Sie sich an meine Nachfolgerin.* In diesem Moment hatte er wieder angefangen, Klara zu siezen. Und das, obwohl er sie doch bereits leidenschaftlich geküsst hatte …

»Was Nadja wohl da oben beim Drei Bänken gemacht hat?«, murmelte Anne vor sich hin.

»Nadja? Wieso?«, fragte Martin Kleiber mit belegter Stimme und dabei bereits ahnend, was diese Frage zu bedeuten hatte.

»Ach so, habe ich das noch gar nicht erzählt? Sie wurde am Ende des Hotelparkplatzes im Wald gefunden.«

Martin atmete tief gegen die erneut aufkeimende Übelkeit an. Er erinnerte sich jetzt genau. Unter dem Vorwand, eine Verabredung zu haben, hatte er sich schließlich aus dem Staub gemacht und Klara allein in der Hotelbar zurückgelassen. Es war noch gar nicht so spät gewesen. Kurz nach zehn. Sein Auto hatte er auf dem Hotelparkplatz stehen lassen. Ganz unten am Waldesrand. Martin wurde noch blasser. Das hieß, es stand immer noch dort. Ganz in der Nähe des Tatorts. Und vor allem, wie war er nach Hause gekommen? Hier fehlte ihm noch immer ein Stück seiner Erinnerung. Verdammt, ich muss mich doch daran erinnern können, ob ich ein Taxi genommen habe, arbeitete es fieberhaft in Martin Kleibers Hirn. Wie soll ich sonst nach Hause gekommen sein? Zu Fuß bestimmt nicht.

»Martin? Träumst du? Glaubst du das?«

»Was?«

»Dass er seine Töchter missbraucht hat«, seufzte Anne.

»Keine Ahnung!«, antwortete er knapp und rutschte nervös auf dem Sofa hin und her.

»Würdest du heute Nacht ausnahmsweise bei mir hier auf dem Sofa schlafen? Ich glaube, ich möchte nicht allein im Haus sein«, bat Anne Martin schläfrig und leicht angetrunken.

Er nickte schwach. Eigentlich war er ganz froh darüber, dass er nicht schon wieder in diese unselige Nacht hinaus musste. Er ließ sich von Anne das Gästebett machen und konnte doch nicht einschlafen, nachdem sie das Zimmer verlassen hatte. Er dachte mit einer fast schmerzhaften Sehnsucht an die Frau, die dort oben im Bett lag und die er immer noch begehrte; zumindest die, die sie einmal gewesen war. Und er stellte sich vor, was sie von ihm denken würde, wenn sie erfuhr, dass er sich nur wenige hundert Meter vom Tatort mit der Schwester der Ermordeten vergnügt hatte …

Plötzlich wurde ihm heiß und kalt. Man konnte das Ganze auch anders drehen. So viel stand fest: Er war in der Nähe des Tatortes gewesen. O Gott, er musste unbedingt herausfinden, wann das Mädchen umgebracht worden war, und er betete, dass es vor zweiundzwanzig Uhr geschehen war, denn wenn nicht, sollte er sich schleunigst daran erinnern, was er getan hatte, nachdem er aus dem Hotel ins Freie gestolpert war …

10.

Hoffnungsschimmer

Anne erwachte mit einem pelzigen Gefühl auf der Zunge und horchte auf. Unten im Haus ertönten laute Stimmen. Und ein übermütiges Gebell. Mist, den Hund, den habe ich ja ganz vergessen, schoss es ihr durch den Kopf. Erschrocken fuhr sie hoch. Ein Blick auf ihren Wecker bestätigte, was sie befürchtet hatte. Es war bereits mittags. Sie musste wie ein Stein geschlafen haben. Nur ganz langsam erinnerte sie sich an alles, was gestern Nacht geschehen war: das tote Mädchen, das Telefonat mit Miriam und ... Martin. Mit einem Satz war Anne aus dem Bett gesprungen und warf sich hastig ein paar legere Sachen über. Es wäre nicht unbedingt günstig, ihren Vater und Miriam im Morgenmantel zu empfangen, während Martin unten auf dem Sofa schlief. Ihren Vater würde es wahrscheinlich weniger stören. Er hatte Martin immer gemocht und war nie wirklich mit Jonas warm geworden, aber Miriam? Die würde das garantiert in den falschen Hals bekommen.

Als Anne unten ankam, standen ihr Vater und Miriam noch im Flur. Zwischen ihnen Benny, der offensichtlich nicht wusste, an wem er zuerst hochspringen sollte. Wie ein Derwisch drehte er sich im Kreis, schwanzwedelnd und freudig bellend, aber als er Anne bemerkte, ließ er von den beiden ab und lief auf sie zu.

»Mami, der mag dich!«, rief Miriam aus und warf sich ihrer Mutter in die Arme.

»Das ist ja hier ein Irrenhaus«, murmelte Georg Brink grinsend.

Anne wunderte sich allerdings, dass Martin nicht längst von dem Lärm aufgewacht war, doch als sie vorsichtig die Tür zum Wohnzimmer einen Spalt öffnete, war das Sofa leer. Das Bettzeug lag ordentlich zusammengelegt auf einem der Sessel, ein Fenster war geöffnet, die Weinflaschen wie von Geisterhand verschwunden, ebenso die benutzen Gläser und Chipstüten. Auf dem Couchtisch lag ein Zettel.

Bin früh aufgewacht. Wollte dich nicht stören. Habe den Hund rausgelassen und ihm was zu fressen gegeben. Bisschen aufgeräumt, falls deine Lieben kommen, während du noch schläfst … Ich melde mich

Martin

Anne lächelte dankbar vor sich hin. Der gute alte Martin. Immer korrekt, immer perfekt und umsichtig. Es hatte Zeiten gegeben, da war sie nicht ganz so begeistert von diesen Eigenschaften gewesen. Damals, als sie zusammengelebt hatten … *Hast du denn gar keine Fehler?*, hatte sie ihn einmal ganz furchtbar angebrüllt, *du musst doch eine verdammte Schattenseite haben wie jeder normale Mensch*!

»Mami, der Hund ist so süß. Wir müssen ihm noch einen Namen geben«, hörte sie Miriam begeistert rufen.

»Er heißt Benny«, entgegnete Anne und sah den beiden nach, wie sie zusammen im Garten verschwanden.

Sie selbst brauchte jetzt erst einmal ein deftiges Frühstück. Zum ersten Mal seit längerem überfiel sie ein regelrechter Heißhunger. Als sie gerade dabei war, das Rührei zu machen, schlenderte ihr Vater ins Wohnzimmer. Er ließ sich am Esstisch nieder und beobachtete seine Tochter schweigend. Sie sieht schlecht aus – hat abgenommen, das steht ihr im Gesicht nicht, dachte Georg Brink und goss sich einen Becher Kaffee ein. Er überlegte, ob er sie nach dem Grund fragen sollte, aber er wagte es nicht.

Anne konnte ziemlich störrisch sein, wenn man sie ausfragen wollte. Das war früher schon so gewesen. Sie hatte zwar immer gern erzählt, aber niemals auf Nachfrage. Wie oft hatte er für seine Frage: *Wie war es in der Schule?* eisiges Schweigen geerntet.

»Du hast dir bestimmt große Sorgen gemacht«, bemerkte er nach einer Weile vorsichtig.

»Ja, aber ich wusste gleich, dass ihr nichts passiert ist«, schwindelte Anne. Es war merkwürdig. Wenn ihr Vater nicht da war, spürte sie die Sehnsucht, ganz ehrlich mit ihm zu reden, und jetzt, wo er an ihrem Esstisch saß, konnte sie sich ihm gegenüber nicht wirklich öffnen.

»Na ja, dann weißt du jetzt wenigstens, wie es ist, wenn das eigene Kind plötzlich verschwunden ist«, antwortete Georg Brink in scherzhaftem Ton.

Anne hörte auf, in der Pfanne herumzuquirlen, und drehte sich abrupt zu ihrem Vater um.

»Wie meinst du das?« Ihr Ton war schneidend scharf.

»Na ja, du bist ja damals auch eine Nacht weggeblieben, um mich für den Umzug nach Hamburg zu bestrafen. Ich weiß, wie es ist, wenn man gleich an das Schlimmste denkt …«

Anne stutzte. Dann erinnerte sie sich wieder. Natürlich, sie war damals nach Kiel, zu Ines, abgehauen. »O Gott, Paps«, flüsterte sie leise. »Es tut mir so leid – das hab ich völlig verdrängt.«

Sie füllte das Rührei in eine Schüssel und trat damit zu ihm an den Tisch.

»O Gott, Paps«, wiederholte sie. Wie lange hatte sie ihn nicht mehr so genannt? Zwanzig Jahre? Dann brach es mit aller Macht aus ihr heraus. »Es war entsetzlich. Man hat gestern Nacht ein totes Mädchen im Wald gefunden, und ich habe geglaubt, es sei Miriam. Bis ich …«

Anne stockte. Sie spürte den Kloß im Hals. Bloß nicht

weinen, dachte sie, während ihr die Tränen bereits über das Gesicht liefen.

Georg Brink zögerte einen Augenblick, aber dann nahm er seine Tochter in den Arm und drückte sie an sich. »Meine arme Kleine«, murmelte er, »warum machst du dir das Leben bloß immer so schwer?«

In diesem Moment flog die Tür auf.

»Er ist der tollste Hund auf der Welt!«, rief Miriam begeistert aus, doch dann stutzte sie beim Anblick ihres Großvaters, der ihre weinenden Mutter im Arm hielt.

»Ich gehe dann lieber wieder …«, wollte sich Miriam aus der Affäre ziehen.

»Nein, wir müssen reden. Und zwar jetzt. Setz dich. Deine Mutter hat sich große Sorgen gemacht …«, begann der Großvater streng. Miriam ließ sich stöhnend in einen Sessel fallen.

»Ach, lass doch, es ist doch alles wieder gut«, unterbrach ihn Anne schniefend, die ahnte, dass jetzt eine erzieherische Predigt folgen würde.

»Nein, wir müssen ein paar Worte darüber verlieren«, widersprach Georg Brink entschieden und sah von einer zur anderen. »Was ist los hier?«

»Wir haben uns in letzter Zeit nicht ganz so gut verstanden. Und da ist mir die Hand ausgerutscht«, beeilte sich Anne ihm die häusliche Situation zu erklären.

»Ich habe ihr gesagt, dass sie mit diesem Anwalt fickt.«

»Miriam!«, kam es entrüstet von ihrem Großvater.

»Ich weiß, das war doof, aber hier ist alles so ätzend, und ich finde das unfair, dass ich wegen dem aus Hamburg wegmusste.«

»Miriam, ich bin nicht seinetwegen hier. Ich habe nur seine Kanzlei übernommen«, widersprach Anne energisch und fügte dann seufzend hinzu: »Miriam glaubt, dass ich was mit Martin habe.«

»Mit Martin, dem Langen?«, wiederholte Georg Brink und lachte laut auf.

»Kennst du den etwa?«, fragte Miriam entrüstet.

»Natürlich, das war doch Mamas erste große Liebe. Das ist schon lange her. Da war deine Mutter erst vierzehn, als das anfing. Die beiden waren so verschossen, da konnte keiner etwas dagegen unternehmen«, erwiderte er lächelnd.

»Und warum hast du mir das nie erzählt?« Miriam sah ihre Mutter vorwurfsvoll an.

Anne holte tief Luft. Es gefiel ihr gar nicht, dass Georg Brink so ungeniert intime Details aus ihrer Vergangenheit ausplauderte. Fehlte nur noch, dass er ihre Tochter darüber aufklärte, wie und für wen sie Kleiber damals verlassen hatte. Anne warf ihrem Vater einen warnenden Blick zu. Der verstand und verschluckte das, was er gerade hatte sagen wollen.

»Ja, Martin Kleiber ist mein Exfreund, aber ich finde, das tut hier nichts zur Sache. Viel wichtiger ist doch, was da in der Schule abgeht. Warum hast du hinter die Namen all deiner Mitschüler schwarze Kreuze gemalt? Bis auf den einen?«

Miriam lief augenblicklich knallrot an und ließ die Erwachsenen mit den Worten: »Der Hund muss raus« ratlos zurück.

Eine Weile herrschte betretenes Schweigen, doch dann konnte Georg Brink nicht mehr an sich halten.

»Anne? Was ist los hier? Was sind das für Kreuze? Und überhaupt, warum bist du eigentlich so überstürzt aus Hamburg weggegangen?«

Anne kämpfte mit sich. Einerseits würde sie es ihm gern anvertrauen, denn er konnte ein verdammt guter Ratgeber sein, andererseits befürchtete sie, er würde sie nicht verstehen. Zwischen ihren Augen bildete sich eine steile Falte.

»Entschuldige bitte«, fuhr er leicht zerknirscht fort. »Das geht mich vielleicht auch gar nichts an. Es ist nur, ich mache mir Sorgen, du siehst völlig fertig aus, du kannst das nicht verstecken – man sieht es dir an, da kommst du ganz nach mir. Deine Mutter, die war da ganz anders. Die konnte ein Pokerface aufsetzen, und kein Mensch hätte je geahnt …«

Er brach ab.

Anne hielt den Atem an. Ihr Vater hatte noch nie zuvor über ihre Mutter gesprochen. Seit ihrem Tod existierte Solveigh Brink einfach nicht mehr im Leben von Georg und seiner Tochter. Keine Fotos, keine Besuche auf dem Friedhof, keine Erinnerungen. Plötzlich sah Anne das Gesicht ihrer Mutter vor ihren Augen. Im Urlaub in Hvidesande. Fröhlich und lachend. Trotz Nieselregen. Die weizenblonden Haare vom Sturm zerzaust. Das Leben ist zu kurz, um seine Sorgen zu gießen, hatte Solveigh Brink stets mit ihrem dänischen Akzent gesagt.

Anne musste ein paar Mal trocken schlucken, um nicht schon wieder in Tränen auszubrechen. Sie fühlte sich ihrem Vater plötzlich sehr nahe, und sie begann zögernd, ihm die ganze Wahrheit über den Fall Schweigert zu erzählen. Sie ließ nichts aus. Weder die diffamierenden Presseberichte, noch die hämischen Reaktionen der weniger erfolgreichen Kollegen – und auch die Drohbriefe nicht …

Der Fall des ermordeten Mädchens aus dem Arnsberger Wald ließ Stefan Winter keine Ruhe. Nur deshalb war er an diesem Samstagmorgen extra von Werl zur Staatsanwaltschaft nach Arnsberg gefahren. Besonders die Parallele zu dem Fall Hülya Omür und Kevin Krämer bereitete ihm großes Kopfzerbrechen. Diese Akte lag aufgeschlagen vor ihm auf dem Schreibtisch. Konzentriert blätterte er sie noch einmal von vorne bis hinten durch, immer in der Hoffnung, jenes Teil des Puzzles zu entdecken, das die

Polizei und ihn bisher auf die falsche Fährte geführt hatte. Nachdem, was er gestern Nacht gesehen hatte, glaubte er jedenfalls nicht mehr daran, dass der Junge seine Freundin erschossen hatte und dann freiwillig gesprungen war. Auch in diesem Fall musste allem Anschein nach ein Dritter am Tatort gewesen. Ein Mörder, der immer noch frei herumlief. Es gab nur eine einzige Gemeinsamkeit zwischen den Mädchen: Sowohl Hülya Omür als auch Nadja Wagner hatten das Wedinghausen-Gymnasium besucht. Aber Hülya war siebzehn gewesen, Nadja hingegen erst vierzehn …

Winter musste an die Worte der Anwältin denken. *Haben Sie Ahmet Omürs Alibis überprüft?* Das würde er schnellstens nachholen – auch wenn er nicht im Entferntesten daran glaubte, dass zwischen den drei Fällen irgendein Zusammenhang bestand.

Das Klingeln des Handys schreckte Stefan Winter aus seinen Gedanken. Es war Martin Kleiber, der mit ihm spontan einen Kaffee trinken gehen wollte. Dem Staatsanwalt kam die Ablenkung gerade recht, denn er hatte das Gefühl, vollkommen im Trüben zu fischen, ohne die geringste Chance, der Sache auf den Grund zu kommen.

Seufzend klappte er die Akten zu und hoffte, dass die Polizei ihm schnellstens die bisherigen Ermittlungsergebnisse im Fall Nadja Wagner zukommen ließ. Eigentlich war für diesen Fall ein Kollege zuständig, aber er würde alles daransetzten, ihn doch noch zu bekommen. Und es musste dringend eine Sonderkommission Hülya–Nadja eingerichtet werden!

Winter war froh, dass wenigstens einer seiner momentanen Fälle geklärt zu sein schien: der Fall Köppen. Er zweifelte nicht an der Schuld des Apothekers und beschloss, möglichst schnell Anklage in dieser Sache zu erheben – auch wenn er sich damit nicht unbedingt in das Herz seiner

Gegnerin spielen würde. Aber die Fakten waren nun einmal auf seiner Seite. Oder warum sollte ein Unschuldiger sonst versuchen, sich in seiner Zelle zu erhängen?

Seit gestern hatte Stefan Winter ständig an Anne Brink denken müssen. Vielleicht war es ganz vernünftig, einen gewissen Abstand zu ihr zu halten, bevor sie ihm gefährlich wurde. Sie war von einer emotionalen Intensität, der sich der eingefleischte Junggeselle Stefan Winter nur schwerlich entziehen konnte. Und dabei war sie eigentlich gar nicht sein Typ, er bevorzugte die zarten Brünetten. Außerdem hatte er keinerlei Ambitionen, sich plötzlich in einer Beziehung wiederzufinden. Und schon gar nicht mit einer allein erziehenden Mutter. Um solche Frauen hatte er bislang einen großen Bogen gemacht. Und trotzdem war er zunehmend fasziniert von ihr, schien an der Rolle des Trösters an der Seite der ansonsten so coolen Powerfrau zunehmend Gefallen zu finden. Seufzend klappte er die Akte zu, verließ sein Büro und schlenderte in Richtung Café.

Was wohl Martin Kleiber von ihm wollte? Sein Freund kam ihm in letzter Zeit seltsam angespannt vor. Er wurde den Eindruck nicht los, dass auch das wohl irgendwie mit der hübschen Anwältin zusammenhing.

Georg Brink hatte seiner Tochter aufmerksam zugehört, ohne sie auch nur ein einziges Mal zu unterbrechen. Er war bemüht, sich seine innere Erregtheit nicht anmerken zu lassen. Wie ähnlich sie sich doch waren, dachte er. Er spürte, dass der Zeitpunkt gekommen war, Anne seinerseits die ganze Wahrheit zu sagen.

»Dich trifft keine Schuld am Tod von Schweigerts letztem Opfer«, begann er zögernd, »aber ich kann deine Gewissensbisse nur zu gut verstehen. Ich kenne das von mir.«

Anne sah ihren Vater fragend an, während er mit fester

Stimme fortfuhr: »Ich habe meinen Job als Richter damals aus ganz ähnlichen Gründen aufgegeben.«

»Aber du hast immer gesagt, du kannst nicht dort leben, wo du mit Mama glücklich warst«, widersprach Anne.

»Das war nur die halbe Wahrheit. Der tatsächliche Grund ist: Ich habe mich schuldig an ihrem Tod gefühlt und dachte, ich dürfte deshalb nicht mehr über andere Menschen urteilen.«

Anne verstand nicht, was er da redete. Es machte ihr Angst.

»Du bist doch freigesprochen worden. Es war eindeutig, der entgegenkommende Fahrer hat dich von der Fahrbahn gedrängt!«, entgegnete sie heftig.

Georg Brink nickte. »Aber ich habe dem Gericht verschwiegen, dass deine Mutter und ich uns unmittelbar vor dem Unfall heftig gestritten haben ...«

Er stockte kurz. Dann fuhr er leise fort: »Sie hat mir gesagt, dass sie mich verlassen wird. Für einen anderen Mann. Ich habe ihr angedroht, dass ich uns gegen einen Baum fahren werde, wenn sie das wahr macht. Dass ich es nicht ertrage. Ich habe beschleunigt, sie wollte mir ins Steuer greifen und in dem Moment kam der Wagen von der anderen Spur auf uns zugerast, sie war tot, und ich hatte nur ein paar Schrammen. Ich habe mich schuldig gefühlt.«

»Und hättest du es getan?«, flüsterte Anne kaum hörbar.

»Nein, mir hätte der Mut gefehlt, uns gegen einen Baum zu setzen«, antwortete Georg Brink ohne zu zögern.

Anne schluckte. »Und warum sagst du mir das erst jetzt?«

»Aus demselben Grund, aus dem du Miriam die Wahrheit verschweigst. Ich wollte dich schützen! Und ich wollte nicht, dass du schlecht über mich denkst«, erwiderte

Georg Brink tonlos und fügte zögernd hinzu: »Ich hätte dir viel früher die Wahrheit sagen sollen. Du hast so gelitten, als wir umgezogen sind und ich dich gar nicht in die Entscheidung einbezogen habe. Das hätte ich dir alles ersparen können. Du warst immerhin vierzehn Jahre alt und hättest mich vielleicht sogar verstanden. Oder auch gehasst. Aber es hätte nicht so zwischen uns gestanden all die Jahre.«

»Ich hätte dich nicht gehasst, Paps«, protestierte Anne heftig. »Aber so habe auch ich dich einfach nur für egoistisch gehalten. Und das denkt Miriam jetzt wohl von mir.«

»Was denke ich von dir?«

Anne saß mit dem Rücken zur Tür und hatte ihre Tochter nicht kommen hören.

»Dass meine Entscheidung, nach Arnsberg zu ziehen, egoistisch war!«

Miriam setzte sich neben ihren Großvater an den Esstisch und seufzte. »Sei nicht böse, aber klar, denke ich das. Und dass es dir wahrscheinlich total latte ist, latte, wie es mir damit geht!«

Anne sah ihre Tochter durchdringend an.

»Es ist mir nicht egal. Das musst du mir glauben.« Mit belegter Stimme fügte sie hinzu: »Willst du den wahren Grund wissen?«

Miriam nickte und zum zweiten Mal an diesem Vormittag schilderte Anne den Fall Schweigert und mit ihm all ihre Gewissensbisse und Seelenqualen. Und die Drohbriefe. Den neuen, den an ihre Arnsberger Kanzlei, verschwieg sie ihrer Tochter allerdings. Sie wollte sie nicht unnötig in Panik versetzen.

Unrasiert und mit schwarzen Rändern unter den Augen wartete Martin im Kleinen Café. Obwohl es bereits Mitte Oktober war, konnte man draußen sitzen und sich von der noch warmen Herbstsonne bescheinen lassen. Er hatte sich eine Cola bestellt. Das war gut gegen seinen Kater. Hoffte er jedenfalls. Schon von weitem sah er Stefan die Einkaufsstraße lässig entlangbummeln, und es versetzte ihm einen kleinen Stich. Warum musste er sich ausgerechnet für Anne interessieren?

»Was ist denn mit dir passiert?«, begrüßte ihn Winter, dessen Kennerblick sofort erkannte, dass sein Freund gesumpft hatte.

»Anne hat mich mitten in der Nacht aus dem Bett geklingelt. Sie brauchte nach allem, was passiert war, jemandem zum Quatschen.«

»Und ist ihre Tochter wieder aufgetaucht?« Stefans Mund hatte sich zu einem dünnen Strich verzogen.

»Ja, sie war bei Annes Vater in Köln.«

»Na, dann ist ja alles gut«, erwiderte Winter, ohne sich seinen Ärger darüber, dass Anne ihn offensichtlich weggeschickt hatte, um sich Martin als Tröster zu holen, weiter anmerken zu lassen. Lauernd fügte er hinzu: »Dann hat sie dir ja sicher alles erzählt. Dass wir erst gedacht haben, die kleine Brink sei die Tote im Arnsberger Wald.«

»Ja, hat sie«, gab Martin zurück. Er musste endlich aufhören, sich mit seiner dummen Eifersucht zu quälen. Hier ging es um mehr. Um viel mehr. Seit er heute Morgen seinen Wagen nicht wie erwartet auf dem Parkplatz des Drei Bänken, sondern in der Nähe seines Hauses entdeckt hatte, war er wie paralysiert. Statt Erleichterung darüber zu empfinden, dass man seinen Wagen unmöglich in der Nähe des Tatortes finden würde, hatte ihn die nackte Panik ergriffen. Er hatte krampfhaft versucht, sich an Einzelheiten zu erinnern, aber sosehr er sich auch bemühte, es blieb eine Lücke von anderthalb Stunden. Kurz vor Mitternacht war er ins Bett gefallen. Die Bar hatte er um fünf nach zehn verlassen. Beides konnte er rekonstruieren, aber wieso hatte er über eine Stunde gebraucht, um vom Drei Bänken nach Neheim zu fahren? Das dauerte nachts normalerweise nicht länger als zehn Minuten …

Bei dem Gedanken an diesen verdammte Filmriss wurde Martins Kehle trocken, und er nahm einen Schluck von seiner Cola, bevor er scheinbar unverfänglich fragte: »Und weiß man schon, wann das Mädchen umgebracht wurde?«

»Ja, es war gegen elf!«, antwortete Stefan, die Speisekarte studierend.

Martin wurde augenblicklich schlecht. Er stammelte eine knappe Entschuldigung und rannte zum Klo. Aber da war nichts in seinem Magen, was er auskotzen konnte. Er setzte sich auf den Klodeckel und versuchte, seine aufkeimende Panik in den Griff zu bekommen. Aber je mehr er darüber nachdachte, desto mieser fühlte er sich. Klara hatte ihn scharf gemacht. Und wie! Wenn er nicht rechtzeitig kapiert hätte, wer sie war … dass sie Ärmels Tochter war … er hätte … Und was, wenn ihm in diesem Zustand Wagners Jüngste über den Weg gelaufen war?

Nach einer halben Ewigkeit kehrte er an den Tisch zurück.

»Du musst mit der Frau Anwältin ja ordentlich was weggekippt haben«, stellte Stefan mitleidslos fest.

Martin ignorierte diese Bemerkung: »Und woher weiß man den Tatzeitpunkt schon so genau?«

»Einer der Hotelgäste, der auf dem Weg zum Parkplatz war, hat den Schuss gehört, ist zur Rezeption gerannt und hat sofort die Polizei gerufen.«

»Schuss?«, fragte Martin entgeistert.

»Wieso – das Mädchen ist erschossen worden. Hat dir das Frau Brink nicht erzählt?«

Martin schüttelte mit dem Kopf, legte das Geld für die Cola auf den Tisch und verabschiedete sich unter dem Vorwand, an den Schreibtisch zu müssen, völlig überstürzt von seinem Freund.

Anne hatte ihren Vater zu überreden versucht, noch zum Abendessen zu bleiben, aber Georg Brink wollte unbedingt nach Köln zurück. Mona wartete.

»Und du versprichst mir, dass du dich morgen wegen der anonymen Briefe an diesen Kommissar wendest«, hatte er ihr zum Abschied mahnend ins Ohr geraunt.

Nun standen Mutter und Tochter Arm in Arm in der Haustür und winkten dem Kölner Volvo hinterher, bis er hupend hinter einer Ecke verschwand.

»Wollen wir uns heute Abend zusammen einen Film im Fernsehen ansehen?«, schlug Anne vor.

»Wenn ich ihn aussuchen darf«, gab Miriam kichernd zurück. Doch aus dem Fernsehabend wurde nichts. Beim Abendessen fing Miriam plötzlich an, ihrer Mutter von der Schule zu erzählen, und den Mitschülern, die sie ausgrenzten. Es tat Anne weh zu hören, wie sehr ihre Tochter darunter litt. Und ihr wurde klar, dass sie kein Recht hatte, allein über Miriams Leben zu bestimmen. Es kostete sie einige Überwindung, bis sie endlich hervorbrachte: »Wenn du lieber bei Papa in Hamburg leben möchtest, dann ist das für mich in Ordnung. Und das ist jetzt kein Spruch, Miri. Ich meine es ganz ernst.«

»Auf keinen Fall!«, kam es heftig zurück.

»Wegen des Babys?«, fragte Anne leise.

»Nein, auch nicht wegen der Dummtusse – ich möchte einfach bei dir sein!«

Mit diesen Worten sprang Miriam von ihrem Stuhl auf, lief um den Tisch und umarmte Anne stürmisch.

An diesem Abend blieb Anne am Bett ihrer Tochter sitzen, bis diese eingeschlafen war.

Anne selbst war viel zu aufgewühlt, um jetzt schon schlafen zu gehen. An diesem Abend war es gar nicht so einfach, die richtige Musik für ihre Stimmungslage zu finden, aber schließlich entschied sie sich für Mozart. Dann legte sie sich auf das Sofa und ließ die vergangenen Tage und Stunden vor ihrem inneren Auge vorüberziehen. Darüber schlief sie schließlich erschöpft ein.

Ein undefinierbarer Krach riss Anne irgendwann aus dem Schlaf und sie glaubte zunächst, dass sie träumte, doch als sie die Augen öffnete, gab es keinen Zweifel: Der Lärm kam von draußen aus dem Garten. Erschrocken fuhr sie hoch und sah, wie auf ihrer Terrasse zwei Schatten miteinander kämpften. Mit zitternden Knien stand Anne auf, trat auf die Tür zu und öffnete sie.

»Bleiben Sie, wo Sie sind«, schrie eine Stimme, die ihr entfernt bekannt vorkam. Dann erkannte sie in dem einen der Männer den schwarzen Lockenkopf mit den grauen Strähnen – wie hieß er noch gleich? Faltis!

»Rufen Sie die Polizei!«, brüllte er, während er den anderen Mann zu Boden stieß und sich über ihn warf.

Aber Anne zögerte. Sie wandte ihren Blick wieder den Kämpfenden zu und sah, dass Faltis ihr ein Zeichen gab. Vorsichtig kam sie näher. Der Hausmeister hatte den Fremden, der in einem fort jammerte »Sie tun mir weh. Lassen Sie mich sofort los!«, inzwischen im Schwitzkasten.

»Was hat das alles zu bedeuten?«, stieß Anne hervor.

»Ich habe den Kerl dabei erwischt, wie er sich in Ihren Garten geschlichen hat, und als ich ihn gefragt habe, was er hier will, hat er ein Messer gezogen.« Erst jetzt sah Anne das Klappmesser auf dem Terrassenboden liegen.

»Ich habe die Tusse doch nur ein bisschen erschrecken wollen. Mann, Sie zerquetschen mich!«, japste der Fremde.

»Kennen Sie den Kerl?«, fragte Faltis, ohne sich auch nur einen Zentimeter von dem Brustkorb des Mannes wegzubewegen.

Anne schüttelte den Kopf.

»Okay, dann halte ich ihn jetzt in Schach, und Sie rufen die Polizei«, brummte Faltis, als ihm der Fremde ins Gesicht spuckte. Der Hausmeister antwortete mit einem kräftigen Schlag auf den Oberarm des Mannes und der stieß eine Kaskade wüster Beschimpfungen gegen seinen Peiniger aus.

»Ich habe ihr nur eine Lektion erteilen wollen! Dass sie sich nie wieder mit Mördern einlässt!«, zischte der Mann und funkelte Anne hasserfüllt an. In diesem Augenblick fiel es ihr wie Schuppen von den Augen und sie spürte, wie ihre Beine nachgaben. Gerade noch rechtzeitig erreichte sie einen rettenden Stuhl, auf den sie sich fallen ließ.

»Der Mann ist kein Einbrecher«, brachte sie heiser hervor und wandte sich an den Fremden, der sie immer noch anstarrte. »Sie sind ein Bekannter der jungen Frau, oder?«

Die direkte Ansprache verunsicherte den Mann offensichtlich, denn mit einem Mal verschwand der tödliche Hass aus seinen Augen.

»Was hat das zu bedeuten? Kennen Sie den Kerl nun doch?«, mischte sich Faltis ein.

»Nein, ich kenne ihn nicht, aber ich ahne, wer er ist«, antwortete Anne und ließ den Blick nicht von dem Mann, der förmlich in sich zusammensank.

»Ich habe in Hamburg als Anwältin für einen Mandanten einen Freispruch erwirkt. Zu Unrecht, denn der Kerl hat kurz darauf wieder einen Mord begangen. Das Opfer war wohl eine Bekannte dieses Herrn. Seitdem schreibt er mir Drohbriefe, weil er mir die Schuld daran gibt«, entgegnete Anne. Obwohl ihre Knie zitterten, brachte sie das noch einigermaßen gefasst heraus. Dann sah sie dem Mann direkt in die Augen: »Sie können mir glauben, das hat mich verdammt gequält, aber es ist nicht meine Schuld. Verstehen Sie? Es tut mir so unendlich leid. Aber Sie haben kein Recht, mich zu bedrohen!«

»Er wollte Sie töten«, warf Robert Faltis in scharfem Ton ein.

»Nein«, schrie der Mann dazwischen, »ich wollte nur, dass sie Angst hat, verdammte Angst! Solche Todesangst wie meine Verlobte, bevor dieses Schwein sie abgestochen hat …«

»Und was wollten Sie dann mit dem Messer?« Der Ton des Hausmeisters wurde schärfer.

»Dass sie Angst hat, Todesangst! Ohne Messer hätte sie es nicht gespürt, wie es ist …«

»Sie waren neulich schon einmal in meinem Garten, nicht wahr?«, fragte Anne tonlos.

»Ja, aber ich hätte Ihnen niemals etwas angetan. Ich kann kein Blut sehen. Ich, ich …« Der am Boden liegende Mann fing plötzlich hemmungslos an zu weinen.

»Lassen Sie ihn los«, befahl Anne dem Hausmeister, der allerdings keinerlei Anstalten machte, ihren Anweisungen zu folgen.

»Bitte!«

Faltis sah Anne voller Skepsis an, aber dann erhob er sich doch. Der Fremde rappelte sich langsam auf. Anne war kalt. Sie stand auf, betrat das Haus und machte den Männern ein Zeichen, ihr zu folgen. Zögerlich setzte sich der Fremde in Bewegung.

Faltis packte ihn am Arm und zischte: »Was soll das? Wollen Sie jetzt endlich die Polizei rufen? Dann kann er sein Märchen den Beamten erzählen.«

»Es wird keine Polizei kommen«, entgegnete Anne mit fester Stimme.

»Was soll das heißen?«

Ohne den Mann, der jetzt gequält in der Terrassentür stand, aus den Augen zu lassen, erwiderte Anne: »Ich werde ihn gehen lassen!«

»Sie werden was?«

Faltis starrte Anne Brink an, als wäre sie ein Fall für die geschlossene Abteilung.

»Sie haben richtig gehört.« Ihr Ton duldete keinen Widerspruch.

»Damit er Ihnen wieder auflauert, wenn ich nicht zufällig in der Nähe bin, und Sie beim nächsten Mal absticht?« Faltis war so aufgeregt, dass er nach Luft schnappte.

»Er wird mich nicht abstechen. Dessen bin ich mir sicher«, entgegnete Anne und wandte sich dem Fremden zu: »Ich glaube nicht, dass er noch immer den Wunsch verspürt, mich leiden zu sehen.« Dabei fixierte sie den Mann, der unmerklich mit dem Kopf schüttelte.

»Dann gehen Sie jetzt!«, sagte Anne und deutete in Richtung Wohnzimmertür. Der Fremde blieb noch einen Augenblick wie gelähmt stehen. Dann durchquerte er wortlos das Wohnzimmer und verließ das Haus der Anwältin durch die Vordertür.

Robert Faltis starrte ihm hinterher.

»Sie werden schon sehen, was Sie davon haben«, murmelte er.

«Ich werde den Kerl nie wieder sehen«, antwortete Anne entschieden.

»Und wer sagt Ihnen, dass er sich nicht doch an Ihnen rächen wird?«, hakte er nach.

»Mein Gefühl«, antwortete Anne ruhig und sah den Hausmeister prüfend an. »Erst einmal danke, Herr Faltis, dass Sie ihn gestellt haben. Aber was wollten Sie eigentlich so spät noch in meiner Gegend?«

Statt einer Antwort holte der Hausmeister einen Brief aus seiner Jackentasche.

»Ich habe doch versprochen, Ihnen Köppens Brief vorbeizubringen!«

»Aber hier ist doch nicht meine Kanzlei!«

»Ich habe hier in Schreppenberg jemanden besucht und

da dachte ich, stecke ich doch mal eben den Brief ein«, entgegnete er prompt.

»Tja. Darf ich Ihnen denn dann was anbieten?«, fragte Anne mit einem vorsichtig prüfenden Blick auf den dunkelhaarigen Mann. Sie fand ihn immer noch sehr attraktiv, aber seit sie erfahren hatte, dass er der Freund der Lehrerin gewesen war, hatte er ein wenig von seiner erotischen Anziehung eingebüßt. In seinem Gesicht hatte die Trauer über den Verlust seiner Partnerin tiefe Spuren hinterlassen. Er wirkte irgendwie gehetzt.

»Ein anderes Mal gern, aber ich muss für morgen noch einiges in der Schule vorbereiten.«

»Gut, dann lade ich Sie hiermit zum Dank für Ihren mutigen Einsatz am nächsten Freitag zum Abendessen ein. Meine Tochter wird sich sicher freuen. Sie schwärmt in höchsten Tönen von Ihnen. Zwanzig Uhr. Einverstanden?«

Er nickte zustimmend. »Es wird mir eine Freude sein!« Mit diesen Worten verabschiedete sich Faltis hastig. Erst jetzt fiel Anne auf, dass er immer noch diesen Verband an der rechten Hand trug.

Sie war todmüde, als sie ins Bett ging, konnte aber nicht einschlafen. Sie stellte sich die bange Frage, ob es nicht doch an ihrer Gegenwart lag, dass in Arnsberg inzwischen scheinbar genauso viel passierte wie einst in Hamburg. Wieder und wieder las sie den Brief, den Faltis ihr netterweise gebracht hatte, aber davon wurde es auch nicht besser. Wie sie es auch drehte und wendete, es blieb eine Morddrohung, die der Herr Staatsanwalt auf keinen Fall in die Finger kriegen durfte. Nein, dieses Pamphlet musste auf Nimmerwiedersehen in Frau Cassinis Aktenablage verschwinden. Mit dem befriedigenden Gedanken, wenigstens etwas für ihren Mandanten tun zu können, schlief Anne endlich ein.

11.

Halbwahrheiten

Am Montagmorgen wartete Frau Cassini bereits ungeduldig auf ihre Chefin. Ehe Anne sich versah, hatte die Bürovorsteherin sie bereits an ihren üppigen Busen gedrückt: »Sie Arme«, murmelte sie. »Was Sie durchgemacht haben! Und das arme Mädchen. Sie mussten ja glauben, es sei Ihre Tochter.«

Anne ließ diese Demonstration überschwänglichen Mitgefühls klaglos über sich ergehen. Dass sie sich das traut, schoss es ihr durch den Kopf, mich hat noch nie jemand einfach so in den Arm zu nehmen gewagt.

»Hat ein Herr Hertel vom Tierheim aus Meschede angerufen?«, erkundigte sich Anne, sobald sie wieder Luft bekam.

»Meschede? Tierheim?« Thea Cassini zog die Augenbrauen hoch. »Was wollen die denn von Ihnen?«

»Der Mann wird mit seiner Tante vorbeikommen. Das ist die alte Dame, die die Leiche von Frau Keller entdeckt hat. Sie will auf dem Friedhof einen flüchtenden Mann gesehen haben. Einen anderen als Klaus Köppen.«

»Was? Das wäre doch wunderbar! Unsere Zeugin!«, rief die Anwaltsgehilfin sichtlich erfreut aus. Offensichtlich wusste sie noch nicht, was mit dem Apotheker inzwischen geschehen war. So weit reicht der Arm ihres Schwagers dann wohl doch nicht, mutmaßte Anne, oder er hatte es ihr absichtlich verschwiegen. »Kriegen Sie jetzt bitte keinen Schock, aber Klaus Köppen hat am Freitag versucht, sich umzubringen.«

»Was? Warum macht der so was? Und was bedeutet das für unsere Verteidigung?«, stöhnte die Anwaltsgehilfin laut auf.

»Für den Staatsanwalt ist es ein Schuldeingeständnis und für mich, tja, ich weiß nicht, was ich davon halten soll. Ermutigend für meine Arbeit ist es auf jeden Fall nicht«, seufzte Anne und sah auf ihre Armbanduhr. »Ich muss jetzt ins Gericht und komme erst gegen halb zwei zurück, denn ich werde Herrn Doktor Kleiber zum Mittagessen einladen.«

Mit diesen Worten griff sich Anne die Akten, ihre Robe und stürmte zur Tür hinaus.

Familienrichter Kleiber hatte heute ausnehmend schlechte Laune, wie die Anwältin Brink enttäuscht feststellen musste. Selbst auf ihre Essenseinladung nach dem Scheidungsprozess reagierte Martin abwehrend.

»Keine Zeit«, wiegelte er ab. Dann presste er noch ein »Bis bald!« heraus, bevor er sich auf dem Absatz umdrehte und sie einfach stehen ließ. Anne blieb ratlos zurück. Dabei hatte sie sich doch für seine wunderbare Unterstützung bedanken wollen.

So machte sie sich allein auf den Weg zum Italiener und zermarterte sich währenddessen das Hirn, was sie ihm wohl getan haben mochte. Was war zwischen Freitagnacht und heute passiert? Anne fiel beim besten Willen kein einziger Grund ein, weshalb Martin beleidigt sein könnte.

Das Pontevecchio schien auch Stefan Winters Lieblingsrestaurant zu sein, denn kaum hatte sie die Linguini mit Lachs vor sich stehen, als der Staatsanwalt zu ihr an den Tisch trat.

»Guten Tag, Frau Brink, ich möchte mich nicht aufdrängen. Sie müssen ja denken, ich lauere Ihnen auf, so oft, wie wir uns zufällig treffen«, begrüßte er Anne lächelnd.

»Aber nein, setzen Sie sich doch!«, erwiderte sie freundlich. Sie mochte seine Gesellschaft. Jedenfalls unverbindlich beim Essen. Hier fühlte sie sich wieder auf sicherem Terrain, nicht schwach und voller Sehnsucht nach einer starken Schulter wie Freitagnacht.

»Und wie geht es Ihnen heute?«, fragte Winter in lockerem, unverfänglichem Plauderton und setzte sich auf den Platz ihr gegenüber.

»Gut! Meine Tochter ist wieder da. Sie war bei meinem Vater.«

»Ich weiß«, entgegnete der Staatsanwalt.

»Woher?«

»Unser gemeinsamer Freund Kleiber sprach davon.«

Anne sah ihn fragend an.

»Wann hat er Ihnen das erzählt?«

»Ist das eine Zeugenbefragung?«, stellte er lächelnd die Gegenfrage, bevor er wieder ernst wurde. »Samstagmittag haben wir uns auf einen Drink getroffen bzw. einen Kaffee und eine Cola. Und da erzählte er mir, dass er Ihnen in den schweren Stunden beigestanden hat ...« Dabei warf er ihr einen durchdringenden Blick zu. Mist. Er wusste also, dass sie ihn Freitagnacht weggeschickt hatte, um Martin zur Hilfe zu holen. »Wie geht es eigentlich meinem Mandanten?«, versuchte sie vom Thema abzulenken.

»Unverändert. Er ist noch nicht ansprechbar. Der Arzt sagte, es sei durch den Sturz auf den Zellenboden, als sich das Handtuch aufgeknotet hat, zu einer Subduralblutung gekommen, die zu einer Aphasie geführt hat.«

»Er hat also eine Art Schlaganfall, der zu Sprechstörungen geführt hat?«

Winter nickte. »Unklar, ob er nicht ein unentdecktes Aneurysma hatte, das beim Aufprall geplatzt ist. Es wird in jedem Fall noch eine Weile dauern, bis er verhandlungsfähig ist. Damit ist er schon ganz schön gestraft.«

»Und Sie meinen, er hat so eine Strafe verdient?«, konterte Anne bissig.

»Nein, natürlich so nicht, ich meine, er ist im Sinne des Strafrechts schuldig – ich wollte doch nur sagen, dass … ich wollte bloß deutlich machen, dass ich davon ausgehen muss, dass diese Verzweiflungstat ein Schuldeingeständnis ist.«

»Wir werden sehen«, erwiderte Anne unbeirrt und funkelte ihn angriffslustig an.

»Martin Kleiber war ja völlig durch den Wind, als ich ihn am Samstag getroffen habe«, beschwichtigte Winter. Als Anne ihm keine Antwort gab, fuhr er fort: »Darf ich Sie bei dieser Gelegenheit fragen, ob Sie am Wochenende mal mit mir ein Pils trinken gehen?«

Das gefährliche Funkeln in ihren Augen verschwand, als sie ihn anlächelte und nickte.

»In vierzehn Tagen ist meine Tochter bei ihrem Vater in Hamburg. Und dann können Sie am Samstag ja mal versuchen, mich mit dem Pilsgenuss vertraut zu machen. Wenn Sie das schaffen, dann, dann …«

»Was dann?«, fragte er sanft, beugte sich zu ihr herüber und streichelte wie zufällig über ihre Hand. Anne entzog sie ihm nicht.

»… dann werde ich endlich weniger Rotwein trinken«, beendete sie grinsend ihren Satz und verabschiedete sich von ihm.

»Sie sind unmöglich!«, rief Winter mit gespielter Strenge und lächelte versonnen in sich hinein.

Als Anne in die Kanzlei zurückkehrte, wunderte sie sich darüber, dass alles so ruhig war. Es war nicht wie sonst das Geklapper von Leonies Computertasten zu hören und auch aus Frau Cassinis Raum drang kein einziger Laut. Vorsichtig öffnete Anne die Tür zum Zimmer ihrer Bürovorsteherin und sah diese zu ihrem größten Erstaunen am Fenster stehen und rauchen. Anne räusperte sich. Erschrocken fuhr Thea Cassini herum und drückte die halb gerauchte Kippe hastig im Aschenbecher aus.

»Ich habe damals nach der Scheidung von Cassini wieder angefangen und dann letztes Jahr endgültig damit aufgehört. Keine einzige mehr, aber das hier hat mich so erschüttert, dass ich einfach eine rauchen musste«, erklärte Frau Cassini tonlos und reichte ihrer Chefin einen Brief aus der Mappe mit den Posteingängen. Anne las ihn halblaut und stockend vor.

Sehr geehrte Frau Anwältin,

ich kann es Ihnen nicht übel nehmen, wenn Sie mir nicht glauben, denn ich habe sie belogen. Sie sollen wissen, was geschehen ist, und wenn Sie diesen Brief in den Händen halten, bin ich meiner gerechten Strafe zugeführt, denn ich habe mich versündigt. Ich habe die Hand gegen meine Frau erhoben. Sie war nicht tot, als ich an das Grab ihrer Großmutter kam. Ich wollte ihr das Nachthemd schenken, sie aber wollte die Schachtel nicht einmal aufmachen. Im Gegenteil, sie hat laut gelacht. Hat gesagt, ich sei verrückt. Völlig meschugge hat sie mich genannt. Ich habe sie angefleht, es sich alles noch einmal zu überlegen. Sie hat gesagt, es gibt nichts mehr zu überlegen, sie wird eine Familie gründen. Das, was sie mit mir eben nicht konnte, hat sie gesagt. Wegen meiner zu langsamen Spermien. Dass es nun ihre letzte Chance ist. Und dann hat sie mir ihren Mutterpass gezeigt und geschrien: Siehst du es endlich ein! Es ist vorbei! Da bin ich ausgerastet. Ich hatte plötzlich den Sockel von der Lampe in beiden Händen und habe ihn ihr gegen die Stirn geschlagen, aber nur ein einziges Mal, sie ist nicht einmal davon umgekippt. Ich schwöre, sie lebte noch. Sie hat noch mit mir gesprochen, aber ihre Stirn war voller Blut. Und da habe ich Panik gekriegt. Bin weg. Die Platte habe ich fallen gelassen. Ich hätte Hilfe holen müssen, ich wollte sie doch nicht umbringen. Das war ein Un-

fall. Nur ein Unfall …, aber es muss bestraft werden. Verstehen Sie. Ich muss dafür büßen. Tut mir so leid. Und bitte geben Sie den Brief der Staatsanwaltschaft, wenn ich tot bin.

Klaus Köppen

Mit den Worten »Wo haben Sie die Zigarette her?« ließ Anne den Brief sinken.

»Aus Leonies Schublade geklaut«, erwiderte Frau Cassini ungerührt, verließ das Zimmer und kam wenige Sekunden später mit zwei Zigaretten in der Hand zurück. Wortlos gab die Anwaltsgehilfin ihrer Chefin Feuer. Sie standen stumm nebeneinander am offenen Fenster und qualmten in die frische Herbstluft hinaus.

»Ich glaube trotzdem nicht, dass er es war …«, sagte Anne in die Stille hinein.

»Aber der Brief ist doch ein Geständnis«, widersprach die Bürovorsteherin schwach.

»Ziehen Sie doch bitte mal die Akte.«

Frau Cassini drehte sich um und mit einem einzigen Griff in ihre Hängeregistratur hielt sie den roten Deckel mit der Aufschrift *Mordsache Köppen* in der Hand.

Ungeduldig nahm Anne sie ihr ab, suchte nach dem Bericht des Pathologen und fand sofort die entscheidende Stelle.

»Todesursache: Schlag auf den Hinterkopf, Schädelfraktur am Hinterkopf und Hirnblutung«, zitierte Anne.

»Hinterkopf? Aber Köppen schreibt doch: Schlag gegen die Stirn!«

Die beiden Frauen sahen sich mit großen Augen an.

»Genau. Es muss also noch jemand dort gewesen sein!«

»Das sollten Sie sofort der Staatsanwaltschaft mitteilen. Die müssen ihn freilassen!«, rief die Anwaltsgehilfin laut aus.

»Auf keinen Fall. Solange er im JVK Fröndenberg liegt – und das wird noch eine Weile dauern – ist er gut aufgehoben«, protestierte Anne. »Winter glaubt Köppen sowieso kein Wort. Für den Herrn Staatsanwalt ist dieser Abschiedsbrief ein klares Schuldeingeständnis. Stirn, Hinterkopf? Das wird er für Haarspaltereien halten. Und dann bleibt ja immer noch die Frage offen, warum die Tatwaffe in Köppens Garten gefunden wurde. Nein, nein, wir werden einfach selbst recherchieren und nach Beweisen suchen müssen. Solange Köppen nicht verhandlungsfähig ist, können sie ihm keinen Prozess machen. Bis dahin sollten wir alle Möglichkeiten überprüft haben.«

»Sagten Sie da eben wir?«, fragte Thea Cassini und konnte sich ein Lächeln nicht verkneifen.

»Habe ich das?«, erwiderte Anne Brink gespielt irritiert und fügte hinzu: »Aber nur, wenn Sie nicht zum Kollegen Kerner gehen.«

»Kerner? Kerner?«, stotterte die Cassini mit hochrotem Kopf.

»Tja, hier in Arnsberg bleibt eben nichts geheim. Ist ja nicht wie in der Großstadt, wo die Menschen sich nicht die Bohne füreinander interessieren«, erklärte Anne und musste beim Anblick der verdutzten Frau Cassini ein Lachen unterdrücken.

»Stimmt«, entgegnete dann die Anwaltsgehilfin. »Aber wie steht es mit Ihnen? Sie wollen also auch nicht mehr wechseln? Zur jungen Anwaltsgehilfin?«

»Eins zu eins«, entfuhr es Anne bewundernd und sie ergänzte hastig: »Wir müssen uns beeilen, wenn wir die Existenz des wahren Mörders auf dem Friedhof beweisen wollen, Frau Cassini. Aber wir dürfen uns auch nicht zu sehr hineinsteigern. Bei aller Liebe zu Herrn Köppen, vielleicht hat er mir auch ganz bewusst Halbwahrheiten geschrieben, damit ich weiter an seine Unschuld glaube – oder weil er selbst nicht mehr weiß, wo hinten und vorne ist.«

Frau Cassini stieß einen tiefen Seufzer aus.

»Möglich ist alles, trotzdem jede Wette, dass sich da noch ein anderer an die Arbeit gemacht hat, woll? Vielleicht war es ja wirklich ein Raubmörder, der den Streit beobachtet und dann zugeschlagen hat, als Pille weg war …«

»Vielleicht kann Leonie mal überprüfen, ob es zum Tatzeitpunkt irgendwelche einschlägigen Delikte in der Gegend gegeben hat«, schlug Anne vor, als sie bemerkte, dass die Auszubildende noch immer nicht aus der Mittagspause zurückgekehrt war.

»Wo ist sie eigentlich?«, fragte Anne ihre Bürovorsteherin.

»Sie muss bei der Polizei eine Aussage in Sachen Nadja Wagner machen. Man will wissen, wo sich der Omür zur Tatzeit aufhielt.«

»Und wo war er?«

»Na, bei unserer Leonie, die beiden sind wohl ein Paar.«

Hoffentlich nicht mehr lange, schoss es Anne beim Gedanken an das Gespräch, das sie am Freitag zwischen den beiden jungen Leuten belauscht hatte, durch den Kopf. Das Telefon klingelte. Anne hörte zu, wie Thea Cassini mit Herrn Hertel vom Tierheim und seiner Tante einen Termin für siebzehn Uhr vereinbarte.

»Ich habe dort für meine Tochter einen Hund abgeholt«, sagte Anne, nachdem Frau Cassini aufgelegt hatte.

»Ja, die haben schöne Tiere. Ich habe mir …«

Weiter kam sie nicht. »… und Sie haben sich eine Katze besorgt!«, unterbrach Anne und weidete sich an dem völlig entgeisterten Gesicht ihrer Bürovorsteherin.

»Woher ich das weiß?«, fuhr sie schmunzelnd fort. »Tja, hier sollte man sich für seine Mitmenschen interessieren, hat mir einmal eine Mitarbeiterin geraten!«

»Sie sind unmöglich«, stöhnte die Anwaltsgehilfin.

»Ist sonst noch interessante Post dabei?«, wollte Anne

wissen, aber Frau Cassini schüttelte nur den Kopf, als sie ihr die Mappe mit den Posteingängen in die Hand drückte.

»Habe ich noch Mandanten?«

»Bis auf den Neffen und seine Tante nur noch eine Frau Hübner. Die kommt um fünfzehn Uhr.«

»Um was geht es?«

»Das wollte sie Ihnen nur persönlich sagen. Ich habe die Dame wirklich gelöchert, aber sie blieb stur.«

»Na, dann wird es ja wohl kaum ein Mord sein«, erwiderte Anne grinsend.

Kommissar Cordes hatte sich zu den Zeugenaussagen akribische Notizen gemacht, um sie gleich zusammen mit den Protokollen nach Dortmund zu faxen. Omürs Alibi für den Abend, an dem seine Schwester getötet wurde, schien wasserdicht. Mehrere Freunde und seine Brüder sagten aus, den Abend mit ihm verbracht zu haben. Dagegen fehlte ihm ein Alibi in Sachen Keller. Als die Lehrerin getötet wurde, war er angeblich nach Meschede unterwegs gewesen, um für seine Firma einen Einkauf zu tätigen. Keine Zeugen. Das machte Cordes allerdings kein Kopfzerbrechen, denn für ihn stand der Täter im Fall Keller so fest wie das Amen in der Kirche. Pille. Auch wenn er sich deshalb ständig mit seiner Schwester in den Haaren lag. Thea hatte irgendwie einen Narren an dem merkwürdigen Apotheker gefressen, aber das würde dem Kerl auch nichts nützen …

Leonie Kretschmer, Omürs kleine Freundin, die Cordes jetzt auf der Wache gegenübersaß, behauptete, dass der junge Türke am Freitagabend bei ihr gewesen war. Noch ein wasserdichtes Alibi, wie Cordes glaubte.

»Den ganzen Abend?«

»Ja, er hat bei mir geschlafen!«, kam es wie aus der Pistole geschossen.

»Wohnen Sie allein, Frau Kretschmer?«

»Nein, bei meinen Eltern, aber die waren im Urlaub.«

»Wann ist er bei Ihnen aufgetaucht?«

»Gegen achtzehn Uhr.«

Das Mädchen machte einen überaus glaubwürdigen Eindruck. Cordes hatte gleich zu Beginn der Vernehmung erfahren, dass sie unter den Fittichen seiner Schwester Thea bei Rechtsanwältin Brink lernte. Wenn das nicht vertrauenswürdig war! Ihre Antworten kamen zügig. Nur angucken konnte sie ihn nicht, aber das passierte auch redlichen Menschen, wenn sie ihm gegenübersaßen. Cordes bedankte sich bei der Zeugin und ließ sie gehen. Auch wenn er an Ahmet Omür nicht unbedingt einen Narren gefressen hatte, ihm wäre es aus Prinzip tausendmal lieber, wenn ein völlig Fremder, einer, der nicht zu den Nachbarn zählte, diese widerwärtigen Morde begangen hätte. Und so, wie es im Moment aussah, liefen die Ermittlungen wohl genau darauf hinaus: auf ein Schwein von außerhalb!

Kaum dass Leonie die Wache in Hüsten verlassen hatte, konnte sie ihre Tränen nicht mehr länger zurückhalten, und sie beschloss, erst in die Kanzlei zu gehen, wenn Frau Cassinis Adlerauge keine verräterischen Spuren mehr auf ihrem Gesicht entdecken würde.

Um Punkt fünfzehn Uhr klingelte es an der Tür der Kanzlei, und Thea Cassini teilte ihrer Chefin mit, dass Frau Hübner da wäre. Anne bat ihre Anwaltsgehilfin, sie gleich zu ihr ins Zimmer zu schicken. Bei der Gelegenheit fragte sie nach Leonie, aber die war immer noch nicht zurück.

Frau Hübner war eine kleine, dunkelhaarige Mittdreißigerin, die wegen ihrer schlanken Figur fast ein wenig mädchenhaft wirkte, doch kaum dass sie den Mund aufmachte, schien alles Zarte an ihr wie weggeweht. Sie hatte eine tiefe, volle Stimme. Wie eine versoffene Diseuse, aber nicht unsympathisch, dachte Anne, als sich die Frau zackig mit:

»Hübner. Jugendamt Hochsauerlandkreis!« vorstellte.

»Worum geht es, Frau Hübner?«, fragte Anne höflich und betont sachlich, wenngleich es tief in ihrem Bauch bereits spürbar zu grummeln begann.

»Entschuldigen Sie bitte, wenn ich gleich mit der Tür ins Haus falle, aber wo befindet sich Ihre Tochter Miriam momentan?« Als sie in Annes verdutztes Gesicht blickte, setzte sie hinzu: »Sie sind doch die Mutter von Miriam Merle Beyer, oder?«

»Ja, natürlich, aber was haben Sie damit zu tun? Oder anders gefragt: Was habe ich mit dem Jugendamt zu schaffen?« Annes Stimme hatte einen forschen Ton angenommen. Ihr schwante bereits, was hier gespielt wurde, aber sie weigerte sich, den Tatsachen ins Gesicht zu sehen.

»Meine Tochter ist zu Hause und macht Schularbeiten«, ergänzte sie nun mit fester Stimme und fixierte ihr Gegenüber abschätzend.

»Das müsste ich, so leid es mir tut, schnellstens überprüfen, denn mir ist aus Hamburg die Information zugegangen, dass Ihre Tochter die Schule schwänzt, von zu Hause weggelaufen ist und zurück zu ihrem Vater nach Hamburg möchte …«

»Arschloch!«, entfuhr es Anne mit einem vernichtenden Blick auf die resolute Dame vom Jugendamt, die jedoch keine Miene verzog.

»Tja, dann würde ich sagen: Fall geklärt. Und auf Wiedersehen!« Mit diesen Worten stand Anne demonstrativ von ihrem Schreibtischstuhl auf.

»Leider noch nicht, denn Ihr Exgatte hat das alleinige Sorgerecht beantragt.«

Diese Nachricht traf Anne wie einen Keulenschlag, und sie ließ sich augenblicklich zurück in ihren Sessel fallen.

»Und Sie tauchen hier – zum Wohl des Kindes – auf und glauben den Scheiß?«, griff sie nun Frau Hübner an.

Die Sozialarbeiterin holte einmal tief Luft und erwiderte dann freundlich und unmissverständlich: »Ich würde Ihre Tochter gern sprechen. Ist das möglich?«

»Natürlich! Dann werden Sie ja sehen, dass ich mein Kind gefangen halte, schlage …«

Anne schaute Frau Hübner jetzt direkt in die Augen. Die strahlten merkwürdigerweise viel Wärme und Mitgefühl aus; die gehörten keinem dieser seelenlosen Behördenautomaten. Anne sah ein, dass es keinen Sinn hatte, diese Frau stellvertretend für Jonas zu bekämpfen.

»Mist, warum tut der das? Nur um sein Ego zu befriedigen oder was?«, rief sie schließlich laut aus.

Frau Hübner zuckte mit den Achseln.

»Mir tut das ja auch leid, hier einfach so reinzuplatzen. Ich habe das, ehrlich gesagt, auch selten erlebt, dass so viel Dampf gemacht wird. Ihr geschiedener Mann hat den Antrag erst heute durch seinen Anwalt gestellt. Gewöhnlich dauert es Wochen, bis wir überhaupt informiert werden, aber in diesem Fall hat mein Chef mich ausdrücklich aufgefordert, Sie heute noch aufzusuchen. Das hat meine ganze Terminplanung für heute durcheinander gebracht!«

»Wenn Herr Professor Beyer etwas will, dann bekommt er es auch«, kommentierte Anne aufgebracht die Erklärung, mit der die Sachbearbeiterin ihren Überraschungsbesuch scheinbar entschuldigen wollte.

»Bitte, lassen Sie Ihren Ärger nicht an dem Überbringer der schlechten Nachricht aus«, entgegnete Frau Hübner, »denn ich kann wirklich nichts dafür. Ich soll mir nur ein Bild machen, ob Ihre Tochter die Schule schwänzt, in der Weltgeschichte herumirrt und nicht bei Ihnen leben will. Und ich soll herausfinden, ob Sie den sehnlichsten Wunsch Ihres Kindes, in Hamburg beim Vater zu wohnen, böswillig untergraben. Sie sind Anwältin, Sie wissen, was mein Job von mir verlangt. Nehmen Sie es also bitte nicht persönlich!«

»Wann wollen Sie meine Tochter sprechen?«

»Am liebsten heute noch. Weil mir mein Chef sonst die Hölle heiß macht. Er bekommt Druck aus Hamburg, denn anscheinend heizt Ihr freundlicher Exgatte allen dort heftigst ein!«

Anne musste wider Willen lächeln.

»Können Sie gegen achtzehn Uhr vorbeikommen? Ich würde nämlich gern im Haus sein. Nicht dass ich meine Tochter erst verprügeln möchte, damit sie nichts Falsches sagt, nein, ich möchte sie möglichst schonend darauf vorbereiten, dass der Kampf Beyer gegen Brink in eine neue Runde geht.«

»Kein Problem, auch wenn es eigentlich außerhalb meiner offiziellen Dienstzeit ist«, entgegnete Frau Hübner freundlich und fügte hinzu: »Nur weil Ihr Exgatte lauter Extrawürste für sich beansprucht, heißt das übrigens nicht automatisch, dass ich nach seinem Gusto entscheiden werde.«

Mit diesen Worten verabschiedete sich Frau Hübner und Anne konnte nicht umhin, diese Frau rundherum sympathisch zu finden.

Anne überlegte noch, ob sie Miriam telefonisch vorwarnen sollte, als sie die Tür klappen hörte und auf dem Flur Leonies Stimme vernahm. Anne rief nach ihr. Sie wollte ihr eigentlich die Meinung sagen und sie fragen, wo sie sich so lange herum getrieben hatte, doch als die Auszubildende ihr Büro betrat, bekam Anne einen Schreck. Wie blass und krank das Mädchen aussah. Ich sollte sie sofort nach Hause schicken, dachte Anne noch, aber dann klingelte das Telefon und sie machte Leonie ein Zeichen, das Zimmer zu verlassen. Es war der Staatsanwalt. Er teilte Anne mit, dass ihr

Mandant Klaus Köppen immer noch nicht ansprechbar war. Nach den neusten Untersuchungen bestand aber zumindest die Aussicht, dass er wieder ganz gesund werden würde.

»Na, hoffentlich«, sagte Anne und wurde das Gefühl nicht los, dass Winter gar nicht aus beruflichen Gründen bei ihr anrief. Bei dem Gedanken musste sie unwillkürlich lächeln. Es war ihr nämlich keineswegs entgangen, dass Winter gar nicht mehr so nassforsch auftrat, wie am Anfang. Anscheinend hatte er einen Gang zurückgefahren, was ihn in ihren Augen jedenfalls liebenswerter machte. Auf einen Staatsanwalt hatte sich Anne allerdings noch nie eingelassen. Nicht einmal auf eine unverbindliche Affäre. Und das würde sich, dachte Anne, nachdem sie aufgelegt hatte, auch sobald nicht ändern.

Stefan Winter war die kühle Professionalität der Anwältin nicht entgangen. Er war nach dem Gespräch ein wenig geknickt. Irgendwie kannte er diesen freundlichen, aber unverbindlichen Ton – von sich selbst. War er nicht geradezu ein Meister der diskreten Abgrenzung? Winter seufzte. Schon längst hatte er sich eingestehen müssen, dass er dabei war, sich in die Anwältin zu verlieben, ein Umstand, der ihn zutiefst verunsicherte. Nun setzte er alle seine Hoffnungen auf das Wochenende in vierzehn Tagen. Wenn er sie erst einmal in seine Wohnhöhle in Werl gelockt hatte, dann konnte die Welt schon völlig anders aussehen.

Es fiel ihm schwer, sich auf seine Arbeit zu konzentrieren. Wie viel lieber würde er sich jetzt seinen erotischen Träumen hingeben als dem Polizeibericht über Nadja Wagner, der wieder einmal ausgebreitet vor ihm auf dem Schreibtisch lag. Der Fall wurde immer mysteriöser. Was sich am Freitag auf den ersten Blick auf ein und denselben Täter zugespitzt hatte, driftete wieder merkwürdig auseinander. Hülya Omür war noch Jungfrau gewesen, als sie erschossen worden war, während Nadja Wagner noch kurz vor der Tat Geschlechtsverkehr gehabt haben musste. Und zwar freiwillig. Es gab keine Anzeichen für irgendwelche Gewaltanwendungen.

Seit die Mitarbeiterin des Jugendamts die Kanzlei verlassen hatte, spielte Anne mit dem Gedanken, Martin brühwarm von Jonas' Gemeinheiten zu berichten, aber er war nicht mehr in seinem Büro. Auch unter seiner Privatnummer konnte sie ihn nicht erreichen. Schließlich sprach sie ihm kurz auf den Anrufbeantworter und bat ihn lediglich um einen Rückruf. Ganz wohl fühlte sich Anne nicht in ihrer Haut. Martin tat immer alles, um ihr zu helfen, aber wenn es ihm schlecht ging, war sie nicht für ihn da. Und dass irgendetwas nicht in Ordnung war, das wusste Anne spätestens, seit er sich heute bei Gericht so merkwürdig verhalten hatte.

Emil Hertel war es mehr als peinlich, mit seiner unentwegt plappernden Tante bei der Anwältin aufzutauchen. Er wusste ja, wie großartig die alte Dame eigentlich war. Ida Regner – einst eine erfolgreiche und umjubelte Sängerin. Emil Hertel fand es irgendwie ungerecht, dass von dem einst so beliebten Sopran nichts weiter übrig bleiben würde als ein paar vergilbte Fotos und die Erinnerung an eine verrückte Alte. Trotzdem genierte er sich für ihr Auftreten und war sehr erleichtert, als er sah, wie die Anwältin mit seiner Tante umging. Nicht überheblich oder in einem debilen Ton, wie er es oft bei anderen erleben musste, sondern respektvoll und äußerst zugewandt.

»Sie haben also am Tag, als die Lehrerin ermordet wurde, auf dem Eichholz-Friedhof einen Mann gesehen?«, fragte Anne nun, um die alte Dame von längst vergessenen Konzerten ins Heute zurückzuführen.

»Er ist gerannt«, sagte die kleine weißhaarige, zerbrechlich wirkende Person.

»Wann war das denn, Frau Regner?«, fragte Anne weiter und erntete einen mitleidigen Blick des Neffen.

»Ich habe auf die Uhr geschaut. Es war kurz nach halb zwei, als ich auf den Friedhof kam, aber ich bin ja erst nach links abgebogen zu meinem Mann. Und dann erst gehe ich immer nach rechts. Zum Grab meiner alten Freundin. Die hat nie gesungen. Ihr Mann wollte das nicht. Dabei hatte sie eine zauberhafte Stimme. Und als ich dorthin bin, lag die tote Frau auf dem Grab nebenan! Ich war so erschrocken, dass ich es ganz vergessen hatte. Das mit dem Mann, der weggelaufen ist …«

Anne lächelte der alten Dame ermutigend zu. »Und jetzt noch einmal zu dem Herrn. Wie sah er denn aus?«

»Normal«, antwortete Frau Regner mit brüchiger Stimme.

»Normal?«, wiederholte Anne gefasst und fügte hinzu: »Wie sieht denn ein normaler Mann aus?«

»Also der Apotheker, der war es ganz bestimmt nicht. Den kenn ich ja, bei dem habe ich früher meine Medikamente gekauft. Nein, er sah eher aus wie der Metzger.«

»Welcher Metzger?«, fragte Anne wie elektrisiert.

»Na, der aus Hüsten. Der Ärmel.«

»Tante Ida, bitte hör auf damit. Das war doch keiner, den du kanntest, du hast doch gemeint, dass es ein Fremder war«, raunte Emil Hertel seiner Tante vorwurfsvoll ins Ohr. Immerhin laut genug, dass Anne es verstehen konnte.

»Ja, weil du mir gesagt hast, ich soll keinen mehr beschuldigen, den ich kenne …«, erwiderte die alte Dame trotzig.

»Lassen Sie Ihre Tante doch ruhig ausreden«, ermutigte Anne die Zeugin.

»Ich habe einfach Sorge, sie behauptet wieder, es sei der

Hausarzt gewesen oder der Bäcker oder sonst wer – das ist doch unangenehm ...«

»Aber jetzt weiß ich doch sicher, dass es der Ärmel war. Ich habe ihn zwar nur von weitem gesehen und von hinten, aber ich wusste sofort, dass ich ihn kannte. Ich wusste nur nicht, warum ich das sofort wusste. Jetzt weiß ich es wieder: Er hatte keinen rechten Arm. Und ich kenne nur einen einzigen Menschen, dem der Arm fehlt und wo keine Hand dran ist. So, und das lass ich mir von keinem mehr ausreden! Am allerwenigstens von dir!«

Mit diesen Worten warf die alte Dame ihrem Neffen einen triumphierenden Blick zu.

Der rollte genervt mit den Augen. »Ich habe doch nicht geahnt, dass sie nach dem Hausarzt und dem Bäcker nun mit dem Metzger aus Hüsten kommt«, wandte er sich an Anne. »Vergessen Sie das bitte. Hat eben doch keinen Zweck. Leider!«

Anne war hin- und hergerissen. Schon möglich, dass die alte Dame wirklich nicht als Zeugin taugte; anderseits brachte sie mit Wagner jemanden ins Spiel, den Anne bislang zwar nicht als Täter in Betracht gezogen hatte, dem die Lehrerin aber offensichtlich verhasst war. Aber was war mit den beiden Mädchen? Das ergab keinen Sinn. Nein, denn Nadja Wagner war ja schließlich sein eigenes Kind. Nadja Wagner? Anne stutzte. Vielleicht bestand doch ein Zusammenhang zwischen dem Mord an Nadja und dem an Christine Keller-Köppen? Vielleicht hatte die Lehrerin Wagner mit ihren Vermutungen über einen möglichen Missbrauch konfrontiert? Schließlich hatte Klara Wagner ihren Vater sogar anzeigen wollen. Aber war er wirklich fähig, seine eigene Tochter umzubringen? Hätte er dann nicht eher Klara ermordet? Und was hatte das alles mit Hülya zu tun?

Anne seufzte laut auf und war so in Gedanken versunken, dass sie ihren Besuch beinahe vergessen hatte.

»Wir gehen dann mal«, erklärte Emil Hertel gequält. »Und tut mir leid, dass meine Tante nichts beitragen kann, was Ihnen hilft.«

Ida Regner hatte die Lippen fest zusammengepresst und schwieg.

»Oh, entschuldigen Sie bitte. Ich war nicht ganz bei der Sache. Bitte fahren Sie mit Ihrer Tante jetzt direkt zur Hauptwache nach Hüsten. Dort soll sie ihre Aussage zu Protokoll geben.«

Die alte Dame schielte belustigt zu ihrem Neffen hinüber. Der beugte sich über den Schreibtisch und raunte: »Das meinen Sie doch wohl nicht im Ernst?«

»Und ob«, erwiderte Anne und wandte sich Frau Regner zu.

»Würden Sie das noch einmal vor der Polizei wiederholen, was Sie mir da eben von dem Mann ohne Arm erzählt haben?«

»Aber sicher, Kindchen«, flötete Ida Regner und fügte mit einem prüfenden Blick auf Anne hinzu: »Warum sind Sie eigentlich Anwältin geworden?«

Erstaunt gab Anne zurück: »Warum?«

Die alte Dame kicherte. »Sie haben eine künstlerische Ader. Das sehe ich sofort. Und da frage ich mich, wieso Sie sich für die Paragraphen entschieden haben.«

Anne spürte, wie sie rot wurde. Sie fühlte sich von der alten Dame durchschaut.

»Ich fand, dass ich für eine Sängerin zu wenig Talent besitze.«

»Glaube ich nicht. Der Resonanzboden ist jedenfalls da«, erwiderte die ehemalige Sängerin mit einem Kennerblick auf Annes kräftigen Brustkorb.

»Und Sie meinen wirklich, wir sollen zur Polizei fahren?«, fragte Emil Hertel völlig verunsichert nach.

»Du hast doch gehört, was die Frau Anwältin gesagt

hat!«, krähte die alte Dame vergnügt und nahm ihren Neffen bei der Hand. »Herr Hertel, es kann doch auch jemand anders mit nur einem Arm gewesen sein«, redete Anne ihm gut zu. »Ich glaube nur nicht daran, dass Ihre Tante phantasiert. Es wird noch jemand auf dem Friedhof gewesen sein, und die Tatsache, dass sich dieser Jemand bislang nicht bei der Polizei gemeldet hat, macht einen doch zumindest skeptisch, oder?«

»Sie haben ja Recht. Komm Tantchen!«

Die alte Dame schien gerade wieder in ihre glorreiche Vergangenheit abgetaucht zu sein, denn sie machte keinerlei Anstalten, sich von Anne zu verabschieden. Doch dann, als sie zur Tür schritt, drehte sie sich noch einmal um und raunte: »Sie sollten wieder singen, junge Frau.«

Anne sah ihr eine Weile nachdenklich hinterher, bis sie aus der Küche ein unterdrücktes Schluchzen vernahm. Leonie! Anne trat auf den Flur und fragte vorsichtig:

»Kann ich Ihnen vielleicht irgendwie helfen?«

»Nein, alles gut«, erwiderte die Auszubildende, vergeblich bemüht, tapfer zu lächeln. Ihr Gesicht verriet allerdings das Gegenteil. Die Augen waren vom vielen Weinen ganz verquollen, der Lippenstift verschmiert, die Wimperntusche verlaufen. Liebeskummer, war Annes erster Gedanke. Omür – dieser Mistkerl, ihr zweiter.

»Sie wissen, dass Sie sich jederzeit an mich wenden können, wenn Sie ein Problem haben. Wenn Sie mögen, kommen Sie doch einfach mit zu mir ins Zimmer und dann reden wir miteinander«, bot sie der jungen Frau an. Mehr konnte sie nicht für sie tun – es war nicht Annes Art nachzubohren. Vor allem, weil sie Leonie höchstwahrscheinlich zur sofortigen Trennung von Ahmet Omür raten würde und das überstieg ihre Kompetenzen.

In diesem Augenblick trat Frau Cassini aus ihrem Zimmer. Ihre Neugier schien ihr keine Ruhe gelassen zu haben.

»Was hat die alte Dame denn nun eigentlich auf dem Friedhof gesehen?«, wollte sie wissen.

»Einen Mann mit nur einem Arm …«, entgegnete Anne möglichst sachlich.

»Aber das kann doch nur …?«, rief Frau Cassini erschrocken aus.

»Das behauptet die alte Dame auch.«

12.

Ein uralter Schwur

Anne war gar nicht wohl bei dem Gedanken, Miriam beizubringen, dass Jonas einen Antrag auf das alleinige Sorgerecht gestellt hatte. Die ganze Fahrt vom Büro nach Schreppenberg überlegte sie: Wie sage ich es meinem Kind? Sie fuhr sogar drei Mal an ihrem Haus vorbei, weil sie sich so sehr vor dem Augenblick grauste. Natürlich würde Miriam sofort wissen, dass allein Jonas ihr das eingebrockt hatte, aber es war ein bisschen verrückt: Anne fühlte sich mitverantwortlich. Ihr Schuldgefühl saß tiefer – sie hatte Jonas verlassen, nicht er sie. Wie viele Frauen verließen ihren Mann nicht gleich, wenn sie ihn beim Fremdgehen erwischten? Anne stieß einen tiefen Seufzer aus. Es nützte alles nicht. Sie würde es genau so wieder tun.

Benny empfing Anne freudig bellend im Flur. Das verwunderte sie ein wenig, denn seit dem Wochenende waren die Promenadenmischung und sein neues Frauchen quasi unzertrennlich. Wieso lag er also nicht oben in Miriams Zimmer? Anne rief nach ihrer Tochter, bekam aber keine Antwort. Bereits auf der Treppe konnte Anne laute Musik hören. Benny war mit ihr nach oben gerannt und hockte jetzt jaulend vor Miriams Zimmertür. Anne lauschte verunsichert den wummernden Bässen von drinnen. Vorsichtig drückte sie die Klinke herunter, doch die Tür war von innen abgeschlossen. Sie zuckte zusammen, weil sie das zwangsläufig an die Auseinandersetzungen der jüngsten Vergangenheit erinnerte. Etwas energischer als beabsichtigt klopfte Anne gegen die Zimmertür und rief laut: »Miriam, ich muss dich sprechen!«

Es dauerte eine Weile, bis die Musik drinnen leiser gedreht wurde. Jetzt ertönte lautes Gekicher. Das eine war Miriam, aber wem gehörte die tiefere Stimme? Keine Frage, ihre Tochter hatte Besuch.

Anne überlegte noch, ob sie sich unauffällig zurückziehen sollte, um gar nicht erst in den Verdacht zu geraten, die nervige Alte mit dem Kontrollzwang zu sein, als ihr Blick auf ihre Armbanduhr fiel. Sie hatte jetzt keine Zeit mehr, sich mit pädagogischen Grundsatzfragen herumzuschlagen, blieben ihr doch bis zu dem Termin mit der Sozialarbeiterin gerade noch knappe dreißig Minuten. Ganz unvorbereitet wollte Anne Miriam nicht in dieses Gespräch gehen lassen. Und kichernde Kids hinter verschlossenen Türen machten auch nicht gerade den besten Eindruck vor dem Jugendamt. Anne klopfte noch einmal.

In diesem Augenblick flog die Tür auf, und eine Miriam mit hochrotem Kopf begrüßte sie mit: »Hallo, Mami!«

Anne reckte ihren Hals und erkannte ihn sofort wieder: Der dunkelhaarigen Junge am Computer war der Junge mit dem Herzen hinter seinem Namen! Der stand nun auf und gab ihr formvollendet die Hand.

»Ich bin Anselm Kampener, ein Schulfreund Ihrer Tochter.«

Obwohl er für einen Jungen in seinem Alter ein exorbitant gutes Benehmen an den Tag legte, wirkte er auf Anne irgendwie düster. Vielleicht liegt es an seinen braunen Augen, dachte sie, die sehen noch genauso traurig und verhangen aus wie neulich an Miriams erstem Schultag.

Anne lächelte ihn an und musterte ihre Tochter aus dem Augenwinkel. Miriams Wangen waren gerötet, ihre Augen sprühten Funken und sie strahlte wie ein hell erleuchteter Weihnachtsbaum.

»Guten Tag, Anselm, ich würde mich sehr freuen, wenn …« Sie wollte ihn gerade duzen, als sie stutzte. Er sah deutlich älter aus als Miriam. Nicht nur ein paar Wochen, nein, er war bestimmt schon fünfzehn. »Ich würde mich freuen, wenn Sie meine Tochter mal wieder besuchen, aber Miriam und ich, wir haben etwas Wichtiges zu besprechen – und zwar sofort.«

Ihre Tochter wollte schon heftig protestieren, als Anne ihr einen warnenden Blick zuwarf.

»Morgen kannst du ja mal mit zu mir kommen«, reagierte Anselm diplomatisch auf den Quasi-Rausschmiss der Hausherrin.

»Darf ich?«, fragte Miriam mit leuchtenden Augen.

»Natürlich! Und ich meine das ernst, Anselm, besuchen Sie uns gern wieder, nur jetzt im Moment ist es etwas ungünstig. Wir haben ein familiäres Problem.«

Bei diesem Wort musterte Miriam ihre Mutter abschätzig, aber sie tat, was man von ihr verlangte. Sie begleitete Anselm noch zur Tür, der sich von Anne formvollendet mit einem Handschlag, aber ohne die geringste Spur eines Lächelns verabschiedete.

Kaum war die Haustür hinter dem Jungen mit den melancholischen Augen zugeklappt, stürzte sich Miriam wütend auf ihre Mutter. »Das war ja wohl voll peinlich. Was soll der jetzt von dir denken?«

»Ich kann es mir vorstellen«, erwiderte Anne zerknirscht, »aber wir bekommen gleich Besuch und … wenn Anselm dem begegnet wäre, wäre dir das wahrscheinlich noch peinlicher gewesen.«

»Dein Exfreund, oder was?«

»Nein, Schatz, es ist so …« Anne holte tief Luft. »Dein Vater ist der Meinung, dass du bei mir nicht gut aufgehoben bist und dass du lieber bei ihm in Hamburg leben möchtest …« Erneut hielt Anne seufzend inne, ehe sie fortfahren konnte. »Und dass ich … keine gute Mutter bin, weil du von zu Hause abgehauen bist …«

»Und jetzt kommt er und will mich holen? Dumm gelaufen, ich geh nämlich nicht mit«, erwiderte Miriam, die Hände kämpferisch in die Hüften gestemmt.

»Du erinnerst dich doch, dass damals vor unserer Scheidung eine Frau mit dir geredet hat, oder?«

»Klaro! Heißt das etwa, er hat mir jetzt wieder so eine Tusse auf den Hals gehetzt?«

»Das ist keine Tusse, sondern eine Frau Hübner vom Jugendamt Meschede. Die muss den Fall jetzt überprüfen, denn Papa hat das alleinige Sorgerecht beantragt.« Jetzt war es raus. Miriam ballte wütend die Fäuste und schimpfte: »Da kann er mir sonst wen schicken. Ich werde nicht bei ihm, seiner Schnitte und seinem neuen Kind wohnen. Ich will auf jeden Fall hier bleiben. Das ist doch mein neues Zuhause! Hier gehöre ich her. Kann mich doch kein Gericht aus meinem Zuhause reißen. Selbst wenn Paps der Papst wäre …«

Wenn es nicht alles so traurig wäre, hätte Anne vielleicht über den Anblick ihrer Tochter lachen müssen. Eine Amazone war gar nichts gegen diese zum Kampf entschlossene Dreizehnjährige. Es war schon komisch, wie ihre Tochter plötzlich voller Inbrunst verkündete, dass sie nach Arnsberg gehörte. Was so ein hübscher junger Mann doch in kürzester Zeit bewegen kann, dachte Anne nicht ohne Wehmut.

Dann klingelte es. Anne öffnete und bat Frau Hübner höflich ins Wohnzimmer.

»Was für ein Wahnsinnsausblick«, rief die Dame vom Jugendamt begeistert aus, während sie geradewegs auf die Terrassentür zusteuerte. Anne wartete, bis Frau Hübner sich an der Aussicht über das Tal satt gesehen hatte und rief nach ihrer Tochter.

Mit den knappen Worten: »Das ist Frau Hübner, und das ist meine Tochter Miriam!«, stellte Anne die beiden einander vor, um sich dann diskret zurückzuziehen. Obwohl sie nicht ernsthaft befürchtete, dass Jonas ihr Miriam würde wegnehmen können, war ihr nicht ganz wohl bei der Sache; sie spürte eine undefinierbare Unruhe in sich aufsteigen, nachdem sie die beiden allein gelassen hatte. Um sich abzulenken, griff sie schließlich zum Telefon.

Martin Kleiber hörte, wie der Anrufbeantworter ansprang. Als er hörte, dass es Anne war, verspürte er den Impuls ranzugehen, zumal sie schon einmal angerufen hatte, aber er konnte sich gerade noch rechtzeitig bremsen. Mit versteinerter Miene lauschte er ihrer Stimme, die ihm selbst durch die verzerrte Wiedergabe des Anrufbeantworters noch immer durch und durch ging. Keine Frage, seit sie in Arnsberg lebte, war es schlimmer geworden. Viel schlimmer sogar. Wenn er das gewusst hätte, er hätte sie niemals zu seiner Nachfolgerin gemacht, aber jetzt war es zu spät. Nun hieß es, damit fertig zu werden wie ein Mann. *Sie müssen sich klar darüber werden, was Sie so stark an diese Frau bindet und was sie heute noch wirklich von ihr wollen,* hatte ihm der Therapeut geraten, den er am Nachmittag in Dortmund aufgesucht hatte. Das war leichter gesagt als getan. Er wusste keine Antwort. Martin dachte an die Sitzung – und an die Dinge, die er dem Therapeuten bislang verschwiegen hatte.

Wenn du das abhörst, ruf bitte mal zurück. Ich merke doch, dass irgendwas mit dir los ist. Vielleicht kann ich dir ja irgendwie helfen …

Sie klang leicht verzweifelt.

Du nicht, dachte Martin Kleiber traurig, du kannst mir nicht helfen.

Nachdem Anne enttäuscht aufgelegt hatte, war sie schwer damit beschäftigt, jeden Gedanken an das, was dort unten im Wohnzimmer gerade passierte, aus ihrem Kopf zu verbannen. Stattdessen konzentrierte sie sich auf die letzten Ereignisse heute in der Kanzlei. Ob die alte Dame wirklich den Metzger gesehen hatte? Bei der Vorstellung, Wagner könnte ein Mörder sein, spürte Anne jedenfalls längst nicht so einen inneren Widerstand, wie sie ihn bei Köppen empfand.

Lautes Gelächter schallte von unten bis in ihr Arbeitszimmer. Das Gespräch zwischen Miriam und Frau Hübner schien in bestem Einvernehmen beendet zu sein.

»Ob Sie Ihrer Mutter Bescheid sagen könnten? Ich müsste noch ein paar Worte mit ihr wechseln«, hörte Anne die Stimme der Jugendamtsmitarbeiterin laut sagen.

»Natürlich, gern«, antwortete Miriam wohlerzogen, bevor sie die Treppen hinaufstürmte. Immer zwei Stufen auf einmal.

»Ich mache mich wieder an unser Referat. Und dann maile ich das Anselm rüber«, säuselte sie im Vorbeischweben.

Dann blieb sie stehen, gab der völlig überraschten Anne mit den Worten: »Frau Hübner will kurz mit dir sprechen!« einen Kuss auf die Wange und verschwand in ihrem Zimmer.

Kopfschüttelnd ging Anne die Treppen hinunter.

Frau Hübner stand schon wieder an der Terrassentür und ließ ihren Blick über das Tal schweifen. Sie schien ganz in Gedanken versunken, denn erst, als Anne eine Flasche Wein und zwei Gläser aus dem Schrank holte, drehte sie sich ein wenig erschrocken um.

»Entschuldigen Sie, aber das ist einfach zu schön. Gerade jetzt im Herbst«, schwärmte sie, riss sich schließlich von dem Blick los und nahm auf dem Sofa Platz.

Anne stellte vorsichtig die Flasche mit den Gläsern auf den Tisch.

»Ich will Sie nicht bestechen«, begann sie zögernd und schenkte den Wein ein. »Aber ich kann jetzt einen Schluck vertragen. Und wie war das noch mit Ihrer Arbeitszeit? Dieser Termin liegt doch außerhalb Ihrer regulären Stunden, oder?«

»Bestechen Sie mich nur. Ich bitte darum. Wenn man mich auf Wunsch eines einzelnen Herren abends zur Arbeit schickt, hat das seinen Preis. Und dann auch noch mit Bahn und Bus, weil Auto kaputt.« Mit diesen Worten nahm Frau Hübner ihr Glas entgegen.

»Prost!«

Das klingt ziemlich norddeutsch, wie sie das sagt, stellte Anne fest und erhob ihr Glas

»Zum Wohl!«

Die beiden Frauen musterten sich eine Weile schweigend.

Schließlich sagte Frau Hübner: »Ich denke, ich kann offen mit Ihnen darüber sprechen, was für einen Eindruck ich gewonnen habe und wie mein Bericht ausfallen wird.«

Auch wenn Anne nicht wirklich Angst hatte, man würde ihr das Kind wegnehmen, fing ihr Herz bei diesen Worten heftiger zu klopfen an.

»Ihre Tochter hat klare Vorstellungen«, fuhr die Sozialarbeiterin fort. »Sie will auf keinen Fall zu ihrem Vater, besonders weil sie seine neue Frau nicht leiden kann. Sie sieht ein, was für einen großen Mist sie verzapft hat, als sie zu ihrem Großvater nach Köln abgehauen ist, aber sie schwört, dass sie so etwas nicht wieder tun wird. Und ich glaube ihr. Außerdem hat sie mir glaubwürdig versichert, dass sie bei ihrer Mutter leben möchte. Und dass dies hier ihr neues Zuhause ist.«

Anselm, dich schickt der Himmel, dachte Anne und prostete dem Schulfreund ihrer Tochter in Gedanken zu.

»Wenn alle meine Fälle so eindeutig wären, hätte ich

einen leichten Job«, hörte sie Frau Hübner jetzt sagen, und Anne entspannte sich langsam wieder. Die Gefahr schien vorerst vorüber, und doch sah Anne vor ihrem inneren Auge Jonas förmlich ausrasten. Würde der Mann wirklich Ruhe geben, weil eine Mitarbeiterin des Jugendamts schrieb, dass das Kind bei der Mutter bleiben wollte? Trotz der plötzlich einsetzenden Zweifel wusste Anne, dass Frau Hübner alles gegeben hatte.

»Danke!«, flüsterte sie.

»Nichts zu danken. Selbst wenn ich wollte, ich habe hier gar keinen Ermessensspielraum. Ich meine, wer will bestreiten, dass die Nachricht vom gewaltsamen Tod einer neuen Klassenlehrerin dazu angetan ist, eine Dreizehnjährige dermaßen zu traumatisieren, dass sie die Flucht ergreift? Und dann die ätzenden Schulkameraden. Nicht zu vergessen die telefonische Nachricht von dieser, sagen wir einmal, etwas unsensiblen jungen Frau, die Ihre Tochter ohnehin nicht leiden kann, dass sie nun ein Geschwisterchen bekommt. Nein, für mich ist es ein klarer Fall. Sie und Ihre Tochter haben mich völlig überzeugt.«

Anne sah die Sozialarbeiterin voller Dankbarkeit an. »Sagen Sie, wenn Ihr Job damit beendet ist ... Könnten wir uns dann bei Gelegenheit nicht mal privat treffen?«, fragte sie nun zögernd und hoffte, dass ihr Gegenüber es nicht als zudringlich empfinden würde.

»Sie nehmen mir die Worte aus dem Mund«, entgegnete Frau Hübner lächelnd und erhob ihr Glas.

»Ich heiße übrigens Evi. Und ich würde mich freuen, wenn wir uns duzen.«

Anne erhob ihr Glas ebenfalls und sagte: »Und ich bin Anne.«

Die beiden Frauen stießen lachend miteinander an.

»Hast du eigentlich selber Kinder?«, wollte Anne jetzt von ihrer frisch gebackenen Bekannten wissen.

»Eine Tochter. In Miriams Alter«, erwiderte sie.

»Und der …«

Weiter kam Anne nicht, denn Evi unterbrach sie: »Vom Vater des Kindes geschieden, neu verliebt, von Bremen nach Meschede gezogen wegen ihm, und dann entpuppte er sich leider als Riesenarsch – ich meine Riesenirrtum.«

Anne kicherte.

Nach einer halben Stunde hatten die beiden Frauen die erste Flasche Rotwein geleert und einander bereits ihr halbes Leben erzählt. Evi interessierte sich brennend für die Mordfälle, und Anne erfuhr von ihr, dass Frau Keller-Köppen eine engagierte, beliebte Lehrerin gewesen war, die sich stets auf die Seite der Schüler geschlagen hatte. Ja, sie hatte sogar kurz vor Hülyas Tod ein Gespräch mit deren Eltern geführt. Über deren Pläne, das Mädchen in die Türkei zu schicken. Leider erfolglos, wie Evi bedauernd erklärte.

Wenn das Jonas wüsste, dachte Anne, als sich Miriam irgendwann zwischendurch eine Fertigpizza machte und damit in ihrem Zimmer verschwand. Manchmal konnte Anne es kaum glauben. War sie wirklich einmal mit einem Mann verheiratet gewesen, der jeden Abend von der Gattin frisch zubereitete Viergängemenüs erwartete?

Sie versuchte, Evi zu einer zweiten Flasche zu verführen, was ihr auch ohne Probleme gelang. Dazu naschten sie französischen Käse und Weintrauben. Wie sehr hatte sich Anne nach solchen Weiberabenden gesehnt.

»Und, hast du einen Freund?«, wollte Evi wissen.

»Nein, seit meiner Scheidung habe ich eine Macke. Ich vertraue keinem Mann mehr und kriege die Krätze, wenn mir einer zu nahe kommen will.«

»Ach, ich wäre schon bereit für eine neue Beziehung«, seufzte Evi, »aber mein letzter Typ hatte eine schwere Bindungsmacke.«

Unvermittelt fingen sie unisono an zu lachen.

»Aber das sollte ich dir lieber nicht erzählen, weil du ihn wahrscheinlich kennst. Zumindest hast du seine Kanzlei übernommen.«

»Martin?«, fragte Anne ungläubig, und in diesem Augenblick fiel es ihr wie Schuppen von den Augen. Evi Hübner, die Frau aus Meschede! O Gott, wenn sie ihm bloß besser zugehört hätte, aber jetzt war es zu spät. Nun hatte sie sich bereits mit seiner Ex verschwestert. Wenigstens mag ich sie, schoss es Anne durch den Kopf, bevor sie einigermaßen gefasst herausbrachte: »Klar, er hat dich sogar mal erwähnt. Wir kennen uns ganz gut. Er ist mein bester Freund.«

Daraufhin wurde Evi Hübner mit einem Mal ganz förmlich. »Dann wissen Sie wahrscheinlich auch, warum wir uns getrennt haben, oder?«

»Nein«, entgegnete Anne erschrocken. So ein verdammter Mist! Dass die erste Frau, die in ihrer neuen Heimat das Zeug zu einer echten Freundin hatte, ausgerechnet Martins Ex sein musste. Aber dass Evi sie in ihrem Schock wieder zu siezen anfing, das ging nach ihrem Geschmack dann allerdings doch zu weit.

»Dann werde ich mal taktvoll sein, und meinen Mund halten«, presste Evi Hübner hervor.

»Schade! Aber du darfst mich trotzdem weiter duzen«, gab Anne zurück.

Evi schluckte trocken. »Entschuldige, natürlich bleiben wir beim Du. Ich war nur so verwirrt. Ich will nichts Falsches sagen. Man könnte es so leicht missverstehen ...«, presste Evi Hübner gequält heraus.

»Also, ganz ehrlich, das würde mich schon interessieren, Evi, aber ich will dich nicht drängen ...«, sagte Anne.

»Okay, aber versprich mir, mit keinem darüber zu reden, auch nicht mit Martin«, fuhr Evi verschwörerisch fort.

»Ich werde schweigen wie ein Grab!«, schwor Anne,

nicht ohne ein schlechtes Gewissen zu verspüren. Wäre das nicht ein Vertrauensbruch ihm gegenüber?

»Ich habe doch eine Tochter«, begann Evi, und es lag plötzlich so viel Spannung in der Luft, dass man es knistern hören konnte. Anne hielt den Atem an. Noch war gar nichts gesagt, und doch krochen ihr plötzlich Schauer über den Rücken, als hätte man sie in eine eiskalte, düstere Katakombe gesperrt.

»Stella kommt im Äußeren total nach ihrem Vater. Sie ist groß, blond, nordisch …«

Anne wurde es abwechselnd heiß und kalt. Lass es bitte etwas anderes sein, als ich es befürchte, betete sie still.

Wie durch einen Tunnel hindurch kamen Evis Worte bei ihr an.

»Die beiden haben sich prima verstanden, doch dann, an diesem Abend auf der Skihütte, wo wir alle in einem Raum schlafen mussten, da habe ich es zum ersten Mal bemerkt: Wie er sie angestiert hat. Ich wollte es nicht glauben, aber dann wurde es zu einer fixen Idee. Ich habe ihn ständig beobachtet. Und er hat es wieder und wieder getan. Hat sie minutenlang nur angeglotzt. Und ich schwöre dir, das war kein Blick, mit dem man ein Kind ansieht.«

Evi konnte nicht weiter sprechen. Tränen rannen über ihr Gesicht. Anne sog vor lauter Anspannung Luft durch die Zähne. Sie fühlte sich plötzlich wie in einem Albtraum gefangen. Sofort tauchten Bilder vor ihrem geistigen Auge auf. Neulich beim Gutenachtsagen. Er hatte Miriam angestarrt und sie, Anne, hatte das verdrängt. Und hatte er nicht neulich, als sie ihn auf den Missbrauch an den Wagner-Mädchen angesprochen hatte, sofort das Thema gewechselt?

»Und hast du ihn darauf angesprochen?«, fragte Anne ihre neue Freundin. Sie wollte gefasst klingen, aber ihre Stimme zitterte. Und nicht nur die. Ihre Knie, ihre Hände, alles bebte unkontrolliert.

»Ja«, antwortete Evi nach einer halben Ewigkeit und sah angespannt zu Boden.

»Und was hat er geantwortet?«, hauchte Anne voller Angst, dass ihre Stimme versagen könnte.

»Er hat mich angefleht, keine falschen Schlüsse daraus zu ziehen. Und mir eine merkwürdige Geschichte aufgetischt: er hat mir weismachen wollen, dass seine Mutter unglaublich streng und krankhaft prüde war. So voller Angst vor der bösen Welt, dass sie ihn ständig vor den verdorbenen Mädchen gewarnt hat, dass er immer beten musste, wenn sie meinte, er hätte, na du weißt schon … Dabei hätte er sich gar nicht getraut, die Finger überhaupt unter die Bettdecke zu schieben. Und dann hat ihn angeblich ein Mädchen gerettet, das ihn aber später verlassen hat, und dass er seitdem in jedem Mädchen immer diese eine sucht, dass es nicht um körperliches Verlangen geht, sondern aus einem seelischen Bedürfnis nach Vereinigung herrührt. Das ist doch bekloppt, oder? Da hat es mir dann gereicht, und ich habe mich von ihm getrennt. Schweren Herzens – ich war sehr verliebt. Aber ich hatte keine Wahl, denn ich habe keine Lust auf Märchen, verstehst du? Vor allem, keine Lügenmärchen! Und doch war da ein Teil von mir, der ihm vertrauen wollte. Verrückt, nicht?«

Anne hatte plötzlich das Gefühl, jemand drückte ihr die Kehle zu. Wie lange hatte sie nicht mehr daran gedacht? Jetzt kam die Erinnerung mit aller Macht zurück. Wie in einem Film. Bild für Bild: *Sie liegen unter einer kratzigen Wolldecke. Das erste Mal. Und dann erscheint seine schreckliche Mutter auf dem Dachboden, steht plötzlich wie eine Rachegöttin vor ihnen, beschimpft sie als dreckige Nutte. Aber sie, die kleine Heldin von vierzehn Jahren, kennt keine Angst. Nur mit einem Slip bekleidet baut sie sich vor der hageren, keifenden Frau auf. Sie, die kleine Große, brüllt: Sie sind eine ganz schlimme Heuchlerin! Wir lieben uns und ich werde seine Frau, kapiert? Verschwinde, Mutter, lass mich endlich zufrieden, hau ab! schreit der Junge, der niemals Widerworte gegeben hat. Die Mutter geht. Unter lauten Verwünschungen. Du schwörst, dass du mich niemals verlässt, fragt er sie unter Tränen. Niemals! Sie trägt auf einmal eine große Verantwortung. Sie darf ihn nicht verlassen. Sie schwört.* Und neun lange Jahre hatte sie diesen Schwur gehalten …

Anne schlug die Hände vors Gesicht. Es war so lange her und ihr kam es vor, als wäre es gestern geschehen. Martin und sie hatten nie wieder über diesen Augenblick gesprochen, auch nicht, als Anne ihn mit dreiundzwanzig Jahren verlassen hatte und wenig später von einem anderen Mann schwanger geworden war …

»Verzeih, dass ich dir das alles erzählt habe, aber ich hatte ja keine Ahnung, dass es dich so mitnimmt!«, sagte Evi Hübner entschuldigend.

»Es ist wahr. Jedes Wort, das er sagt, ist wahr. Ich bin das Mädchen, das ihm versprochen hat, bei ihm zu bleiben, und das diesen Schwur gebrochen hat. Er sucht nicht nach willigen Mädchenkörpern, er sucht nach dem Mädchen, das ihn beschützt. Er sucht nach mir! Und ich habe es all die Jahre nicht gemerkt. Ich habe zwar immer geahnt, dass da noch was ist, aber ich wollte es eigentlich gar nicht so genau wissen. Nur die Freundschaft, die war mir wichtig. Mit allem anderen wollte ich nichts zu tun haben.«

Evi setzte sich neben Anne, nahm sie in den Arm und wiegte sie sanft.

»Es ist so verdammt verstörend«, murmelte Evi und fügte ängstlich hinzu: »Wirst du es wirklich für dich behalten?«

»Ich hoffe, er wird sich mir eines Tages von selbst öffnen«, entgegnete Anne mit schwacher Stimme. »Dann werde ich ihm erklären müssen, dass ich mein Versprechen von damals nicht halten konnte, weil ich einfach zu jung war.«

Anne und Evi redeten noch eine ganze Weile über das Leben im Allgemeinen und ihren gemeinsamen Freund im Besonderen. Nach der dritten Flasche Wein lagen sie sich schließlich in den Armen und versicherten einander mit schweren Zungen, sich bald wieder zu treffen.

Es war weit nach zwanzig Uhr, aber der Staatsanwalt saß noch immer in seinem Büro. Den Kopf auf die Hand aufgestützt, starrte er wieder und wieder auf das vor ihm liegende polizeiliche Vernehmungsprotokoll. Er wusste beim besten Willen nicht, wie er mit dieser Information umgehen sollte. Der Fall Nadja Wagner gehörte ihm, und doch verfluchte er mittlerweile seinen Entschluss, sich um diesen Fall bemüht zu haben. Jetzt liefen alle Informationen bei ihm zusammen. Und eine davon belastete ihn schwer. Es war die Aussage der Schwester des ermordeten Mädchens, die ihn zum Schwitzen brachte. Klara Wagner hatte bei der Polizei in seinen Augen recht abenteuerliche Angaben gemacht: Dass sie am Tatabend gegen einundzwanzig Uhr mit einem Taxi zum Drei Bänken gefahren sei, begleitet von ihrer völlig aufgelöst wirkenden Schwester, die ihr gegenüber vorgegeben hatte, im Hotel ein paar Interviews mit den gerade dort wohnenden Kriminalschriftstellern machen zu wollen. Für die Schülerzeitung. Klara hatte ihre Schwester nach eigenen Angaben mehrfach gefragt, ob alles in Ordnung wäre. Dann hätten sich die Schwestern getrennt. Klara sei in die Hotelbar gegangen, wo sie sich mit einem Kunden, von dem sie nur den Vornamen wisse, einig geworden sei. Dieser Martin aber habe sie gegen zweiundzwanzig Uhr allein in der Hotelbar zurückgelassen, weil er angeblich noch eine Verabredung hatte.

Winter hatte das Protokoll wieder und wieder gelesen, doch dadurch wurde es auch nicht besser. Er hegte nicht den geringsten Zweifel an der Identität dieses ominösen

Martin. Sein Freund Kleiber war zur Tatzeit oben beim Drei Bänken gewesen. Er hatte ihn ja sogar noch mitnehmen wollen.

Trotzdem, auf keinen Fall würde Winter Martin der SOKO Hülya–Nadja zum Fraß vorwerfen. Das konnte seinen Freund den guten Ruf kosten, und mehr! Nein, er musste ihn selbst in die Mangel nehmen. Auf einmal kam Winter das Treffen mit Kleiber am Samstagmorgen in den Sinn. Hatte er Martins entsetzliches Aussehen da noch auf ein Saufgelage geschoben, fragte er sich jetzt, warum Kleiber ein so dezidiertes Interesse an der genauen Tatzeit geäußert hatte. Er mochte sich den schlimmsten Fall gar nicht ausmalen, aber er musste wenigstens mit Martin gesprochen haben. Wenn er nichts Überzeugendes vorbrachte, tja, dann …

Winter wünschte sich in diesem Augenblick nichts sehnlicher, als diese Akte niemals angefasst zu haben. Den Job sollten doch andere machen. Warum hatte er bloß *Hier!* geschrien? Aber wenn er jetzt seinen Freund nicht ans Messer liefern wollte, musste er die Sache höchstpersönlich in die Hand nehmen. Und zwar sofort! Den Jungens von der SOKO hatte er bereits weiszumachen versucht, die Identität von Klara Wagners vermeintlichem Freier wäre unwichtig für den Fall. Stattdessen hatte er die Beamten zu Wagner geschickt, denn die Schwester der Ermordeten ließ in ihrer Aussage keinen Zweifel daran, dass der Nadja auf dem Gewissen hatte. Hier stand es schwarz auf weiß: *Ich bringe euch um! Alle beide, hat er mir nachmittags am Telefon angedroht. Was für ein Quatsch. Nadja sprach doch ohnehin von nichts anderem, als dass sie ihrem Leben ein Ende bereiten will. Ich habe das nicht ernst genommen, bis Nadja sich in meiner Gegenwart in so ein Selbstmordforum eingeloggt hat. Nein, ich weiß nicht, wie es heißt. Sie hat es versteckt eingetippt. Ich sollte das nicht mitbekommen. Die hat den Tod gesucht, und der Alte hat nachgeholfen, die Sau … statt es ihr auszureden …*

Wenn es nur so wäre, dachte Winter seufzend, wählte die Nummer seines Freundes Kleiber und bat ihn, als sich sein Band meldete, nachdrücklich um sofortigen Rückruf.

Als er Winters Stimme so ernst und getragen auf seinem Anrufbeantworter vernahm, wich ihm alle Farbe aus dem Gesicht und Martin fragte sich, ob er stark genug war, das alles durchzustehen. Nein, er konnte nicht mit Stefan sprechen. Noch nicht!

Vielleicht hörte er auch nur die Flöhe husten. Winter konnte doch gar nicht wissen, dass er am Tatabend mit Klara in der Bar gesessen hatte. In dieser Hinsicht vertraute Martin der jungen Frau völlig. Schließlich war es kein bloßes Trinkgeld gewesen, das er ihr für das Versprechen, seinen Nachnamen aus dem Spiel zu lassen, hatte zukommen lassen.

13.

Schein und Sein

Anne war froh, dass sie in dieser Woche keinen Termin mehr beim Familiengericht hatte. Wäre sie Martin über den Weg gelaufen, sie hätte nicht gewusst, wie sie sich ihm gegenüber verhalten sollte. Es plagte sie eine Mischung aus schlechtem Gewissen, weil sie nun mit seiner Exfreundin ein Geheimnis teilte, und dem dringenden Bedürfnis, endlich mit ihm über alles sprechen zu können. Anne saß in der Falle. Sie musste jetzt wohl oder übel so lange warten, bis Martin auf sie zukam und ihr endlich ehrlich sagte, wieso er nicht von ihr loskam. So wie er gestrickt war, konnte das ewig dauern. Ob er überhaupt jemals zugeben würde, wie tief ihn ihr Verhalten wirklich verletzt hatte? Oder würde er nicht eher still vor sich hin leiden und ein Fall für die Couch werden? Oder noch schlimmer, ein Fall für die Staatsanwaltschaft?

Anne atmete tief durch. Sie durfte einfach nicht darauf warten, bis er sie freiwillig in sein Inneres blicken ließ; sie musste die Initiative ergreifen und ihn zum Reden bringen. Wenn es nicht anders ging, würde sie das Gespräch ganz zufällig auf die Begegnung damals auf dem Dachboden lenken. Es muss sein, sprach sie sich gut zu, und hatte den Hörer bereits in der Hand, während sie sich fest vornahm, nicht gleich mit der Tür ins Haus zu fallen und ganz diplomatisch vorzugehen.

»Hallo, Martin, bist du verschollen?«, fragte Anne betont lässig.

»Nein, ich habe nur viel zu tun«, erwiderte er, offenbar ebenfalls bemüht, möglichst locker zu klingen.

»Ich will auch gar nicht stören. Ich möchte mich nur endlich bei dir bedanken für deine tolle Hilfe neulich Nacht. Darf ich dich zum Dank vielleicht demnächst bekochen?«

»Momentan bin ich total im Stress«, erwiderte er ausweichend.

»Ich auch, aber wie wäre es in vierzehn Tagen? Am Freitag vielleicht? Da ist Miriam bei ihrem Vater und ...«

»Hat der sich denn inzwischen wieder abgeregt?«

»Nee, er will jetzt das alleinige Sorge...« Anne unterbrach sich.

»Ich glaube, da hat er sich verhoben, der Herr Professor, damit kommt er nicht durch«, antwortete Martin steif.

»Der spinnt doch, aber lass uns bloß das Thema wechseln. Allein bei dem Gedanken kriege ich so einen Hals«, entgegnete Anne hastig. Martin wusste doch, was das für Konsequenzen so ein Antrag hatte. Und wenn er erst darüber nachdachte, würde er auch schließen können, welche Sachbearbeiterin des Jugendamts für diesen Fall zuständig war. Und das wollte Anne nicht riskieren. Wenn er herausbekäme, dass sie mit Evi Hübner gesprochen hatte, wäre alles vorbei. Anne räusperte sich.

»Aber, sag mal, wie sieht es denn nun aus mit Freitag nächster Woche? Wir machen uns einen richtig gemütlichen Abend. Vielleicht können wir den Kamin einweihen. Und quatschen mal wieder miteinander ausgiebig über Gott und die Welt ...« Und vor allem über uns, dachte Anne.

»In Ordnung«, erwiderte Martin kurz angebunden. »Ich komme gegen zwanzig Uhr, aber ich muss jetzt wirklich auflegen. Habe einen dringenden Sitzungstermin.«

Nach dem Gespräch war Anne ein wenig deprimiert. Sie drang im Moment so ganz und gar nicht zu ihm durch. Im Gegenteil, sie fühlte sich wie vor einer verschlossenen Tür, die sie mit dem Brecheisen zu öffnen versuchte, um den Eingeschlossenen zu befreien – gegen seinen Willen, denn der Schlüssel steckte von innen. Sie empfand Schuldgefühle an seiner Misere, schließlich hatte sie einst ihr Versprechen gebrochen. Trotzdem, es wurde höchste Zeit für ihn, in die Gegenwart zurückzukehren und die Vergangenheit für immer hinter sich zu begraben. Und die Gegenwart heißt Freundschaft, sagte sich Anne seufzend. Und Freundschaft heißt, ihn so lange zu nerven, bis er sich endlich alles von der Seele geredet hat.

Emil Hertel stand mit seinem Wagen vor der Hauptwache in Hüsten und zögerte. Er war sich nicht ganz sicher, ob er aussteigen sollte oder nicht. Vorgestern nach dem Termin bei der Anwältin hatte er sich jedenfalls nicht getraut. Im Wagen war Tantchen plötzlich ganz weit weg gewesen. Hatte geredet und geredet. Die Regner, ein umjubelter Star. Konzerte in Wien und Zürich. Es hätte wirklich keinen Sinn gehabt. Also hatte er sie schließlich zurück zu ihrem Seniorenwohnheim gefahren, ohne die Hauptwache zu betreten. Tante Ida hatte es nicht einmal gemerkt. Aber heute morgen, da hatte sie ihn angerufen. *Emil, fahr mich sofort zur Polizei, ich muss doch noch meine Aussage machen. Die mit dem fremden Mann.*

Er hatte versucht, sie davon abzubringen. Ohne Erfolg. Bis zuletzt hoffte er, sie würde es wieder vergessen. Deshalb blieb er auch im Wagen sitzen. Tante Ida saß schweigend und in sich gekehrt auf dem Beifahrersitz. Keine Konzerte, kein Schwelgen in der Vergangenheit, kein Applaus.

»Wollen wir vielleicht lieber wieder nach Hause fahren? Oder wollen wir der Polizei jetzt mal sagen, was du wirklich gesehen hast, nämlich nichts?«, fragte er vorsichtig.

»Ich weiß nicht, was du gesehen hast. Ich habe einen Mann gesehen, dem der rechte Arm fehlte. Und basta!«, kam es nun glasklar aus dem Mund aus der alten Dame. Emil Hertel stieg seufzend aus dem Wagen. Es passte ihm ganz und gar nicht, dass seine Tante wahllos unbescholtene Bürger in Misskredit brachte. Besonders das mit dem Metzger war ihm unangenehm, denn der Mann hatte schließlich gerade auf grausame Weise seine Tochter verloren.

Kommissar Cordes war nicht überrascht, als ihn eine alte Dame in Sachen Lehrerin zu sprechen wünschte. Thea hatte schon so eine Andeutung gemacht. *Da wird noch jemand vorbeikommen, der Pille entlasten kann. Und glaube ja nicht, weil die so alt ist, dass sie nicht mehr klar im Kopf ist. Mehr kann ich dir nicht verraten.*

Auf die setzt Thea also ihre Hoffnungen, dachte er kopfschüttelnd, als sie Zeugin in der Tür erschien. Das ist doch die, die die ermordete Frau Keller auf dem Friedhof entdeckt hat. Schon die erste Vernehmung war eine einzige Katastrophe gewesen. Ein bisschen gaga, die Dame, hatte Kommissar Cordes schon damals festgestellt.

Ihr Begleiter, der Neffe, schien jedenfalls peinlich berührt vom Auftreten seiner Tante zu sein, denn er entschuldigte sich mehrmals ausdrücklich, dass sie überhaupt hergekommen waren.

»Meine Tante, die sieht ja auch nicht mehr so gut«, stammelte Emil Hertel, während er neben ihr am Schreibtisch des Kommissars Platz nahm.

»Was erzählst du dem Herrn Wachtmeister für einen Blödsinn? Ich habe Augen wie ein Luchs. Dein Hemd hängt übrigens aus der Hose!«

Mit hochrotem Kopf sah Hertel an sich hinunter und stopfte sich verlegen sein Hemd zurecht.

»Also, bitte, was kann ich für Sie tun?«, fragte Cordes amüsiert.

»Meine Tante …«, begann der Neffe.

»Schweig! Ich kann selbst für mich sprechen. Ich habe auf dem Friedhof jemanden gesehen!«, unterbrach ihn die Tante.

»Wen haben Sie wann gesehen?«

»Am Tag, als die Lehrerin ermordet wurde, habe ich einen Mann weglaufen sehen, der hatte keinen rechten Arm. Und ich kenne nur einen, dem der rechte Arm fehlt und das ist …«

»Also, ich …«, setzte Emil Hertel an, um das Schlimmste zu verhindern, aber der Kommissar schnitt ihm entschieden das Wort ab: »Lassen Sie die Dame bitte ausreden!«

»Ärmel! Es war Ärmel!«

Cordes hielt die Luft an. Heute schien die alte Frau Regner ziemlich klar im Kopf zu sein. Das durfte man nicht so einfach vom Tisch wischen. Nicht dass der Kommissar den Metzger für einen Mörder hielt, aber wieso sollte sich die alte Dame ausdenken, einen Einarmigen gesehen zu haben? Das war zumindest eine äußerst präzise Beschreibung.

»Aber damals bei Ihrer ersten Vernehmung haben Sie beschworen, keinen Menschen auf dem Friedhof gesehen zu haben«, hakte Cordes nach.

»Das hatte ich in meinem Schrecken einfach nur vergessen, ach, ich habe an dem Tag doch noch jede Menge anderer Menschen getroffen. Da war der Bartels, ein wunderbarer Dirigent, und auch Theo Grün, ein Manager, wie man ihn sich wünscht, und natürlich der Rittmeister. Wie oft habe ich gesagt: Sie dürfen mir keine Blumen bringen …!«

Kommissar Cordes starrte die alte Dame mit offenem Mund an. Emil Hertel machte ihm ein Zeichen. Cordes verstand. Ida Regner war in diesem Augenblick offensichtlich mehr als verwirrt. Sie sprach von Begegnungen mit längst verstorbenen Herren. Ihre Zeugenaussage war nicht das Papier wert, auf das sie getippt wurde. Er würde jetzt keine weiteren Fragen mehr stellen.

»Erst habe ich doch gedacht, es sei der Doktor Schulz und dann dachte ich, es sei der Bäcker Melzer, aber das war doch nur, weil ich wusste, ich kannte den Mann. Bis mir das mit dem Arm eingefallen ist. Der fehlte! Sehen Sie, das hing so schlaff herunter und dann war da keine Hand …«

»Ja, sehr schön machen Sie das«, erwiderte Cordes und lächelte die alte Dame mitleidig an. Abrupt erhob sich Emil Hertel und half seiner Tante behutsam auf. »Komm Tantchen, wir müssen.«

Als er sich hastig von Cordes verabschiedete, raunte er ihm entschuldigend zu: »Wir sind nur hergekommen, weil die Anwältin das so wollte. Das kann man doch nicht verwerten, oder?«

»Ich glaube nicht, dass irgendjemand damit ernsthaft etwas anfangen kann«, flüsterte der Kommissar zurück und lächelte die alte Dame übertrieben freundlich an.

»Ich weiß, dass Sie mir nicht glauben«, hörte er sie nun mit glockenheller Stimme sagen, »aber das ist mir egal. Hauptsache, die nette Anwältin glaubt mir! Für die ist das sehr wichtig, weil es nämlich nicht der Apotheker war, den ich gesehen habe.«

Kommissar Cordes blieb ratlos zurück. Er machte sich ernsthaft Sorgen. Weniger um die alte Dame als vielmehr um seine Schwester Thea. Wenn die nicht aufpasste, dann würde sie im Alter auch so wunderlich werden. Wie konnte die nur so einen Schwachsinn glauben? Und dass eine derart intelligente Frau wie die Anwältin diese Leute herschickte, um diese peinliche Aussage abzuliefern, das ließ ihn doch ein wenig an Kleibers Nachfolgerin zweifeln. Trotzdem faxte er auch diese Aussage nach Dortmund, allerdings nicht ohne einen kleinen Vermerk: *Zeugin leidet offensichtlich an Altersdemenz.*

Es war kurz vor seiner Mittagspause. Stefan Winter überlegte gerade, ob er zum Essen ins Pontevecchio gehen sollte. Vielleicht aß die Anwältin auch wieder dort. Ein wichtiges Argument dafür – er würde sich zur Abwechslung gern einmal wieder mit den wirklich schönen Dingen des Lebens beschäftigen. Und schön war sie in seinen Augen, die Frau Anwältin. So eine kleine Ablenkung von den Ermittlungen konnte er jedenfalls dringend gebrauchen. Die nämlich schienen in einer Sackgasse gelandet zu sein. Winter hatte ständig das Gefühl, ins Leere zu greifen. Da war zum Beispiel Wagner, der von seiner Tochter Klara ganz offen verdächtigt wurde, Nadja ermordet zu haben. Was waren das nur für Verhältnisse? Eine Tochter verdächtigt den eigenen Vater, ihre Schwester umgebracht zu haben. Außerdem wollte Winter nicht so recht glauben, dass Wagner der Täter war. Konnte Angst vor einer Anzeige wirklich ein Motiv sein, das eigene Kind umzubringen? Und vor allem, was hatte Hülya Omür damit zu tun? Nichtsdestotrotz hatte er Wagner zu seinem Alibi vernehmen lassen. Und das war in Winters Augen mehr als dünne.

Angeblich war er den ganzen Freitagabend bei seiner schwerkranken Frau zu Hause gewesen. Die Ehefrau bestätigte dies vehement. So vehement, dass man ihre Motivation förmlich riechen konnte: Die kranke Frau würde alles tun, damit ihr nicht der Versorger abhanden kam. Man konnte gegen Wagner nämlich vorbringen, was man wollte, um seine sterbenskranke Frau kümmerte er sich offenbar rührend. Winter war sich sicher, sie würde, wenn nötig, sogar einen Meineid schwören.

Widerliche Geschichte, dachte er und beschloss, die Schwester der Ermordeten, diese Klara Wagner, noch einmal ausführlich zu befragen. Denn eines ließ dem Staatsanwalt keine Ruhe: dieses merkwürdige Selbstmordforum, in dem sich Nadja Wagner angeblich aufgehalten hatte. Er musste unbedingt herausfinden, was dahintersteckte. Winter klappte die Akte entschlossen zu. Aber erst, wenn er die Sache mit Martin geklärt hatte. Den musste er aus der Schusslinie bringen, und zwar schnellstens. Seinetwegen hatte er in den letzten beiden Nächten kein Auge mehr zugetan. Ständig spukte ihm jener unbekannte Freier durch den Kopf, und er quälte sich mit der Frage, warum Martin ihn verdammt noch mal nicht endlich zurückrief. Natürlich hoffte er immer noch, dass sich das Ganze als Hirngespinst entpuppen würde und der ominöse Martin gar nicht mit Kleiber identisch war … Bei diesem Gedanken sprang der Staatsanwalt plötzlich auf. Die schönen Dinge des Lebens mussten leider noch warten – er brauchte Klarheit, und zwar sofort.

Es waren nur ein paar Meter die Straße entlang nach drüben zum Amtsgericht. Stefan Winter rannte den Weg dorthin, betrat energisch das Gebäude und steuerte zielstrebig auf das Zimmer von Richter Martin Kleiber zu. Es war verschlossen. Er wollte gerade einen Zettel an seinen Freund schreiben, als er eine von Martins Kolleginnen um die Ecke biegen sah. Sie grüßten einander freundlich.

»Ist er essen gegangen? Und wenn, wissen Sie vielleicht, wohin?«, fragte Winter unter Aufbietung seines geballten Charmes.

»Nein, er ist nicht beim Mittagessen, aber verraten Sie mich nicht. Er ist mir gerade begegnet. Hat mich aber nicht bemerkt. Muss wohl einen Fall verloren haben. So ein langes Gesicht!« Die junge Richterin lachte, während sie Winter vorführte, wie verbissen Martin geguckt hatte.

»Und wohin ging er mit diesem langen Gesicht, wenn ich fragen darf?«

»Sie dürfen. Die Eichholzstraße runter in Richtung Friedhof.«

»Friedhof?«, murmelte der Staatsanwalt, verabschiedete

sich hastig von der jungen Familienrichterin und schlug den Weg zum Eichholz-Friedhof ein.

Es war ein grauer, nebeliger Tag, und es kostete Stefan Winter, der ohnehin ungern zwischen Grabsteinen herumspazierte, eine besondere Überwindung, den Friedhof zu betreten. Vor allem wusste er nicht, welche Richtung er einschlagen sollte. Aber intuitiv ging er nach rechts, dorthin, wo man die Lehrerin gefunden hatte. Ihm war nicht ganz wohl dabei, denn er hatte plötzlich das Gefühl, völlig allein zwischen all den Toten zu wandern. Mittags war der Friedhof wirklich wie ausgestorben. Mittlerweile war er beinahe am äußersten Ende angelangt. Und da sah er ihn an einem der Gräber, den Kopf gesenkt, die Hände gefaltet. Ganz leise näherte sich Stefan und erschrak ein wenig, als schräg gegenüber das Grab auftauchte, auf dem diese leicht verrückte alte Dame Christine Keller-Köppen gefunden hatte.

Martin schien ihn nicht zu bemerken. Es half alles nichts – Stefan räusperte sich. Martin zuckte zusammen und fuhr herum.

»Du?«

»Tut mir leid, ich wollte dich nicht erschrecken. Ich halte mich jetzt auch nicht mit großen Vorreden auf. Erstens, warum hast du nicht zurückgerufen? Und zweitens, hast du den Freitagabend vergangener Woche in Gesellschaft von Klara Wagner in der Bar des Drei Bänken verbracht?«

Martin holte tief Luft. Ihm war übel, aber was sollte er tun? Weglaufen? Nein, er hatte keine andere Wahl. Stefan würde keine Rücksicht darauf nehmen, ob er bereit war oder nicht. Bereit wäre er erst, wenn die Erinnerung wieder da war, aber das durfte er dem Staatsanwalt auf keinen Fall anvertrauen. Also spulte Martin seine Version der Geschichte herunter, schnell und ohne sich zu verhaspeln.

»Zur zweiten Frage. Ja, ich habe mir in der Hotelbar die

Kante gegeben. Dann kam Klara Wagner auf mich zu und hat mich angemacht. Ich habe entsprechend reagiert, war scharf auf sie. Wollte mir ihr nach Hause gehen. Habe sie zunächst auch gar nicht erkannt. Erst, als sie von ihrem Vater sprach. Da wusste ich, wer sie ist und was sie nebenberuflich macht. Ich habe ihr klipp und klar zu verstehen gegeben – jedenfalls so, wie ich das bei meinem Pegel konnte –, dass ich nicht mitgehe. Da haben wir uns dann unterhalten. Sie hat mir anvertraut, dass sie ihren Vater anzeigen will, weil er sie und ihre Schwester missbraucht. Sie wollte wissen, ob es auch strafbar ist, wenn es nicht zum Geschlechtsverkehr kommt. Nach Angaben ihrer Schwester war Nadja noch Jungfrau …«

Winter schluckte trocken. Jetzt bewahrheitete sich, was der Gerichtsmediziner die ganze Zeit über vermutet hatte. Es war das erste Mal gewesen. Kurz vor ihrem Tod.

»Hörst du mir überhaupt zu?«

»Ja, ja«, murmelte der Staatsanwalt. »Und dann?«

»Bin ich nach Hause!«

»Wann?«

»Ist das eine Vernehmung?«

»Wenn du es so nennen willst, ja.«

»Es war kurz nach zehn.«

Winter stöhnte laut auf. »Und was hast du dann gemacht?«

»Ich bin zu meinem Auto gegangen und nach Hause gefahren!«

»Ich denke, du warst betrunken?«

»Kannst mich ja festnehmen wegen Trunkenheit am Steuer.«

»Wenn ich dich festnehmen lasse, dann wegen Mordes an Nadja Wagner!«

»Bist du komplett bescheuert?«, schrie Martin seinen Freund an, aber der ließ sich davon nicht beirren.

»Ich glaube nicht, dass du es warst, du Blödmann, aber kannst du mir vielleicht mal erklären, warum Klara Wagner bei ihrer Vernehmung behauptet hat, sie kenne den Namen des Mannes nicht, mit dem sie geredet hat, wo sie doch ganz genau wusste, wer du bist?«

»Ich habe ihr fünfhundert Euro gegeben.«

»Du hast was?« Stefan Winter fasste sich an den Kopf und murmelte: »Dummes Arschloch, so ein dummes Arschloch!«

»Am Samstagmorgen habe ich befürchtet, ich könnte unter Verdacht geraten, das Mädchen umgebracht zu haben. Ich wusste nichts mehr, hatte einen kompletten Filmriss. Über eine Stunde war einfach weg, die entscheidende. Da bin ich durchgedreht, bin zu Klara Wagner – sie hatte mir ja ihre Adresse gegeben – und habe sie angefleht, meinen Namen aus dem Spiel zu lassen. Und das Geld auf den Tisch gelegt. Danach habe ich mich mit dir verabredet, und da bin ich wieder zu mir gekommen. Ein Schuss! Verstehst du, sie ist erschossen worden. Ich habe in meinem ganzen Leben noch keine Waffe in der Hand gehalten. Ich bin Kriegsdienstverweigerer …«

»Halt die Klappe, und tu genau, was ich dir sage«, unterbrach Stefan das Plädoyer seines Freundes in eigener Sache und gab ihm detaillierte Anweisungen. Dann unterbrach er sich mitten im Satz, denn er registrierte voller Empörung, dass der Richter ihm gar nicht zuhörte, sondern gebannt auf das Grab stierte. *Julius Kleiber.* Der Onkel seines Freundes, soweit Stefan sich erinnerte.

»Martin! Ich würde dir dringend raten, mir gut zuzuhören! Und Onkel Julius kann dir jetzt auch nicht helfen!«

»Halt mich nicht für überspannt, Stefan, aber ich könnte schwören, dass die Grablampe beim letzten Mal ganz anständig auf einem Sockel gestanden hat, wie alle anderen hier in der Reihe.«

»Ja und?«

»Na, sieh doch mal, die Lampe steht dort, aber der Marmorsockel ist verschwunden.«

»Willst du damit behaupten, den hat jemand geklaut? Willst du eine Anzeige erstatten, oder was?«

»Stefan, kapierst du denn nicht? Ich war das letzte Mal vor Monaten hier. Inzwischen ist dort drüben eine Frau ermordet worden. Das Grab liegt nur ein paar Schritte von hier entfernt. Vielleicht besteht da ja ein Zusammenhang zwischen dem Verschwinden dieses Teils und dem Mord an der Lehrerin. Wie Anne mir erzählte, soll doch bei Köppen so ein Teil gefunden worden sein. Wenn das aber nicht die richtige Tatwaffe war, wenn es zwei davon gibt, dann ...«

»Dann, ja dann sollten wir, um der allseits geschätzten Frau Anwältin einen Gefallen zu tun, das Teil vielleicht suchen lassen.« Winter konnte sich den ironischen Unterton kaum verkneifen. Er vermutete eher, dass ein paar Jugendliche den Sockel als eine Art Mutprobe vom Grab geklaut hatten. Er rollte mit den Augen. Ja, er würde seine Leute darauf ansetzen, aber seine Entscheidung war weniger beruflicher, sondern vielmehr privater Natur: Das würde ihm bei Frau Brink mit Sicherheit Pluspunkte einbringen.

»Ich werde gleich ein paar Leute herschicken. Aber glaub ja nicht, dass du durch solche Mätzchen von dir ablenken kannst, du selten blöder Hund! Fünfhundert Euro Schweigegeld. Und so einem Idioten hat der arme Onkel Julius das Jurastudium finanziert!«

Zum Lachen war Martin noch nicht wieder zumute, aber ein leichtes Grinsen konnte er sich nicht verkneifen. Er hätte nicht gewusst, ob er in derselben Situation so unbürokratisch gehandelt hätte wie sein Freund Winter. Martin hoffte inständig, dass der Staatsanwalt es niemals würde bereuen müssen.

Leonie Kretschmer sah entsetzlich aus, als sie ihrer Chefin einen Stapel Akten ins Zimmer brachte. Anne musterte sie von oben bis unten. Was ist denn nun schon wieder los, fragte sie sich. Die Auszubildende sah völlig fertig aus: blass, Ränder unter den Augen, ungeschminkt – was ziemlich ungewöhnlich für die junge Frau war – und völlig zerzaust; die langen braunen Haare, die ansonsten wohl täglich mittels Lockenstab und diverser Gels gestylt wurden, hingen schlapp und ungepflegt herunter.

»Gehen Sie bloß sofort nach Hause und legen sich hin«, befahl Anne.

»Alles okay«, protestierte Leonie schwach und drehte sich zur Tür um. Dann blieb sie wie angewurzelt stehen und kam noch einmal zurück.

»Ich, äh, also ich …«, stammelte sie. In den Augen ihrer Auszubildenden glitzerte es verdächtig

»Ich muss Ihnen was sagen«, brach es schluchzend aus der jungen Frau heraus.

»Kommen Sie, Leonie, setzen Sie sich doch.«

Leonie ließ sich auf den Besucherstuhl fallen und konnte gar nicht mehr aufhören zu weinen. Sie versuchte, etwas zu sagen, aber ihre Worte gingen in lautem Schluchzen unter.

»Lassen Sie sich Zeit«, sprach Anne beruhigend auf das verzweifelte Mädchen ein.

»Das Alibi … das Alibi!«, wiederholte Leonie ein paar Mal tränenerstickt.

Das allerdings genügte, und Anne erriet den Grund für Leonies Verzweiflung: das Alibi! Leonie hatte bei der Polizei offensichtlich nicht die Wahrheit gesagt und hatte jetzt ein schlechtes Gewissen!

»Was ist am Freitagabend wirklich passiert?«, fragte Anne ganz sanft, als sich Leonie nach einer halben Ewigkeit halbwegs beruhigt hatte.

»Er war bei mir. Wir haben uns tierisch gezofft, weil er

sich nicht entscheiden konnte zwischen der anderen und mir. Und dann rief sie an. Sie wollte, dass er sich sofort mit ihr trifft. Ich habe gesagt, wenn du jetzt gehst, ist es wirklich aus, aber er hat nur gelacht …«

»Die andere, das war Nadja Wagner, oder?«

Leonie nickte.

»Und Sie haben bei der Polizei gelogen, weil Sie ihn immer noch lieben?«

»Ja … nein, ich wollte nicht lügen, aber er hat mir am Montag vor dem Büro aufgelauert und mir gedroht: Wenn ich nicht aussage, dass er die ganze Nacht bei mir war, wird er sich von mir trennen. Er hat geschworen, dass er sie nicht angefasst hat. Hat behauptet, sie wollte unbedingt, dass er mit ihr schläft, aber sie war doch noch Jungfrau, das wollte er dann doch nicht. Sie war erst vierzehn. Er hat geschworen, dass er mir treu war!«

»Und das glauben Sie ihm?«, rutschte es Anne heraus.

»Ich weiß es auch nicht mehr, aber was soll ich denn bloß tun? Werden Sie mich jetzt rausschmeißen?«

»Natürlich nicht«, erwiderte Anne. »Wir beide fahren jetzt zusammen zur Polizei und Sie machen Ihre Aussage. Und zwar die richtige.«

»Sie würden mich begleiten?«

»Nichts lieber als das.«

»Geht es vielleicht auch morgen noch? Ich will es ja hinter mich bringen, aber ich habe solche Angst! Und wenn er das nun erfährt? Ich liebe ihn doch so!«

»Leonie, es ist Ihre Entscheidung, aber ich kann Ihnen nur dringend raten, Ihr Gewissen zu erleichtern, und zwar schnellstens. Und es tut mir leid, Ihnen die Illusion nehmen zu müssen, aber ein junger Mann, der Ihnen ins Gesicht sagt, er werde mit Ihnen Sex haben, um dann eine zu heiraten, bei der er der Erste ist, der liebt sie nicht.« Inzwischen war es Anne völlig egal, dass sie sich damit in das

Liebesleben ihrer Auszubildenden einmischte. Wer sollte dem verwirrten Mädchen sonst den Kopf zurechtrücken?

»Aber ... aber, woher wissen Sie das denn?«, stammelte Leonie.

»Ich habe das Gespräch zwischen Ihnen und diesem Typen mit angehört. Und, wenn Sie mich fragen, dann habe ich keinen Zweifel daran, dass er mit dem Mädchen in jener Nacht geschlafen hat. Und dass er Ihnen etwas vormacht.«

Leonie begann erneut zu weinen.

»Frau Brink, wenn das wahr ist, dann ... Ich hasse ihn! Ich will doch aussagen, aber mir ist so schlecht. Ich muss kotzen. Bitte, bitte, morgen!«

Anne konnte sich gerade noch zurückhalten, Leonie die Küchenweisheit *Verschiebe nicht auf morgen, was du heute kannst besorgen!* um die Ohren zu hauen. Stattdessen ließ sie in scharfen Ton verlauten: »Wenn sich Ahmet am Freitag mit Nadja getroffen hat, ist es nicht ausgeschlossen, dass er sie umgebracht hat.«

»Niemals«, erwiderte Leonie mit trotzig vorgeschobener Unterlippe und fügte beschwörend hinzu: »Hundert pro. Hat er nicht. Er war ganz verrückt nach der kleinen Schlampe. Hülya hat mir das schon vor Monaten gesteckt. Der spielt doch nur mit dir, hat sie immer gesagt.«

»Sie kannten Hülya?«

»Klar, ich kenne doch die ganze Familie. Die halten mich zwar für seine Freundin, aber sie können mich nicht leiden. Keiner von ihnen hat mich je leiden können. Die wollen, dass die Jungen türkische Mädchen heiraten. Bis auf Hülya, die mochte mich; die hat mir mal erzählt, dass Kevin und sie eher sterben wollen, bevor sie sich von ihrer Familie mit so einem alten Cousin zwangsverheiraten lässt, aber ich habe ihr das nicht geglaubt. Weil ich nicht glauben wollte, dass Ahmet so ein Arsch ist. Frau Brink, ich würde gern noch eine Nacht darüber schlafen. Können wir nicht morgen?«

»Leonie, seien Sie nicht albern. Kommen Sie. Wir gehen!«

Wenig später saßen sie in Annes Wagen, doch als sie vor der Hauptwache Hüsten hielten, begann Leonie erneut zu weinen. Anne sprach beruhigend auf sie ein. »Es wird Ihnen schon keiner den Kopf abreißen!«

»Ich kann nicht …«

»Sie können!«

Martin räusperte sich: Er hätte alles darum gegeben, wenn ihm das hier erspart geblieben wäre, aber Stefan war unerbittlich gewesen. *Wenn du nicht bei der Polizei aussagst, dass du etwa zur Tatzeit die Bar des Hotels verlassen, aber nichts Auffälliges bemerkt hast, werde ich umgehend eine Speichelprobe von dir verlangen.*

Muss ich wirklich zugeben, dass ich mit Klura Wagner in der Bar gesessen habe? Der Staatsanwalt hatte genickt. *Du erzählst alles, was du weißt. Alles bis auf die fünfhundert Euro. Das kann mich meinen Job kosten, aber ich vertraue dir. Du hast nichts mit dem Fall zu tun, sondern bist einfach nur ein neurotischer Blödmann.*

»Und wird das auch diskret behandelt?«, fragte Martin Kleiber Kommissar Cordes nun ängstlich, nachdem er alles zu Protokoll gegeben hatte. Alles, bis auf die fünfhundert Euro. Und dass er immer noch nicht wusste, was Freitagnacht in diesen anderthalb Stunden geschehen war – aber das hatte er schließlich auch Stefan verschwiegen. Die Erinnerung war immer noch wie weggeblasen …

»Aber, Herr Doktor, wo denken Sie hin?«, unterbrach die Stimme des Kommissars seine Gedanken. »Es ist ja wohl Ihre Privatsache, ob Sie in Ihrer Freizeit Kontakt zu Damen suchen, die gar keine sind. Das kann jedem Mann passieren. Wenn es nach mir ginge, würde ich das hier verschwinden lassen, weil Sie zum Fall selbst wirklich nichts haben beigetragen können. Ich denke, der Staatsanwalt wird das genauso sehen!«

Martin wusste vor Verlegenheit nicht, wohin er gucken sollte.

Eilig verließ er die Hauptwache und hoffte, es möge ihm kein Mensch begegnen, der ihn kannte. Den Blick fest auf den Boden geheftet, stürmte der Richter zu seinem Auto.

Anne blieb wie angewurzelt stehen. Das war doch ihr Freund Martin, der da gerade die Hauptwache Hüsten mit gesenktem Kopf verließ! Erst wollte sie ihn rufen, aber als sie einen kurzen Blick auf sein Gesicht erhaschte, blieb ihr sein Name im Halse stecken. Der gute Martin, er sah zum Fürchten aus, aber Anne hatte das starke Empfinden, dass er auf keinen Fall gesehen werden wollte. Also unterdrückte sie ihren Impuls, auf ihn zuzustürzen und ihn in den Arm zu nehmen. Aber was hatte er als Familienrichter überhaupt auf der Hauptwache zu schaffen?

14.

Geheimniskrämereien

An diesem Morgen stand Frau Cassini bereits im Flur, als Anne die Kanzleiräume betrat, und drückte ihrer Chefin aufgeregt eine Schachtel in die Hand.

»Ein Geschenk?«, fragte Anne erstaunt.

»Ein Geschenk des Himmels!«, kam die prompte Antwort. Frau Cassini grinste.

Anne Brink öffnete zögernd den Deckel des flachen Kartons mit dem Markenzeichen einer bekannten Damenwäschefirma und holte mit spitzen Fingern einen roten Hauch von einem Nichts in Größe 38 hervor.

Anne sah Frau Cassini fragend an. Sie fand es mehr als befremdlich, dass die Anwaltsgehilfin ihr ein Nachthemd schenkte. Sie waren einander inzwischen zwar wesentlich sympathischer, aber so intim dann doch noch nicht. Da konnte etwas nicht stimmen.

»Na, was glauben Sie, wo ich das herhabe?« Frau Cassinis Ton klang triumphierend.

Anne zuckte mit den Achseln.

»Aus Pilles Haus«, raunte die Anwaltsgehilfin verschwörerisch.

»Aus Pilles Haus?«, wiederholte Anne entsetzt.

»Tja, Köpfchen muss man haben. Ich kenne seine Putzfrau und habe erfahren, dass die dort alle zwei Wochen sauber macht, woll. Und seit Pille einsitzt, mag die sein Haus nicht mehr allein betreten. Sie gruselt sich. Vermutet, dass Pille noch etliche Leichen zerstückelt und in die Wände eingemauert hat. Und da bin ich mit und habe mich ein wenig umgesehen. Er hat doch behauptet, dass er seiner Frau ein Nachthemd schenken wollte. Was ihm keiner geglaubt hat. Nicht einmal Sie. Hier ist es!«

Anne wusste nicht so recht, was sie davon halten sollte. Weder von der Tatsache, dass ihre Bürovorsteherin neuerdings auf den Spuren vom Miss Marple wanderte, noch von dem Fund an sich. Selbst wenn Köppen in diesem Punkt die Wahrheit gesagt hatte, was bewies das schon?

»Dafür hat der Staatsanwalt vielleicht gerade mal ein müdes Lächeln übrig«, erwiderte Anne und fügte gequält hinzu: »Ich fürchte, der hält mich für leicht bescheuert, wenn ich ihm dieses Teil mit den Worten: *Hat meine Bürovorsteherin aus Köppens Haus entwendet,* in die Hand drücke.«

»Wer hat denn behauptet, dass der das überhaupt in die Finger kriegt? Das ist für uns. Verstehen Sie? Damit wir beide uns sicher sein können, dass er die Wahrheit sagt! Und wir beiden Hübschen haben jetzt die Gewissheit, dass der Mann grundehrlich ist. Das ist das Teil, das er in dem Leinenbeutel hatte, nicht den Marmorsockel, woll?«

»Und werden Sie es wieder an seinen Platz zurückbringen?«, seufzte Anne.

»Na klar, ich gehe nächstes Mal wieder mit. Mal sehen, was ich noch so alles finden werde.«

»Frau Cassini«, ermahnte Anne ihre Anwaltsgehilfin in strengem Ton und musste plötzlich wider Willen lachen. Wenn ihr Mandant eine zu allem entschlossene Verteidigerin hatte, dann hieß die Thea Cassini. Manchmal fragte sie sich, ob die Cassini sich tatsächlich nur deshalb so für den Apotheker engagierte, weil er ihr damals geholfen hatte, oder weil sie ihn mehr mochte, als sie jemals zugeben würde.

»Aber jetzt kommt der Clou«, wisperte Frau Cassini verschwörerisch. »Ahmet Omür ist verschwunden. Man vermutet, dass er in der Türkei abgetaucht ist. Jetzt sind Sie dran! Das ist ein Ding, was?«

»Interessant! Und wissen Sie eigentlich, dass er kein Alibi für Freitagnacht hat?«

»Nein, davon hat mir mein Bruder nichts erzählt!«, erwiderte Thea Cassini tadelnd.

Die Anwältin schmunzelte. Es sprach für den Kommissar, dass er nicht jede Information brühwarm an seine Schwester weitergab.

»Dann war Ahmet also gar nicht bei unserer Leonie? Hat sie etwa für ihn gelogen?«

»Um Gottes willen, nein«, erklärte Anne entschieden. »Sie ist nur ein wenig mit den Zeiten durcheinander gekommen. Das hat sie aber inzwischen Ihrem Bruder gegenüber korrigiert.«

»Sie sind ein Fuchs. Hat Ihnen das schon mal jemand gesagt?«

Das klang bewundernd.

Anne zog es vor, diese Frage unbeantwortet zu lassen.

Sie hatte mit einem Mal das dringende Bedürfnis, sich mit dem Staatsanwalt zu treffen. Aus rein beruflichem Interesse natürlich. Sie musste herausfinden, ob Ahmet Omür wirklich im Visier der Ermittlungen stand. Außerdem brannte sie darauf, zu erfahren, was Winter von der Existenz des Einarmigen hielt, der nach Aussage der alten Dame zur Tatzeit vom Friedhof getürmt war.

Schon hatte Anne den Hörer in der Hand.

Stefan Winter war entzückt von der Idee, sich mit der Anwältin zum Mittagessen zu treffen, wenngleich er bereits ahnte, dass sie sich nicht zum Flirten mit ihm verabredet hatte. Sie lässt wirklich nichts unversucht, dachte er bewundernd und holte den Handspiegel, den er geschickt hinter der Strafprozessordnung verborgen hatte, hervor, um ein vorwitziges Haar an der Augenbraue wieder in die richtige Form zu bringen. Dann zog er seinen Mantel an und lächelte seinem Spiegelbild listig zu. Er war unendlich gespannt, wie die streitbare Anwältin wohl reagieren würde, wenn er sie gleich mit einer positiven Nachricht überraschte. Inzwischen war er jedenfalls heilfroh, dass er seine Jungens noch einmal auf den Friedhof geschickt hatte – auch wenn der ungewöhnliche Fund ihm eher Rätsel aufgab, als Licht ins Dunkel der Ermittlungen zu bringen.

Vor lauter Aufregung hatte Anne glühend rote Wangen, als sie das Pontevecchio betrat. Nach einer kurzen Begrüßung kam die Anwältin übergangslos auf Omür und den Fall zu sprechen.

»Stimmt das Gerücht, dass er abgehauen ist?«

»Nun gucken Sie doch wenigstens in die Speisekarte«, gab der Staatsanwalt ausweichend zur Antwort.

»Ich nehme die Linguini mit Lachs, habe ich schon beim Reinkommen bestellt. Aber nun reden Sie schon. Ist Ahmet abgehauen, nachdem meine Auszubildende ihren kleinen Irrtum richtig gestellt hat?« Erwartungsvoll blickte sie den Staatsanwalt an, der sich ein Lächeln nicht verkneifen konnte.

»Kleiner Irrtum? Entschuldigen Sie, dass ich lache. Ihre Auszubildende hatte nur eine gute Anwältin, die ihr den richtigen Rat zur rechten Zeit gegeben hat. Wäre es ihr nur ein kleines bisschen später eingefallen, hätten wir nicht gezögert, die entsprechenden Ermittlungen einzuleiten.«

»Und haben Sie Omür inzwischen vernommen?«, fragte Anne ungeduldig.

»Leider nicht! Ahmet Omür ist wie vom Erdboden verschwunden. Hat in der Firma Urlaub genommen und ist mit seiner kleinen Schwester Manolia nach Anatolien gefahren, um dort Verwandte zu besuchen.«

»Zu besuchen? Wollen Sie mich verschaukeln? Das Mädchen wird dort meistbietend an irgendeinen alten Dreckskerl verschachert. Scheiße! Konnten Sie das nicht verhindern?«

»Frau Brink, ich finde das genauso verabscheuungswürdig wie Sie, aber die beiden waren bereits in der Türkei, als die Polizei eintraf. Wir konnten also keine Speichelprobe von ihm anfordern.«

»Heißt das, Sie verdächtigen ihn, Nadja Wagner umgebracht zu haben?«

»Nein, das war reine Routine. Schließlich war er außer ihrer Schwester der Letzte, der sie lebend gesehen hat ...«

»... und der mit ihr Sex hatte.«

»Woher wollen Sie das denn wissen?«

»Ich war nicht dabei, wenn Sie das meinen. Ich kombiniere nur, denn er war bekanntlich in Nadja verschossen und wollte sie sogar heiraten. Und sein Alibi im Fall Keller?«

»Wir haben nichts Fundiertes in der Hand, das rechtfertigen würde, die Anklage gegen Ihren Mandanten fallen zu lassen. Es sei denn ...« Weiter kam er nicht.

»Und was ist mit der Aussage von Frau Regner, dass sich zur Tatzeit ein flüchtiger Mann auf dem Friedhof aufgehalten haben soll!«

»Ich habe mir schon gedacht, dass Sie mich deswegen hergelockt haben. Aber ich muss Sie enttäuschen. Die alte Dame ist offensichtlich schwerst dement. Schade, denn sie war früher einmal ein wirklich großer Star. Mein Großvater war ein ausgesprochener Fan von ihr. Hier in der Gegend wurden nicht allzu viele internationale Stars geboren, aber Ida Regner, die kannte man. Wenn sie allerdings zunächst behauptet, auf dem Friedhof keiner Menschenseele begegnet zu sein, dann doch ihren Hausarzt und den Bäcker, schließlich einige längst verstorbene Herrschaften und nun auch noch den Metzger erkannt haben will, dann ist das ein wenig zu dünne, um Ihren Herrn Köppen zu entlasten. Da bräuchten wir schon stärkere …«

Wieder ließ Anne den Staatsanwalt nicht ausreden. »Aber Sie müssen doch wenigstens überprüfen, ob Wagner für die Tatzeit ein Alibi hat!«

»Hat er.«

»Wie bitte?«

»Ein Alibi! Er hat an diesem Tag seiner krebskranken Frau das Mittagessen gemacht, bei ihr am Bett gesessen und ihre Hand gehalten, bis sie gegen vierzehn Uhr eingeschlafen ist.«

»Sagt seine Frau.«

»Und die Dame vom Pflegedienst. Und die wird wohl kaum einen Meineid schwören. Tja, und um vierzehn Uhr war Frau Keller-Köppen bereits tot.«

»Mist«, entfuhr es der Anwältin. »Verdammter Mist!«

»Guten Appetit«, erwiderte der Staatsanwalt trocken und fügte versöhnlich hinzu: »Im Moment geht es Ihrem Mandanten doch gut. Er ist in besten Händen. Lassen Sie ihn doch erst wieder auf die Beine kommen …«

»… damit Sie ihn dann vor Gericht auseinandernehmen? Nein, das lasse ich nicht zu – er war es nämlich nicht!«

»Ihr Glauben in allen Ehren …«

»Nicht glauben. Wissen, Herr Staatsanwalt.« Mit diesen Worten schob Anne den Teller mit der Pasta beiseite. Ihr war der Appetit gründlich vergangen.

Winter betrachtete sie ein wenig mitleidig, ehe er sagte: »Frau Brink, ich habe da noch etwas, was Sie interessieren könnte. Meine Leute haben heute Morgen auf dem Friedhof eine zweite potentielle Tatwaffe gefunden. Mit Blutspuren. Wenn sich nun herausstellt, dass das Blut an diesem zweiten Marmorklotz von der Lehrerin stammt, aber keine Spuren von Ihrem Mandanten …«

»Sie sind ein Schatz!«, entfuhr es Anne und sie konnte sich gerade noch bremsen, dem Staatsanwalt mitten im Pontevecchio und vor den Augen diverser Kollegen an den Nachbartischen um den Hals zu fallen.

»Bedanken Sie sich bei Ihrem Freund Kleiber. Dem ist aufgefallen, dass beim Grab von seinem Onkel Julius der Marmorsockel unter der Lampe fehlte«, fügte er schließlich der Fairness halber hinzu.

»Aber dann sollte der Haftrichter Köppen doch sofort rauslassen! Ich beantrage eine Haftprüfung!«, rief die Anwältin nun aufgeregt.

»Das sollten Sie, solange er im Krankenhaus liegt und gut betreut wird, auf keinen Fall tun«, raunte Winter eindringlich. »Selbst wenn wir feststellen, dass an dem zweiten Klotz keine Spuren von Köppen sind, aber welche von Frau Keller, wissen wir doch immer noch nicht, mit welchem der beiden die Lehrerin getötet wurde, und …«

»… wenn Frau Keller mit diesem anderen, dem neuen Sockel, getötet worden wäre, würde sich der Täter sicherer fühlen, solange er davon ausgehen muss, dass man Köppen für den Mörder hält!«, flüsterte ihm die Anwältin ins Ohr.

»Bingo. Wir haben bereits eine komplette Nachrichtensperre verhängt«, flüsterte er zurück und fügte bewundernd hinzu: »Sie brennen ja förmlich für Ihre Mandanten.« Dann sah er Anne lange und intensiv an. »Eigentlich vertragen sich der Arm des Gesetzes und Ihr Herzblut nicht. Bleibt es jetzt trotzdem bei nächstem Samstag?«

»Natürlich nicht!«, antwortete Anne wie aus der Pistole geschossen, bevor sie beim Anblick seines erschrockenen Gesichts in schallendes Gelächter ausbrach. »Herr Winter, das werden wir doch wohl trennen können! Berufliches und Privates, oder?«

Wider Willen musste der Staatsanwalt lächeln, und Anne aß nun doch etwas von ihrer mittlerweile völlig erkalteten Pasta.

»Sehen wir uns heute Nachmittag bei Nadja Wagners Trauerfeier?«, fragte sie beiläufig.

»Nein. Cordes und Albers gehen hin, ich nicht!«, erwiderte Stefan Winter entschieden.

Anne hasste Trauerfeiern und wünschte, sie könnte sich wie der Staatsanwalt davor drücken. Doch selbst wenn es ihr davor graute, an der Gedenkfeier in der Kirche teilzunehmen, war es für sie Ehrensache. Schließlich hatte sie viele qualvolle Minuten lang glauben müssen, es würde sich bei dem ermordeten Mädchen um ihr eigenes Kind handeln. Diesen Augenblick würde Anne nicht vergessen, solange sie lebte.

Sie wäre gern mit Frau Cassini gemeinsam nach Neheim gefahren, aber die war bereits vor Ort und probte mit ihrem Chor, der zur Trauerfeier in der St-Jakobus-Kirche singen sollte.

Anne kam etwas zu früh auf dem großen Platz vor der Kirche an und betrachtete die Menschenmengen, die sich vor dem Portal drängten. Anscheinend hatte ganz Neheim die kleine Nadja Wagner gekannt. Oder kamen die meisten aus Neugier? Anne war sich nicht sicher. Einige Grüppchen blieben jedenfalls draußen in der wärmenden Herbstsonne, um besser tuscheln zu können. Wahrscheinlich wollten sie einen Blick auf die trauernde Familie erhaschen und ein gewisses Gruseln verspüren bei der Frage, ob der Mörder wohl unter ihnen war.

Plötzlich ging ein Raunen durch die Trauergemeinde. Wagner näherte sich der Kirche. Mit versteinerter Miene schob er seine Frau im Rollstuhl vor sich her. Von ihr konnte man gar nichts erkennen, denn sie hatte sich ein schwarzes Kopftuch tief ins Gesicht hineingezogen. Anne wandte den Blick ab und entdeckte zu ihrer großen Freude Evi Hübner in der Menge. Sie winkte ihr zu. »Schön, dass du auch da bist«, rief Evi leise und zog Anne ein Stück beiseite. »Dann müssen wir nicht die ganze Zeit flüstern.«

»Warum bist du eigentlich hier?«, fragte Anne.

»Wir hatten mit der Familie beruflich zu tun.«

»Verstehe, Schweigepflicht.«

Evi nickte und wurde plötzlich aschfahl im Gesicht. »Dreh dich jetzt nicht um, aber da ist Martin!«

»Wo?«

»Nicht umdrehen, er ist nicht allein. Klara Wagner steht bei ihm. Die beiden scheinen sich gut zu kennen.«

»Natürlich, Günter Wagner war doch Dauerkunde in der Kanzlei, und die älteste Tochter hat ihn oft gefahren.«

»Nein, sie geht weiter. Sie hat ihn im Vorbeigehen ganz kurz angefasst. Ich habe es gesehen. Das war nicht normal.«

»Glaube ich nicht«, erwiderte Anne und wandte sich nun doch vorsichtig um.

Sie entdeckte Martin sofort. Ein paar Meter von ihm entfernt stand eine Blondine, die alles andere als Trauerkleidung trug: hohe Stiefel, Lammfelljacke, kurzer Rock.

»Ist Klara die große Blonde?«, wisperte Anne Evi Hübner zu.

»Ja, mit Stiefeln. Was machen sie jetzt?«

»Gar nichts. Die stehen nicht zusammen … Moment, sie macht ein Zeichen – Telefonieren. Du, das ist merkwürdig. Warum reden die nicht ganz offen miteinander? Meinst du, da läuft was?«

»Glaube ich nicht«, raunte Evi zurück. »Das Mädchen ist eine Professionelle. O Mist, das ist mir jetzt nur so rausgerutscht. Vergiss es.«

In diesem Augenblick trat ein Mann auf sie zu, den Anne hier mit Sicherheit nicht erwartet hatte. Täuschte sie sich oder huschte ein Schatten über Robert Faltis' Gesicht, als er Evi Hübner, die Anne ihm mit »meine Freundin« vorgestellt hatte, die Hand zur Begrüßung reichte? Auch Evi zuckte etwas zusammen, als Faltis ihr seine Hand entgegenstreckte. Er sah gut aus. Wie immer. Sehr ernst, aber das macht ihn interessant, fand Anne. Die beiden sehen sich heute garantiert nicht zum ersten Mal, kombinierte sie, aber jetzt mussten sie sich beeilen, um noch einen Platz in der Kirche zu bekommen, denn die Glocken fingen bereits an zu läuten.

Anne war überrascht, wie schön der Chor sang. Ansonsten bekam sie wenig von dem mit, was um sie herum passierte, denn ihre Gedanken kreisten unentwegt um die Frage, was Martin mit Klara Wagner zu tun hatte. Zwischen den beiden ging etwas Merkwürdiges vor. Dessen war Anne sich sicher. Und sie hoffte inständig, dass Martin sie nicht neben Evi Hübner entdecken würde. Sie sah sich suchend um und atmete auf: kein Martin weit und breit.

Als Anne und Evi die Kirche verließen, trafen sie noch einmal auf Robert Faltis, der Anne leicht verlegen fragte: »Bleibt es bei morgen Abend? Bei Ihrer Einladung?«

Sie nickte und er verabschiedete sich hastig.

Als die beiden Frauen schließlich in einem Café am Kirchplatz saßen und einen Cappuccino tranken, fiel Anne auf, wie einsilbig ihre neue Freundin geworden war.

»Ist dir das Ganze auch so an die Nieren gegangen?«, fragte sie.

»Klar, ich kenne das Mädchen seit vielen Jahren. Das steckt man nicht so weg. Aber sag mal, woher kennst du eigentlich Robert Faltis?«

»Das ist der Hausmeister an Miriams Schule und der, der … der hat einen prima Draht zu den Kids, und er hat Miriam supernett geholfen, sich einzuleben. Aber warum fragst du so komisch? Woher kennst *du* ihn denn?«

»Hausmeister? Das gibt es doch nicht!«, rief Evi Hübner sichtlich überrascht aus. Anne sah sie fragend an.

»Ich hatte mal mit ihm zu tun, als er noch bei der Kripo war. Beruflich. Faszinierender Mann, keine Frage, aber schwierig.«

»Kripo? Faltis? Faszinierend? Erzähl mal, was du sonst noch über ihn zu berichten hast. Ich habe ihn nämlich zum Essen eingeladen.«

Evi stöhnte auf. »Ich hatte, wie gesagt, beruflich mit ihm zu tun und …«

»Verstehe schon, über Interna wird nicht geplaudert, auch wenn deine Freundin zum Zerbersten gespannt ist. Du aber würdest sie eher mit Schweigen quälen, als ihr auch nur ein Sterbenswort über ihn zu verraten …«

Evi lächelte verkrampft. »Richtig, ich glaube übrigens auch gar nicht, dass er mich erkannt hat.«

»Das glaube ich aber schon«, widersprach Anne ihrer Freundin entschieden. »Aber vielleicht kannst du mir ja nur eins verraten: War das schon in Meschede oder noch in Bremen, dass du mit ihm zu tun hattest?«

»Anne, du bist unmöglich, aber damit du Ruhe gibst: Ich hatte mit der Familie in Bremen zu tun.«

»Familie? Der Mann ist verheiratet?«

Evi legte zum Zeichen der Verschwiegenheit ihren Finger an die Lippen und wechselte das Thema: »Übrigens, mein Chef war gar nicht so begeistert über meinen Bericht in Sachen Beyer gegen Brink. Ich musste ihm ja leider sagen, dass ich beim besten Willen nichts Nachteiliges über die Situation im Hause Brink berichten kann.«

»Siehst du, als geschiedene Frau eine Freundin beim Jugendamt zu haben ist die halbe Miete. Aber inwiefern hattest du nun mit Faltis zu tun?«

Evi schüttelte Kopf. »Frau Anwältin, das war plump, sehr plump sogar!«

»Gut, dann werde ich ihn morgen mal so richtig ausfragen. Nach seiner Vergangenheit.«

»Möchtest du einen netten Abend mit ihm verbringen?«, fragte Evi ohne ein Lächeln.

»Ja, klar!«

»Dann würde ich seine Vergangenheit lieber ruhen lassen. Denk doch mal nach. Wenn einer bei der Kripo in Bremen gearbeitet hat und heute Hausmeister in Arnsberg ist, dann sieht es nicht danach aus, als würde er mit seinem Date unbedingt über diesen eklatanten Wechsel sprechen wollen, oder?«

»Ein Date wird das nicht!«, widersprach Anne heftig und fügte seufzend hinzu: »Miriam wird dabei sein. Ich gebe ja zu, er fasziniert mich. Einerseits. Andererseits ist mir einen Tick zu … ich weiß auch nicht, wie ich das ausdrücken soll, zu heavy. Na ja, kein Wunder, schließlich ist vor kurzem seine Lebensgefährtin ermordet worden.«

»Wie?«

»Na, Christine Keller-Köppen!«

»Ach, das war ihr Freund? Davon wusste ich ja gar nichts. Mit ihr hatte ich beruflich auch öfter mal zu tun, aber ihre Verbindung mit Faltis ist mir neu.«

»Das weiß doch jeder, sagt jedenfalls meine Bürovorsteherin Thea Cassini!«

»Hör ma, ich bin eine Zugereiste, da kriegt man nicht alles mit!«

»Tja, für diese Info habe ich ja eigentlich noch einen gut. Vielleicht gibst du mir dafür einen klitzekleinen Tipp in Sachen Faltis?«, bettelte Anne, aber dann starrte sie gebannt zur Eingangstür.

»Was ist los?«, fragte Evi, die mit dem Rücken zur Tür saß. Anne beugte sich verschwörerisch über den Tisch.

»Nicht umdrehen. Da kommt Martin mit der Klara. Sie streiten sich, glaube ich. Jetzt setzen sie sich. Verdammt, was hat Martin mit diesem Mädchen zu tun?«

»Das möchte ich auch gern wissen«, erwiderte Evi, bevor sie sich doch den Hals verrenkte, um einen Blick auf ihren Ex und seine Begleitung zu werfen.

»Guck mal, wie die sich angiften. Sieht sehr vertraut aus«, stellte Evi etwas pikiert fest. Eine Weile gingen die Vermutungen, was Martin hier in diesem Café mit Klara Wagner zu schaffen hatte und warum sich Klara lieber mit Kleiber traf, als in dieser schweren Stunde bei ihrer Familie zu sein, hin und her, bis Anne schließlich genug davon hatte.

»Weißt du was? Ich gehe jetzt da hin. Bevor wir unnötig weiterspekulieren. Er ist zurzeit alles andere als gut drauf. Vielleicht ist die da der Grund dafür!«

»Tu, was du nicht lassen kannst!«, seufzte Evi Hübner nur.

Das ließ sich Anne nicht zweimal sagen. Zu allem wild entschlossen, sprang sie auf und stöckelte etwas wackelig auf Martins Tisch zu. Sie hatte sich extra noch schwarze Pumps mit einem etwas höheren Absatz als gewöhnlich gekauft, die nun bei jedem Schritt ganz furchtbar drückten. Aber sie atmete tapfer gegen den Schmerz an und baute sich unübersehbar vor Martins Tisch auf. »Martin, was machst du denn hier?« Sie tat ganz erstaunt.

»Das ist Frau Brink, die Rechtsanwältin, von der ich Ihnen bereits erzählt habe«, erklärte Martin seiner Begleiterin ebenso hastig wie förmlich.

Die junge Frau musterte Anne abschätzend von oben bis unten: »Sie verteidigen also solche Wichser. Was meinen Sie, wie lange braucht es, bis man die dumme Sau überführt hat, jetzt, wo es mein verschissener Vater nicht gewesen sein kann? Und kommt dann, wenn man ihn endlich hat, so jemand wie Sie daher und plädiert auf mildernde Umstände? Und wandert das Schwein dann in die Klapse statt in den Knast?«

Ihre Stimme klang wütend, doch in ihrem Blick lagen Trauer und Verzweiflung.

»Darf ich Sie noch nach Hause fahren, Klara? Sonst würde ich jetzt gern mit Frau Brink ein paar berufliche Dinge besprechen«, unterbrach Martin Kleiber die verbale Attacke der jungen Frau hastig.

»Haut doch bloß alle ab«, war Klaras Antwort, die leicht gelallt klang. Martin rief nach der Rechnung und bat Anne, an ihrem Tisch auf ihn zu warten. Die aber blieb wie angewurzelt stehen.

»Bis gleich!«, sagte Martin streng.

»Auf Wiedersehen.« Anne streckte Klara versöhnlich die Hand entgegen. Die junge Frau ignorierte sie jedoch. Nachdenklich entfernte sich Anne von dem Tisch. Wie gern hätte sie gewusst, was da zwischen den beiden ablief. Eines aber beruhigte sie zutiefst: Martin hatte die junge Frau gesiezt.

»Klara«, zischelte Martin flehend, kaum dass Anne sich auf dem Absatz umgedreht hatte. »Es war ein verdammter Fehler, Ihnen überhaupt nur einen Cent zu geben, aber ich mache denselben Fehler nicht noch einmal. Ich lasse mich nicht erpressen. Ich war es nicht, verdammt noch mal!«

Dann senkte er die Stimme: »Ich habe nichts zu verbergen. Ich weiß inzwischen genau, was ich getan habe in jener Nacht. Meinetwegen gehen Sie zur Polizei!« Martins Stimme klang fest und klar, aber in ihm machte sich eine eisige Kälte breit, die ihn beinahe erzittern ließ. Verdammt, wieso war er über eine Stunde im Wagen durch die Nacht geirrt? Und das sturzbetrunken? Wenn sich das Dunkel doch endlich lichten würde. Aber er ließ sich seine Qualen nicht anmerken.

»Haben Sie denn jemanden, der sich um Sie kümmern könnte, wenigstens heute?«, fragte er voller Mitgefühl.

»Nein, ich bin allein«, sagte Klara Wagner tonlos. »Ich habe keine Familie mehr.«

Dann warf sie ihm einen zornigen Blick zu und zischte:

»Und wenn du mich belügst und meine Schwester auf dem Gewissen hast, bist du ein toter Mann, verstanden?«

Martin zögerte kurz. Vielleicht war es doch besser, bei ihr zu bleiben, bevor sie irgendwelche Dummheiten anstellte, doch dann zog er entschieden seinen Mantel an, zahlte und verabschiedete sich. Ich bin wirklich nicht der Richtige, um sie zu trösten, dachte er, während er auf Anne zusteuerte. Dann drehte er sich noch einmal um. In Klaras Augen funkelte der blanke Hass. Erschrocken wandte er sich ab. Erst als er direkt vor Annes Tisch stand, registrierte er die zweite Person. O Gott, bitte nicht, betete er in sich hinein, doch es gab kein Zurück.

»Hallo, Evi!«, begrüßte er seine ehemalige Freundin und hüstelte verlegen. »Hallo, Anne.«

»Hallo, Martin!«, antworteten die beiden Frauen wie aus einem Mund.

»Ihr kennt euch?«

»Das Jugendamt hat uns Evi ins Haus geschickt, damit sie überprüft, ob Miriam wider Willen in Arnsberg festgehalten wird. Aber jetzt setz dich doch erst mal.«

»Nein. Ich hab's eilig«, murmelte er hastig und rieb sich nervös die Hände. Evi und Anne, das war das Letzte, was er jetzt gebrauchen konnte. Aus den Augenwinkeln sah er, dass Klara noch immer zusammengesunken an ihrem Platz saß. Wie sollte er nur ihre Drohung verstehen? In diesem Augeblick brüllte Klara durch das ganze Café nach der Bedienung und bestellte lauthals ihren dritten Grappa. Es reichte.

»Ich muss los!«, presste er schließlich hervor und verschwand eiligen Schrittes und ohne ein Wort des Abschieds.

»Was war denn das für eine Nummer?«, fand Evi als Erste die Sprache wieder.

»Na ja, verstehen kann ich das schon. Ich meine, uns beide auf einem Haufen. Da kriegt er natürlich Schiss, was wir uns erzählen könnten.«

»Stimmt schon. Aber was mich vielmehr interessiert: Meinst du nun, die haben was miteinander oder nicht?«

»Nein, niemals, aber irgendetwas stinkt da gen Himmel. Der Arme ist ja – einmal abgesehen von uns beiden – völlig durch den Wind. Weißt du was? Wir setzen uns einfach zu ihr! Vielleicht kriegen wir da was raus«, schlug Anne vor.

»Ich nicht. Ich weiß zu viel über die Familie Wagner ...«

»Nun brich dir bloß keinen ab«, konterte Anne. »Ich weiß, wovon du sprichst. Wagner wollte, dass ich ihn in dem Prozess vertrete, den Klara ihm angedroht hat, falls er ihre Schwester Nadja noch ein einziges Mal belästigt. Ich kenne Klaras Schreiben mit den Vorwürfen. Kommst du jetzt mit, oder nicht? Du bist nicht die Einzige, die an Schweigepflichten gebunden ist. Aber vielleicht braucht das Mädchen ja Hilfe. Und da sind wir beiden doch genau die Richtigen!«

»Na dann los!«, gab Evi Annes Drängen nach, doch Klara Wagner hatte das Café längst verlassen.

Auf dem Rückweg von Neheim fuhr Anne noch einmal in ihrem Büro vorbei.

»Sie haben so wunderschön gesungen«, begrüßte sie ihre Bürovorsteherin.

Als hätte sie das Kompliment ihrer Chefin gar nicht gehört, erwiderte die: »Der Doktor hat angerufen. Sie sollen bitte zurückrufen Ach, und übrigens, wir brauchen dringend einen neuen Alt«, fügte Frau Cassini dann ganz beiläufig hinzu. »Die Bäcker-Uschi, die ist nämlich zu Verwandten nach München gezogen. Die hat das nicht ausgehalten, dass die Leute wegen dem Kevin mit den Fingern auf sie gezeigt haben. Und bald kommt ja Weihnachten, und es ist schwer, einen Alt zu finden.«

»Und was gucken Sie mich jetzt so erwartungsvoll an?«, fragte Anne.

»Sie wären die Richtige.«

»Ich? Ich kann doch gar nicht singen.«

»Na, was da manchmal aus ihrem Zimmer dringt, wenn Sie richtig im Stress sind ... da ist eine Sängerin verloren gegangen, woll?«

»Frau Cassini, Sie übertreiben mal wieder maßlos. Ich im Kirchenchor? Nein, das passt nicht. Ich als ... na ja, lassen wir das.«

Damit war die Debatte beendet, und Anne verschwand in ihrem Zimmer.

Sie erwischte Martin in seinem Büro. Er versuchte möglichst unbeschwert zu klingen, aber Anne hatte das Spielchen mehr als satt. Jetzt war ein offenes Wort vonnöten. Auch wenn es vielleicht nicht unbedingt geschickt war, kam sie sogleich auf den Punkt: »Was ist eigentlich in dich gefahren? Warum gehst du mir aus dem Weg? Und was hast du mit Klara Wagner zu tun?«

»Anne, ich will dir ja alles erklären, aber in Ruhe. Und nicht jetzt am Telefon. Können wir das nicht nächsten Freitag besprechen? Mach dir bitte keine Sorgen, mir geht's gut. Und das mit Klara Wagner, das ist ganz einfach: Ich war doch lange Zeit der Anwalt der Familie und sie hat Vertrauen zu mir. Sie hat es doch wirklich nicht leicht ... wir beide machen uns einfach einen schönen Abend, trinken ein schönes Glas Wein und dann reden wir schön über alles ...«

Anne wurde von Sekunde zu Sekunde wütender. In ihren Ohren klang das Ganze wie hohles Gewäsch.

»Auch über deine Vorliebe für blonde Vierzehnjährige?«, entfuhr es ihr wütend, was sie noch im selben Augenblick bitter bereute.

»Was meinst du damit?«, fragte er mit eisiger Stimme.

»Entschuldige, ich meine doch nur, wir beide ... wir

müssen endlich mal über unsere gemeinsame Geschichte reden. Wie das damals war, warum wir immer noch solche Besitzansprüche haben«, versuchte sie das eben Gesagte zu relativieren, aber es war sinnlos.

»Zerbrich dir bitte nicht meinen Kopf, liebe Anne. Ich ziehe es vor, diese Dinge mit einem Therapeuten zu besprechen. Nicht mir dir oder Frau Hübner.«

Anne schluckte trocken. Sie konnte sich nicht daran erinnern, dass Martin jemals zuvor so bitterböse mit ihr gesprochen hatte.

»Aber ich weiß doch, dass es nicht stimmt. Du wirst immer mein Freund bleiben«, stammelte Anne, aber da hatte er bereits aufgelegt.

Sie saß noch immer fassungslos neben dem Telefon, als Frau Cassini ihr den Staatsanwalt durchstellte.

»Wollte nur mal einen Zwischenbericht abgeben. Unsere Spezialisten haben bereits einige Blutspuren als die von Frau Keller identifiziert, aber es sind noch andere darauf. Warten wir mal ab, wem sie gehören.«

»Hoffentlich nicht Köppen.«

»Wir werden sehen«, erwiderte Stefan Winter.

»Ja, wir werden sehen«, echote Anne und legte einfach auf.

Es war weit nach neunzehn Uhr, als Anne an diesem Abend die Kanzlei verließ. Während der Heimfahrt hatte sie ein wahnsinnig schlechtes Gewissen wegen Miriam, aber dann fiel ihr ein, dass ihre Tochter heute schon wieder bei Anselm war. Sosehr sie sich auch darüber freute, dass Miriam jetzt Anschluss gefunden hatte, machte sie sich zunehmend Sorgen über das Alter des Jungen und die Art dieser Beziehung. Anne hatte Miriam zwar nicht mit neugierigen Fragen löchern mögen, aber sie hatte schließlich Augen im Kopf.

Als Anne aus ihrem Jeep kletterte, hielt vor ihr eine imposante Limousine. Aus dem Rückfenster sah sie Miriam winken. Anne trat zögernd auf den Wagen zu, als die Fahrertür aufging, ein livrierter junger Mann ausstieg und die hintere Tür aufhielt, aus der ihre grinsende Tochter nach draußen hüpfte.

»Was soll das denn?«, fragte Anne entgeistert.

»Wieso? Man brachte den Besuch der jungen Herrschaft nach Hause«, näselte Miriam vornehm und winkte dem Chauffeur hinterher. Anne sah gleich drei Gesichter hastig wieder hinter ihren nachbarlichen Gardinen verschwinden, als sie sich in der Haustür noch einmal umdrehte.

»Anselms Vater hat Schotter ohne Ende. Dem gehört irgendwie so ein Vergnügungspark. Eine Hütte! Du fasst es nicht. Das Schwimmbad so groß wie unser ganzes Haus!«, erzählte Miriam drinnen begeistert drauflos.

»Jetzt übertreibst du aber«, neckte Anne ihre Tochter, die vor Aufregung glühende Apfelbäckchen bekommen hatte. Sie hätte dieser Schwärmerei stundenlang zuhören können. Nicht, weil sie nach Berichten aus der Welt der Reichen und Schönen lechzte, sondern weil Miriam lange keinen so unbeschwerten Eindruck mehr gemacht hatte

»Und sind die Eltern nett?«, wollte Anne wissen, als sie am Herd stand und ihrer Tochter Pfannkuchen machte.

»Keine Ahnung. Der Vater ist immer unterwegs, und die Mutter wohl gerade im Sommerhaus auf Ibiza oder so ähnlich.«

»Und wer kümmert sich um den Jungen?«, fragte Anne missbilligend.

»Im Haus, da wohnt noch ein Ehepaar. Der Mann ist so was wie ein Butler und die Frau Köchin, und dann gibt's da noch andere. Eine Erzieherin, glaube ich. Ich weiß es auch nicht so genau. Wir waren ja nur in seinem Zimmer.«

Anne holte tief Luft. Das waren ja feine Verhältnisse. In

der Villa schien sich keiner um die Kinder zu kümmern. Dann blieb wohl doch alles an ihr hängen. Hoffentlich würde Miriam das nicht in den falschen Hals bekommen, wenn ihre Mutter jetzt mit dem Thema Verhütung anfing.

»Miri, weißt du, wir sollten uns mal dringend über … ich meine, der Anselm ist ja schon älter …«

Weiter kam sie nicht, denn Miriam brach in schallendes Gelächter aus und konnte gar nicht aufhören zu prusten.

»Was du bloß denkst. Wir arbeiten für die Schule zusammen an einem Referat. Wenn er versucht, mich zu küssen, dann sag ich dir Bescheid. Darauf warte ich selbst, aber er versucht es ja nicht einmal«, erklärte Miriam über beide Backen grinsend.

»Prima, dann mache ich noch einen Anlauf, dich aufzuklären, wenn er dich geküsst hat, okay?«, gab Anne scherzend zurück.

»Ach Mami, der ist so süß!«, schwärmte Miriam beim Abendessen und verspeiste vor lauter Verliebtheit gleich drei Pfannkuchen hintereinander.

»Wie alt ist dieser Anselm eigentlich?«, erkundigte sich Anne scheinbar beiläufig.

»Er ist gerade fünfzehn geworden.«

Anne zuckte zusammen. Fünfzehn? »Und warum ist er dann in eurer Klasse? Ist er etwa zweimal sitzen geblieben?«

»Nein, er war auf diversen Internaten, aber er hat überall so viel Scheiß gebaut, dass er immer wieder rausgeflogen ist.«

Annes sämtliche Antennen funkten augenblicklich Alarmstufe Rot. Dieser Junge war also wirklich ein abgeschobenes Kind reicher Eltern, um das sich kein Mensch sorgte.

»Was denn zum Beispiel? Also, ich meine, was hat er denn so angestellt?«, fragte Anne lauernd und hoffte, dass

Miriam nicht merkte, wie skeptisch sie dem neuen Freund ihrer Tochter gegenüberstand.

»Im letzten Internat, ich glaube, das war irgendwo in Norddeutschland, in so einem Schloss jedenfalls, da ist er auf das Dach geklettert und hat gebrüllt, er wird gleich springen. Da musste die Feuerwehr kommen …« Miriam lachte laut auf.

»Das finde ich aber gar nicht lustig«, entgegnete Anne empört.

»Aber das war ja nur ein Scherz«, verteidigte Miriam ihn.

Anne fand das alles andere als lustig. Wahrscheinlich würde Miri diesen Anselm auch noch verteidigen, wenn er das Gebäude angezündet hätte. War ja nur ein Scherz, ha ha, dachte Anne erbost. Die Kritiklosigkeit ihrer sonst so moralischen Tochter war ein sicheres Zeichen dafür, dass sie bis über beide Ohren verknallt war. Es kostete Anne sehr viel Überwindung, ihren Mund zu halten und ihre Meinung über den Humor dieses gelangweilten Bürschchens vorerst für sich zu behalten.

15.

Neue Freunde

An diesem Freitag kam Anne bereits mittags aus dem Büro nach Hause. Sie mochte sich es sich kaum eingestehen, aber ihre frühe Rückkehr hatte einen triftigen Grund: Anselm. Im Grunde genommen fand sie ihr Verhalten lächerlich. So spießig hatte sich früher nicht einmal ihr Vater benommen, aber so klar ihr das vom Kopf her auch war, sie hatte im Büro keine ruhige Minute mehr gehabt. Die ganze Zeit über hatte sie sich vorgestellt, was die beiden wohl allein zu Hause anstellten. Sie konnte nichts dagegen tun. Die Beziehung ihrer Tochter zu diesem Jungen bereitete ihr zunehmend Kopfzerbrechen. Einerseits war Miriam in Anselm ganz offensichtlich verschossen, und die beiden verbrachten jede freie Minute miteinander, andererseits leugnete ihre Tochter vehement, dass der Junge ihr Freund war. Annes untrügliches Gespür aber verriet ihr, dass irgendetwas an dem Verhältnis der beiden nicht stimmte. Miriam schien Anselm grenzenlos zu bewundern, aber Anne hatte das Gefühl, dass diese Zuneigung nicht ganz auf Gegenseitigkeit beruhte. Der Junge hatte im Umgang mit ihrer Tochter etwas Dominantes an sich. Und es passte so gar nicht zu Miriam, dass sie sich von einem anderen Menschen herumkommandieren ließ; eigentlich war sie sonst immer das A-Hörnchen. Wenn sie nur an diesen Film dachte, in den die beiden neulich gemeinsam gegangen waren – ein Action-Film! Den hätte Miriam vor ihrer Bekanntschaft mit Anselm garantiert gemieden.

Anne überlegte kurz, ob sie den beiden Bescheid sagen

sollte, dass sie zu Hause war, aber sie verzichtete darauf. Miriam brachte es fertig und fragte sie vor Anselm, ob sie nur zum Kontrollieren gekommen sei. Darauf wollte sie es wirklich nicht ankommen lassen.

Also schlich sie sich auf Zehenspitzen in ihr Zimmer und ließ die beiden völlig ungestört. Sie wollte den freien Nachmittag nutzen, um ihren Computer im Arbeitszimmer zu installieren. Ausnahmsweise verzichtete sie dabei auf laute Musik. Ich will die Kinder nicht stören, versuchte sie sich einzureden. Dabei war ihr sehr wohl bewusst, dass sie sich etwas vormachte. Bei lauter Musik würde sie nämlich nicht mehr hören, was im Hause vor sich ging. Anne kam sich wie ein zahnloser Wachhund vor.

Das Einrichten ihres Rechners lenkte Anne eine Weile von ihren Grübeleien ab, und sie war sehr stolz darauf, als sie es endlich geschafft hatte. Alles funktionierte prächtig – bis auf die Verbindung zum Netz. Sosehr sich Anne auch bemühte, sie kam nicht ins Internet. Ob sie vielleicht Anselm bitten konnte, ihr zu helfen? Aber das würde Miriam mit Sicherheit für einen Vorwand halten, ihn aus dem Zimmer zu locken. Schließlich gab sie seufzend auf.

Inzwischen war es ohnehin an der Zeit, sich für ihren abendlichen Besuch vorzubereiten. Sie würde nun doch allein mit Faltis bleiben. Anselm hatte Miriam für heute Abend zu sich in die Villa eingeladen. Zu einem Begrüßungsessen für seine Mutter, die aus ihrer Ferienresidenz zurückerwartet wurde. Anne hatte ihr das erst nicht erlauben wollen, aber Miriam hatte dermaßen gebettelt, dass Anne schließlich nachgeben musste.

Als sie am Zimmer ihrer Tochter vorbeikam, verlangsamte sie ihren Schritt und lauschte angestrengt, aber es war absolut nichts zu hören. Kopfschüttelnd entfernte sie sich. Das Kopfschütteln galt ihrem eigenen Verhalten. Das Kind wird bald vierzehn, und ich benehme mich, als wäre sie acht, dachte Anne und fragte sich, was sie wohl getan hätte, wenn ihr Vater sich jemals so aufgespielt hätte.

Wie immer fühlte sich Miriam unbehaglich, wenn sie mit ihm auf die Reise in das Reich der Finsternis ging. Mehr noch: Im Grunde ihres Herzens hasste sie diese Website. Schon die Engel auf der Startseite hatten so gar nichts Beschützendes an sich. Im Gegenteil, sie waren ihr unheimlich, so unheimlich wie das ganze Forum, in das sie sich jeden Tag einloggten. Aber sie durfte es ihm nicht sagen. Ein einziges Mal hatte sie es versucht. *Bitte, geh da nicht mehr rein.* Seine verletzenden Worte klangen ihr noch immer im Ohr. *Wenn du so ein Baby bist, dann mache ich das eben mit einem anderen Mädchen.* Miriam wusste, das war keine leere Drohung. Es gab in der Klasse einige Mädchen, die gern mit Anselm befreundet wären, aber er hatte sie ausgesucht. Jetzt durfte sie ihn nicht enttäuschen. Miriam sah ihn von der Seite an. Sie stellte sich vor, wie es wohl wäre, wenn er sie endlich einmal küssen würde, doch davon schien er weit entfernt. Mit zusammengebissenen Zähnen hackte Anselm auf der Tastatur herum.

Vielleicht hat das Ganze auch sein Gutes, versuchte sie sich einzureden. Wenn er seine Phantasien hier ausleben darf, wird er es niemals wirklich tun. Miriam hätte so gern mit jemandem darüber gesprochen, aber mit wem? Sie hatte das Gefühl, dass Anne ihren Freund nicht besonders gut leiden konnte. Und eines wusste sie mit Sicherheit: Sie durfte Anselm auf keinen Fall damit allein lassen. Solange sie bei ihm war, konnte ihm nichts passieren. Das hoffte sie jedenfalls inständig.

»Jetzt du«, sagte er und überließ ihr den Platz am Rechner. »Aber nicht wieder so einen Kleinmädchenkram, dann kannst du es gleich lassen«, fügte er in überheblichem Ton hinzu.

Miriam lief rot an und riss die Tastatur an sich. Widerwillig reihte sie einen Buchstaben an den nächsten. Als sie ihre Eintragung noch einmal las, liefen ihr stumme Tränen über das Gesicht.

Sprechen Sie mit ihr, hatte ihm der Therapeut geraten. Das war leichter gesagt als getan. Natürlich sollte er ihr endlich reinen Wein einschenken, aber so einfach konnte er nicht über seinen Schatten springen. Er kam nicht darüber weg, dass Anne mit Evi Hübner über ihn gesprochen hatte. Ausgerechnet Evi, die ihm derartige Schweinereien unterstellt und ihm kein Wort geglaubt hatte. Das hätte Anne niemals tun dürfen. Das war illoyal. Das war Verrat. Und dann dieses ständige Herumgeflirte mit Stefan. Konnte sie nicht mit einem Fremden anbändeln? Nein, er konnte sie nicht anrufen. Der Groll saß zu tief.

Martin Kleiber zuckte zusammen, als mitten in seine Gedanken hinein das Telefon klingelte.

»Anne?«, fragte er hoffnungsvoll.

»Kleiber, was genau hast du gemacht, nachdem du mich in der Bar hast sitzenlassen? Ich will es genau wissen. Jede Minute, jede Sekunde!«

»Wie bitte?«, fragte Martin, der im ersten Moment gar nicht wusste, wer ihn auf derart aggressive Art anging.

»Du weißt genau, was ich meine. Mit wem warst du verabredet? Mit meiner Schwester? Und hast sie dann gefickt und umgebracht?«

Klara Wagner! Ich darf mich auf keinen Fall von ihr provozieren lassen, warnte ihn eine innere Stimme.

»Na komm, werd mal konkret, Alter. Was hast du getrieben? Sie entjungfert, oder? Hat's Spaß gemacht, du alte Sau?«

»Klara, das sage ich gerne der Polizei, aber nicht Ihnen. Aber eines kann ich Ihnen versichern – das, was ich nicht getan habe! Zum allerletzten Mal: Ich bin nicht im Wald gewesen und ich habe Ihrer Schwester keine Waffe in den Mund gedrückt. Ist das klar genug?«

»Ja, das ist klar genug«, wiederholte Klara Wagner langsam und mit fester Stimme.

Ohne ein weiteres Wort beendete Klara Wagner das Gespräch.

Martin stand eine Weile wie betäubt neben dem Telefon. Lange hielt er das nicht mehr aus. Er musste endlich mit jemandem über alles sprechen. Mit Anne!

Mit einem Mal war Klara völlig nüchtern. Niemand hatte ihrer Familie erzählt, wie Nadja umgebracht worden war, und es hatte auch in keiner Zeitung gestanden. Sie hatte es soeben aus Kleibers Mund zum ersten Mal gehört. Wenn Kleiber diese brutale Einzelheit kannte, dann konnte das nur eines bedeuten: Sie hatte Nadjas Mörder gefunden!

Er sieht gut aus, verdammt gut sogar, stellte Anne mit Kennerblick fest, als sie Robert Faltis die Haustür öffnete. In der Hand hielt er einen riesigen Strauß Herbstblumen.

»Guten Abend, Frau Brink.«

Diese Stimme, ich stehe auf seine Stimme, stellte Anne fest.

In diesem Augenblick liefen Anselm und Miriam die Treppe hinunter, und Anne beobachtete interessiert, wie herzlich die beiden den Hausmeister begrüßten. Anselm noch eine Spur vertrauter als Miriam.

Faltis schien genau den richtigen Ton im Umgang mit den Jugendlichen zu treffen. Im Nu waren sie in ein anregendes Gespräch über die Limousine vertieft, die bereits vor dem Haus stand, um die Kinder zur Villa zu bringen. Dieser Mann hätte einen prima Vater abgegeben, ging es Anne durch den Kopf.

Trotzdem war ihr auf einmal nicht ganz wohl bei dem Gedanken, den Abend mit ihm allein zu verbringen. Er lächelte zwar, aber etwas war merkwürdig an seinem Gesicht. Die Augen, dachte Anne, seine Augen lachen nicht mit.

Miriam gab Anne zum Abschied einen Kuss. Sie strahlte über das ganze Gesicht. Ich sollte mir nicht so viele Sorgen machen, beschloss Anne, sie ist so glücklich.

Robert Faltis war ein idealer Gast. Er lobte ihre indische Küche in höchsten Tönen.

»Ich esse sehr gern Indisch. Und das hier ist einfach exzellent gewürzt«, schwärmte er.

Anne fühlte sich geschmeichelt. Auch wenn sie niemals von sich behaupten würde, eine gute Köchin zu sein, ihre Eigenkreationen gelangen immer. Dafür, dass sie kein Kochbuch benutzt und alles nach Gefühl zubereitet hatte, war ihr auch dieses Gericht ausnehmend gut gelungen. Sie unterhielten sich eine ganze Weile übers Essen und Kochen, denn Robert Faltis outete sich als passionierter Hobbykoch. Doch als das Thema sich erschöpft hatte, geriet die Unterhaltung ins Stocken. Faltis verstummte auf einmal und Anne wusste auch nicht so recht, worüber sie mit ihm sprechen sollte. Es gab zwischen ihnen beiden zu viele Tabu-Themen. Anne konnte schlecht den Mord an seiner Lebensgefährtin erwähnen oder ihre Arbeit als Anwältin, die dann früher oder später auf eben dieses Thema führen musste. Nach seiner Vergangenheit befragen mochte sie ihn auch nicht, wollte sie Evis Rat beherzigen. Und auch die Tatsache, dass er den anonymen Schreiberling zur Strecke gebracht hatte, schien sich nicht als Gesprächsstoff zu eignen. In diesem Punkt, vermutete Anne, würde er sie niemals verstehen können. Faltis hätte diesen Kerl wohl auf keinen Fall laufen lassen. Sie sah noch immer sein fassungsloses Gesicht vor sich. Plötzlich hatte sie wieder die ganze Situation vor Augen. Wie professionell Faltis den

Eindringling überwältigt hatte! Was hatte Evi gesagt? Faltis war bei der Kripo gewesen.

Anne erschrak, als Robert Faltis sich nun laut räusperte. Für einen Augenblick hatte sie die Anwesenheit ihres Gastes völlig vergessen.

»Sie können ja unglaublich toll mit den Jugendlichen umgehen«, versuchte Anne hastig ein Gespräch in Gang zu bringen.

Faltis lächelte angesichts dieses Komplimentes verlegen. Und wieder waren es die Augen, die nicht mitlächelten.

»Na ja, da bin ich so reingewachsen. Chrissie, also Christine, die hatte ja in ihrer Wohnung eine Art Jugendtreff eingerichtet. Und irgendwann war nicht nur sie die Mutti des Ganzen, sondern ich so eine Art Papi. Das fanden die Eltern nicht immer schön. Weil, oft wussten wir mehr über die Kids als die Familien.« Er lachte trocken.

»Tja, es ist wirklich ungerecht im Leben. Sie wären bestimmt ein guter Vater geworden«, rutschte es Anne heraus. Sie hätte sich auf die Zunge beißen können, als sie beobachtete, wie er bei ihren Worten knallrot anlief.

Dabei hielt er das Besteck so fest in der Hand, dass sich seine Knöchel weiß verfärbten. Anne registrierte beiläufig, dass er keinen Verband mehr trug – auf den Knöcheln der rechten Hand war eine Spur Schorf zu erkennen.

»Entschuldigen Sie, dieses Thema, das … das bringt mich schier um«, brachte er zischelnd hervor. Dann wurde er lauter: »Das Ganze ist ein Albtraum, denn, ich, ich habe ja erst von Chrissies Schwangerschaft erfahren, als sie schon tot war. Sie war doch gerade am Tag zuvor beim Arzt gewesen und wollte es anscheinend erst ihrem Nochehemann erzählen, bevor sie mir … O Gott, lieber Gott! Wie gern hätte ich dieses Kind im Arm gehalten.«

Er ließ das Besteck abrupt los und schlug die Hände vor das Gesicht. Anne hörte ihn dumpf schluchzen und fühlte sich schuldig. Warum musste sie nur manchmal schneller reden als denken? Sie konnte verstehen, dass so ein Schicksalsschlag dazu geeignet war, einen Menschen zu traumatisieren – wenn die schwangere Freundin umgebracht wurde …

Nach einer Weile löste Robert Faltis die Hände vom Gesicht und murmelte: »Entschuldigen Sie bitte.« Verkrampft lächelnd fügte er hinzu: »Vielleicht sollten wir lieber über das Wetter reden.«

Anne begriff, dass er damit einen Witz machen wollte, um seine Verzweiflung zu überspielen. Sie seufzte tief und ging darauf ein: »Ja, oder wir unterhalten uns über den schönen Blick auf das Tal vielleicht, oder fachsimpeln wir doch über Computer.«

»Gern«, erwiderte Robert Faltis mit ernster Miene. »Da bin ich Spezialist. Habe mal in dem Beruf gearbeitet.«

Anne sah ihn etwas verwirrt an! Was redete er da?

»Sie waren mal Programmierer?«, fragte sie mit gespieltem Erstaunen.

»Na ja, wenn Sie so wollen, das war meine erste Ausbildung, aber, um genau zu sein, ich war EDV-Sachverständiger beim Landeskriminalamt Niedersachsen.«

Anne fühlte sich gar nicht wohl in ihrer Haut. Niedersachsen? Er kam doch aus Bremen. Entweder hatte Evi ihn mit jemandem verwechselt, oder er log sie an. Letzteres hielt Anne für wahrscheinlicher. Sie wollte sich ihre Skepsis auf keinen Fall anmerken lassen und starrte angestrengt auf ihren Dessertteller, aber sie spürte, wie er sie mit seinen Blicken durchbohrte.

»Sie denken, ich erzähle ihn einen Haufen Müll, oder?«, hörte sie seine Stimme, eine Spur zu aggressiv und begleitet von einem kehligen Lachen.

»Wie kommen Sie denn darauf?«, antwortete Anne so naiv wie möglich.

»Ich vermute, Sie wissen mehr über mich, als Sie zugeben wollen. Ihre Freundin wird doch sicher ein wenig geplaudert haben.« Wieder ein anderer Ton. Lauernd, fordernd, bestimmend. Sie hob den Blick und schaute ihm nun direkt in die Augen.

»Nein, Frau Hübner spricht nicht über ihren Beruf. Dass Sie sich schon einmal begegnet sind, das weiß ich. War ja auch nicht zu übersehen, dass Sie sich kennen, als wir Sie auf Nadja Wagners Trauerfeier getroffen haben. Aber ansonsten schweigt sie wie ein Grab, auch wenn ich gern mehr über Sie gewusst hätte, Herr Faltis.«

»Dann werde ich Sie mal darüber aufklären, woher ich die Dame kenne. Sie war in Bremen mal wegen meiner Tochter bei mir. Als ich noch bei der Kripo war. Warum ich nach Hannover bin, wollen Sie jetzt wahrscheinlich wissen. Weil der EDV-Job lukrativer war und ich mit meiner Tochter den Ort verlassen wollte, an dem sich ihre Mutter umgebracht hat. Zufrieden?«

Anne wäre vor Schreck beinahe der Löffel aus der Hand gefallen. Sie wusste nicht, welche Information sie mehr erschütterte. Die Tatsache, dass sich seine Frau umgebracht hatte oder dass er eine Tochter hatte.

»Sie haben eine Tochter?«, fragte sie ungläubig.

»Hatte. Sie ist vor vier Jahren tödlich verunglückt. Ich hoffe, ich habe jetzt zu Ihrer vollen Zufriedenheit Auskunft erteilt. Vielleicht wenden wir uns dann dem eigentlichen Thema zu: Computer!« Der ironische Unterton war nicht zu überhören.

Anne war so entsetzt, dass sie kein Wort herausbrachte. Der Mann war alles andere als ein Lügner, sondern ein vom Schicksal schwer gebeutelter Mensch. Erst nach einer halben Ewigkeit brachte sie ein »O Gott, das tut mir so unendlich leid für Sie!« hervor.

»Sie war damals so alt wie Ihre Tochter jetzt«, hörte sie

Faltis leise weitersprechen. Jetzt lag tiefe Trauer in seiner Stimme. In diesem Augenblick berührte Robert Faltis Anne zum ersten Mal, seit sie ihn kannte, wirklich. Sie folgte ihrem Impuls, stand auf, ging zu ihm und nahm ihn in den Arm. Er roch angenehm – und er fühlte sich verdammt gut an. Robert Faltis begann, sanft über ihren Rücken zu streicheln, aber dann wurde der Druck seiner Hand härter, und Annes Bedürfnis nach Zärtlichkeit verschwand so plötzlich, wie es gekommen war.

Sie setzte sich zurück auf ihren Platz und nahm einen kräftigen Schluck Rotwein. Mittlerweile hatte Faltis seine Fassung wiedergewonnen und Anne stellte bedauernd fest, dass er sich wieder in einen völlig Fremden verwandelt hatte. So als hätte sie diesen Augenblick der Nähe zwischen ihnen nur geträumt. Erst jetzt bemerkte sie, dass sein Glas Wein noch immer unberührt vor ihm stand. Er hatte den ganzen Abend keinen Tropfen getrunken.

»Wollen Sie wirklich was über meinen Computer wissen?«, fragte Anne, um die Verlegenheit, die plötzlich zwischen ihnen herrschte, zu überspielen.

»Nur zu. Wenn Sie schon einen Experten im Haus haben, dann löchern Sie mich.«

»Ich komme nicht ins Internet«, seufzte Anne.

»Darf ich mir das Gerät einmal ansehen?«

»Selbstverständlich.«

Robert Faltis sprang sofort von seinem Stuhl auf.

»Um Himmels willen! Wo haben Sie denn die alte Schleuder ausgegraben?«, rief er wenig charmant aus, als er Annes Uraltgerät erblickte. Nichtsdestotrotz war nach knapp zehn Minuten die Verbindung zum Netz hergestellt.

»Wie haben Sie das bloß gemacht?«, wollte Anne wissen, doch Robert Faltis berief sich auf sein EDV-Geheimnis. Danach wollte er dann ganz plötzlich aufbrechen, aber Anne konnte ihn noch zu einem Cappuccino überreden. So einen Mann müsste man haben, dachte Anne wehmütig, der keine zwei linken Hände hat. So wie Jonas – der konnte nicht einmal einen Nagel in die Wand schlagen.

Beim Cappuccino unterhielten sie sich angeregt. Sie hatten endlich ein Thema gefunden: Computer! Bald wurde das Gespräch allerdings durch ein Klingeln an der Haustür unterbrochen.

Anne sah ihren Überraschungsbesuch mit großen Augen an.

»Komm rein«, rief sie erfreut und zog Martin einfach in den Hausflur. Dann warf sie sich stürmisch in seine Arme und beteuerte in einem fort: »Du wirst mir immer wichtig sein, verstehst du.«

»Ich brauche deine Hilfe«, erwiderte er knapp.

Arm in Arm betraten sie das Wohnzimmer. Martin bemerkte den Fremden auf dem Sofa sofort, und trotz all seiner guten Vorsätze, Anne in Zukunft ausschließlich als gute Freundin zu betrachten, versetzte ihm dieser Anblick einen Stich. Doch er bewahrte Haltung. Mehr als Faltis jedenfalls, der hölzern feststellte: »Ich wollte sowieso gerade gehen.«

»Aber bitte nicht meinetwegen«, entgegnete Martin kühl. Natürlich war er enttäuscht: die Anwesenheit des Fremden würde ein klärendes Gespräch verhindern. Außerdem gefiel ihm an diesem Mann etwas nicht. Etwas Dunkles, Bedrohliches, Geheimnisvolles umgab ihn. Bestimmt fliegen die Frauen auf ihn, mutmaßte Martin.

»Anne, ich wollte eigentlich etwas mit dir besprechen, aber das holen wir nächsten Freitag nach. Jetzt muss ich wieder los.«

Mit diesen Worten wollte er diskret den Rückzug antreten, doch auf einmal überkam ihn das starke Gefühl, den Mann auf Annes Sofa zu kennen. Er trat auf ihn zu und reichte ihm die Hand.

»Ach, entschuldigen Sie. Mein Name ist Kleiber«, stellte er sich dem Fremden vor – in der Hoffnung, der werde ihm nun auch seinen Namen nennen, aber Anne kam ihm zuvor.

»O Gott, tut mir leid«, sagte sie entschuldigend, »ich habe Sie ja noch gar nicht bekannt gemacht.«

»Also, das ist Martin Kleiber – Robert Faltis.«

Faltis? In Martins Hirn arbeitete es fieberhaft. Der Name sagte ihm gar nichts, nur das Gesicht, dieses Gesicht kam ihm irgendwie bekannt vor. Anne bemerkte den fragenden Ausdruck in Martins Blick.

»Herr Faltis ist Hausmeister am *Wedinghausen-Gymnasium* und war der Lebensgefährte von Frau Keller-Köppen.«

Auch damit konnte Martin nichts anfangen. Er hatte die Lehrerin nie persönlich kennen gelernt, doch dieses Gesicht hatte er schon einmal gesehen. Er konnte sich nur beim besten Willen nicht daran erinnern, wann und wo …

Sie hatte ihrer Chefin vorsichtshalber nicht die ganze Wahrheit gesagt. Zum Beispiel, dass sie sich von Köppens Putzfrau den Schlüssel zu seinem Haus hatte geben lassen. Frau Brink konnte so entsetzlich streng sein. Ganz wohl war Thea Cassini allerdings nicht, als sie die Tür aufschloss und das stockdustere Haus betrat.

»Wo sind denn hier die verdammten Lichtschalter?«, murmelte sie und atmete erleichtert auf, als sie sofort das richtige Knöpfchen erwischte. Wo sollte sie anfangen zu suchen, und was suchte sie überhaupt? Ganz plötzlich fand sie ihren Plan nicht mehr so heldenhaft, aber wo sie doch schon einmal hier war …

Zögernd begann sie, die Schubladen des Gelsenkirchener Barockschrankes zu öffnen und fühlte sich eher wie eine Spannerin denn wie eine Meisterdetektivin. Und trotzdem, sie wollte noch einmal kurz in Köppens Schlafzimmer. Dort hatte sie schließlich auch die Schachtel mit dem Nachthemd entdeckt.

Einen Blick in die Nachttischschubladen, und dann würde sie verschwinden. Kein Wunder, dass die Keller hier ausgezogen ist, dachte Thea Cassini, als sie die beiden schweren Nachttische aus Eiche betrachtete. Auf dem einen stand ein Foto. Das Hochzeitsbild. Er sah früher wirklich gut aus, stellte die Anwaltsgehilfin fest und zog hastig die Schubladen auf. In der einen befand sich eine Bibel, in der anderen ein Stapel Briefe. So an die zwanzig, schätzte sie. Vorsichtig nahm Thea Cassini sie heraus. Alle auf demselben Papier und mit Schreibmaschine geschrieben, stellte sie fachkundig fest. Obenauf lag ein handgeschriebener Zettel, auf dem nur ein Satz stand. *Klaus, noch ein Brief von dir und ich gehe zum Anwalt. Christine,* las Thea Cassini laut vor, und ihr Herzschlag beschleunigte sich merklich. Offensichtlich hatte Christine Keller-Köppen ihrem Mann sämtliche Spannerbriefe, mit denen er sie bombardiert hatte, einfach zurückgeschickt. Bis auf den einen, der im Büro in der Akte lag und den sie dort versteckt hielten. Komisch, schoss es Thea Cassini durch den Kopf, dass sie ihm den nicht zurückgegeben hat. Je intensiver sie sich in die Lektüre der Briefe vertiefte, desto mehr wunderte sie sich. An Pille war ja ein kleiner Dichter verloren gegangen. Seitenweise Liebesgedichte, mal schwülstig, mal zum Heulen schön. Jedenfalls für Thea Cassinis Geschmack. Und in keinem der Briefe hatte er auch nur ein einziges böses Wort gegen seine Frau vorgebracht. Diese Briefe sprachen eine völlig andere Sprache als die offenkundige Morddrohung, die sie in der Kanzlei vor der Staatsanwaltschaft verborgen hielten.

Merkwürdig, merkwürdig, dachte Thea Cassini, und legte die Briefe sorgfältig an ihren Platz zurück – bis auf einen, den sie blitzschnell in ihrer Handtasche verschwinden ließ.

Robert Faltis verabschiedete sich, kurz nachdem Martin gegangen war, ebenfalls. Anne brachte ihn noch zur Tür. Er gab ihr die Hand, und sie war fast ein wenig erleichtert, als sie ihn in die dunkle Nacht entschwinden sah. Sie fand einfach keine klare Haltung zu ihm. Einerseits merkwürdig anziehend, andererseits blieb er ihr ausgesprochen fremd. Sie fragte sich, ob die Geschichte, die er ihr aufgetischt hatte, wirklich stimmte. Das konnte ihr nur eine beantworten.

Es war bereits nach elf. Evi hatte schon geschlafen und war gar nicht erfreut, dass Anne sie mitten in der Nacht störte, um mit ihr über Robert Faltis zu plaudern.

»Du musst nur ja oder nein sagen«, schlug Anne der verschlafenen Freundin vor.

Ohne Evis Antwort abzuwarten, legte sie los. »Die Ehefrau von Robert Faltis hat sich umgebracht?«

»Ja«, stöhnte Evi genervt auf.

»Das Kind war durch den Wind, er auch, und da wurdest du eingeschaltet.«

»Ja!«

»Er hat dann einen neuen lukrativen Job in Hannover angenommen?«

»Er wurde gegangen!«

»Wie bitte?«

»Du hast schon richtig gehört.«

»In Hannover hat seine Tochter dann einen tödlichen Unfall gehabt.«

»O Gott, das ist ja furchtbar!«, rief Evi entsetzt aus und fügte, plötzlich hellwach, hinzu: »Das wusste ich nicht. Dass der das überlebt hat – der hing so abgöttisch an seiner Tochter. Er konnte aber nicht wirklich für sie sorgen wegen seiner Alk…«

»Verstehe. O Gott, was für eine gruselige Geschichte«, bemerkte Anne.

»Und das würde auch erklären, warum er hier ganz neu

angefangen hat!«, fügte Evi hinzu. »Ich glaube, dass er seine Tochter verloren hat, das wird der niemals verwinden ...«

Tochter? Im diesem Augenblick registrierte Anne mit Schrecken, dass Miriam immer noch nicht wieder zu Hause war. Halb elf Uhr hatten sie abgemacht. Spätestens elf. Jetzt war es gleich halb zwölf!

»Evi, tut mir leid, aber ich muss jetzt auflegen. Ich erkläre dir das morgen!« Anne fand es unpassend, dem Jugendamt brühwarm zu berichten, dass Miriam sich nicht an Absprachen hielt und um halb zwölf noch nicht zu Hause war.

Gerade wollte sie Anselms Telefonnummer wählen, als die Haustür klappte. Sie erschrak zutiefst, als ihre Tochter ins Wohnzimmer trat. Wo war das Strahlen, wo die funkelnden Augen und die glühenden Wangen? Miriam wirkte ängstlich und eingeschüchtert. Ihre Augen waren vom Weinen verquollen.

»Miri, was ist passiert?«

»Alles okay, Mami. Aber die Mutter von Anselm, die ist nicht gekommen. Wir haben die ganze Zeit gewartet. Dann hat sie irgendwann angerufen, dass sie noch eine Woche bleibt. Und da habe ich Anselm getröstet. Er hat doch sonst keinen.«

Mit diesen Worten schmiegte sich Miriam an ihre Mutter, und Anne konnte gar nichts anderes tun, als ihr Kind fest an sich zu drücken.

Martin Kleiber konnte in dieser Nacht nicht einschlafen. Das Gesicht des Mannes, der bei Anne auf dem Sofa gesessen hatte, ging ihm nicht mehr aus dem Kopf. Doch sosehr er auch grübelte, ihm wollte nicht einfallen, wo er es schon einmal gesehen hatte. Merkwürdigerweise hatte er immer nur das Gesicht vor Augen. Wie durch eine Scheibe hindurch.

16.

Passwort: Tod

Staatsanwalt Stefan Winter saß brütend über der Akte Köppen. Der Fall, der anfangs so einfach und klar erschien, wurde immer undurchsichtiger. Noch lag ihm kein endgültiges Ergebnis über die Spuren an dem zweiten Marmorsockel vor, den sie intern den »alten Julius« nannten. Die Anwältin hatte ihm inzwischen Köppens Abschiedsbrief zur Verfügung gestellt, in dem der Apotheker seine Version der Geschehnisse auf dem Friedhof schilderte. Was für sich genommen ziemlich absurd klang, würde an Glaubwürdigkeit gewinnen, wenn der alte Julius tatsächlich als Mordwaffe identifiziert werden konnte. Dann musste, nachdem Köppen auf seine Frau losgegangen war, ein zweiter Mensch auf dem Friedhof gewesen sein. Der Apotheker war seit einigen Tagen wieder ansprechbar, so dass er ihn noch einmal würde vernehmen lassen, bevor ihn die Anwältin besuchte.

Seine Einladung zum spontanen Bier an die Dame hatte Stefan trotz aller guten Vorsätze bis zum heutigen Tage nicht über die Lippen gebracht. Dass man ihm in seiner Jugend einmal den Beinamen »der Casanova von Werl« gegeben hatte, vermochte er sich kaum mehr vorzustellen. Anne Brink gegenüber verhielt er sich zu seinem Kummer wie ein großer Junge vor dem ersten Date. Manchmal ärgerte er sich darüber, was diese Frau in ihm auslöste. Gerade gestern erst hätte er Chancen bei einer attraktiven Brünetten gehabt. Und was hatte er getan? Er war allein nach Hause gegangen. Ein sicheres Zeichen, dass es mich schwer erwischt hat, seufzte Stefan innerlich, aber morgen Abend werde ich mich wie ein ganzer Kerl benehmen. Morgen würde er sie endlich privat sehen, und der Mann im Staatsanwalt konnte dieses Treffen kaum erwarten.

Die Entwicklungen im Fall Köppen machten große Fortschritte und Anne war mit ihrer Arbeit hochzufrieden. Morgen Abend würde sie bei einem schönen Essen mit dem Staatsanwalt über Köppens Verlegung in eine normale Klinik sprechen. Sie war sich ganz sicher, dass der Haftbefehl gegen ihren Mandanten aufgehoben werden würde.

Dass sie die Verteidigung des Apothekers übernommen hatte, geriet ihr entgegen ihrer anfänglichen Befürchtungen nicht zum Nachteil. Im Gegenteil, alles, was im Umkreis von zwanzig Kilometern und mehr mit dem Strafgesetzbuch in Konflikt kam, traf sich mittlerweile in der Kanzlei über der Drogerie.

Anne hatte allerdings so viel zu tun, dass sie ihrer Tochter nicht so viel Zeit widmen konnte, wie sie sich das gewünscht hätte. Folglich war sie zwar froh darüber, dass Miriam nicht allein zu Hause sitzen musste – sie verbrachte inzwischen jede freie Minute mit Anselm. Ob ihr das aber gut tat, wagte Anne zu bezweifeln. Miriam wurde immer blasser und matter. Sie wirkte oft, als wäre sie krank, aber immer, wenn Anne sie darauf ansprach, erklärte sie, es ginge ihr prima. Anne glaubte schon, es läge daran, dass die beiden Jugendlichen bis auf wenige Kinobesuche ausschließlich im Zimmer hockten. Ganz gleich, bei was für einem Wetter. *Wir arbeiten an einem Referat,* behauptete Miriam stereotyp auf Annes hartnäckige Nachfragen.

An diesem Freitag verließ Anne das Büro bereits mittags, um Miriam zum Bahnhof zu bringen. Ihr war gar nicht wohl, ihre Tochter nach allem, was vorgefallen war, nach Hamburg zu lassen. Jonas hatte sich zwar nicht mehr bei ihr gemeldet, aber Miriam hatte er dafür am Telefon die Hölle heiß gemacht. Offenbar hatte er vor Wut geschäumt, nachdem er von dem Bericht des Jugendamts erfahren hatte.

Als Anne das Haus betrat, stand Miriam bereits mit der gepackten Tasche im Flur und verabschiedete sich ausgiebig von Benny. Jonas hatte ihr partout nicht erlauben wollen, den Hund mitzunehmen.

»Du hast es aber eilig«, begrüßte Anne ihre Tochter lachend.

»Aber auch nur, weil ich mir Verstärkung mitnehme. Sonst würde ich lieber hier bleiben.«

»Wieso Verstärkung?«

»Anselm fährt doch mit!«, rief Miriam begeistert aus, doch als sie in das erstaunte Gesicht ihrer Mutter blickte, fügte sie betreten hinzu: »Sorry, Mami, das hab ich ganz vergessen. Das war alles so spontan. Paps war überhaupt nicht begeistert von der Idee, aber ich habe ihm gedroht, dass ich sonst gar nicht nach Hamburg komme.« Sie sah ihre Mutter grinsend an: »Erpressung, ich weiß, aber das müsste er ja verstehen, er ist doch ein Meister darin.«

Anne wusste nicht so recht, was sie davon halten sollte. Sicher war es für Miriam in dieser Situation wesentlich angenehmer, wenn sie Jonas nicht allein besuchte. Vor Zeugen würde er es bestimmt nicht wagen, ihr Vorhaltungen darüber zu machen, dass sie sich eindeutig für den Verbleib ins Arnsberg ausgesprochen hatte. Andererseits hatte Anne ein merkwürdiges Gefühl bei der Vorstellung, die beiden zusammen nach Hamburg fahren zu lassen.

Es blieb ihr allerdings keine Zeit, dem Grummeln, das sich in ihrem Bauch bemerkbar machte, nachzuspüren, denn in diesem Augenblick ertönte draußen vor der Tür lautes Hupen.

»Das sind sie schon. Der Chauffeur bringt uns zum Zug. Tschüss, Mami!« Miriam umarmte ihre Mutter und gab ihr einen flüchtigen Kuss auf die Wange.

»Aber, *ich* wollte dich doch zum Bahnhof fahren!« Anne konnte ihre Enttäuschung kaum verbergen.

»Nächstes Mal!«, hörte sie Miriam rufen. Dann war alles still. Anne fühlte sich mit einem Mal furchtbar einsam.

Sie überlegte, ob sie ins Büro zurückfahren sollte, entschloss sich dann aber, von zu Hause aus zu arbeiten. Sie musste ohnehin im Internet recherchieren; das konnte sie genauso gut auf ihrem Rechner hier erledigen. Also zog sie ihr Kostüm aus, warf es auf das Bett und holte sich bequeme Kleidung aus dem Schrank. Welch ein Luxus. Noch ein Grund, zu Hause zu arbeiten, dachte Anne und rief ihre Bürovorsteherin an.

Thea Cassini war es nur recht, dass ihre Chefin heute nicht mehr ins Büro kommen würde. Sie nutzte die günstige Gelegenheit, endlich die beiden Briefe miteinander zu vergleichen. Sie sah den Unterschied auf einen Blick. Der Brief aus der Akte war im Gegensatz zu dem aus Köppens Nachttischschublade am Computer geschrieben. Die Schrifttype aber war ganz ähnlich. Was sollte sie davon halten? Natürlich konnte eine einfache Erklärung dahinter stecken. Vielleicht ist es Köppen leid gewesen, auf einer Schreibmaschine herumzuhacken, und er hat sich vor dem letzten Schreiben einen Computer zugelegt, mutmaßte Thea Cassini, und sie versuchte sich zu erinnern, ob sie in seinem Haus einen gesehen hatte. Sosehr sie auch grübelte, sie war sich nicht sicher. Sie würde wohl oder übel noch ein letztes Mal dorthin gehen müssen

Voller Wut starrte Anne auf den Bildschirm ihres Rechners. Sie hatte zwar zunächst eine Verbindung zum Internet herstellen können, aber alle fünf Minuten hängte sich das dumme Ding auf. Schon wieder. Der Pfeil war mitten auf dem Monitor eingefroren. Nichts ging mehr. Neustart. Das stahl ihr kostbare Zeit, zumal sie heute Abend mit Martin verabredet war. Bis dahin wollte sie eigentlich fertig sein, denn morgen Abend würde Winter sie abholen. Und am Sonntag wollte sie sich einfach einen Tag im Bett gönnen und lesen. Anne fluchte leise vor sich hin. Geduld war nicht gerade ihre Stärke. Sie hasste es, wenn sie derart ausgebremst wurde. Und das Ärgerlichste daran war, dass sie wirklich keine Ahnung hatte, wie sie das Problem beheben sollte. Ständig tauchte aus dem Nichts eine Nachricht auf. *Kein Speicherplatz mehr vorhanden.* Ja und, was sollte sie nun dagegen tun? Dazu schwieg sich ihr schlauer Rechner aus. Hektisch versuchte Anne, irgendwelche Dokumente von der Festplatte zu löschen, aber es funktionierte nicht. Es war nichts mehr zu machen. Resigniert gab sie auf.

Sie spielte mit dem Gedanken, den Experten Robert Faltis anzurufen, aber dann zögerte sie. Ihr stand gar nicht der Sinn danach, den Mann so schnell wieder zu sehen. Seit ihrem privaten Treffen vor einer Woche hatte sie viel über ihn nachgedacht und sogar mit ihrer alten Freundin Ines in Kiel telefoniert. Die versierte Psychotherapeutin bestätigte ihr, was sie ohnehin bereits vermutete, aber nicht in klare Worte hatte fassen können: Der Mann war schwer traumatisiert. *Kein Wunder,* waren Ines' Worte gewesen, *der Mensch hat sein Kind und seine zwei Frauen verloren. Da bleib mal einer normal! Und wenn er hundertmal deinem Beuteschema entspricht, lass bloß die Finger von ihm, es sei denn, dein anwaltliches Helfersyndrom hat sich auf deine Männer ausgeweitet.*

Besuchst du mich mal?, hatte Anne ihre Freundin am Telefon gefragt. *Klar, aber erst, wenn Schnee liegt.* Das war typisch Ines. Durch und durch pragmatisch, dabei herzerfrischend und klug. Und ihr Rat wäre in diesem Augenblick mit Sicherheit: Hol dir lieber eine Firma ins Haus. Aber nicht diesen Mann. Der tut dir nicht gut.

Seufzend startete Anne das Gerät neu, nur um einige Minuten später erneut vor einem Rechner zu sitzen, der nichts mehr tat. Am liebsten hätte sie das Teil umgehend aus dem Fenster geworfen.

»Vielleicht sollte ich einfach an Frauchens Rechner arbeiten«, raunte Anne Benny zu, der direkt zu ihren Füßen lag.

Mit diesen Worten schnappte sich Anne ihre Unterlagen und wechselte in Miriams Zimmer. Sie hatte zunächst ein wenig Skrupel, den Rechner ihrer Tochter ungefragt zu benutzen, aber als schließlich die Verbindung ins Netz problemlos klappte und sie zügig arbeiten konnte, vergaß sie ihre anfänglichen Bedenken schnell. Vielleicht sollte ich mir auch mal einen neuen Computer gönnen, ging es ihr durch den Kopf.

Als sie fertig war, wollte sie wenigstens die Spuren ihres mütterlichen Übergriffs verschwinden lassen. Die Seiten, die sie im Netz aufgerufen hatte, waren im Verlauf gespeichert, und die brauchte sie ja nur zu löschen. Am Ende blieb nur noch eine einzige Webseite übrig, die Miriam offensichtlich häufiger frequentierte: www.engelstor.de.

Anne verspürte den spontanen Impuls, die Site aufzurufen und zu gucken, was dahinter steckte. War es etwas für die Schule oder vielleicht ein Computerspiel, das sie mit diesem Anselm spielte? Miriam hatte so etwas erwähnt. *Wir spielen ab und zu ein Spiel.* Anne hätte zu gern gewusst, um was für ein Spiel es sich dabei handelte, aber sie konnte sich im letzten Moment bremsen. Das ging eindeutig in Richtung Schnüffelei, und dem Vorwurf wollte sich Anne nun wirklich nicht aussetzen. Andererseits, Miriam erzählte so wenig von dem, was sie mit diesem Jungen die ganze Zeit über machte. Anne zögerte, doch dann siegte ihre Neugier und sie klickte das Engelstor einfach an. Es erschien eine Art Himmelstor, über dem Engel schwebten. Diese Engel strahlten nichts Puttenhaftes und Süßes aus, sie hatten nichts, aber auch gar nichts von den Botticelli-Engeln an sich, die man überall auf Bechern, Sets und T-Shirts gedruckt kaufen konnte. Im Gegenteil, sie wirkten düster und dämonisch. Annes Bauch krampfte sich beim Anblick dieser diabolischen Flügelgestalten merklich zusammen.

Darunter waren Auszüge aus einem Gedicht: »Todesengel« von Annette Droste-Hülshoff. Anne entspannte sich ein wenig. Natürlich war das für die Schule, wahrscheinlich für dieses Referat, an dem die beiden arbeiteten. Was hatte sie sich nur schon wieder eingebildet? Zögernd begann Anne zu lesen:

Als ich zuerst dich auf dem Friedhof fand,
tiefsinnig um die Monumente streifend,
den schwarzen Ebenstab in deiner Hand,
entlang die Hügel schleifend

Anne schluckte mehrmals trocken. Sie musste sich regelrecht zwingen, weiterzulesen.

Als du das Auge hobst, so scharf und nah,
ein leises Schaudern plötzlich mich befangen,
o wohl, wohl ist der Todesengel da
über mein Grab gegangen!

Anne konnte nichts dagegen tun – ihr wurde übel. Sie kannte dieses Gedicht. Sie hatte es in der Schule einmal auswendig lernen müssen und schon damals nicht besonders gemocht. Anne stutzte. Was hatte ihre Tochter ihr gerade gestern vorgejammert? Dass sie im Deutschunterricht nur Goethe durchnahmen. *Und nichts anders,* hatte Miriam gestöhnt, *Goethe hoch und runter!* Aber wenn dies keine Literaturseite für die Schule war, was war es dann? Noch einmal betrachtete Anne die merkwürdigen Engelsgestalten, und es schüttelte sie. Was sich auch immer dahinter verbarg, Anne hatte kein gutes Gefühl. Ihr war plötzlich ganz unheimlich zumute. Sie konnte sich nicht mehr zurückhalten, sie musste sofort wissen, was sich dahinter verbarg. Klick, und noch einmal Klick, aber nichts tat sich. So funktionierte es nicht. *Passwort, geben Sie Ihr Passwort ein.* Anne spürte, wie ihr der Schweiß über die Stirn lief. Wieso Passwort? Benötigte man für eine normale Literaturseite ein Passwort? Niemals. Was sich auch immer dahinter verbirgt, dachte Anne, Literatur ist es ganz bestimmt nicht.

Ohne zu überlegen, tippte sie nun alles ein, was ihr einfiel. Wie konnte Miriams Code lauten? Tanja, Benny, Anne, Jonas, Georg – nichts rührte sich.

Nach einer weiteren halben Stunde saß sie schweißgebadet vor dem Rechner. Sie hatte wirklich alles ausprobiert. Ohne Erfolg. Jetzt hatte sie keine Wahl mehr, sie musste den Experten zu Rate ziehen. Vielleicht konnte der ihr auch telefonisch helfen. Der Mann wusste doch bestimmt, wie man ein Passwort knackte. Anne hatte Glück. Robert Faltis war gleich am Apparat und schien hocherfreut, ihre Stimme zu hören. Anne aber hielt sich nicht lange mit Vorreden auf, sondern kam gleich auf den Punkt.

»Können Sie Passwörter knacken?«

Faltis lachte. »Haben Sie Ihr Passwort vergessen? Kann ich, aber dazu müsste ich mal eben bei Ihnen vorbeikommen.«

»Tun Sie das, aber es geht nicht um meins. Ich kann Ihnen das jetzt nicht alles erklären. Ich bin bei meiner Tochter am Rechner, und ich muss da unbedingt auf diese eine Webseite.«

»Sie schnüffeln Ihrer Tochter hinterher? Finden Sie das gut?«

Seine Stimme klang gar nicht mehr nett und verbindlich, sondern vorwurfsvoll. Anne spürte sofort ihr schlechtes Gewissen. Er hatte sie damit prompt an ihrem wunden Punkt erwischt. Ihr war die Situation unendlich peinlich.

»Aber da stimmt was nicht. Die Seite ist merkwürdig. Ich muss wissen, was dahinter steckt. Oder finden Sie, WeWe-We Punkt Engelstor hört sich nach Literaturtipps an? Vor allem, wenn sie in der Schule Goethe machen und hier der *Todesengel* von Annette von Droste-Hülshoff erscheint!«

»Ich glaube, Sie sehen Gespenster. Ich würde Ihnen dringend raten, sprechen Sie mit Ihrer Tochter.«

»Aber die kommt doch erst am Sonntag zurück aus Hamburg. So lange kann ich nicht warten!«

»Tja, da kann ich Ihnen leider nicht helfen. Ich halte das nicht für korrekt, was Sie da machen. Was befürchten Sie denn überhaupt?«

Anne wand sich ein wenig. Ihr war es zutiefst unangenehm, ihm zu offenbaren, was ihr alles durch den Kopf ging. Sie traute sich kaum, es auszusprechen.

»Ich weiß nicht, aber mich erinnert das Ganze an diese Selbstmordforen, die eine Zeitlang verstärkt durch die Presse gegeistert sind.«

»Frau Brink, entschuldigen Sie, wenn ich das sage, aber Sie wirken gerade ein bisschen überspannt. Vielleicht sollten Sie das Wochenende ohne Ihre Tochter genießen und mich am Sonntag mal besuchen. Dann gehen wir eine Runde wandern. Aber für das Ausspionieren von fast erwachsenen Kindern möchte ich keine Schützenhilfe leisten.«

»Okay«, seufzte Anne. »Sie haben ja Recht. Und das mit Sonntag lasse ich mir mal durch den Kopf gehen.«

Anne war gar nicht wohl, nachdem sie auflegt hatte. Faltis' Worte gaben ihr zu denken. Vielleicht sollte sie tatsächlich bis zu Miriams Rückkehr aus Hamburg warten, und vielleicht war sie schlichtweg überarbeitet und brauchte lediglich Ruhe. Das Schnüffeln hatte sie jedenfalls nicht nötig. Wahrscheinlich verbarg sich hinter der Seite irgendein blödes Ballerspiel.

Schweren Herzens stand sie auf und beschloss, Miriam heute Abend schon am Telefon auf die Sache anzusprechen. Das wäre wahrscheinlich der einfachste und der beste Weg.

Als Anne wenig später in der Küche stand und ein paar gängige Songs von Robbie Williams mitsang, während sie mit tränenden Augen Zwiebeln schnitt, freute sie sich plötzlich unbändig auf Martin. Wenn es momentan auch ein paar Probleme gab, war er doch neben ihrem Vater der wichtigste Mann in ihrem Leben. Das Essen war gerade fertig, als Martin Kleiber – auf die Minute pünktlich – mit einem Rosenstrauß in der Hand vor der Tür stand. Er sieht wesentlich besser aus als letzte Woche, stellte Anne erleichtert fest.

Beim Essen unterhielten sie sich angeregt über Gott und die Welt, und vor allem über diverse komplizierte Fälle, so dass der eigentliche Anlass ihres Treffens immer mehr in den Hintergrund rückte. Bis zum Dessert hatte es noch nicht einmal den Ansatz einer Aussprache gegeben.

Als das Telefon klingelte, sprang Anne auf und rief entschuldigend: »Miriam! Das ist Miriam. Sollte anrufen, wenn sie angekommen ist.«

Anne hatte sich alles genau ausgerechnet. Der Zug würde um kurz nach einundzwanzig Uhr auf dem Hamburger Hauptbahnhof eintreffen. Dann mussten sie noch hinaus nach Volksdorf fahren.

»Mirilein, alles klar?«, gurrte Anne in den Hörer und

hielt ihn Sekunden später erschrocken von ihrem Ohr weg. Ohne dass sich ihr Gegenüber zu erkennen gegeben hatte, brach eine laute Schimpftirade über sie herein.

»Wollt ihr mich verarschen, oder was? Gib sie mir sofort. Das ist ja wohl das Letzte. Oder hast du ihr verboten zu kommen? Zutrauen würde ich dir alles!«

»Jonas?« Ganz entfernt hörte es sich nach seiner Stimme an, auch wenn sie verzerrt klang und Anne nicht wirklich etwas von dem verstand, was er in den Hörer brüllte.

»Sag mal, für wie blöd hältst du mich eigentlich? Unsere Tochter war nicht im Zug. Und du spielst hier das Dummchen, oder was?«

»Wie? Sie war nicht im Zug?«

»Wir haben eine halbe Stunde am Bahnhof gestanden. Sie ist nicht gekommen!«

»Vielleicht hat sie den Zug verpasst«, unternahm Anne einen kläglichen Versuch, sich selbst zu beruhigen, denn sie spürte plötzlich eine ungeheuere Panik in sich aufsteigen.

»Dann hätte sie ja wohl angerufen. Heißt das, sie ist nicht bei dir?«

»Nein, der Chauffeur hat sie heute Mittag pünktlich abgeholt.«

»Was für ein Chauffeur?«

»Na, der von dem Jungen!«

»Willst du damit sagen, unsere minderjährige Tochter reist jetzt allein mit einem Jungen in der Gegend herum?«

»Was weiß ich denn? Ich bin doch genauso überrascht wie du!«

»So, jetzt ist gut. Ich weiß nicht, mit was du die Frau vom Jugendamt bestochen hast, aber damit kommst du nicht durch. Das hat ein Nachspiel. Und wenn du mir nicht binnen der nächsten zwei Stunden erklären kannst, wo unsere Tochter ist, dann …«

Wie betäubt legte Anne legte den Hörer auf. Eine Art Déjà-vu-Gefühl überkam sie. Hatte sie das nicht alles schon einmal erlebt? Verdammt, sie war so müde. Warum tat ihr Miriam das an? Wortlos lief sie an Martin vorbei, der dem Gespräch unfreiwillig gelauscht hatte, und rief von ihrem Handy aus Miriams Nummer an. *Der Teilnehmer ist vorübergehend nicht zu erreichen.*

»Bitte nicht!«, schrie Anne. »Nicht schon wieder!«

Ihr schlug das Herz bis zum Hals. Das Engelstor, dieses verdammte Engelstor!

»Martin, komm mit, ich muss dir was zeigen! Ich habe solche Angst«, brachte sie mit zitternder Stimme heraus und zog ihn vom Stuhl. Sie wankte die Treppe hinauf und mit eiskalten Fingern schaltete sie Miriams Computer an. Die Site öffnete sich.

»Ich brauche das Passwort. Das verdammte Passwort«, schrie rief Anne voller Verzweiflung. Sie musste auf diese Seite. Um jeden Preis. Dort war die Antwort auf all ihre Fragen. Vor lauter Aufregung knabberte Anne an ihrem Fingernagel.

»Was kann es sein?«, murmelte sie. »Was kann es nur sein?«

Martin starrte über ihre Schultern und warf einen intensiven Blick auf den Bildschirm.

»Aber was soll das mit Miriams Verschwinden zu tun haben? Das ist doch wohl eine Website, in der es um Literatur geht«, fragte er schließlich.

Ist er so naiv oder tut er nur so?, dachte Anne erbost.

In diesem Augenblick klingelte ihr Handy. »Miri?«, brüllte Anne in den Hörer, doch am anderen Ende der Leitung war nur ein Rauschen.

»Miri, was ist los«, wiederholte Anne verzweifelt. Rauschen. Dann Stille.

»Martin, da ist was passiert. Ich weiß es!«, schluchzte

Anne auf. »Was für ein verdammtes Passwort könnte sie haben?«

Anne tippte wild alles ein, was ihr bei einem Blick durch Miriams Zimmer in den Sinn kam. Autorennamen der Bücher, die im Regal standen, Namen von Bands ihrer CD-Sammlung. Atemlos hackte sie auf die Tastatur ein, während Martin ihr hilflos zusah. Vergeblich.

Schließlich fiel Annes Blick auf ein Foto ihrer Mutter. Es hing in einem silbernen Rahmen an der Wand über Miriams Bett. Anne hatte es noch nie bemerkt.

Solveigh, tippte Anne ein – und das Tor öffnete sich langsam und bedächtig. Vorbei mit den Engelsflügeln. Anne erkannte schnell, dass ihre schlimmsten Befürchtungen sich bewahrheiteten. Das hier war nichts anderes als ein Selbstmordforum. Mit abgedrehten Pseudonymen kommunizierten diverse Lebensmüde miteinander. Anne las laut vor: »*Wir suchen das Paradies.* Rich boy und Benny«. Benny? Anne spürte eine innere Kälte in ihr aufsteigen und merkte nicht, dass ihre Zähne unkontrolliert aufeinander klapperten.

Hinter ihr stehend las Martin ebenfalls. Als sein Blick an einem der Einträge hängen blieb, wurde ihm augenblicklich übel: Der *Vermummte Herr* versprach, die richtige Waffe zu liefern. Wenn Anne das las …

Anne überflog derweil fieberhaft die Kommentare von Benny. Alles andere interessierte sie nicht. Unaufhörlich liefen ihr Tränen über das Gesicht. Ihre Miri. Was musste das Kind durchgemacht haben? »Mein Schatz!«, schluchzte Anne laut auf.

Erneut klingelte ihr Handy. Anne riss es an sich. Es war Miriam, aber dieses Mal war sie deutlicher zu verstehen. Sie weinte.

»Ich schaffe es nicht!«, hörte Anne ihre Tochter schluchzen. »Mami, wir sind …« Jemand beendete das Gespräch abrupt.

»Die Polizei, wir müssen die Polizei benachrichtigen«, drängte Martin, während Anne wie gebannt weiterlas. Satz für Satz. Jetzt konzentrierte sie sich auf Rich boy. Er hatte die Schnauze voll vom Leben, wollte einen spektakulären Abgang, ja, Rich boy hatte seinen Entschluss bereits gefasst. Er wollte seinem Leben ein Ende setzen. Rich boy wollte in den Tod gehen. Nicht irgendwie, irgendwo, irgendwann, nein heute!

»Neeeeinn!«, hörte sich Anne schreien. Sie wachte Sekunden später in Martins Armen auf.

»Ich weiß, wo sie sind«, sagte er gequält. »Sie sind an der Brücke, von der Kevin Krämer gesprungen ist. Lass uns sofort hinfahren.«

Der Weg zur Autobahnbrücke schien Anne endlos, doch dann tauchte sie plötzlich im Dunklen vor ihnen auf. Harmlos sah sie aus. Martin fuhr einmal ganz über die Brücke, aber keine Menschenseele war zu sehen. Keine Jugendlichen, die sich über das Geländer beugten und …

»Ich biege dort in den Feldweg ein und dann suchen wir alles ab!« Martins Worte erreichten Anne zwar akustisch, aber emotional prallten sie an ihr ab. Sie war wie paralysiert. Sie rührte sich auch nicht, als das Auto hielt, und Martin musste sie regelrecht aus dem Wagen zerren. Die frische Luft tat ihr jedoch gut. Sie durfte jetzt nicht schlappmachen. Nicht, bevor sie Miriam gefunden hatten.

»Und du meinst wirklich, sie sind hier?«, fragte sie, während ihre Zähne unbarmherzig aufeinander schlugen.

»Im Forum stand, dass Rich boy sich mit den Helden der Brücke vereint. Damit sind Hülya und Kevin gemeint. Jede Wette.«

Anne hatte das Gefühl, wie auf Watte zu gehen. Sie wollte Miriams Namen schreien, aber Martin gab ihr ein Zeichen, leise zu sein.

Es war still hier oben. Gespenstisch still. Das Einzige, was man hörte, war das Rauschen der Wagen unten auf der Autobahn 46. Tief unter ihnen. Anne warf einen Blick über das Geländer und ihr wurde schwindelig. Dort unten wartete der sichere Tod.

»Es ist alles in Ordnung. Solange der Verkehr fließt, ist nichts geschehen«, versuchte Martin Kleiber seine zitternde Freundin zu beruhigen.

»Aber wenn sie nicht hier sind, wo sind sie dann?«

»Ich bin mir ganz sicher, dass sie hier irgendwo sind«, antwortete Michael Kleiber entschieden.

Plötzlich ertönten erregte Stimmen. Sie kamen vom Hang her, von einem Weg, den nur die Straßenmeisterei betreten durfte. Ohne die Verbotsschilder zu beachten, rannte Anne den steilen Berg hinunter. Und da sah sie die beiden dicht nebeneinander sitzen. Rich boy und Benny!

Miriam sprach auf Anselm ein, als ginge es um ihr Leben.

»Mach es nicht! Bitte!«, hörte Anne ihre Tochter flehen.

»Dann spring ich eben allein!«, schrie Anselm voller Wut, sprang hastig auf und landete direkt in Annes Armen.

»Sie können mich nicht daran hindern!«, brüllte der Junge.

Anne aber hielt Anselms Arm eisern umklammert, bis Martin ihr die Arbeit abnahm. Er zog den Jungen mit sich zum Wagen.

Anne drückte ihre laut schluchzende Tochter fest an sich und wiegte sie im Rhythmus der Autobahngeräusche, die von Ferne zu ihnen drangen.

»Mami, er hatte alles geplant. Er ist in Hamm aus dem Zug gestiegen. Ich wollte nicht. Du kannst ja zu deinem Papi fahren, du Baby, hat er gesagt, aber ich konnte ihn doch nicht allein lassen, die ganze Zeit habe ich auf ihn eingeredet«, stammelte Miriam.

»Ist doch alles gut. Ist doch alles wieder gut«, sprach Anne sanft auf Miriam ein. Das hatte sie früher immer zu ihr gesagt, wenn ein Gewitter nahte. Es ist gut, es ist alles wieder gut!

»Er wollte auf keinen Fall springen. Springen ist was für Feiglinge, hat er gesagt. Deshalb hat er auf den Vermummten Herrn mit der Waffe gewartet, aber der ist nicht aufgetaucht. Dann wollte er doch springen. Ich hätte nichts mehr tun können, wenn du nicht gekommen wärst.«

»Komm in den warmen Wagen«, flüsterte Anne und nahm ihre zitternde Tochter an die Hand.

Schweigend fuhren sie in die Stadt zurück. Miriam hatte Martin Anselms Adresse gegeben. Der Junge hatte sich geweigert, mit ihnen zu sprechen. Miriam würdigte er keines Blickes mehr.

Als sie in der Villengegend angekommen waren und vor einem der prunkvollsten Gebäude in der Straße hielten, stieg Anselm wortlos aus. Anne überlegte kurz. Dann folgte sie ihm.

»Ich möchte gern mit deinen Eltern sprechen.« Das war keine Bitte, das war ein Befehl.

»Die sind nicht da«, versuchte Anselm sie abzuwimmeln. »Und ich möchte, dass Sie sich jetzt verpissen!«

Anne aber packte Anselm mit einem harten Griff am Arm und bugsierte ihn in Richtung Eingang. Sie hatte noch gar nicht geklingelt, als ein in Golfsachen gekleideter Mann in der Tür stand und vorwurfsvoll fragte: »Was machen Sie da mit meinem Jungen? Lassen Sie ihn sofort los.«

Anne funkelte den Mann wütend an. Dabei hielt sie Anselms Arm immer noch eisern umklammert.

»Sind Sie der Vater oder der Butler?«

»Alexander Kampener«, erwiderte der Mann kalt und wandte sich an seinen Sohn. »Was will diese Frau von dir? Hast du was angestellt? Ist sie von der Polizei?« Dann wandte er sich wieder an Anne: »Hören Sie, ich komme für jeden Schaden auf.« Mit diesen Worten zückte er seine Brieftasche.

»Das lassen Sie mal schön stecken!«, wies Anne ihn in scharfem Ton zurecht. Dieser aalglatte Golfer machte sie mehr als aggressiv.

»Ihr Sohn hat eben versucht, sich das Leben zu nehmen, weil sich keiner um ihn kümmert. Das können Sie nicht aus der Portokasse bezahlen«, bellte Anne ihm die Wahrheit schonungslos ins Gesicht. Der eben noch so selbstsicher wirkende Mann in der karierten Hose schnappte wie ein Fisch auf dem Trockenen nach Luft und brachte nur ein heiseres: »Aber Anselm, wir lieben dich doch«, heraus.

»Liebe kann man nicht kaufen«, erwiderte Anne verächtlich und schob dem Mann seinen Sohn entgegen. Dann lief sie zum Wagen zurück, nahm Miriam fest in den Arm und ließ sie erst wieder los, als sie in Schreppenberg vor ihrer Haustür hielten.

»Danke, Martin«, hauchte Anne ihrem Freund zum Abschied ins Ohr und fügte hinzu: »Kommst du am Sonntag vorbei? Dann holen wir den gemütlichen Teil des Abends nach.«

»Ich glaube, wir müssen nicht mehr reden«, erwiderte Martin kaum hörbar. »Du hattest damals keine andere Wahl. Du musstest mich verlassen. Und du konntest es wohl nur so schaffen. Am Telefon. Die Sache mit Jonas hat ja auch sein Gutes, Miriam.« Mit diesen Worten gab er Anne einen freundschaftlichen Kuss auf die Wange und flüsterte ihr ins Ohr, sie würde auf ewig seine Freundin bleiben. Was auch immer passierte!

Anne und Miriam schliefen in dieser Nacht in einem Bett. Aber bevor sie sich unter die Decke kuschelten, fiel Anne noch etwas sehr Unangenehmes ein.

»O Gott, ich muss deinen Vater anrufen! Sonst schickt er mir die Polizei auf den Hals. Wenn ich ihm das erzähle, dann …«

»Mami? Tu mir bitte einen Gefallen: Sag ihm nichts. Lass mich mit ihm reden!«

Wortlos reichte Anne ihrer Tochter den Hörer und lauschte voller Anspannung ihren Worten.

»Paps, ich bin's Miriam. Ich möchte mich bei dir entschuldigen, aber wir haben in Dortmund den Anschlusszug verpasst. Und die Akkus von den Handys waren alle. Und ich hatte meinen Brustbeutel mit dem Geld zu Hause vergessen. Da mussten wir zurücktrampen. Sei nicht böse, kann ich nicht nächstes Wochenende kommen? Nein, ohne Anselm, ich komm lieber allein. Ja, ich dich auch.«

»Was soll ich dazu sagen?«, seufzte Anne. »Du lügst ja wie gedruckt. Und ohne rot zu werden.«

»Aber, das war nur eine Notlüge. Eine positive Lüge. Stell dir mal vor, was der für einen Aufriss machen würde, wenn er die Wahrheit wüsste.«

Anne zog es vor zu schweigen. Sie konnte Miriam weder groß widersprechen, noch ihr so einfach die Lizenz zum Lügen erteilen. Anne machte das Licht aus und Minuten später hörte sie das gleichmäßige Atmen ihrer Tochter. Auch Anne war erschöpft und todmüde, und doch sie ließ die vergangenen Stunden noch einmal Revue passieren. Martin war, wie immer, der Retter in der Not gewesen. Ganz plötzlich fiel ihr ein Satz wieder ein, der ihr in dem ganzen Durcheinander völlig entgangen war. Was hatte Miriam noch gesagt? Der Vermummte Herr, der Typ mit der Waffe, ist nicht aufgetaucht? Mit einem Mal war Anne hellwach. Ihr Herz klopfte, in ihrem Hirn arbeitete es fieberhaft. Der vermummte Herr. Diesen Begriff kannte sie doch aus der Schule. Der Vermummte Herr war eine Figur aus Wedekinds *Frühlingserwachen*, einem ihrer Lieblingsstücke. Er saß auf der Friedhofsmauer, unter dem Arm den Kopf des jungen Selbstmörders Moritz, und versuchte, auch dessen Freund Melchior in den Tod zu locken.

Plötzlich fiel es Anne wie Schuppen von den Augen. Hülya? Kevin? Nadja? Ob die auch in diesem Forum gechattet hatten? Wenn ja, dann ließe sich hier vielleicht der Schlüssel zu den grauenvollen Todesfällen finden. Anne schlich sich, so leise sie konnte, aus dem Bett, lief in Miriams Zimmer und schaltete den Computer an. Mit zittrigen Fingern versuchte sie die Seite anzuklicken, aber was war hier los? Dort, wo sich vorher das Engelstor zur Hölle geöffnet hatte, stand ein lapidares Wort. ERROR. Und: *Diese Seite kann zurzeit nicht aufgerufen werden.* Anne wiederholte es immer und immer wieder, aber das Höllentor blieb verschlossen. Konnte das wirklich ein Zufall sein? Sie hatte doch nur einen einzigen Menschen eingeweiht. Martin! Bei dem Gedanken wurde ihr abwechselnd heiß und kalt. Wenn nun er der Vermummte Herr … Sie verbot sich, diesen Gedanken zu Ende zu führen. Stattdessen verabreichte sie sich die doppelte Dosis eines homöopathischen Beruhigungsmittels und nahm sich vor, gleich morgen früh dem Staatsanwalt von der Existenz dieses tödlichen Forums zu berichten.

Wie in einem Karussell drehte es sich in seinem Kopf. Er konnte kaum einen klaren Gedanken fassen. Es waren Fetzen, die nicht zu packen waren und sich schon gar nicht zu einem logischen Ganzen fügen wollten. Martin presste die Augen fest aufeinander. Plötzlich sah er vor seinem inneren Auge, wie er an jenem Abend oben am Hotel zu seinem Wagen ging. Das Bild war ganz deutlich: *Er schwankt ein wenig, drückt mehrfach die Fernbedienung, aber die Tür lässt sich nicht öffnen. Endlich geschafft. So kann ich nicht fahren. Er sitzt auf dem Fahrersitz, steckt den Zündschlüssel ins Schloss, das klappt sofort, er will ihn umdrehen, aber dann lehnt er den Kopf zur Seite, ein kleiner Schlaf zum Nüchternwerden … Er wacht von einem Geräusch auf, einem Knall oder so. Weiß nicht, wo er ist. O nein, er hat doch nicht etwa auf dem Parkplatz des Hotels …? Wie peinlich, wenn das jemand sieht. Er startet den Wagen, würgt ihn ab, aber er fühlt sich nüchtern. Fast nüchtern. Fährt los, ziemlich forsch, zickzack, Mist, da taucht im Scheinwerferkegel ein Gesicht auf, er weicht aus, kommt ins Schlingern, das war knapp …*

Starr vor Schreck riss Martin seine Augen auf. Plötzlich passte alles zusammen. Aus den Puzzleteilen war ein fertiges Bild geworden.

17.

Der Vermummte Herr

In dieser Nacht hatte Martin Kleiber kein Auge mehr zugetan. In den frühen Morgenstunden versuchte er es noch einmal mit Tabletten, aber es nützte nichts. Nach ein paar Minuten, in denen er sich von der rechten auf die linke Seite und wieder zurück gewälzt hatte, saß er senkrecht im Bett. Fünf Uhr. Noch konnte er den Staatsanwalt nicht informieren. Um die Zeit totzuschlagen, nahm er schließlich ein Bad. Trotzdem vergingen die Minuten im Schneckentempo. Gegen neun konnte er es nicht mehr abwarten. Er wählte Stefan Winters Nummer und hatte Glück. Der hatte schon gejoggt und war bereit, sich sofort mit ihm zu treffen. Sie verabredeten sich im Kleinen Café.

Während Martin sich anzog, spielte er mit dem Gedanken, auch bei Anne anzurufen, doch er wollte sie noch nicht stören. Nach allem, was sie gestern erlebt hatte, war sie bestimmt noch im Tiefschlaf. Was er zu sagen hatte, konnte er ihr auch auf die Mailbox sprechen. So wecke ich sie wenigstens nicht, dachte er, denn ihr Handy ist bestimmt, wie immer, tief auf dem Grund irgendeiner Riesenhandtasche verborgen. Und die stand bestimmt nicht in ihrem Schlafzimmer.

Es war ein sonniger, bitterkalter Tag. Man konnte den Winter im Sauerland bereits riechen. Für Martin die schönste Zeit im Jahr. Er freute sich jetzt schon, Anne die heimischen Pisten zu zeigen. Als leidenschaftliche Skifahrerin würde sie bestimmt staunen.

Die Nelkenstraße war eine kleine Seitenstraße ganz in der Nähe des Neheimer Markts. Als Martin Kleiber aus dem Haus trat, musste er plötzlich an seinen Onkel Julius denken, der ihm das Anwesen vererbt hatte. Bis in alle Details hatte der das Haus damals selbst geplant. Eine wunderschöne alte Villa, nur die Garage, die hatte er vergessen …

Wie üblich hatte Martin auf der gegenüberliegenden Straßenseite geparkt. Plötzlich musste er an Anne – und ihr erstes Mal denken. Er war so in Gedanken versunken, dass er den heranrasenden roten Kleinwagen mit der jungen Frau am Steuer erst sah, als es längst zu spät war.

Stefan Winter war zu früh im Kleinen Café und vertrieb sich die Wartezeit mit der Lektüre sämtlicher örtlicher Tageszeitungen. Als er alle durch hatte, was es bereits Viertel nach zehn. Ganz untypisch für Martin, wunderte er sich, als sein Handy klingelte. Es war Anne Brink. Sie klang sehr hektisch.

Es dauerte eine Weile, bis Stefan begriffen hatte, was passiert war. Wie elektrisiert sprang er auf.

»Jede Wette, es gibt noch Spuren. So was kann nicht einfach aus dem Netz verschwinden. Ich werde meine Spezialisten sofort darauf ansetzen. Sagen Sie, haben Sie zufällig heute Vormittag schon mit unserem Freund Kleiber gesprochen?«

Anne atmete tief durch. Sie würde Winter auf keinen Fall preisgeben, dass die Seite aus dem Netz verschwunden war, nachdem sie Kleiber eingeweiht hatte. »Nein, wieso, was ist mit ihm?«

»Ach, er wollte mich unbedingt sprechen, aber jetzt lässt er mich hier sitzen. Na egal, ich gehe sofort ins Büro und setze die Experten auf die Sache an. Wo kann ich Sie am besten erreichen? Auf dem Handy?«

»Nein, auf dem Festnetz. Mein Handy ist gerade mal wieder auf Tauchstation.«

Stefan Winter musste grinsen. Er machte in der Regel einen Bogen um Frauen, die ständig ihre Schlüssel oder Handys suchten, aber selbst dieser kleine Hang zum Chaos konnte ihn bei der Anwältin nicht im Geringsten abschrecken.

»Bis spätestens heute Abend«, erwiderte er, bemüht, möglichst neutral zu klingen.

Diesen Tag wollte Anne bis zu ihrer Verabredung mit dem Staatsanwalt mit Miriam verbringen, aber die bekam überraschend eine Einladung zu einer Party.

»Bei wem?«, fragte Anne beiläufig.

»Bei Rosa«, erwiderte Miriam grinsend.

»Muss ich die kennen?«

»Unsere Oberzicke, Boss der Unzertrennlichen.«

»Oh, das ist ja ein fabelhafter sozialer Aufstieg. Wie kommst du zu dieser Ehre?«

»Eins ihrer Girls ist in Ungnade gefallen, und nun geht das Verhältnis Jungen und Mädchen nicht mehr auf. Ich bin quasi der Lückenbüßer, aber das ist doch immerhin ein Anfang.«

»Ist Anselm auch dort?«

»Nein, ich habe extra gefragt. Sonst würde ich nämlich nicht hingehen. Außerdem ist er nicht mehr in unserer Klasse. Er geht jetzt wieder in so ein Nobelinternat, in der Schweiz, hat Rosa gesagt.«

»Gott sei Dank«, entfuhr es Anne und sie fügte schnell hinzu: »Schatz, er ist echt ein armes Schwein. Versteh mich nicht falsch. Aber ich bin um jeden Kilometer froh, den er von hier weg ist. Außerdem könnte ich nicht dafür garantieren, dass ich seinem Vater nicht auf einem Elternabend irgendwann an die Kehle gehe!«

»Keine Chance. Da erscheint doch nur der Butler«, erwiderte Miriam grinsend, bevor sie ganz ernst fortfuhr: »Ach, Mami, es ist ja gar nicht nur seine Lust, sich das Hirn wegzuballern, was mich so nervt. Ich glaube, er hat mich nur benutzt. Dem ging es gar nicht um mich. In Wirklichkeit ist er absolut überheblich. Und wahrscheinlich verachtet er mich ... er hat nicht einen einzigen Versuch gemacht, mich zu küssen. Wenn ich meinen ersten Freund habe, dann soll einfach alles ein bisschen romantisch sein. Verstehst du das?«

»Das kann ich sogar sehr gut verstehen, das war damals mit Martin und mir auch so. Also, romantisch, meine ich. Weiche Knie, Herzklopfen, aber sag mal, was soll das eigentlich heißen, er will sich das Hirn wegpusten?«

»Ach, Anselm hat eine Macke. Wenn man stirbt, muss man wie ein Mann sterben, und dazu gehört eine Waffe. Und dann peng. Sein Vater hat ihm früher, wenn er weinte, gesagt, dass er wie ein Mädchen ist. Und nun wollte er seinem Vater beweisen, was er für ein cooler Kerl ist.«

»Und es sollte wirklich jemand kommen, der eine Waffe mitbringt?«

»Ja«, seufzte Miriam, »aber Mami, lass uns bitte, bitte nicht mehr davon reden. Ich möchte nicht mehr daran denken. Es war alles so ätzend.«

»Abgemacht, aber eine Frage habe ich noch. Hast du eine Ahnung, wie Anselm überhaupt auf diese Engelstor-Website gestoßen ist?«

»So genau weiß ich das auch nicht. Ich weiß nur, dass er mit keinem über sein beknacktes Elternhaus gesprochen hat. Nur mit unserer Klassenlehrerin, Frau Keller. Und die hat ihm dann immer mal wieder so schlaue Bücher ausgeliehen. Über das Leben. Und den Sinn, und so. Damit er auf andere Gedanken kommt. Solche Esoterikdinger. Er hat sie nie gelesen, nur durchgeblättert. Und als sie dann tot war, da hat er wohl auch mit Robert geredet, und in einem der Bücher war so ein Zettel, den jemand vergessen hatte. Und da stand dann die Adresse drauf …«

»Robert? Wer ist Robert?«

»Na, der Faltis. Die meisten duzen ihn doch, aber nicht, wenn die Eltern dabei sind. Ich duze ihn nicht, weil ich ihn noch nicht so lange kenne. Aber ich find ihn auch total cool. Weißt du, der versteht uns irgendwie, tut aber nicht auf jugendlich, und er hat immer einen Rat.«

Anne war bemüht, sich nichts anmerken zu lassen, denn in diesem Augenblick fiel ihr siedendheiß ein, dass sie noch jemandem gegenüber das Engelstor erwähnt hatte. Vielleicht war es alles nur ein dummer Zufall. Das aber galt es schnellstens herauszufinden.

Robert Faltis' Wohnung lag im Erdgeschoss eines Hauses direkt hinter dem Wedinghausen-Gymnasium. Der Hausmeister staunte nicht schlecht, als Anne Brink an diesem Samstagnachmittag überraschend vor seiner Tür stand.

»Das ist ja genau das richtige Wetter zum Spazierengehen«, begrüßte Faltis seinen Besuch im unverfänglichen Plauderton.

»Das finde ich auch. Deshalb wollte ich unsere kleine Wanderung ja auch ganz spontan einen Tag vorverlegen. Morgen soll es nämlich regnen«, erwiderte Anne, ebenso locker wie er. Wie gut, dass sie tatsächlich vorher den Wetterbericht angesehen hatte. Der Hausmeister musterte Anne prüfend. Da er keinerlei Anstalten machte, sie ins Haus zu bitten, setzte sie betont freundlich hinzu: »Ob ich bei Ihnen vielleicht noch ein Glas Wasser trinken dürfte?«

»Ja, natürlich. Ich muss mich ohnehin noch umziehen.«

Erst jetzt bemerkte Anne, dass er wieder diesen grauen Arbeitsoverall trug, wie an jedem Tag, an dem sie ihn zum ersten Mal gesehen hatte. Faltis bat Anne in sein Wohnzimmer. So eine durchgestylte Wohnung hätte sie ihm gar nicht zugetraut. Es war zwar nicht ihr Geschmack, aber in sich stimmig. Viel Technik, viel Chrom, viel Glas. Auf seinem Sideboard von Hülsta stand ein leerer Fotorahmen. Sie fragte sich, wessen Foto er dort wohl entfernt hatte. Konnte er den Anblick seiner ermordeten Freundin nicht mehr ertragen? Verstehen konnte Anne das sehr wohl. Sie selbst hatte nach dem Tod ihrer Mutter niemals ein Foto von ihr aufgestellt.

»Möchten Sie vielleicht eine Wohnungsführung, Frau Brink?«

Anne zuckte zusammen. Ich bin nicht zur Detektivin geboren, sagte sie sich, ich benehme mich viel zu auffällig.

»Warum nicht?«, erwiderte sie scheinbar zwanglos.

Auch im Arbeitszimmer nebenan war alles perfekt aufeinander abgestimmt. Der neuste Rechner, technische Geräte, deren Funktion Anne nicht einmal erahnen konnte – aber alles etwas zu kühl für ihren Geschmack. Teuer sah es aus, teuer und unpersönlich. Nur das Foto auf dem Schreibtisch strahlte etwas Menschliches aus. Der Rahmen war mit einem schwarzen Trauerflor umkränzt, das zeigte Gefühl. Seine Tochter, vermutete Anne, und sie bemühte sich, ihren Blick nicht zu sehr auf das Foto zu fixieren. Ein hübsches Mädchen, soviel sie erkennen konnte. Was das wohl für ein Unfall gewesen war?

»Das Schlafzimmer auch?«, fragte Faltis mit einem unangenehm anzüglichen Unterton. Anne überlegte nicht lange. Wenn sie dieses Angebot ablehnte, würde er genau wissen, dass sie zum Schnüffeln gekommen war.

»Gern«, antwortete sie lächelnd.

Auch im Schlafzimmer dominierte die distanzierte Kühle, die sich durch seine ganze Einrichtung zog. Geldsorgen schien er jedenfalls nicht zu haben. Komisch, dachte

Anne, ich hätte eher die rustikale Kiefernvariante bei ihm erwartet. Und was für eine Ordnung! In dieser Wohnung lag nichts herum, was darauf hindeutete, dass hier jemand lebte. Kein Kleidungsstück, keine Zeitung. Da kann man ja neidisch werden, schoss es Anne durch den Kopf. Aber es hatte auch etwas Lebloses an sich.

Plötzlich spürte Anne, wie er sie von hinten umschlang und seine Hände vor ihrem Bauch faltete. Sie war wie gefangen, konnte sich nicht mehr rühren. Aber zärtliche Gefühle wollten bei dieser Umklammerung partout nicht aufkommen. Im Gegenteil, sie merkte, wie er den Druck auf ihren Bauch langsam verstärkte. Das war die pure Aggression. Eine innere Stimme warnte sie, ihre Abwehr offen zu zeigen. Sollte er doch ruhig glauben, dass sie mit ihm ins Bett wollte. Als er sie allerdings gar nicht mehr loslassen wollte, wurde es ihr langsam unheimlich und sie bemühte sich, diese Situation unauffällig aufzulösen.

»Vielleicht können wir ja noch einmal eine Schlafzimmerbesichtigung machen, wenn wir von der Wanderung zurückkehren«, schnurrte Anne.

Es kostete sie zwar einige Überwindung, in die Rolle der naiven Verführerin zu schlüpfen, aber sie hatte die dumpfe Hoffnung, ihn auf diese Weise überlisten zu können. Dabei wusste Anne nicht einmal genau, was sie eigentlich herausfinden wollte. Er würde ja wohl kaum zugeben *Ich bin der Vermummte Herr und betätige mich als Waffendealer für suizidgefährdete Kids!* Es gab nur eines, was Anne in diesem Augenblick sicher wusste: dass sie seine merkwürdige Umklammerung nicht mehr lange ertragen würde.

Thea Cassini wollte nicht noch einmal denselben Fehler begehen wie neulich und nachts durch das fremde Haus schleichen. So verband sie ihre Recherche an diesem Samstag mit einem Einkaufsbummel in Neheim. Erst die

Arbeit, dann das Vergnügen, sagte sie sich, als sie mitten am Tag die Tür zu Köppens Haus aufschloss. Sie tat dies, ohne zu zögern, sodass eventuell aus ihren Fenstern gaffende Nachbarn das Ganze für völlig legitim halten mussten. Wenn ich herausfinden will, ob er einen Computer besitzt, muss ich systematisch vorgehen und das Haus von unten bis oben durchsuchen, sagte sie sich. Also fing sie mit ihrer Recherche im Keller an. Schnell kam sie zu der Überzeugung, dass sie in dem Gerümpel keinen Computer finden würde. Stattdessen stieß sie auf einen Kellerraum, der voll gepackt mit Frauenkleidern war. Offensichtlich hatte das alles einmal seiner Frau, der Lehrerin, gehört. Wahrscheinlich war die Keller damals bei Nacht und Nebel ausgezogen. Nein, hier brauchte sie nicht weiter zu suchen. Hier war der Fortschritt stehen geblieben. Außerdem fühlte sich Thea Cassini in dem feuchten Keller äußerst unbehaglich. Sie war froh, als sie wieder oben im Flur stand. Hier müsste man einmal ordentlich ausmisten, dachte sie, während sie sich an die Arbeit machte. Es gab ja einige sehr schöne Möbelstücke. Die müsste man nur richtig platzieren. Sie liebte es, in Gedanken fremde Wohnungen umzudekorieren und neu einzurichten. In Köppens Haus würde sich das richtig lohnen, dachte sie, als sie die Tür zu seinem Arbeitszimmer öffnete. Ihr Blick fiel auf einen schönen, antiquarischen Schreibtisch, auf dem eine verstaubte Schreibmaschine stand. Auf einem Bord ein Plattenspieler mit einer großen Sammlung Langspielplatten. Wenn sie sich so umsah, hatte sie nicht den Eindruck, dass Klaus Köppen in seinem Leben überhaupt schon einmal einen Computer bedient hatte. Dazu war alles Technische in seinem Haus zu gestrig. Allein sein monströser alter Videorekorder. So etwas besaß doch heute kein Mensch mehr. Thea Cassini legte ein leeres Blatt in die Schreibmaschine, tippte ein paar Worte und verglich sie mit dem Brief, den sie mitgebracht hatte, um ihn wieder zurückzugeben. Keine Frage, er hatte die Briefe alle hier geschrieben. Bis auf den einen, den am Computer geschriebenen. Je länger Thea darüber nachdachte, desto klarer wurde es ihr: Wenn der Brief in der Akte nicht von Pille stammte, wer konnte dann ein Interesse daran haben, ihm so ein übles Pamphlet anzuhängen? Das war merkwürdig, höchst merkwürdig. Thea Cassini verspürte plötzlich eine große innere Unruhe; sie konnte unmöglich bis Montag warten. Sie würde ihrer Chefin zwar nicht verraten, wo sie sich gerade befand, aber sie musste ihr schnellstens stecken, dass man ihr höchstwahrscheinlich eine Fälschung untergeschoben hatte.

Anne hatte sich höflich, aber bestimmt aus Faltis' Klammergriff befreien können und ihn um ein Glas Wasser gebeten. Jetzt saß sie auf seinem Sofa. Täuschte sie sich oder musterte er sie durchdringend, wie eine Schlange, die versuchte, ihr Opfer zu hypnotisieren? Je intensiver er sie betrachtete, desto unbehaglicher fühlte sie sich. Seine Stimmungswechsel waren erschreckend. In seinem Blick lag etwas Sezierendes. Ihm traue ich einen Mord zu, dachte sie und erschrak augenblicklich über diesen Gedanken. Das ist nicht fair, sagte ihr Kopf. Der Mann ist einfach nur ein bisschen durch den Wind. Das ist alles! Es gibt keinen einzigen Beweis, dass er der Waffenlieferant war. Das half allerdings nicht gegen den immer stärker werdenden Druck in ihrem Magen. Sie schaute auf ihre Fußspitzen, aber er sah sie immer noch unverwandt an. Das fühlte sie. Wenn sie nun wirklich mit einem Mörder in dessen Wohnzimmer saß? Und zwar allein! Deine Phantasie geht mit dir durch, redete sie sich gut zu, während sich in ihrem Magen ein Kloß zusammenklumpte. Dann hörte sie entfernt dieses Geräusch. Erst ganz leise, dann immer lauter. Die verzerrte Schicksalsmelodie. Ihr Handy! Es kam aus ihrer großen Handtasche, die neben ihr stand und die Martin immer nur »den Beutel« nannte. Anne hoffte inständig, dass sie es noch rechtzeitig fand, um wenigstens einem Menschen den dezenten Hinweis darauf zu geben, dass sie sich bei Faltis befand. Während sie nach dem Telefon suchte, schien er jede ihrer Bewegungen genau zu beobachten. Am Boden ihrer Tasche ertastete Anne die Brille zum Autofahren, dann die Sonnenbrille, die Puderdose. Einmal erklang die Schicksalsmelodie noch, dann war es still. Annes Hände zitterten. Sie versuchte, die in ihr aufkommende Panik zu verbergen. Sie lächelte Faltis an und sah in seinem Blick nichts als Häme und Spott. Ihr Herz klopfte bis zum Hals.

Faltis lächelte zurück. Bis auf die Augen, die konnten nicht lächeln. Ich darf mich nicht hineinsteigern, ermahnte sie sich. Der Mann hat nichts getan außer Jugendlichen in der Not beizustehen. Anne atmete tief durch und beschloss, sich morgen einmal richtig auszuruhen.

»Wollen Sie wirklich wandern gehen?«, fragte Faltis jetzt mit einem kritischen Blick auf ihre Schuhe. Anne errötete. So dumm stellte sich kein Detektiv dieser Welt an. Stiefeletten mit Pfennigabsatz zum Wandern.

»Das ist nicht ihr Ernst, oder?«, fügte er in verächtlichem Ton hinzu.

Anne musste sich schnellstens etwas einfallen lassen, um ihren eklatanten Fehler wieder auszubügeln.

»Okay, Sie haben mich ertappt. Ich wollte einfach mal sehen, wie Sie so wohnen. Aber das mochte ich natürlich nicht zugeben. Nachher hätten Sie mich für aufdringlich gehalten.«

Robert Faltis' Antwort war ein breites Grinsen, das sofort erstarb, als Annes Handy erneut zu klingeln begann. Ohne nachzudenken, kippte sie den Inhalt ihrer Tasche auf seinen

Couchtisch. Das Handy fiel sofort heraus, sodass Anne das Gespräch noch rechtzeitig annehmen konnte. Eine atemlose Stimme meldete sich: »Frau Brink, ich muss Ihnen etwas sagen. Es ist dringend. Der Brief, in dem Köppen seiner Frau androht, sie werde es nicht überleben, wenn sie ihn endgültig verlässt, ist nicht von ihm. Ich weiß jetzt nicht, was das zu bedeuten hat, aber …« Frau Cassinis Stimme überschlug sich fast.

»Ich weiß es …«, beendete Anne den Satz ihrer Anwaltsgehilfin und bemerkte, wie sich Faltis bedrohlich neben ihr aufbaute. In diesem Augenblick begriff sie, dass ihr Gefühl sie nicht getäuscht hatte. Es war ein schwerer Fehler gewesen, sich ohne Begleitung hierher zu wagen.

»Lassen Sie es bitte sofort an die Adresse des Absenders liefern«, sagte Anne jetzt betont langsam.

»Wie bitte?«

»Schicken Sie schnellstens Ihren Reparaturservice zu der Adresse, von wo aus man das fehlerhafte Stück geliefert hat.«

Anne zuckte zusammen, als Faltis ihr das Handy brutal aus der Hand riss und zu Boden warf. Dort klingelte es noch mehrmals, aber sie wagte nicht, es aufzuheben.

»Sie sind eine schlechte Schauspielerin. Wollten Sie gerade Ihren Kopf aus der Schlinge ziehen? Schlechte Nummer. Wirklich! Sind Sie jetzt zufrieden? Ich habe Sie nicht darum gebeten, Ihre Nase in meine Angelegenheiten zu stecken. Vertraue mir, das habe ich ihr auch gesagt, aber sie wollte nicht!« Jetzt lag nur noch Verachtung in seinen Augen.

Sie? Von wem sprach Faltis? Anne hatte einen Verdacht, aber sie wagte nicht, diesen Gedanken zu Ende denken. Nur keine Panik!, sprach sie sich gut zu. Sie erkannte, dass es keinen Sinn hatte, länger die Naive zu spielen. Jetzt musste sie Tacheles reden.

»Warum haben Sie den Brief geschrieben?«, fragte sie ihn mit fester Stimme und sah ihm direkt in die Augen.

Faltis lachte laut auf. Seine Augen waren voller Hass.

»Damit Sie mich für einen Guten halten. Seien Sie doch mal ehrlich. Wenn die Anwältin des vermeintlichen Täters mich quasi für einen Verbündeten hält, ist das die halbe Miete. Ich musste Sie ruhig stellen. Ich habe geahnt, dass Sie mir Schwierigkeiten machen könnten. Erinnern Sie sich? Wir beide sind uns im Flur der Schule begegnet. Chrissie hatte mir kurz zuvor per Handy mitgeteilt, dass sie sich jetzt von einer Anwältin beraten lässt. Und ich habe ihr gesagt: ›Einverstanden, aber nur, wenn wir uns nach der Schule unter vier Augen unterhalten.‹ Und da liefen Sie mir über den Weg. Das konnten nur Sie sein, werte Frau Anwältin. Und ich habe sofort geahnt, dass Sie mir gefährlich werden können. Tja, unsere Begegnung war Chrissies Schicksal. Hätten Sie lieb und nett gewirkt, ich hätte Chrissie zu Ihnen gehen lassen. Hätte alles abgestritten und sie könnte heute noch leben. Aber als ich Sie an jenem Tag sah, da habe ich beschlossen, dass sie sich Ihnen nicht anvertrauen darf. So, und jetzt packen Sie das alles wieder in die Tasche. Wir machen einen kleinen Ausflug.«

»Aber, das ist doch idiotisch, ich meine, wenn Sie mir was antun … meine Bürovorsteherin weiß, dass ich hier bin«, stammelte Anne.

Robert Faltis antwortete mit einem süffisanten Grinsen. »Dann hätten Sie Ihrer Frau Cassini nichts von fehlerhaften Lieferungen erzählen müssen. Sie haben verzweifelt versucht, ihr einen Hinweis darauf zu geben, wo sie sind. Die Frau hat keinen blassen Schimmer.«

»Doch, sie hat in der Kanzlei den Brief, den Sie gefälscht haben! Und sie hat begriffen, dass ich beim Verfasser des Briefes bin – bei Ihnen!«

»Na und? Glauben Sie, das habe ich an meinem Rechner

gemacht? Außerdem werden wir gleich nicht mehr hier sein. Und jetzt bewegen Sie Ihren Hintern.«

Mit diesen Worten gab er ihr einen Stoß in den Rücken. Das hätte er nicht tun sollen. Wie ein Derwisch drehte sich Anne um und wollte ihm einen Fausthieb versetzen, da blickte sie in den Lauf einer Waffe.

Faltis trieb Anne vor sich her in die Garage, die von der Wohnung aus zugänglich war, und befahl ihr, sich ans Steuer zu setzen, während er sich auf den Beifahrersitz schwang.

Thea Cassini zerbrach sich den Kopf darüber, was Frau Brink ihr hatte sagen wollen und warum sie nicht mehr ans Telefon ging. Der Lieferant, das fehlerhafte Stück? Service? Doch dann setzte es sich in ihrem Kopf zusammen. Der Lieferant war Robert Faltis, der hatte ihrer Chefin den Brief gegeben, zu ihm sollte sie einen Service schicken. Service? Natürlich, die Polizei! Thea Cassini zögerte keine Sekunde und rief ihren Bruder an.

Kommissar Cordes hielt das Gerede seiner Schwester, die behauptete, dass Robert Faltis Anne Brink bei sich gefangenhielt, zwar für hysterisch und überspannt, aber er machte sich trotzdem auf den Weg zum Wedinghausen-Gymnasium, um bei Faltis nach dem Rechten zu sehen.

Allerdings hatte er es nicht über das Herz gebracht, Thea die traurige Nachricht zu überbringen. Nicht am Telefon. Seine Schwester vergötterte ihren ehemaligen Chef geradezu. Cordes selbst ging die Sache ebenfalls verdammt nahe. Der Mann war nicht nur ein fähiger Jurist gewesen, er hatte ihn auch gemocht.

Gerade war er in die Straße eingebogen, die zur Schule führte, als ihm ein Wagen in auffällig langsamem Tempo entgegenkam. Am Steuer erkannte er die Anwältin und daneben … war das nicht Robert Faltis? Das sah aber nicht wie eine Spazierfahrt aus. Cordes wendete und folgte dem Wagen in einigem Abstand.

»Warum?«, fragte Anne, als sie die Stadt auf der A 229 in Richtung Möhnesee verließen.

»Christine wollte nicht auf mich hören. Ich habe ihr auf dem Friedhof deutlich gesagt: Du wirst das keiner Fremden sagen. Du gibst mir das Handy wieder und wir vergessen die Sache. Wenn sie es mir gegeben und ihren Mund gehalten hätte, könnte auch unser Kind noch leben. Verstehen Sie, ich hätte es niemals tun können, wenn ich gewusst hätte …«

Anne erschauderte bei diesen Worten. »Und Sie haben beobachtet, wie Köppen sich mit seiner Frau gestritten hat, und das hat Sie auf die Idee mit der Mordwaffe gebracht?«, stellte sie scheinbar emotionslos fest. Wenn ich ganz professionell mit ihm umgehe, kann mir gar nichts passieren, sprach Anne sich Mut zu, aber sie hatte sich geirrt. Faltis gehörte nicht zu den Tätern, die sich von einer Rechtsanwältin einschüchtern ließen. Und das bekam sie brutal zu spüren.

»Schnauze! Sie stellen hier keine Fragen mehr. Sie wird man so schnell auch nicht finden. Der See hat schon manchen für immer verschluckt.«

Anne fuhr der Schrecken in alle Glieder. Sie warf einen flüchtigen Blick in den Rückspiegel. Sie war sich nicht ganz sicher, ob das Fahrzeug, das ihnen in einigem Abstand folgte, rein zufällig hinter ihnen fuhr. Aber auf solche Spekulationen konnte sie sich jetzt nicht verlassen. Anne brauchte eine stärkere Karte. Ein Ass, wenn möglich. In diesem Augenblick streifte ihr Blick seine Hand. Er hatte die Pistole in den Schoß gelegt. Seine Handinnenflächen zeigten nach oben und auf der rechten Seite wurde eine noch nicht gänzlich vernarbte Schnittwunde sichtbar.

Annes Herz klopfte wie wild. Wahrscheinlich hatte er sich an der Tatwaffe verletzt. Es musste heftig geblutet haben. Dann klebte sein Blut bestimmt am zweiten Marmorsockel. In Annes Hirn arbeitete es fieberhaft. Und was würde er dagegen unternommen haben, dass das Blut ungehindert auf den Boden floss und Spuren legte? Natürlich! Er hatte die Hand in die Jackentasche geschoben oder im Ärmel versteckt, bevor er geflüchtet war. Ein laufender Mann ohne Arm. Die alte Frau Regner hatte nicht phantasiert. Das musste Anne jetzt für sich nutzen. Eine vage Chance – weniger Poker, als vielmehr russisches Roulette. Aber in diesem Augenblick hatte Anne Brink keine Wahl.

»Ich an Ihrer Stelle würde lieber überlegen, wie ich zu einer guten Anwältin komme. Am Grund des Möhnesees nütze ich Ihnen gar nichts. Und dass noch heute die Polizei vor Ihrer Tür stehen wird, ist sicher. Sie glauben doch nicht im Ernst, dass ich mich, blauäugig wie eine dumme Pute, allein in Ihre Wohnung gewagt hätte, ohne irgendjemandem eine Nachricht zu hinterlassen. Ich bin doch nicht lebensmüde. Das vorhin mit meiner Anwaltsgehilfin war eine Show, eine Falle, wenn Sie so wollen. Und Sie sind reingetappt. Ich wollte Sie dazu bringen, dass Sie ausrasten, und das haben Sie getan! Die Staatsanwaltschaft hat bereits alle Beweise vorliegen. Ich wollte Ihnen, bevor die zuschlagen, nur eine Chance geben, sich eine gute Anwältin zu leisten!«

»Was soll das dumme Gequatsche? Ich brauche keine Anwältin, und angebliche Beweise gegen mich, die haben Sie jetzt aus dem Hut gezaubert, um Ihren Arsch zu retten. Wie ist das eigentlich für Sie? Ein Plädoyer in eigener Sache?«

»Es gibt eine Zeugin«, erwiderte Anne so kalt, wie es ihr in dieser Lage nur möglich war.

Robert Faltis lachte laut und eine Spur zu schrill auf.

»Dann wäre die Polizei wohl schon längst bei mir gewesen. Und Sie dürfen mir glauben, ich habe alle Spuren verwischt und sie Ihrem schwachköpfigen Mandanten ins Nest gelegt. Oder meinen Sie, die Platte von der Grablampe ist von allein hinter sein Haus gewandert? Die eigentliche Tatwaffe ist längst entsorgt. Im Müll. Und Zeugen gibt es nicht.«

»Und was ist mit der Frau, die beschwört, sie hätte einen Mann mit einer verletzten Hand weglaufen sehen? Und was ist mit dem Marmorblock vom Grab des Julius Kleiber, auf dem Spuren gefunden wurden, die von Ihnen stammen? Der Haftbefehl ist unterwegs. Ich bin nicht als Feindin gekommen. Ich bin keine Richterin, ich bin Anwältin. Ich will Ihnen helfen. Mir können Sie sagen, was in Ihnen vorgegangen ist ...«

Annes Mund war so trocken, dass sie nicht weitersprechen konnte. Ein Blick in den Rückspiegel zeigte ihr, dass der Wagen immer noch hinter ihnen war. Sie durfte jetzt nicht anfangen zu zittern. Sonst würde er sofort durchschauen, dass sie ihre letzte Karte gespielt hatte. Ging er mit oder würde er passen? Anne warf ihm einen prüfenden Blick zu. In diesem Augenblick drehte er sich zu ihr um und grinste höhnisch. »Haben Sie einen Hörfehler? Ich brauche keinen Anwalt! Niemals würde ich so einen Gerichtszirkus mitmachen. Nur über meine Leiche.«

Erneut lachte er laut auf. Anne wurde übel. Mist: Sie hatte ihre letzte Chance verspielt. Ganz plötzlich kam ihr dieser Thriller in den Sinn, den sie unlängst im Fernsehen verfolgt hatte. Wie hatte der Profiler den Täter noch zum Reden gebracht? Anne atmete tief durch. Das war keine Chance, sondern eine Resthoffnung. 1:99, schätzte sie. Sie betete, dass sie nichts durcheinander bringen und ihr diese Sätze glaubwürdig über die Lippen kommen würden.

»Okay, Sie haben gewonnen«, sagte sie mit fester Stimme

und beobachtete ihn aus den Augenwinkeln. Zweifelsohne, es gefiel ihm, dass sie ihn lobte. Also fuhr sie fort: »Ich kann Ihnen nicht helfen, aber vielleicht Sie mir. Ich bin ratlos. Ich habe so etwas noch nie zuvor erlebt. Einen Fall wie Ihren. Sie sind der Experte, aber erklären Sie mir das doch wenigstens!«

Wieder warf sie ihm einen Seitenblick zu. Doch Faltis lächelte nur überlegen und schwieg. Auch dieser Versuch, Zeit zu gewinnen, schien jämmerlich gescheitert. Ich bin eben kein Profiler und diese Scheiße hier ist kein Film, dachte sie resigniert, als er plötzlich anfing zu reden. Hart und anklagend drang seine Stimme an ihr Ohr.

»Es war nicht einfach, mit dem Mädchen allein. Ich habe damals auch noch getrunken. Da kam das Jugendamt. Sie wollten mir Julia wegnehmen, meine eigene Tochter, da habe ich mich gefangen. Aber kurz danach habe ich im Einsatz einen erschossen. Meine Kollegen haben mir nicht mehr getraut. Die haben mich für verrückt erklärt. Waffennarr. Der ist nicht mehr ganz dicht; hat sich nicht unter Kontrolle, und so einen Dreck haben sie behauptet. Ich sollte zu so einer Untersuchung, aber, haben sie gesagt, wenn ich freiwillig nach Hannover an den Schreibtisch gehe, ist das in Ordnung. Schwamm drüber. Ich habe das gemacht, wegen meiner Tochter, aber meine Dienstwaffe, die habe ich behalten. Habe behauptet, die ist mir geklaut worden. Ich gebe doch nicht meine Waffe ab. Was haben die Idioten nach dem Dieb gesucht! Sie war doch ein Teil von mir. Und dann hieß es eines Tages, Ihre Tochter ist krank. Nicht ganz richtig im Kopf. Aber das ist doch alles Lüge gewesen. Sie war doch meine kleine Prinzessin. Und dann habe ich sie gefunden. Es war meine Waffe und …«

Robert Faltis brach in verzweifeltes Schluchzen aus. Anne hielt den Atem an.

»… sie hat sich den Lauf in den Mund gesteckt. Genau

wie meine Frau. Bei ihr haben die Ärzte auch behauptet, sie sei krank, und Julia, die hätte es von ihr geerbt. Ich habe sie auf dem Dachboden gefunden. Meine kleine Prinzessin. Da bin ich noch einmal gestorben. Dann haben die in Hannover verlangt, dass ich zu so einem Seelenklempner gehe. Ein paar Mal war ich da. So ein Dreck. Einen Mist hat der gefaselt. Ich müsste mein Gefühl von Ohnmacht überwinden. Da bin ich aus Hannover weg und habe in Arnsberg noch einmal neu angefangen, Christine hat sich so bemüht. Sie kannte die Geschichte mit meiner Tochter. Ihr habe ich vertraut. Diese Frau hatte ein Herz wie ein Scheunentor. Sie wollte mich retten wie all diese Jugendlichen, die bei ihr ein und aus gingen. Aber nachts kamen die Albträume. Ich konnte nicht schlafen. Ich sah sie vor mir, meine Prinzessin, ich wollte erfahren, warum das alles geschehen musste. Nacht für Nacht habe ich mich in diese Foren eingeloggt, um sie zu verstehen. Ich wollte die Zeit zurückdrehen, wollte meine Kleine in den Armen halten, ihr beistehen, wissen, wie es ihr ergangen ist auf dem scheiß Dachboden, und dann wurden immer mehr von diesen Foren vom Netz genommen. Irgendwann habe ich mein eigenes aufgemacht. Als Kevin und Hülya Christine beichteten, dass sie lieber gemeinsam sterben als getrennt leben wollten, da kam mir die Idee. Es war gar nicht schwer, ihnen einen Zettel mit der Web-Adresse unterzujubeln. Und es funktionierte. Immer mehr Jugendliche tauschten sich in meinem Forum aus. Und eines Tages tauchte eine Julia auf. Ich wollte mich mit ihr treffen, sie sehen, sie spüren, ich habe ihr versprochen, die Waffe zu liefern, aber dann ist sie verschwunden. Julia war weg, einfach weg. Und da musste ich jemand anders nehmen. Hülya! Sie hatte von ihren Ängsten geschrieben. Dass sie nicht springen möchte. Verdammt, sie hatte den Entschluss doch längst gefasst.

Sie wollte sterben, verdammt noch mal … und ich wollte sie doch nur begleiten.«

Erschöpft hielt Faltis inne. Anne wusste intuitiv, dass sie ihm jetzt auf keinen Fall Fragen stellen durfte. Er hatte wie in Trance geredet. Mach weiter, dachte Anne, mach doch bloß weiter. Rede! Solange er redete, war sie in Sicherheit. Und dann fuhr er fort.

»Ich weiß bis heute nicht, warum sie solche Panik bekommen hat, als sie mich sah. Sie hat geschrien, ihr Handy genommen und Chrissie angerufen. Ich habe es ihr aus der Hand gerissen. Warum hat sie das getan? Warum bloß? Kevin hat nicht mehr gekämpft. Ich habe die Waffe auf ihn gerichtet und habe gesagt: Spring! Und er hat es getan. Erst als er tot war, hat sie sich nicht mehr gewehrt, aber sie wollte es nicht selbst tun.«

Anne wurde bei jedem seiner Worte übler. Aber wenn sie ihn jetzt unterbrach, dann würde sie die Wahrheit nie erfahren. Denn er schien an das, was er von sich gab, zu glauben: Er war das Opfer!

»Warum musste Hülya das tun? Wenn Sie es selbst gemacht hätte, wäre ich vielleicht zur Ruhe gekommen, aber so? Ich war völlig durch den Wind, als sie vor mir lag. Aber verdammt, ich habe mich nicht mehr so scheiß ohnmächtig gefühlt. Ich hatte plötzlich die Kontrolle. Habe bloß das beschissene Handy nicht gut genug versteckt. Was macht Hülyas Handy in deiner Jackentasche?, hat Christine mich gefragt. Das war wie eine Verurteilung. Und dann hat sie mir gedroht, dass sie Ihnen alles erzählen wird. Wie habe ich sie anfleht. Komm, vergiss die Sache, ich habe das Handy auf dem Schulhof gefunden. Warum willst du uns unglücklich machen? Auf nichts wollte sie sich einlassen. Nein, ich muss zu dieser Frau gehen, hat sie gesagt, mein Gewissen. Scheiß auf Gewissen.«

Anne hatte das dumpfe Gefühl, dass die Gefahr für sie

noch lange nicht vorüber war. Was, wenn er sich jetzt alles von der Seele geredet hatte? Wer garantierte dafür, dass er sie nicht umbrachte und verschwand? Er spricht über sich, stellte sie fest, wie über einen Fremden. Ohne das geringste Mitgefühl für seine Opfer.

»Ich wollte sie nicht umbringen. Ich habe gesagt, lass uns treffen, lass uns reden. Sie wollte auf den Friedhof, nicht ich. Und dann sah ich, wie der Schwachkopf ihr die Platte an die Stirn geballert hat und wie ein Karnickel vorm Jäger weggehoppelt ist. Sie hat sich in meine Arme geworfen. Ich bin bei dir, komm, gib mir das Handy, vergiss das alles, ich habe nichts getan, glaub mir, hab ich ihr gesagt. Aber sie hat sich geweigert, hat das Handy festgehalten. Ich habe es ihr schließlich abgenommen. Da hat sie mich als Mörder beschimpft. Und ich habe den Sockel drüben auf dem Grab gesehen. Das war wie im Film, das ging ganz automatisch, ich konnte gar nichts planen. Auf einmal hatte ich das Ding in der Hand. Sie ist stehen geblieben, hat nichts geahnt und ich doch auch nicht. Da habe ich zugeschlagen. Aber ich bin doch kein Mörder! Das war was ganz anderes als bei den Mädchen …« Er klang wütend und trotzig.

Anne schwieg dazu, auch wenn es ihr verdammt schwer fiel. Wie oft schon hatte sie Einblicke in das Seelenleben von Mördern bekommen. Und meistens hatte sie zumindest einen Funken Mitgefühl für die Täter aufbringen können. Bei Faltis war es anders. Er war nicht ihr Mandant und sie nicht seine Anwältin. Er hatte eiskalt versucht, seine Tat Köppen in die Schuhe zu schieben. Aber was ist mit Nadja?, schoss es ihr durch den Kopf, und sie konnte sich nicht mehr beherrschen. Obwohl sie wusste, dass es gefährlich war.

»Und warum haben Sie Nadja Wagner getötet?«

Faltis schien diese Frage nicht einmal wahrzunehmen. Er fuhr, ohne sich zu unterbrechen, einfach fort.

»Dann habe ich ihre Tasche ausgekippt, es sollte ja wie ein Raubmord aussehen. Aber dann sprach alles gegen Köppen. Und da sah ich den Mutterpass auf dem Grab liegen. Ich wäre eher gestorben, als mein Kind umzubringen. Danach wurde es immer schlimmer: Ich würde erst frei sein, wenn ich einmal dabei sein durfte. Es war doch eh alles egal. Jede Nacht habe ich meine kleine Prinzessin sterben sehen. Und Nadja, die hat mich erlöst. Sie hatte keine Angst, als sie erkannte, dass ich der Vermummte Herr war. Im Gegenteil, sie hat mir erzählt, dass sie noch zur Frau geworden war, durch diesen Türken, dann hat sie sich dem Tod hingegeben. Sie hat sich nicht gewehrt. Sie hat es selbst gemacht. Wie meine kleine Prinzessin.«

Er log. Anne hatte die blauen Flecken auf Nadja Wagners Leiche gesehen.

»Sie haben das Mädchen umgebracht!«, herrschte sie Faltis an, obwohl sie wusste, dass das nicht sehr klug von ihr war.

»Sie haben versucht, Ihre Ohnmacht in den Griff zu bekommen, indem Sie Ihre Macht über Leben und Tod ausgekostet haben. Aber damit konnten Sie Ihr schlechtes Gewissen nicht töten. Ihr schlechtes Gewissen, weil Sie den Zustand Ihrer Tochter ignoriert haben und weil es Ihre Waffe war. Und auch wenn Sie mich jetzt abknallen, es wird Ihnen nicht besser gehen.«

»Fahr rechts ran. Sofort!«, befahl Robert Faltis scharf, während er die Waffe auf sie richtete. Anne hielt den Atem an und tat, was er von ihr verlangte. Kaum standen sie auf dem Seitenstreifen am Waldrand, brüllte Faltis: »Raus hier! Hau ab. Verschwinde!«

Anne gehorchte, blickte aber noch einmal zurück. Der Lauf der Waffe war auf sie gerichtet. Sie schlug die Wagentür hinter sich zu und rannte zu dem Fahrzeug, das ihnen die ganze Zeit gefolgt war und nun mit quietschenden Reifen vor ihr stoppte. Kommissar Cordes sprang heraus, die Pistole in der Hand. Anne fiel auf die Knie und übergab sich. Sie hörte erst auf zu kotzen, als ihr Magen völlig leer war …

Kommissar Cordes hatte große Sorge, die Anwältin würde jeden Augenblick zusammenbrechen. Deshalb fuhr er sie persönlich nach Hause. Vor ihrer Haustür angekommen, wollte er sie eigentlich darüber informieren, was heute Vormittag in Neheim passiert war, aber er brachte es nicht fertig. Nein, er wollte nicht der Todesbote sein. Sollten ihr das doch andere überbringen. Frau Brink hatte so viel durchgemacht, sie würde es in dieser Situation bestimmt nicht verkraften. Mit diesen Gedanken begleitete er die Anwältin noch zur Tür und verabschiedete sich hastig.

Kaum dass sie in der Wohnung war, riss sich Anne sämtliche Kleidungsstücke vom Körper, legte sich in die heiße Badewanne und trank ein Glas Rotwein. Alles zog wie ein Film an ihr vorüber. Und für den Bruchteil einer Sekunde verspürte sie so etwas wie Mitgefühl für die arme Sau, die sich schließlich selbst gerichtet hatte. Vergibt man Toten alle Sünden, einfach nur, weil sie tot sind?, fragte sie sich. Aber bei dem Gedanken an Kevin, Hülya und Nadja fühlte sie Wut in sich aufsteigen. Nein, sie tat es jedenfalls nicht!

Die ganz allmählich einsetzende Entspannung wurde durch ein Klingeln an der Haustür jäh unterbrochen. Anne zog sich ihren schneeweißen, flauschigen Bademantel über, den sie sich auf Miriams Anraten gerade erst gekauft hatte, und ging zur Haustür. Sie hätte ihn beinahe nicht erkannt, so mitgenommen sah Staatsanwalt Stefan Winter aus. Schon einmal hatte sie ihn binnen Sekunden altern sehen. Das konnte nur eines bedeuten.

»Haben Sie einen Mörder in der Gegend herumkutschiert oder ich?«, fragte sie, um das Unvermeidbare nicht zur Realität werden zu lassen, aber der Staatsanwalt lächelte nicht einmal.

»Darf ich reinkommen?«, fragte er. In diesem Augenblick konnte Anne nicht mehr verdrängen, dass Stefan Winter als Überbringer einer Todesnachricht zu ihr gekommen war und nicht zur ihrer Abendverabredung …

18.

Angekommen

Die Trauerfeier fand in der St.-Jakobus-Kirche statt. Keiner hatte geahnt, dass Martin Kleiber katholisch gewesen war. Nicht einmal Anne. Die Kirche war bis auf den letzten Platz gefüllt.

Anne saß in der ersten Reihe, denn Familie hatte er keine mehr. Thea Cassini sang ein Solo. »Amazing Grace«. *When we've been there ten thousand years, bright shining as the sun, we've no less days to sing, God's praise than where we first begun.*

Anne hatte keine Tränen mehr. Aber sie knetete unentwegt die Hand ihres Vaters, der es sich nicht hatte nehmen lassen, sich vom »langen Martin« zu verabschieden. Neben sich hörte sie Stefan Winter leise, ganz leise weinen.

Anne Brink und Thea Cassini hatten lange überlegt, ob sie an diesem Tag überhaupt noch in die Kanzlei gehen sollten oder nicht.

»Ich glaube, es tut uns gut zu arbeiten«, hatte die Anwaltsgehilfin schließlich gemeint.

Anne hatte ihr zugestimmt. In Schreppenberg wartete nur ein verlassenes Haus auf sie, denn Miriam war für ein paar Tage in Hamburg bei Jonas.

Bevor sich Anne an ihren Schreibtisch setzte, schleuderte sie in hohem Bogen ihre schwarzen Pumps beiseite. Wie gewöhnlich wartete ein Berg Post auf sie.

Und wie gewöhnlich setzte Thea Cassini ihr Pokerface

auf, als sie ihrer Chefin die Mappe mit den geöffneten Briefen hereinreichte.

»Ach, Frau Cassini, ich besuche übrigens nächste Woche Herrn Köppen in der Rehaklinik. Er hat mir erzählt, es gehe ihm wunderbar. Und er fragte, ob Sie vielleicht mitkommen wollen.«

»So?«, erwiderte die Bürovorsteherin gedehnt und ergänzte nach einer Weile beiläufig: »Also gut, wenn Sie nichts dagegen haben, könnte ich das wohl tun.«

Lächelnd verschwand sie durch die Tür.

Anne war einigermaßen überrascht, als sie das Schreiben der Kanzlei Kärger & Böhlmann, einer der renommiertesten Sozietäten Hamburgs, in Händen hielt. Das war eine große Ehre, dass man sie als Partnerin gewinnen wollte. Die Mandanten bei Kärger waren nicht nur hochinteressant, sie zahlten auch. Außerdem würde sie mit diesem Karrieresprung Jonas ziemlich ärgern können, hatte er ihr diese Kanzlei doch stets als leuchtendes Vorbild vorgehalten. Behutsam legte sie das feine Büttenpapier zur Seite.

Es folgte ein handgeschriebener Brief aus der Untersuchungshaftanstalt Hamm. Sie zuckte zusammen. Nein. Das Mandat würde sie nicht übernehmen. Auf keinen Fall!

Es klopfte an der Tür und Thea Cassini trat ein. In der Hand hielt sie zwei Zigaretten.

»Waren Leonies letzten«, erklärte sie mit einem breiten Grinsen.

Schweigend standen die beiden am Fenster und qualmten in die kalte, klare Luft hinaus.

»Und?«, fragte Thea Cassini ungeduldig.

»Also zur ersten Entscheidung. Das ist ein Angebot, das man eigentlich nicht ablehnen kann. Die meisten meiner Kollegen würden sich die Finger danach lecken, aber es gibt einen triftigen Grund, weshalb ich es ausschlagen werde. Ich bin doch gerade erst hier angekommen. Und außerdem bin ich es Martin schuldig.«

Thea Cassini schwieg, aber die Erleichterung war ihr deutlich anzusehen.

»Und was machen Sie mit Klara Wagner?«

Anne seufzte. »Ich weiß nicht.«

»Was würde der Doktor sagen?«

»Anne, würde er sagen, das ist dein Job. Du bist keine Seelenklempnerin, sondern Anwältin. Übernimm ihre Verteidigung. Sie setzt solche Hoffnungen in dich. Lass dich nicht von persönlichen Gefühlen leiten. Wissen Sie was, ich fahre morgen hin und sage ihr, dass ...«

»Genau, dass sie sich einen anderen Anwalt nehmen soll. Dann lege ich schon mal eine Akte an.«

»Und was ist, wenn ich sie umbringe für das, was sie getan hat?«

»Dann suchen wir eine Starverteidigerin für Sie ... Apropos Akte: Da wäre noch etwas«, murmelte sie schuldbewusst.

»Ich höre?«

»Also, Ihre Akten, die alten Strafakten, die sind doch nicht im Schredder gelandet, sondern im Keller ...«

»Und hat der Doktor tragen geholfen?«

»Woher wissen Sie?«

»Tja, ich kenne doch meine Pappen- oder besser Neheimer. Außerdem ist das völlig korrekt. Akten sollten zehn Jahre aufbewahrt werden. Weiß doch jeder Anwalt!«

Beim Anblick des verdutzten Gesichts ihrer Bürovorsteherin konnte Anne gar nicht umhin, in lautes Gelächter auszubrechen.

Thea Cassini war noch nicht ganz aus der Tür, als Anne ihr hinterherrief: »Sagen Sie, nehmen Sie in Ihren Chor eigentlich auch Evangelen auf?«

Frau Cassini hielt inne, nickte kurz, verschwand dann

jedoch kommentarlos. Anne konnte sich allerdings das triumphierende Grinsen auf dem Gesicht ihrer Bürovorsteherin bildlich vorstellen.

Als Anne allein in ihrem Zimmer war, griff sie zu ihrem Handy. Ein allerletztes Mal wollte sie sich seine Stimme auf der Mailbox anhören.

Anne, ich habe an dem Abend, an dem Nadja Wagner ermordet wurde, oben am Hotelparkplatz Robert Faltis gesehen. Pass gut auf dich auf!

»Ich verspreche es dir, ich passe auf mich auf!«, murmelte Anne und fügte, während sie die Nachricht löschte, hinzu: »Und, falls du was dagegen hast, dass ich morgen Abend mit deinem Freund Winter auf ein Pils verabredet bin, gib mir ein Zeichen.«

Danksagung

Mein besonderer Dank gilt dem gebürtigen Sauerländer Olli für seine leidenschaftlichen Tipps über Land und besonders über Leute; Ruth und Guntram, die mir dabei halfen, die Psyche meiner handelnden Personen aus professioneller, therapeutischer Sicht zu entschlüsseln; und den fremden Menschen aus Arnsberg und Umgebung, die mir alle meine neugierigen Fragen stets freundlich beantwortet und mich damit bei der Recherche tatkräftig unterstützt haben.

Schwarzer Humor im Münsterland: Privatdetektiv Dieter Nannens erster Fall

Dieter Nannen, Prokurist aus Essen, erbt überraschend einen Bauernhof im tiefsten Münsterland. Leider sind keine agrarökonomischen Erlöse zu erwarten, da sich der Viehbestand auf ein Schwein und mehrere Kaninchen beschränkt. Womit Geld verdienen? Warum nicht als Privatdetektiv? Nannen wird wider Erwarten auch gleich ein Fall übertragen: Er soll die Tochter des Arztes überwachen, die der Schule fernbleibt und auch dem Drogenkonsum nicht abgeneigt zu sein scheint. Als das Mädchen noch am selben Tag tot aufgefunden wird, ahnt Nannen, daß er besser die Finger von dem Auftrag gelassen hätte …

Schwein gehabt

Ein Münsterland-Krimi

ISBN-13: 978-3-548-26256-7
ISBN-10: 3-548-26256-2

ULLSTEIN

»Überzeugende Milieuzeichnung und erzählerisches Geschick«
Hamburger Abendblatt

Harry Holes dritter Fall: Der norwegische Staatsschutz erhält Hinweise, daß ein Attentat auf den Thronfolger geplant ist. Als Harry Hole, gerade zum Staatsschutz versetzt, die Ermittlungen aufnimmt, verweist die Spur der Verdächtigen auf das dunkelste Kapitel der norwegischen Geschichte. Eine Gruppe von Nazikollaborateuren hat im Untergrund ihr verhängnisvolles Netz gewoben, und Harry sieht sich mit einem mörderischen Filz von Lüge, Verrat und Verblendung konfrontiert.

Rotkehlchen
Roman
ISBN-13: 978-3-548-25885-0
ISBN-10: 3-548-25885-9

»Derzeit schreibt hierzulande niemand bessere Kriminalromane – und anderswo auch nicht.«
Aftenposten

ULLSTEIN

UB202